Lektorat: Hans Thill

Bergstraße 21
69120 Heidelberg

Satz: Fensterplatz, Heidelberg
Druck: Fuldaer Verlagsanstalt, Fulda
Titelabbildung nach einem Foto der Familie Lippet
ISBN: 3-88423-234-7

Johann Lippet

Das Feld räumen

»Die Tür zur hinteren Küche« Band II

Roman

Wunderhorn

III. Teil

Der Vermerk mit Kugelschreiber auf der Rückseite des gestochen scharfen Farbfotos gibt dem Betrachter Auskunft über den Anlaß der Entstehung: Juli 1984 Hildes Abschied. Darunter findet sich mit Bleistift eine zusätzliche Information: Erika November ausgewandert.

Seiner guten Qualität wegen ist anzunehmen, daß das Foto von einem Besucher aus Deutschland gemacht wurde und daß Hilde es ihren Eltern in einem ihren ersten Briefe geschickt hatte. Im Hintergrund des Fotos ist vage der Gang eines Hauses zu erkennen, und nur weil dem Betrachter das Foto aus dem Jahre 1970 vorliegt, ist er sich sicher, daß es sich um das Haus der Lehnert handelt. Er zählt die auf dem Farbfoto abgelichteten Personen und die auf dem schwarzweißen Foto aus dem Jahre 1961, es sind in beiden Fällen zwölf. Über diesen Zufall zu spekulieren, wäre müßig.

Die Personen auf dem Abschiedsfoto wirken feierlichernst, nur Anton und Maria Lehnert eher ängstlich. Die beiden stehen im Mittelpunkt, eingerahmt von ihren Töchtern und deren beiden Männern, dahinter in den Zwischenräumen, Meinhard, Susanne, Markus und Rosalia Potje, die einzig noch im Dorf verbliebenen Verwandten. Die zwei Enkelkinder sind vor den Großeltern plaziert, Marias rechte Hand ruht auf der Schulter Dietmars, die Antons auf der von Benno.

Abschied, geht dem Betrachter durch den Kopf, Abschied für immer, fügt er hinzu.

1

Zwei Tage vor Weihnachten 1985 lag Wiseschdia am Abend wegen Stromausfall wieder mal im Dunkeln. Auch wenn die Stromzufuhr nicht unterbrochen war, gab es keine Gassenbeleuchtung, denn die war den landesweiten Sparmaßnahmen als erstes zum Opfer gefallen. Schon längst gab es in den Zeitungen keine Aufrufe mehr zur maßvollen Nutzung der Stromenergie und Verordnungen zur Verhängung hoher Geldstrafen bei Energieverschwendung. Den Bürgern unablässig zu drohen, wäre ein ideologisch-taktischer Fehler gewesen, denn es hätte der Eindruck entstehen können, die Bevölkerung sei ungehorsam. Die klimatischen Bedingungen, zu wenig Niederschläge und demzufolge niedriger Wasserstand in den Staubecken der Wasserkraftwerke und Rückstände bei der Kohleförderung für die Stromknappheit waren als Argumente längst hinfällig geworden. Die Bewältigung der Mangelwirtschaft in allen Bereichen des täglichen Lebens war jedem einzelnen überlassen worden. Hilf dir selbst, dann hilft dir Gott, pflegten die Leute von Wiseschdia zu sagen.

Anton Lehnert stand im Gang vor der Tür zur vorderen Küche und lauschte in die Nacht. Tagsüber hatte es mit Unterbrechungen leicht geschneit, die Schneedecke lag aber nur schuhsohlenhoch. Nebel war aufgekommen und ringsum knackte es in den Bäumen. Anton schmeckte die scharfe Luft. Heute nacht wird es hart frieren.

Seit den Nachmittagstunden war Anton immer wieder

auf die Gasse getreten und hatte Ausschau gehalten, denn er erwartete Besuch. Hilde und ihr Mann hatten sich brieflich angesagt. Es war das erste Mal seit der Auswanderung, daß eine seiner Töchter nach Hause kam, beim Begräbnis der Mutter hatten alle drei gefehlt.

Anton fror und ging in die Küche zurück. Er tröstete sich damit, daß die Fahrt der Kinder von Gottlob bis nach Hause dank der gefrorenen Erde auf dem ansonsten aufgeweichten und ausgefahrenen Schotterweg nun weniger beschwerlich sein wird. Die Wintertür zog er, obwohl es recht kalt war, nicht zu, denn durch die Scheibe der Küchentür würde er das Scheinwerferlicht des Autos sehen und so die Ankunft seiner Tochter nicht verpassen.

Seine Cousine Rosalia Potje, die kurz vor Einbruch der Dunkelheit vorbeischaute, hatte ihm geraten, abzuschließen und sich schlafen zu legen, denn bei so einer langen Fahrt mit dem Auto könnte es morgen früh werden, bis Hilde ankommt. Die mit ihren Ratschlägen! Da war sie wieder breitbeinig auf dem Diwan gesessen, und er hatte kaum erwarten können, daß sie endlich ging.

Wegen des Vorfalls von vor drei Wochen ließen sich beide bis heute nichts anmerken, vielmehr taten sie so, als wäre nichts passiert. Trotzdem hatte es Tage gedauert, bis Rosalia wieder wie selbstverständlich bei Anton ein- und ausging. Damals saß er beim Abendessen, und sie brachte in dem schwarzen Plastikkorb die frisch gewaschene und gebügelte Wäsche. Seit dem Tode Marias sorgte sie dafür. Sie stellte den Wäschekorb neben sich auf den Diwan und machte ihm den Vorschlag, in der Woche vor Weihnachten gemeinsam zu schlachten. Man bringe das abgestochene Schwein zu den Potje, das weitere ginge alles in einem. Er war einverstanden, denn die Aufteilung der Schinken, der Speckseiten, des Schwartenmagens und des Fleisches war kein Problem, ebenso die Anzahl der ihm zustehenden

Brat- und Leberwürste und die jeweilige Menge an Schmalz und Grieben. Er wollte den Tisch abräumen, sie aber sagte, daß er ruhig sitzen bleiben soll, denn wenn sie schon mal hier wäre, sei das ihre Pflicht als Frau. Als sie über den Tisch gebeugt neben ihm stand, legte er seine Hand um ihren Hintern. Sie sah ihn verwundert, aber nicht verängstigt oder gar vorwurfsvoll an, als er vom Stuhl aufstand. Er drängte sie mit dem Rücken an die Wand zur Kammer. Was sie da machten, dürften sie nicht, konnte sie nur noch stammeln, als er sie im Stehen nahm.

Wie er sie dann an die Wand gelehnt dastehen sah, die Hände vor dem Gesicht und die dicke Unterhose über den Knöcheln, schämte er sich. Im Hinausgehen knöpfte er seinen Hosenschlitz zu und sagte, daß warmes Wasser auf dem Herd stehe. Als er aus dem Hinterhof zurückkam, stand die Waschschüssel an den Pfeiler gelehnt im Gang, Rosalia war gegangen.

Manchmal jedoch, wie heute abend, befiel ihn Unbehagen beim Gedanken, im Dorf könnte irgendein Gerücht aufkommen. Wie würde er vor seinen Töchtern dastehen und vor Meinhard, Rosalias Sohn? Nichts wäre schlimmer als ein Gerücht, und dazu durfte er keinen Anlaß mehr bieten. Daß Rosalia etwas darüber erzählen würde, war ausgeschlossen. Genau so schlimm wäre gewesen, wenn sie durch Andeutungen ihm gegenüber den Vorfall ins Spiel gebracht hätte, aber bisher war das nicht geschehen, und sie würde sich wohl davor hüten. Anton warf entkernte Maiskolben in den Kohleofen, und als die Flamme hochschlug, legte er rasch den Deckel auf.

Zu den zehn Sack Maiskolben war er durch den Kollektivwächter Alois Binder gekommen, fünf Liter Wein hatten sie ihn gekostet. An mehreren Abenden hatte Anton Lehnert nach Einbruch der Dunkelheit mit seinem gummibereiften Handwägelchen die von Alois an der Hinterfront des Getreidespeichers unter den Akazienbäumen bereitgestellten Säcke abgeholt. Niemand war ihm auf einer dieser Fahrten über den Weg gelaufen. Und wenn er um diese Uhrzeit jemandem auf der Hutweide begegnet wäre, hätte der bestimmt auch etwas mit sich geführt, was am hellichten Tage aufgefallen wäre. Er war außerdem nicht der einzige, dem Alois Binder zu Brennmaterial verholfen hatte. Die leeren Säcke legte er jeden Abend an die Stelle der neu angefüllten, die letzten zwei mußte er dem Alois noch zurückerstatten.

Die entkernten Maiskolben hatte er in der hinteren Küche aufgeschüttet, um sich den Aufstieg auf den Hausboden, wohin sie eigentlich gehörten, zu ersparen. Hier in der hinteren Küche lagerte auch der Wintervorrat: Kartoffeln, Trockenbohnen, die in einem alten gußeisernen Kessel in Sand eingeschlagenen Möhren und die Petersilienwurzeln, das Faß Wein. Der Keller unter der hinteren Küche war feucht und schimmelig geworden. Anton hatte es geahnt, als Hans Wolf, der jüngste Sohn seines verstorbenen Nachbarn Franz Wolf, im vorigen Herbst alle fünf Akazienbäume am Zaun entlang der Hinterfront des Hauses fällen ließ. Fremdarbeiter aus dem Norden, die übers Jahr in der Staatsfarm arbeiteten, fällten die Bäume kurz vor ihrer Heimreise über die Winterzeit.

Hans Wolf, der seinen Beruf als Schofför der Konsumgenossenschaft aufgegeben hatte und nun das Dorfwirtshaus führte, hatte mit Getränken nicht gegeizt. Anton dagegen befürchtete, daß einer der dickstämmigen Bäume aufs Haus stürzen könnte. Das wäre vor Winterbeginn eine Katastrophe gewesen nicht nur, weil Baumaterial knapp war.

Hans Wolf hatte sich nach dem Tode seines Vaters um dessen zweite Ehefrau, die Anna Lehotzky, und das Anwesen nicht gekümmert, nach deren Tod aber alles in Besitz genommen. Vor allem wegen der alleinigen Nutzung des Hausgartens war es zwischen ihm und seinem in Triebswetter ansässigen älteren Bruder zum Streit gekommen. Den beiden Schwestern, die als junge Mädchen von zu Hause durchgebrannt waren und Rumänen aus Perjamosch geheiratet hatten, sprach er jedwedes Erbrecht ab.

Anton Lehnert verspürte Appetit auf ein Glas Wein. Die für die Kinder bereitgestellte Flasche auf dem Vitrinenschrank wollte er nicht anbrechen, so daß ihm der Weg in die hintere Küche nicht erspart blieb. Das Emailletöpfchen stand in der Stellage, der Kerzenstummel, den er zum Leuchten in der hinteren Küche benötigte, lag griffbereit neben der brennenden Petroleumlampe auf dem Tisch. Das Emailletöpfchen war sein Maß, und jetzt im Winter war es praktisch, denn er konnte den eiskalten Wein darin zum Aufwärmen auf den Kohleofen stellen.

Draußen war es eisig. Wenn Hilde nur daran dachte, Kerzen mitzubringen. Petroleum hatte ihm Meinhard verschafft, auch Kohlen und Glühbirnen. Vielleicht stimmte es, daß man gegen Valuta Kohle und Brennholz in Hatzfeld kaufen konnte. Ob er Hilde darauf ansprechen sollte?

Das Verhältnis Anton Lehnerts zu seinen Töchtern war durch deren Auswanderung nicht getrübt. Die Schmidt jedoch, Susannes ehemalige Schwiegermutter, hatte nach dem Tode Marias, im März dieses Jahres, das Gerücht in die Welt gesetzt, sie würden sich um ihren alleinstehenden Vater nicht kümmern. Selbst als sie ihm das erste Lebensmittelpaket mit Mehl, Zucker, Speiseöl und Fleischkonserven schickten, soll sie behauptet haben, daß die Lehnert-Töchter ihren Vater damit bloß abspeisen wollten, um ihn nicht nach Deutschland holen zu müssen, er sei noch nicht einmal in Besitz der RU-Nummer.

Die Pakete mußten damals noch am Güterbahnhof von Temeswar abgeholt werden: Schlange stehen, die Formalitäten beim Zoll und die Willkür der Beamten. Anton war froh, daß Meinhard das für ihn erledigte. Er gab ihm seinen Ausweis mit, die beigelegten Zigaretten aus dem Paket erhielten die Zöllner, und Meinhard als Entgelt den Kaffee und sonstige Kleinigkeiten. Beim letzten Mal hatte der Beamte auch ein Päckchen Kaffee für sich beansprucht. Seit September wurden die Pakete aus Deutschland wegen des nur noch schwer zu bewältigenden Andrangs bei den Postämtern der Gemeinden ausgefolgt.

Das Telegramm mit der Nachricht vom Tode der Mutter war bei den Töchtern in Deutschland nie eingetroffen. Doch auch sonst hätten sie innerhalb so kurzer Zeit kaum anreisen können und jetzt, im nachhinein, stand sogar fest, daß es vollkommen unmöglich gewesen wäre. Susannes Straftat wegen Republikflucht war noch nicht verjährt, seit Hildes und Erikas Auswanderung war erst im Juli beziehungsweise im November ein Jahr vergangen und vorher hätte man ihnen die Einreise verweigert.

Hilde und Wolfgang hatten nach ihrer Entlassung aus dem Dienst auf eine rasche Erledigung ihres Ausreiseantrags gehofft. Da aber Wolfgangs Eltern schon vor deren Heirat zusammen mit ihrem Sohn die Ausreise beantragt hatten, mußte der Antrag für alle noch einmal gestellt werden, und das hatte gedauert. Es gehörte mit zu den gefürchteten Situationen für Ausreiseantragsteller, wenn während des laufenden Verfahrens ein Familienmitglied verstarb oder gar ein neues durch Heirat hinzukam, denn dann begann die beschwerliche und erniedrigende Prozedur von vorne. Und durch die Auswanderung des Dazugeheirateten hatten nun auch dessen Eltern einen Verwandten ersten Grades in Deutschland, so daß die offizielle Voraussetzung für eine Antragstellung ihrerseits gegeben war. Bei den Esperschidt aus Großsanktnikolaus hatte sich die Aktenlage noch komplizierter gestaltet als bei Hilde.

Kurz nach Erikas Heirat hatten ihr Mann und dessen Eltern die Genehmigung zur Antragstellung für die Auswanderung erhalten, die war nun hinfällig und durch die Geburt der beiden Söhne, Dietmar und Benno, änderte sich laufend die Familienkonstellation.

Anton und Maria Lehnert waren erleichtert, als es schließlich klappte, denn nichts hätte sie mehr belastet als der eventuelle Vorwurf der Schwiegereltern ihrer Töchter, diese hätten die Auswanderung noch länger verzögert. Maria litt stillschweigend darunter, während Anton sich durch Wutausbrüche Luft verschaffte, wenn nach Besuchen der Kinder diese mal wieder über das ewige Warten geklagt oder Befürchtungen über Rückschläge geäußert hatten. Diese Auswanderung habe dazu geführt, daß Eltern sich ihre Kinder fortwünschten, sie los haben wollten, hatte er einmal geschrieen, und Maria hatte bitter geweint. Sie war es, die nach der Auswanderung Hildes und Erikas die Briefe schrieb wie zuvor schon an Susanne. Den letzten schrieb sie noch kurz vor ihrer Einlieferung ins Krankenhaus. Das Telegramm nach Deutschland mit der Nachricht vom Tode Marias hatte Meinhard im Postamt von Lovrin aufgesetzt und verschickt.

Am Brief an die Töchter nach dem Begräbnis Marias mit der Anrede „Meine Lieben!" saß Anton einen schier endlosen Tag lang und spät bis in die Nacht, den qualvollen Tod Marias vor Augen. Er war froh, als er letztendlich eine Seite und ein paar Zeilen in seiner ungelenken Schrift auf dem gefalteten Briefpapierbogen stehen hatte. Es war sein erster Brief seit 1956, als er denen von zu Hause seine Heimkehr mit Familie aus Österreich angekündigt hatte. Die nächsten Briefe an die Töchter, reihum jeweils einer anderen mit der Bitte, ihn zum Lesen weiterzureichen, gingen ihm schon leichter von der Hand. Er schrieb ihnen, was er gearbeitet hatte, wie das Wetter ist, daß er noch gesund sei, zählte den Inhalt der erhaltenen Pakete auf, versicherte ihnen, anläßlich der sehnlichst erwarteten Besuche vieles ausführlicher zu erzählen, aber er beklagte sich nicht.

Anton fröstelte, als er mit dem Wein in die vordere Küche zurückkehrte. Er spürte den lästigen Schmerz im Arm, der ihm mit Beginn der kalten Jahreszeit zu schaffen machte. Als zusätzlichen Schutz vor der Kälte wickelte er sich deshalb ein altes Kopftuch Marias tagsüber um den Oberarm.

Mehr als zwei Monate waren vergangen, seit ihn der Grenzsoldat auf der Fahrt mit dem Fahrrad nach Lovrin am Ortsausgang von Gottlob niederschoß.

Übereifer, Unerfahrenheit, falsche Einschätzung der Lage hatte der hohe Offizier im Gespräch unter vier Augen am zweiten Tag nach seiner Einlieferung ins Krankenhaus von Großsanktnikolaus in einem Nebenzimmer als Gründe angeführt. Anton war es wichtig, immer wieder zu betonen, daß er nicht die Absicht gehabt hatte, über die Grenze zu flüchten. Daß er sich aber der verordneten Überprüfung seines Personalausweises nicht habe unterziehen wollen und einfach davongefahren war, hielt ihm der Offizier bei aller Einsicht dennoch vor. Für ihn war der Fall geklärt und abgeschlossen. Er warnte Anton beim Verlassen des Zimmers, den Vorfall aufzubauschen, denn das würde unweigerlich zu Nachforschungen über seinen Einsatz während der Kriegszeit führen.

Anton war zutiefst erschrocken und versicherte, keine Unannehmlichkeiten haben zu wollen. Als der Offizier gegangen war und der erste Schreck sich gelegt hatte, konnte Anton wieder klar denken. Daß er als Siebzehnjähriger im Oktober 1944 mit sich zurückziehenden deutschen Truppen floh und in die Waffen-SS eingezogen wurde, hatte er nicht verschweigen können, als er nach seiner Rückkehr aus Österreich rumänische Personalakten beantragte. Und in seinem Wehrpaß stand klipp und klar: Hat in der deutschen Armee gedient. Von der eintätowierten Blutgruppe im Oberarm konnte der Offizier nur im Krankenhaus erfahren haben. Das sei ein glatter Durchschuß, hatte der annähernd gleichaltrige Arzt konstatiert und augenzwinkernd gemeint, daß ein alter Soldat so etwas leicht verkraftet.

Da sich kein Wundfieber einstellte und Anton nach der Unterredung das Krankenhaus schnellstmöglich verlassen wollte, kehrte er den völlig Gesundeten hervor, so daß der Arzt ihm die baldige Entlassung versprach. Und weil die Mitpatienten im Zimmer alle frisch Operierte waren, blieben ihm lästige Fragen erspart. Er trieb sich auf den Fluren des Krankenhauses herum oder entwich in den Park im Innenhof. Anfangs scheuchten ihn die Schwestern immer wieder ins Zimmer zurück, bis sie sich damit abfanden und ihn gewähren ließen.

Eine vierte Nacht im Krankenhaus blieb ihm nicht erspart. Bei der Morgenvisite hatte der Arzt seiner Entlassung zugestimmt. Die Schwester aber dämpfte Antons Freude und gab zu bedenken, daß er in den verdreckten Kleidern, in denen er ins Krankenhaus eingeliefert worden war, nicht nach Hause könne. Daran hatte er nicht gedacht. Gegen ein Trinkgeld war der Portier bereit, die Telefonverbindung mit der Kollektivwirtschaft aus Wiseschdia herzustellen. Die Vermittlung zum Postamt nach Komlosch klappte aber erst am Spätnachmittag.

Der Kollektivwächter Alois Binder begriff erst allmählich, mit wem er sprach, war dann aber umso erfreuter und stellte Fragen über Fragen, die Anton nur beiläufig oder gar nicht beantwortete, denn ans Telefonieren war er nicht gewohnt und befürchtete, die Verbindung könnte unterbrochen werden, noch bevor er Alois das Wichtigste mitgeteilt hatte. Er habe verstanden, versicherte dieser und wiederholte zum Abschluß des Gesprächs, was Anton ihm aufgetragen hatte: Der Meinhard solle ihn mit dem Auto aus dem Krankenhaus von Großsanktnikolaus abholen, wenn möglich noch heute, die Rosi ihm Kleider mitschicken, der Schlüssel liege an dem ihr bekannten Platz.

Bis spät in die Nacht wartete Anton, Meinhard kam aber erst am nächsten Morgen. Er habe so schnell kein Benzin auftreiben können, entschuldigte er sich, und Anton beantwortete seine Fragen nur kurz und unwillig, versprach aber, zu Hause ausführlich zu erzählen.

Rexi scharrte an der Tür. Nach Einbruch der Dunkelheit durfte er nicht mehr ins Zimmer, sein Schlaf- und Wachplatz war ein mit alten Kleidern ausgelegter und ramponierter Weidenkorb im Schuppen, aber heute gab's eine Ausnahme. Der schon ausgewachsene aber noch verspielte junge Rüde begrüßte Anton freudig.

„Da wunderst du dich", sagte er, und der Hund legte den Kopf zur Seite und schaute ihn an, als ob er ihn verstehen würde. Manchmal ertappte sich Anton dabei, daß er mit dem Tier sprach, das tagsüber an der Kette im Schuppen lag, dann blickte er sich verstohlen um, ob ihn auch niemand beobachtet hatte. Er hatte Mühe, ihm abzugewöhnen, daß er ihm abends folgte, wenn er ins Dorfwirtshaus ging, bloß um unter die Leute zu kommen, denn der Schnaps zu Hause wäre besser gewesen.

Alois Binder hatte Anton, da dieser ohne Hofhund geblieben war, den kräftigsten Welpen vom Wurf seiner Hündin abgegeben. Wo sein Hund ist, ist auch der Alois, pflegten die Leute zu sagen. Hoffentlich kriege die Hündin, da sie schon in die Jahre gekommen war, keine Jungen mehr, hatte er gemeint, als Anton den Welpen abholte. In der Regel ließ man nach dem Wurf von Hunden und Katzen nur eines der Jungen liegen, die anderen wurden getötet und vergraben, aber es wurde immer schwieriger, die Einzeltiere abzugeben, da die Leute auch bei Hunden und Katzen sparten.

Anton schenkte sich den verbliebenen Wein aus dem Emailletöpfchen ein, trank das Glas aus und räumte den Tisch ab. Hilde sollte ihn nicht so antreffen. Sie hätte sich, weiß Gott, noch denken können, er sei auf seine alten Tage zum Säufer geworden. Er freute sich auf das Wiedersehen und trotzdem war ihm bange. Überall war das Fehlen Marias zu spüren, durch sie wäre beim Besuch alles ein wenig feierlicher geworden. Er vermißte jene Geschäftigkeit, die im Hause herrschte, wenn die Kinder zu Besuch kamen. Rosalia hatte wohl groß aufgeräumt, Kuchen gebacken und einen kalten Imbiß von der Schweineschlacht vorbereitet, aber all das hatte ihn eher geärgert. Zu seiner Erleichterung hatte sie nicht darauf bestanden, gemeinsam auf Hildes Ankunft zu warten, denn er hätte ihr den Wunsch schwer abschlagen können, wo sie sich doch um ihn kümmerte.

Die letzte Zigarette in der Packung war zur Hälfte zerbröselt, Anton steckte sie zurück, zerknüllte das Papier und warf es in den Ofen. Auf dem Schrank im vorderen Zimmer lag die Großpackung mit Zigaretten griffbereit. Meinhard hatte ihm die hundert Pack verschafft und gemeint, daß es bis zum Frühjahr reichen müßte, denn so rasch biete sich keine Gelegenheit mehr, einen Vorrat an Streichhölzern wollte er nachliefern. Die Zeiten waren vorbei, als man einfach in den Konsumladen oder ins Dorfwirtshaus ging und sich Zigaretten kaufte.

Der Glutstock im Kohleofen des vorderen Zimmers war noch hoch, es hatte sich entgegen seiner Befürchtungen gut aufgewärmt. Rexi, der mit dem Kopf auf den Vorderpfoten ausgestreckt unter dem Tisch schlief, öffnete kurz die Augen, als Anton zurück in die Küche kam. Er drehte am Lichtschalter und, siehe da, der Strom war gekommen. Hoffentlich brauchte er die Petroleumlampe heute abend nicht mehr. Er schraubte den Docht zurück und blies, über das Lampenglas gebeugt, die kleine, spitze Flamme aus. Das Lampenglas mußte noch abkühlen und äußerste Vorsicht war angesagt, denn Meinhard hatte trotz seiner Beziehungen keinen Ersatz auftreiben können. Nun konnte er das Licht im Gang anschalten, damit die Kinder sahen, daß er auf sie wartete.

Draußen fror es Stein und Bein. Anton öffnete sperrangelweit die Tür, um zu lüften. Er blieb im Gang stehen und rauchte, obwohl er befürchten mußte, daß der Schmerz im Oberarm einsetzen könnte. Vielleicht hatte Hilde an die Filterzigaretten gedacht, die wird er weglegen, um etwas bei der Hand zu haben, wenn Meinhard sie bei der Beschaffung alltäglicher Kleinigkeiten brauchen sollte. Er selbst konnte sich nicht vorstellen, daß diese Zigaretten ihm schmecken könnten. Die Besucher aus Deutschland machten sich damit nur wichtig, es gab dort bestimmt doch auch filterlose Zigaretten.

„Rexi, jetzt mußt du in dein Nest", sagte Anton, der Hund folgte aufs Wort, und Anton schloß hinter ihm die Tür. Der Hund sollte schließlich Laut geben, wenn die Kinder ankamen. Die Glut im Ofen war unter der grauen Ascheschicht nicht mehr zu sehen, und Anton entfachte das Feuer erneut mit entkernten Maiskolben, wartete ab, bis die Flammen alle ergriffen hatten und legte von den Eierkohlen nach. Wie lange es wohl noch dauern wird, bis Hilde eintraf? Endlich ein Wiedersehen und doch das beklemmende Gefühl, alles noch einmal durchmachen zu müssen, wenn sie ihre Fragen stellt.

Als er und Meinhard Maria aus dem Auto hoben, biß Rosalia sich in die Hand. Sie hielten Marias Arme um ihre Nacken geschlungen und schafften sie mehr tragend denn stützend ins Haus. Marias Gesicht war fahl, ihre Augen lagen tief in den Höhlen, sie stöhnte leise und hatte diesen fragenden Blick. Sie setzten sie aufs Bett, sie war nur noch Haut und Knochen. Er faßte tröstend ihre Hand, die Finger waren spitz und schienen blutleer.

Während Rosalia sich weiter um Maria kümmerte, begleitete Anton den Meinhard hinaus. Der hatte auf Anweisung des Gemeindearztes Tiberius Popovici Maria auch ins Kreiskrankenhaus überführt, weil die Anforderung eines Krankenwagens aussichtslos war und schon damals eine Entlohnung abgelehnt. Auch diesmal wollte er davon nichts wissen und wehrte mit beiden Händen ab, als Anton ihm Geld aufdrängen wollte. Er solle ihn nicht in diese peinliche Situation versetzen, sagte Anton fast bettelnd und Meinhard schlug vor, daß die Töchter aus Deutschland, wenn sie zu Besuch kommen, ihn mit Benzinbons entschädigen könnten, die es für Ausländer in den Shops zu kaufen gab. Er entnahm der Innentasche seines Rocks die Entlassungspapiere, steckte sie dann aber kurz entschlossen wieder ein. Die seien für Leute wie sie sowieso ein Buch mit sieben Siegeln, versuchte er zu flachsen. Er fahre jetzt nach Gottlob, um den Arzt zu holen, hoffentlich treffe er ihn zu Hause an, und übergebe ihm die Papiere. Anton trug Meinhard auf, dem Arzt zu versichern, daß man sich erkenntlich zeigen würde.

Rosalia hatte Maria einen Tee gekocht und flößte ihr diesen mit einem Löffel ein. Sie bedauerte, daß es nicht gelungen war, Zitronen aufzutreiben und meinte, man könne in diesem Land schon froh sein, wenigstens Tee zu haben. Als Anton etwas sagen wollte, erteilte sie ihm den Auftrag, ihre Schwiegertochter her zu holen, denn die sollte zugegen sein, wenn der Arzt kommt. Susanne Potje war seit noch nicht langer Zeit im Dorf eine Art Krankenschwester, weil das Ambulatorium aufgelöst worden war.

Der Arzt Tiberius Popovici hatte ihr das Impfen beigebracht, und nach Dienstschluß in der Staatsfarm fuhr sie mit dem Fahrrad zu ihren Patienten, meist älteren Leuten, und verabreichte ihnen die vom Arzt verordneten Spritzen, die man irgendwie organisiert hatte.

Die Visite des Arztes am Krankenbett Marias dauerte nicht lange. Er besah sich im Beisein der Susanne Potje die Operationswunde, äußerte sich zufrieden über den Zustand der Vernarbung, gab seiner Gehilfin aus Wiseschdia Anleitungen zur Pflege und zum Wechseln des Verbandes. Seiner Arzttasche entnahm er zwei Schachteln Medikamente und schärfte ihr deren Verabreichung ein. Für die ersten Tage würden die schmerzlindernden Tabletten reichen, man müsse zusehen, woher neue beschaffen. Das sagte der Arzt in Anwesenheit aller in der vorderen Küche. Anton wandte sich auf rumänisch an ihn, fuhr aber dann banatschwäbisch fort, Meinhard solle ihm sagen, daß seine Töchter die Medikamente aus Deutschland schicken können. Das wäre umständlich und könnte lange dauern, gab der Arzt zu bedenken. Aber das seien doch deutsche Medikamente, entgegnete Anton, nahm wie zum Beweis eine Schachtel vom Tisch und hielt sie ihm hin. Sicher, aber man erhält sie auf Sonderrezept in einer Apotheke in Temeswar. Keine Sorge, er werde persönlich dort vorsprechen. Auf dem Weg zu Meinhards Wagen, der auf der Gasse stand, gab der Arzt Susanne Potje zusätzliche Anleitungen. Anton hielt Meinhard zurück und redete auf ihn ein, dem Arzt auf der Rückfahrt klar zu machen, daß Kosten keine Rolle spielten und daß seine Töchter die Medikamente notfalls in Valuta bezahlen würden.

Sie haben die Lehnert aufgeschnitten und wieder zugenäht. Diese Nachricht von ihrer unheilbaren Krankheit hatte am zweiten Tag, nachdem Meinhard Potje die Maria mit dem Auto aus dem Kreiskrankenhaus nach Hause gebracht hatte, im Dorf die Runde gemacht. Rosalia Potje tröstete Anton, er solle auf das dumme Geschwätz der Leute nichts geben. Die furchtbaren Schmerzen rührten nicht von einer akuten Blindarmentzündung, wie vom Gemeindearzt Tiberius Popovici diagnostiziert, das wußte sie zu dem Zeitpunkt. Dennoch fuhr sie die Magdalene Weber an, sie solle sich um ihre eigenen Angelegenheiten kümmern, als diese sie im Konsumladen ansprach, Salz war eingetroffen, und wissen wollte, woran die Lehnert operiert worden war. Wegen einer Darmverwicklung, sagte Rosalia den anderen anwesenden Frauen und schimpfte auf den Gemeindearzt. Man war sich darin einig, daß dem ehemaligen Gemeindearzt Robert Klein, der nach Deutschland durchgebrannt war, eine solche Fehldiagnose nicht unterlaufen wäre.

Ohne Rosalia und Susanne Potje wäre Anton nicht zurechtgekommen. Sie kümmerten sich praktisch um alles. Daß Rosalia es als selbstverständlich betrachtete, die erste Nacht da zu bleiben, hatte er ohne Murren hingenommen und war im stillen eigentlich dankbar dafür. Als sie aber dann, ohne ihn zu fragen, im vorderen Zimmer Feuer machte und ihn über Nacht dorthin verwies, ärgerte es ihn schon. Sie hatte sich ein Nachtlager auf dem Diwan im Schlafzimmer bei Maria eingerichtet. Auf dem verbrachte dann Anton die Nächte bis zu ihrem Tod.

In der Betreuung und Pflege Marias fiel Anton die Aufgabe zu, das Feuer im Herd nicht ausgehen zu lassen und dafür zu sorgen, daß immer warmes Wasser da war. Rosalia wechselte morgens Maria das Nachthemd, wusch sie mit einem feuchten Lappen und setzte sie dann in eine Decke gehüllt auf einen Stuhl mit dem Rücken zur Wand, während sie lüftete, die Kissen und die Daunendecke aufschlug oder frisch bezog. Sie kochte für Maria leichte Suppen, Grießbrei und fütterte sie. Susanne Potje sorgte dafür, daß Maria regelmäßig ihre Medikamente bekam, sie hatte eine Gummiunterlage für das Bett aus dem aufgelösten Ambulatorium, zu dem sie den Schlüssel hatte, gebracht und eine Leibschüssel, deren Handhabung sie Anton beibrachte, weil der nachts auf sich allein gestellt war. Den Vorschlag ihrer Schwiegermutter, auch die Verabreichung der Medikamente zu übernehmen, schlug sie aus. Das sei schließlich eine Vertrauenssache zwischen ihr und dem Arzt und bei falscher Dosierung seien die Folgen unabsehbar. Letzteres leuchtete Rosalia ein. Für den Fall, daß Maria nachts starke Schmerzen haben sollte, hatte sie Anton die Tabletten zurechtgelegt.

Dem Arzt Tiberius Popovici war es gelungen, zusätzliche Medikamente aufzutreiben, die Anton eine schöne Stange Geld kosteten. Bei der Gelegenheit brachte er auch Vitaminspritzen mit, die zur Stärkung der Kranken beitragen sollten. Anton fühlte sich verpflichtet, dem Arzt und dessen Geber für Mühe und Wohlwollen Geschenke aus Deutschland in Aussicht zu stellen.

Maria dämmerte, von den Medikamenten benommen, vor sich hin, und Rosalia beteuerte Anton gegenüber immer wieder, was für eine geduldige Kranke Maria sei. Morgens und abends schien sie für kurze Zeit hellwach zu sein, hatte aber Schwierigkeiten zu sprechen. Wenn sie dann eine Träne zerdrückte, hatte Anton Mühe stark zu bleiben. Ihr Tod war in den drei Wochen ihres Dahinsiechens kein einziges Mal auch nur andeutungsweise Gesprächsthema. Am Morgen des 12. März hatte Rosalia Marias Bett frisch überzogen. Die saß wie all diese Morgen in ihre Decke gehüllt auf dem Stuhl mit dem Rücken zur Wand. Anton schickte sich an, Maria zurück ins Bett zu legen, damit Susanne Potje ihr die Medikamente mit Tee verabreichen konnte. Als er sie hochhob, erstarrte er mit seiner toten Frau in den Armen.

Anton Lehnert saß, die Ellbogen auf die Tischplatte gestützt, das Kinn in den Hohlhänden, leicht nach vorn gebeugt am Tisch in der vorderen Küche. So lange und intensiv hatte er über die letzten zehn Monate noch nicht nachgedacht. Seinen Töchtern hatte er wohl vieles geschrieben, aber wie hätte er ihnen alles begreiflich machen sollen. Ob ihm das Erzählen leichter fallen wird? Die Verpflichtungen Meinhard und dem Arzt gegenüber durfte er nicht vergessen, Hilde wird bestimmt schimpfen, daß er nichts von seiner Verwundung geschrieben hatte.

Wegen der gebeugten Sitzhaltung spürte Anton einen leichten Schmerz im Rücken und stand vom Tisch auf. Das Ganglicht sollte er eigentlich löschen, ging ihm durch den Kopf, denn nur so konnte er das Scheinwerferlicht im dunklen Hof vom Tisch aus rechtzeitig sehen. Als er auf den Gang trat, stand ein Auto vor dem Tor, der Hund schlug an, und Hilde stieg aus dem Wagen.

2

Über Gäste freut man sich zweimal: wenn sie kommen und wenn sie gehen. Anton Lehnert hielt nichts von dergleichen Sprüchen und er schämte sich, als er ihm einfiel. Hilde war doch kein Gast. Aber es war nicht wie früher, wenn sie, Erika und Susanne zu Besuch nach Hause kamen. Anton redete sich ein, daß Hilde dieselbe geblieben war. Ihre warmherzige und einfühlsame Begrüßung hatte ihm das Wiedersehen leichter gemacht, und er war froh, daß sie als erste zu Besuch gekommen war.

Wir müssen jetzt nach vorne schauen, hatte sie gesagt. Aus dem Munde Rosalias zum Beispiel hätte er diese Äußerung als gefühllos empfunden. Hildes Durchsetzungsvermögen und Zielstrebigkeit hatte er schätzen gelernt: Wie sie sich damals nach mißlungener Aufnahmeprüfung an der Hochschule als unqualifizierte Arbeiterin in der Schuhfabrik von Temeswar anstellen ließ, dann einen Kurs absolvierte und es im neugegründeten Betrieb für integrierte Schaltkreise, der erste dieser Art im Land, bis zur Gruppenleiterin brachte. An ihre erste Ehe und das Zerwürfnis mit ihr wollte er nicht denken, denn schließlich hatte sich doch alles zum Guten gewendet.

Da saß er nun im Barchenthemd und neuer Winterhose am Tisch in der vorderen Küche und wartete, daß Bewegung und Leben ins Haus kommt. Er war, wie jeden Morgen um diese Jahreszeit, gegen sieben aufgestanden, obwohl Hilde und er erst kurz vor zwei zu Bett gingen. So tief hatte er seit langem nicht mehr geschlafen und fühlte sich völlig ausgeruht.

Hilde hatte Wolfgang nach dem kurzen Umtrunk vom mitgebrachten Kognak schlafen geschickt, denn der war nach der langen Fahrt hundemüde. Daß man sechzehn Stunden durchfährt, konnte Anton nicht fassen. Ausgerechnet am Bahnübergang von Gottlob waren die Kinder in ein Schlagloch geraten, und Wolfgang befürchtete, daß der Wagen einen Schaden abbekommen hatte.

Das Feuer im Herd brannte, Anton stand auf, um die Tür zu schließen, es war genug gelüftet. Der Morgenfrost hatte sich in der Küche ausgebreitet, und draußen war es noch dunkel. Um diese Tageszeit gab es meistens Strom, aber er hatte, um die Kinder nicht durch den Lichtschein zu stören, die Petroleumlampe angezündet. Nach Hildes Ankunft hatte er noch in der Nacht überall wieder, außer im Stall, Glühbirnen eingeschraubt, denn jetzt besaß er sie im Überfluß.

Seit er aufgestanden war, bewegte er sich wie auf Zehenspitzen, immer darauf bedacht, keinen Lärm zu machen. Vorsichtig öffnete er die Tür zur Kammer, bevor er sein Nachtlager vom Diwan abräumte. Tuchent, Kissen und Leintuch legte er tagsüber auf seinen Teil des doppelten Ehebetts, der Teil Marias, mit frisch bezogenem Bettzeug, war mit einer Überdecke abgedeckt.

Seit ihrem Tode bewohnte Anton nur die vordere Küche, und den Vorschlag Rosalias, während Hildes Besuch in der Kammer zu schlafen, hatte er mit der auch ihr letztlich einleuchtenden Begründung abgelehnt, keine drei Zimmer heizen zu wollen.

Das Wasser im hohen Topf auf dem Herd siedete, und Anton schöpfte daraus in einen kleineren für die Hühner. Bei dieser Kälte fror das Wasser in der alten gußeisernen Rein im Stall. Damals, als sie noch eine Kuh hielten, kam das nicht vor. Und Maria hatte in besseren Zeiten, als sie noch Weizen von der LPG bekamen und er diesen in der Mühle von Triebswetter mahlen ließ, für die Hühner in der Winterzeit die Kartoffelschalen gekocht, mit Kleie vermengt und das Gemisch an sie verfüttert. Sie behauptete, daß die Hühner, die zu legen aufgehört hatten, wegen des kräftigen Futters rascher damit beginnen würden, und die, welche noch Eier legten, länger durchhalten würden.

Draußen dämmerte es, und dann war es besonders frostig. Er wollte umkehren und die schmuddelige wattierte Steppjacke überziehen, aber das Quietschen der verfluchten Tür hätte Hilde wecken können.

Der Pumpbrunnen im Hof vor der hinteren Küche war zugefroren. Die Enteisung mit heißem Wasser kam aber erst in Frage, nachdem die Kinder aufgestanden waren. Hoffentlich hatte es nicht so hart gefroren, daß auch der Zylinder enteist werden mußte. Dann müßte er die Bretter über dem mit Ziegelsteinen ausgemauerten Schacht abnehmen und mit Holzscheiten Feuer um den Zylinder machen. Aber er hatte den ja bei Einbruch des Winters mit der zerschlissenen Winterjacke umwickelt.

„So ist das mit Gästen", sagte Anton in Richtung Schuppen, wo Rexi winselte. Er hatte den Hund über Nacht angekettet, da Wolfgang befürchtete, er könnte das Auto zerkratzen. Anton schloß die hintere Küche auf, und es schien ihm, als habe er etwas davonhuschen sehen. Es werden sich doch keine Ratten eingenistet haben! Er knipste das Licht an, schaute in allen Ecken nach, konnte aber kein Loch entdecken. Es beruhigte ihn, daß keine von den Maiskörnern aus dem Korb verstreut herumlagen. Er nahm die leere Konservendose vom Tisch und füllte sie an. Das war das Maß für seine sieben Hühner und den Hahn. Im Frühjahr mußte er sich unbedingt eine Katze anschaffen, die getigerte war nach seiner Rückkehr aus dem Krankenhaus verschwunden. Bis dahin sollte er Rexi öfters in die Küche lassen, damit der herumschnüffelt.

Anton öffnete das Lattentürchen, das den hinteren Teil des Gangs abschloß. Der gepflasterte Eingangsbereich zum Stall war mit einem hohen Drahtgestell umzäunt und als Auslauf für die Hühner gedacht, das Türchen am Ende des Ganges diente als Einlaß. Anton streute die Maiskörner auf die Steine und schloß dann das Hängeschloß an der schweren, zweiteiligen Stalltür auf. Als er sie öffnete, gakkerten ihm die Hühner entgegen und fielen über den Mais her. Der Hahn stand breitbeinig im Türrahmen, reckte den Hals und krähte. Anton hätte ihn erschlagen können und scheuchte ihn, um ein erneutes Krähen zu verhindern.

Das Wasser in der Rein im Stall war tatsächlich gefroren, und Anton goß das warme auf. Gestern abend hatte er in der Aufregung um Hildes Ankunft vergessen, nach den Eiern zu schauen. Da im Stall noch keine Glühbirne eingeschraubt war, mußte er sich im Dunkeln an den unter der Pferdekrippe stehenden, mit Stroh ausgelegten Korb herantasten und erspürte drei Eier. Mit der Schuhspitze stieß er an der Wand zur hinteren Küche auf eine weiche Unebenheit, stocherte darin, es war zweifelsohne frisch aufgewühlte Erde. Es mußte eine Ratte gewesen sein, die in der hinteren Küche davongezischt war. Also doch! Verdammt! Er ließ die Eier im Korb liegen und verließ im Eiltempo den Stall, als könnte er die Ratte noch erwischen.

Und er wurde fündig. Im Sockel des aus Ziegeln errichteten und mit Lehm verputzten Backofens in der Ecke an der hinteren Küchen- und Stallwand, von einem der Metallfüße des daran gerückten Sparherdes fast verdeckt, war ein Loch. Eine Woche vor ihrer Einlieferung ins Krankenhaus hatte Maria im Ofen noch Brot gebacken. Sie fühlte sich schwach, und er hatte das Einheizen mit Maisstengeln und Reisig vom Stall aus übernommen. Jetzt war der Ofen zum Schlupfwinkel für Ratten geworden. Ein schönes Stück Wurst sollten sie kriegen, aber bis Meinhard Gift auftrieb, mußte Anton die altbewährte Methode mit den Glassplittern versuchen.

Im Gerümpelhaufen hinter dem Klo fand er ein Stück Fensterglas. Als er auf dem ausgetretenen Pfad entlang des Hühnerzauns zurück in die Küche eilte, fiel ihm ein, daß er mal ein Stück Glaswatte von der Staatsfarm mit nach Hause gebracht hatte, das sich in seiner Werkzeugschachtel befinden mußte.

Mit Hammer, Glaswatte und dem Stück Fensterglas ausgerüstet, kniete Anton nieder. Er zerschlug die Scheibe, scharrte die Splitter mit dem Hammer ins Loch und stopfte es mit der Glaswatte zu. Das dürfte vorläufig reichen. Ausgerechnet jetzt mußten sich die verfluchten Viecher zeigen. Eine Maus gab es immer mal wieder im Haus, auf dem Dachboden sowieso, aber Ratten, das war schlimm.

Anton saß wieder am Tisch in der vorderen Küche und wartete. Maria hätte schon längst den Frühstückstisch gedeckt, wie immer, wenn die Töchter mit ihren Ehemännern zu Besuch waren. Hilde wird ihrem Wolfgang schon das Frühstück zubereiten. Für heißes Wasser war gesorgt, von der Schlachtplatte hatten sie heute nacht nur wenig gegessen, und Hilde hatte im Kühlschrank Rama, Butter, allerlei Käse- und Wurstsorten aus Deutschland verstaut, Milch gab's von den Potje, und Rosalia hatte einen großen Laib Brot gebacken.

Was Hilde nicht alles mitgebracht hatte: eine Großpakkung Mehl und Zucker, einen Karton mit Speiseöl, drei Tüten mit Fleisch- und Fischkonserven, Salz, Pfeffer, gemahlenen Paprika, sogar Hefe, an Glühbirnen und Kerzen hatte sie gedacht. Streichhölzer seien in Deutschland gar nicht so leicht zu kriegen, hatte sie gemeint und fünf Packungen auf den Kühlschrank gelegt, all das andere lagerte vor dem Vitrinenschrank. Hinzu kamen Toilettenpapier, Waschpulver, Kaffee, Seife, Zahnpaste, Rasiercreme, Gillettes und Rasierwasser. Ob es in Deutschland keinen Spiritus gäbe, hatte er gescherzt, und Toilettenpapier wäre nun doch nicht nötig gewesen. Der Thomas Ritter habe immer gesagt, daß die Zeitung sehr nützlich wäre, denn man könne sich mit ihr den Arsch wischen. Das sei ihm so rausgerutscht, hatte er sich entschuldigt. Als Hilde ihn darauf hinwies, daß diese Mitbringsel sowohl von seinen drei Töchtern als auch von den Schwiegersöhnen stammten, mußte Anton lächeln und fühlte sich wie ein reicher Mann.

Erst nachdem sie Wolfgang schlafen geschickt hatte, bat Hilde ihren Vater unter Tränen, von der Mutter zu erzählen. Mit wimmernder Stimme erzählte Anton vom anfänglichen Unwohlsein Marias, von den zunehmenden Schmerzen, ihrer Weigerung, den Arzt aufzusuchen, denn ihr sei doch nicht mehr zu helfen, von seinem Entschluß den Arzt zu holen, von Marias Einlieferung ins Krankenhaus mit der Diagnose akute Blinddarmentzündung, von ihrer Heimkehr und der Gewißheit ihres baldigen Todes. Er habe anfangs bloß eine böse Ahnung gehabt, sei sich aber schließlich sicher gewesen, daß es Krebs ist. Meinhard mußte es von Anfang an gewußt haben, habe es ihm verschwiegen, er sei ihm deshalb aber nicht böse, denn Rettung habe es keine mehr gegeben.

Bevor Hilde schlafen ging, machte sie ihm den Vorwurf, sie von seiner Verwundung nicht benachrichtigt zu haben. Die Großmutter habe zwei Tage vor der Abreise angerufen und wissen wollen, ob es stimmt, was man höre. Die Schmidt hätten nachgefragt, denn die hätten es von den Schäfer erfahren, die aber wüßten auch nichts Genaueres. Zu seiner Verteidigung sagte er, daß er es ihnen bestimmt mitgeteilt hätte, wenn sie nicht bald zu Besuch gekommen wäre. Und übrigens sei es nur ein Streifschuß, und er zeigte Hilde zur Beruhigung die vernarbte Wunde. Die Nachricht konnte nur durch einen Brief aus dem Dorf in Umlauf gebracht worden sein, denn seit Oktober hatte es keinen Besuch aus Deutschland gegeben. Anton tat es gut, daß Hilde von den Vorwürfen der Großmutter nichts hielt und der Hauptgrund ihrer Besorgnis ein ganz andere war: die Ungewißheit über seinen gesundheitlichen Zustand oder über eventuelle Schikanen.

Die Tür zum vorderen Zimmer öffnete sich leise und Hilde schlüpfte, mit einem Morgenmantel bekleidet, herein und knipste das Licht an. Anton erhob sich vom Stuhl, sie kam auf ihn zu und küßte ihn auf die Wange. Diese Art der Zärtlichkeit hatte er schon lange nicht mehr erfahren.

„Gut geschlafen?"

„Ja, mein Kind. Und du?"

„Wie zu Hause."

„Das freut mich."

„Ich meine, hier bin ich zu Hause."

„Der Wolfgang ist bestimmt noch müde", sagte er im Flüsterton und löschte die Petroleumlampe.

„Halb so schlimm", flüsterte Hilde zurück.

Anton nahm den hohen Topf mit Wasser vom Herd und stellte ihn auf den daneben stehenden Schemel.

„Jetzt kannst du dir einen Kaffee kochen", schlug er vor und legte Kohlen nach.

„Kochst du auf dem Ofen?"

„Ja, jetzt im Winter."

„Mama hat doch den Elektrokocher benutzt."

„Meistens ist doch kein Strom."

„Ich mach mir einen Nescafé. Willst du auch?"

„Na gut."

Hilde kramte in einer der Tüten, die vor dem Vitrinenschrank standen. Anton stellte ein Blechtöpfchen von dem heißen Wasser auf den Herd. Er gab Hilde durch Zeichen zu verstehen, aus dem Schrank Kaffeetassen zu holen, die winkte ab.

„So nobel bin ich nicht geworden", meinte sie und griff nach zwei Töpfchen von der Stellage.

„Gleich kocht das Wasser", sagte Anton und stellte die Zuckerdose auf den Tisch.

„Es muß ja nicht kochen", belehrte sie ihn lächelnd und drückte Süssli aus dem Behältnis aus Plaste.

„Tabletten?" fragte Anton.

„Nein, Süßstoff. Ist nicht so kalorienreich."

„Ach so. Ich bleib bei Zucker", entschied Anton.

Hilde goß den Kaffee auf. Als Anton sich eine von seinen Zigaretten anstecken wollte, entnahm sie der Tasche ihres Morgenmantels eine Packung Marlboro und bot ihm eine an.

„Rauchst du viel?" fragte er, als Hilde sich eine ansteckte und drehte die Zigarette zwischen den Fingern.

„Es geht. Ich habe dir eine Stange davon mitgebracht, wenn du irgendwo schmieren mußt."

„Aber die heißen doch Kent."

„In Deutschland raucht die niemand. Ich habe keine gefunden. Die Marlboro sind viel besser. Schmeckt sie dir?"

„Nicht schlecht", sagte Anton, der die Zigarette angesteckt hatte und den Rauch abschmeckte.

„Ich räum dir die ganzen Sachen in die große Kommode in der Kammer. Wir haben sie doch noch?"

„Natürlich. Es wäre gut, wenn das alles hier verschwindet, bevor deine Rosi God antanzt."

„Für die Potje haben wir auch mitgebracht."

„Ich meinte ja bloß."

„So, Papa, und jetzt erzählst du mir mal genau, wie das mit dem Grenzer passiert ist."

„Gut", willigte Anton ein, drückte die halb gerauchte Zigarette aus und begann zu erzählen.

Am Abend des 3. Oktober, es war ein Donnerstag, sei der Alois erschienen. Wenn der bei jemandem aufkreuzt, wisse man sofort, daß er eine Nachricht überbringt. Er solle morgen im Laufe des Vormittags bei der Miliz in Lovrin vorstellig werden, habe ihm der Alois mitgeteilt, aber nicht sagen können weshalb. Er sei schon verärgert gewesen. Da riefen die einfach an, bestellten den Menschen, und der wüßte nicht warum. Er habe sich dann beruhigt und sich gesagt, zuschulden habe er sich nichts kommen lassen und habe nichts zu befürchten. Der einzige Grund, weshalb man ihn bestellt haben könnte, sei im Zusammenhang mit Susannes Verurteilung wegen ihrer Flucht und der baldigen Verjährung, habe er sich schließlich gedacht. Am nächsten Morgen also mit dem Fahrrad losgefahren, es sei ihm sonderbar zu Mute gewesen, allerlei Gedanken und Erinnerungen. Am Dorfausgang von Gottlob sei paar Wochen vorher ein Grenzposten eingerichtet worden, tagsüber, wie er inzwischen wisse. So ein junger Kerl habe ihn angehalten, er sei auch stehengeblieben, dann aber wieder aufs Fahrrad gestiegen und losgefahren. In Richtung Lovrin liege doch nicht die Grenze, habe er dem jungen Kerl gesagt. Ein junger Offizier aus einem grünen Geländewagen, der neben der Straße stand, sei hinzugekommen. Er habe gehört, daß man ihm nachruft, dann sei der Schuß gefallen. Mit einem Schlag habe es ihn in den Graben geworfen. Als er sich aufrichten wollte, habe er einen furchtbaren Schmerz im Arm gespürt und sei zusammengebrochen. Dann sei der Arzt aus Gottlob plötzlich dagewesen, der habe ihn geimpft und verbunden. Als man ihn aufrichtete, sei ihm ganz schwarz vor den Augen geworden. Er habe aber die Leute sehen können, die sich vor den ersten Häusern versammelt hatten. Nun war auch ein zweiter Geländewagen da, und der habe ihn ins Krankenhaus von Großsanktnikolaus gebracht. Ein anderer Offizier sei mitgefahren, der und der Fahrer hätten während der Fahrt kein einziges Wort mit ihm gesprochen. Es sei nicht so schlimm, habe ihn der Arzt im Krankenhaus beruhigt. Und das habe auch gestimmt. Vier Nächte habe er dort verbringen müssen. Ja, ansonsten keine Scherereien, man habe ihn in Ruhe gelassen, die wollten doch keine Probleme kriegen. Sein Fahrrad habe er wiederbekommen, einfach in der Kollektiv abgestellt noch am selben Tag. Der Karl Schirokmann habe es ihm repariert, alles wie neu. Und der Alois habe damals, als er ihn nach Lovrin bestellte, gemeint, es sei wegen der Paßverständigung. Man könne sich nur wundern, was für Vorstellungen manche Leute hätten. Er habe doch bloß diese RU-Nummer, die Aufnahmebewilligung, und das bedeute noch gar nichts.

„Das ist die Voraussetzung. Den Rest erledige ich, deshalb bin ich gekommen", sagte Hilde.

„Was hast du vor?"

„Ich erkläre dir alles. Wo ist die Schere?"

„Beim Nähzeug."

Hilde ging in die Kammer, wo die alte Singer-Nähmaschine ihrer Mutter stand und kehrte mit der Schere zurück. Konsterniert sah Anton ihr zu, wie sie das Futter ihrer Handtasche auftrennte.

„So, das hätten wir", sagte sie und glättete die gefalteten Papierbögen, die sie dem Versteck entnommen hatte.

„Was ist das?"

„Das ist dein Antrag für die Auswanderung."

„Was?"

„Ich erkläre dir, wie ich mir das gedacht habe", beruhigte sie ihn.

Hilde hatte drei maschinengeschriebene Formulare, wie sie auch hier üblich waren, bei einem Bekannten in Deutschland aufgetrieben und über die Grenze geschmuggelt. Sie ging mit ihrem Vater, der teilnahmslos dabeisaß, die mit Schreibmaschine ausgefüllten Rubriken durch: seine Personaldaten und die der Mutter, die Personaldaten der Töchter, Schwiegersöhne, Enkel, die seiner Mutter und seines Bruders mit Angabe der Wohnorte und Arbeitsplätze in Deutschland. Anton mußte seinen Ausweis aus dem Schrank holen, um die Richtigkeit des Ausstellungsdatums, der Serie und der Nummer zu überprüfen. Wegen der vielen Angaben waren die Blätter beidseitig beschriftet. Hilde setzte neben die Ortsangaben Vizejdia das Datum 23.XII. 1985 und reichte ihrem Vater den Kugelschreiber, damit er unterschrieb.

„Du hast mich überrumpelt", sagte der, legte den Stift auf den Tisch und wischte sich erst mal mit dem Taschentuch den Schweiß.

„Mach jetzt keine Faxen."

„Ist ja gut. Wo soll ich unterschreiben?"

„Hier und hier."

Anton atmete tief durch und setzte seine Unterschrift unter zwei der Blätter. Ein drittes Exemplar des Ausreiseantrags faltete Hilde wieder.

„Das hebst du wegen den Daten gut auf."

„Ich bin ganz durcheinander", gestand Anton seiner Tochter. Die wies ihn zu seiner Beruhigung darauf hin, daß alle angeführten Familienmitglieder in Deutschland lebten und seiner Ausreise nichts im Wege stehen dürfte. Sie und Wolfgang fahren noch heute in die Stadt und schickten den Ausreiseantrag per Einschreiben mit Rückantwort ab.

„Das zweite Exemplar kriegt der Blumenmann mit dem Geld."

„Was für Geld?"

„Wir haben zusammengelegt und zahlen die 10.000 Mark.“

„Das kommt nicht in Frage!“

„Aber Papa. Laß das unsere Sorge sein. Du mußt uns das Geld nicht zurückgeben. Das sind wir dir schuldig.“

„Aber du hast doch vorhin gesagt, daß es auch ohne Schmieren geht, weil ihr alle in Deutschland seid.“

„Doppelt genäht hält besser.“

„Komm mir nicht mit Sprüchen.“

„Papa, sei doch vernünftig. Sonst wartest du noch Jahre.“

„Macht mir nichts aus.“

„Red nicht so.“

„Und wenn dann die Verständigung kommt? Kleine Formulare, große Formulare, der Paß, das Visum in Bukarest, die ganzen Akten für das Haus, die Gepäckaufgabe in Curtici. Wie soll ich das allein machen? Ich kann doch nicht immer und ewig den Meinhard bitten! Und woher Benzin?“

„Mal schön nach der Reihe. Curtici fällt weg, du kommst bloß mit einem Koffer. Und keine Widerrede. Der Meinhard kriegt Benzinbons für alle Fahrten, die er für dich gemacht hat und noch machen wird. Auch ansonsten werden wir uns erkenntlich zeigen. Wolfgangs Freund hat in Temeswar einen Bekannten, der sich mit allen diesen Formalitäten auskennt. Wir treffen ihn heute. Der wird für dich die Wege machen.“

„Und wie weiß der, wann etwas zu erledigen ist?“

„Der Meinhard kriegt seine Telefonnummer und ruft von der Ferma aus an, wenn du eine Verständigung hast. Dann fährst du nach Temeswar, und ihr trefft euch am Bahnhof oder in der Stadt. Nach Temeswar kannst du doch fahren?“

„Na hör mal, so hilflos bin ich auch wieder nicht.“

„Siehst du!“

„Ich weiß nicht, ob das gut ist.“

„Daß du auswanderst?“

„Ich weiß nicht.“

„Wir reden noch einmal in aller Ruhe darüber.“

„Da kommt sie ja angeschlurft. Vorläufig kein Wort. Die erfährt es noch früh genug.“

Hilde öffnete die Tür zur vorderen Küche und empfing Rosalia Potje. Die fiel ihr jammernd um den Hals und beklagte den Tod der Mutter. Anton griff nach einem Lappen, faßte den hohen Topf an beiden Henkeln und verließ mit dem heißen Wasser die Küche, um seinen Pumpbrunnen zu enteisen. Er war verärgert, weil Rosalia gerade jetzt hereingeplatzt war und weil ihm schien, als müßte Hilde sie trösten und Wolfgang hatte sie mit ihrem Gejammer bestimmt auch geweckt.

Es war inzwischen hell geworden, Schnee und Rauhreif verliehen der Umgebung einen weißgrauen Schimmer. Erst wenn die Sonne herauskam, erschien für kurze Zeit alles wie in ein zartes Weiß getaucht, bis dann der Rauhreif abfiel. Anton goß Wasser in den Pumpbrunnen, vom verschütteten bildeten sich Eisäderchen am Metall. Die Innenfläche seiner Hand klebte kurz am Hebel, als er diesen behutsam nach unten drückte. Es klemmte noch, und er goß von dem heißen Wasser nach, bis es aus dem Rohr in den darunter stehenden Eimer floß, der auf einem Holzbock stand. Anton drückte den Hebel und spürte, daß der Kolben saugte. Er pumpte vorerst in kurzen Bewegungen den Brunnen an, holte dann voll und gleichmäßig aus, bis der Eimer angefüllt war. Das noch verbliebene warme Wasser brachte Anton seinem Hund im Schuppen.

„Wenn die Gäste wegfahren, binde ich dich los“, sagte er und tätschelte den Kopf des aufgeregten Tieres. Die Hühner hatten sich in den Stall zurückgezogen, Anton erinnerte sich der Eier, die er in der Aufregung mit dem Rattenloch hatte liegen lassen. Mitten im Hof blieb er stehen und betrachtete sein Anwesen. Bald wird es nicht mehr ihm gehören.

Von seinem Hausgarten, der immerhin fast ein Hektar groß war, hatte man ihm 12,5 Ar gelassen, den Rest hatte sich die LPG einfach einverleibt. Die machen mit uns, was sie wollen, hatten die Leute aus Wiseschdia resigniert, als man ihnen die Hausgärten beschnitt. Familien hatten laut dieser Regelung Anspruch auf 25 Ar, Alleinstehende auf 12,5 Ar. Mit der Abwanderung ganzer Generationen in die Stadt gab es nicht mehr genügend Arbeitskräfte. Die Mechanisierung und Modernisierung der Landwirtschaft war im anhaltenden Rausch der Industrialisierung gröblich vernachlässigt worden. In Wiseschdia wurde in der LPG nur noch Getreide, Mais und Hanf angebaut, und Leute wie Anton Lehnert hatten deshalb keine Arbeit und verdingten sich als Taglöhner im Gemüseanbau der Staatsfarm. Um den Verlust an Kulturen wie Tabak oder Zuckerrüben wettzumachen, bestellte man die enteigneten Hausgärten damit und verpflichtete die Enteigneten obendrein für Pflege und Ernte zu sorgen. Anton Lehnert war als alleinstehender Mann davon verschont geblieben, weil man ein Auge zugedrückt hatte. Der Tabak, den man ihm in den Garten gepflanzt hatte, war von Frauen des Dorfes geerntet worden, die jedesmal, wenn sie zum Brechen der Blätter durch seinen Hof gingen, ihren Unwillen äußerten und sich entschuldigten, auf seinem Eigentum arbeiten zu müssen.

Zum Glück hatte er noch vor Jahren nach vielem Hin und Her die Erlaubnis erhalten, seinen damals 14 Ar großen Weingarten bis auf eine kleine Fläche auszustokken, deren Ertrag als so gering eingestuft werden konnte, daß er keine Trauben an den Staat mehr abliefern mußte, die zum Minimalpreis angekauft wurden. Das war im Frühjahr immer eine Aufregung, wenn Kontrollorgane im Dorf auftauchten, um nachzuprüfen, ob die Besitzer von Weingärten am Haus auch nicht mehr als 350 Liter Wein für den Eigenbedarf gekeltert hatten. Die Leute bewiesen Phantasie im Verstecken zusätzlicher Mengen, aber jedes Jahr wurde die Kommission bei dem einen oder anderen fündig und beschlagnahmte Wein. Diese Sorge war Anton Lehnert seit Jahren los. Auf sein Stückchen Weingarten war er stolz, und den hinteren Hof hatte er pflügen lassen und sich so mehr Gartenfläche erschlichen. Denen hatte er's gezeigt.

Er stellte den hohen Topf im Gang ab und ging in den Stall, um die Eier auszuheben. Die Angst vor einer Ratteninvasion beschäftigte ihn anscheinend mehr, als all das, was Hilde vorhatte, um seine Auswanderung in die Wege zu leiten. Er drückte mit dem Schuh den Hohlgang ein, der in die Mauer zur hinteren Küche führte, und trat die aufgewühlte Erde fest. Die Ratte sollte sehen, daß ihr Vorhaben nicht unbemerkt geblieben war, und sie mochten es nicht, wenn man ihnen auf der Spur war. Warum die Plagegeister sich aber jetzt mitten im Winter daran gemacht hatten, Quartier zu wechseln, war Anton ein Rätsel.

Die Eier legte er in ein aus Maisliesche geflochtenes Körbchen, das eigens dafür auf dem unteren Teil eines alten Vitrinenschrankes hinter der Tür der Küche stand. Eines der Kinder hatte es im Handarbeitunterricht während des Besuchs der Grundschule im Dorf angefertigt. Von den vielen, die sie damals geknüpft hatten, war es als einziges übriggeblieben und bestimmt mehr als fünfundzwanzig Jahre alt. Anton wünschte sich diese Zeit zurück. Und weil er sich das Gequassel und Gejammer Rosalias nicht anhören wollte, setzte er sich auf einen Stuhl in der hinteren Küche. Die Tür stand offen, er zündete sich eine seiner Zigaretten an und stierte in den Schuppen, in dem Rexi eingeigelt in seinem Korb lag.

In Wiseschdia war es gängig geworden, daß die Leute ihrem Ärger durch einen Satz Luft zu machen pflegten: Jetzt reicht es, wir wandern aus! Wem drohten sie eigentlich damit?

Seit ihre Töchter ausgewandert waren, lebten die Lehnert mit der Gewißheit, daß es eines Tages auch für sie soweit sein werde. Sie hatten die Töchter aber nie gedrängt, etwas zu unternehmen, was ihre Auswanderung, wie allgemein angenommen, beschleunigen könnte: Bittschriften ans Deutsche Rote Kreuz oder die Caritas, Briefe an Bundestagsabgeordnete oder gar den deutschen Außenminister, um auf Listen gesetzt zu werden, die, zum Ärgernis der rumänischen Seite, anläßlich offizieller Besuche überreicht wurden mit der Bitte um Lösung humanitärer Fälle. Und wenn der Zufall es wollte, daß ausgerechnet jemandem die Ausreisegenehmigung erteilt wurde, der angeblich auf einer solchen Liste stand, trug das zur Festigung der Überzeugung bei, daß es nur so klappt. An die rumänischen Behörden pflegten Ausreisewillige keine Bittschriften mehr zu richten, weil man eingesehen hatte, daß dies nichts brachte und man obendrein noch Schikanen zu befürchten hatte. Die Ausreisegenehmigungen wurden nach einer nicht zu ergründenden Logik erteilt und doch glaubte jeder, dem das Glück hold war, daß seine Taktik die richtige gewesen war. Und erst dann vertraute man vielleicht Bekannten und Verwandten das bisher bestgehütete Geheimnis an: Ich habe es so gemacht.

Über Geschenke und die Höhe der Schmiergelder an alle nur in Frage kommenden Personen, angefangen bei einer Daktylographin, die Schriftsätze tippte, schwieg man sich in der Regel aus. Wenn die Endsumme dann doch genannt wurde, hoffte so mancher, dem die Auswanderung noch bevorstand, daß seine Ersparnisse reichen dürften. Das Geheimnis, ob man gezahlt hat, wie die Leute die Übergabe der 10.000 DM pro volljähriger Person an Mittelsmänner nannten, die das Geld weiterleiteten, lüfteten die meisten erst nach Jahren ihrer Aussiedlung in die BRD. Ohne Zahlen geht's nicht, sagten die Leute und wanderten, nachdem der Staat ihnen ihr ganzes Vermögen abgeknöpft hatte, mit Schulden beladen aus, denn das Geld für die Bestechung in Valuta war von Verwandten aus Deutschland geliehen, die einen Kredit aufgenommen hatten.

Die haben ja drei Töchter, pflegten die Leute aus Wiseschdia von den Lehnert mit einer Mischung aus Achtung und Neid zu sagen, wenn mal wieder die Ausreisechancen das Gesprächsthema waren. Anton und Maria hatten in dieser Hinsicht noch nichts unternommen, da sie meinten, daß die Kinder sich erst mal einleben müßten, und sie durch ihr rasches Nachkommen eine zusätzliche Last wären.

Jetzt, da er allein geblieben war, hatte es Anton immer noch nicht eilig. Am liebsten wäre er hier geblieben. Wie aber hätte er das seinen Töchtern erklären sollen? Ohne ihre Hilfe würde er nicht über die Runden kommen. Andererseits aber wäre es auch für sie einfacher, als wenn er ihnen in Deutschland ein Klotz am Bein wäre. Solche Gedanken durfte er Hilde gegenüber auf keinen Fall äußern. Und wie die alles geplant hatte! Hut ab! Der Hund schlug kurz an, legte sich dann aber zurück in seinen Korb, Anton hörte Schritte im Hof, dann vernahm er die Stimme Meinhards. Er verweilte noch in der hinteren Küche, bis er annehmen konnte, daß die Begrüßung stattgefunden hatte.

In der vorderen Küche saßen die hinzugekommenen Potje auf Stühlen, die aus den Zimmern geholt worden waren: Meinhard, Susanne und ihr achtzehnjähriger Sohn

Markus, der sich sichtlich unwohl in der Rolle des Besuchers fühlte. Die Tür zum vorderen Zimmer stand offen, und Hilde legte für Wolfgang Kleider aus dem Koffer zurecht.

„Na, Vetter Anton, zufrieden?", fragte Susanne Potje.

„Ja", antwortete der und lächelte.

Hilde, noch immer im Morgenmantel, schlug vor, gemeinsam einen Kaffee zu trinken, was von Rosalia Potje im Namen aller dankend aber entschieden abgelehnt wurde, denn sie müßten jetzt gehen und wollten nicht länger aufhalten. Hilde bat die Gäste, sich noch einen Augenblick zu gedulden, ging ins vordere Zimmer und kam mit drei schon vorbereiteten Tüten zurück, die sie den Potje als Mitbringsel überreichte, die Jeanshose und das Jeanshemd legte sie Markus in die Arme. Man bedankte sich, Rosalia tat es überschwenglich und beteuerte, daß dies nicht hätte sein müssen.

Anton schützte vor, er habe den hohen Topf im Gang vergessen und ging hinaus. Als er damit zurückkam, standen die Potje, Wolfgang war hinzugekommen, aufbruchbereit im Türrahmen.

„Schönes Auto", sagte Meinhard.

„Ich muß es nach Temeswar in die Werkstatt bringen, ich hab dort jemanden an der Hand."

„Hilde hat uns von eurem Malheur erzählt. Aber wir könnten auch bei uns in der Ferma nachschauen, wir haben geschickte Mechaniker."

„Die lasse ich doch nicht an meinen Wagen!"

„Wann fahrt ihr denn nach Temeswar?" wollte Rosalia wissen.

„Noch heute, nicht Hilde?"

Rosalia hakte sofort ein. Ihre Kinder könnten doch bei dieser Gelegenheit mitfahren, wo morgen doch Heiligabend sei, und das eine oder andere dürfte man in Temeswar schon finden. Ihr Meinhard wäre ja mit seinem Auto gefahren, habe aber nur noch wenig Benzin. Da das Mittagessen wegen der Fahrt ausfalle, lade sie für heute abend zum Essen ein, man sei doch einverstanden.

„Natürlich“, sagte Hilde wie selbstverständlich und warf ihrem Vater, der sich am Kohleofen zu schaffen machte, einen besänftigenden Blick zu.

„Aber vorher gehen wir noch auf den Friedhof“, meldete er unwillig an.

„Wir holen euch von zu Hause ab, und der Markus fährt auch mit“, entschied Hilde, um einer zusätzlich unwirschen Bemerkung ihres Vaters zuvorzukommen, und begleitete die Gäste bis in den Hof.

„Das hast du gut eingefädelt“, sagte Anton, als die Potje gegangen waren und machte sich daran, die Stühle zurückzustellen.

„Was?“

„Daß du vorgeschlagen hast, der Markus soll mitkommen. Sonst wäre sie noch mitgefahren.“

„Sei nicht ungerecht, Papa. Sie kümmert sich doch um dich. Wolltest du vielleicht mitkommen?“

„Nein. Ist schon gut. Aber könnt ihr das erledigen, was ihr vorhabt, wenn die mit sind?“

„Das ist doch kein Problem. Wir machen unsere Wege, und sie gehen einkaufen“, sagte Wolfgang, und Anton war beruhigt, denn die Äußerung Wolfgangs verdeutlichte ihm, daß dieser in Hildes Pläne eingeweiht und damit einverstanden war.

Anton hatte nicht ernsthaft daran gezweifelt, aber nun war es sicher. Hätte ja sein können, daß Hilde, wie sie nun mal war, ihr Vorhaben allein geplant hatte und ihren Mann erst während des Aufenthalts eingeweiht hätte. Dergleichen Entscheidungen liefen nicht immer ohne Spannung zwischen den Eheleuten ab, und Anton war der

Ausspruch eingefallen: Es ist trotzdem immer ein Fremder dabei.

Hilde hatte Wolfgang das Frühstück vorbereitet und drängte ihn, sich zu beeilen. Der aber wusch sich erst mal Gesicht und Hände und putzte anschließend die Zähne.

„Gut, daß kein Bad vorhanden ist, sonst würde der Herr eine Stunde brauchen", schimpfte Hilde und trug das Schmutzwasser hinaus.

„Schütt es auf den Misthaufen neben den Schweinestall!" rief Anton ihr nach. Er ging in die Kammer, um sich für den Friedhofsbesuch umzukleiden. Als der Pumpbrunnen im Hof ging, begann Rexi zu bellen. Anton öffnete das Zimmerfenster und schimpfte auf den Hund.

„Bis er dich kennt", tröstete er Hilde, die mit Wasser im Lavor den Gang vorbeikam.

Während er sich ankleidete, weißes Hemd, schwarzer Anzug, hörte er Hilde und Wolfgang tuscheln, und er glaubte herauszuhören, daß sie ihm Vorwürfe machte.

„Lass dich mal anschauen", sagte sie und kam in die Kammer. Anton nahm gerade seinen dunklen Wintermantel aus dem Kleiderschrank, und Hilde quittierte durch ein Kopfnicken die peinliche Ordnung. Sie konnte sich denken, daß Rosalia Potje dafür gesorgt hatte, sagte aber lieber nichts. Anton legte Schal und Hut auf den Tisch, nahm seine schwarzen Halbschuhe aus dem Schuhfach, schloß den Schrank und musterte seine Tochter von oben bis unten.

„In ein paar Minuten bin ich auch soweit", versicherte Hilde und eilte ins vordere Zimmer.

Wolfgang saß am Küchentisch und rauchte. Hilde hatte abgeräumt und das Geschirr in die Waschschüssel auf den Hocker neben der Stellage gestapelt. Wolfgang bot seinem Schwiegervater eine Dunhill an. Anton lehnte dankend ab, diese teuren Zigarette seien nichts für ihn, sagte er und nahm eine von den seinen. Wolfgang gab Feuer mit einem vergoldeten Feuerzeug. Anton nahm die rote, viereckige Zigarettenpackung in die Hand und begutachtete sie. Wolfgang wies ihn darauf hin, daß in den beiden Fächern Zigaretten unterschiedlicher Stärke seien.

„Was die sich nicht alles einfallen lassen", bemerkte Anton dazu.

Es war ihm seit jeher schwergefallen, mit seinen Schwiegersöhnen Gespräche zu führen. Und auch die Meyer, Wolfgangs Eltern, waren ihm fremd geblieben. Zu einem Besuch in Temeswar war es nie gekommen. Die Meyer waren, soweit er sich erinnerte, nur zweimal in Wiseschdia und dann noch einmal, um Abschied zu nehmen, ein paar Tage vor der Auswanderung. Zu den Esperschidt aus Großsanktnikolaus, Erikas Schwiegereltern, hatten er und Maria bis zu deren Auswanderung schon wegen der Enkelkinder ein vertraulicheres Verhältnis, aber richtige Familienbande waren nicht gewachsen. Mit Richard war das was anderes gewesen, der stammte aus Wiseschdia, und die Schmidts kannte er in- und auswendig. Aber wegen der Scheidung Susannes war alles vorbei, und sie waren Feinde. Er hoffte, von Hilde endlich etwas Konkretes über die Trennung der beiden zu erfahren.

„Wir können gehen, Wolfgang, mach dich fertig." Hilde stand in Dunkel gekleidet im Türrahmen zum vorderen Zimmer. Sie hielt eine Tüte in der Hand.

„Damit willst du auf den Friedhof?"

„Da sind die Grablichter drin."

„Ach so", entschuldigte sich Anton.

„Ich hätte für Mamas Grab gerne Blumen gehabt, aber jetzt im Winter. So Plastikzeug wollte ich nicht mitbringen."

„Die Absicht zählt", meinte Anton und schlüpfte in den Wintermantel.

„In Temeswar kaufen wir auf dem Markt einen Kranz“, sagte Hilde und richtete ihrem Vater den Schal. Anton nahm den Schlüssel zur Wintertür vom Nagel im Türrahmen zum vorderen Zimmer, und sie brachen auf.

Es war ein strahlender Wintermorgen, von den wenigen Akazienbäumen, die noch die Gasse säumten, war der Rauhreif gefallen, und die Äste glänzten. Die Gassen von Wiseschdia waren auch jetzt in den Wintermonaten menschenleer, denn es gab kaum noch Kinder im Dorf, die wie früher herumtollten. Es herrschte eine Stille, die etwas Bedrückendes hatte, und wären da nicht die Sonntage gewesen, an denen sich die Männer noch im Dorfwirtshaus trafen, hätte man glauben können, das Dorf sei ausgestorben.

Hilde hakte sich bei ihrem Vater ein, der zuckte kurz zusammen, hob dann den Unterarm in Brusthöhe und schritt Arm in Arm neben seiner Tochter einher.

„So lasse ich mich gerne sehen“, sagte Anton stolz, obwohl nicht zu erwarten war, daß sie jemandem begegneten. Beim Schadek Hans, wo die Häuserzeile endete, gingen sie quer über die hart gefrorene Gasse auf das Haus des Schirokmann Karl zu, das an der Ecke lag, von dort führte der Weg über die Hutweide zum Friedhof.

„Hast du auch für Batschi eine Kerze?“

„Ja, Papa.“

Nicht wieder gut zu machen, wenn sie vergessen hätten, am Grab der Potje eine Kerze anzuzünden.

Hilde fiel die komplizierte Familiengeschichte ein, die sie erst als Erwachsene so richtig erfaßt hatte. Peter Potje, den Bruder der Urgroßmutter Anna Lehnert und Rosalias Vater, hatte es große Überwindung gekostet, auch Petre Bucur, den Ehemann Rosalias, im Familiengrab beisetzten zu lassen. Die hatte den Mann, Meinhard war ein uneheliches Kind, geheiratet, um nicht nach Rußland deportiert zu werden. Peter Potje war für die Lehnert Kinder, die ihn Batschi nannten, so etwas wie ein Ersatzgroßvater gewesen, der wunderbar von früher erzählen konnte. Die Bettendorf Urgroßeltern hatten nicht diese herzliche Art, und Hilde konnte sich an nichts in ihrer Beziehung zu ihnen erinnern, was sie auch heute noch bewegt hätte. Auch zu deren unverheiratet gebliebener Tochter Elisabeth bestand keine innige Beziehung. Sie hatte bis zuletzt an die Rückkehr ihres unehelichen Sohnes aus dem Krieg geglaubt und war durch den Sturz in einen Brunnen ums Leben gekommen.

Das hohe der zwei Marmorkreuze im eingefaßten Familiengrab der Lehnert faßte Hilde ins Auge, während sie die in Brusthöhe aufgezogene Friedhofsmauer entlanggingen, und vergegenwärtigte sich die Todesdaten der darin Ruhenden: Anton Lehnert, ihr Großvater, gestorben 1927 während seines Wehrdienstes, Anna Lehnert, ihre Urgroßmutter, geborene Potje, gestorben 1965, Johann Lehnert, ihr Urgroßvater, hatte sich 1945 nach seiner Enteignung erhängt, Kurt Lehnert, ihr Bruder, 1971 an der Grenze zu Tode gekommen, Maria Lehnert, ihre Mutter, geborene Schmidt, gestorben am 12. März 1985.

Sie hatte in Deutschland ein Grabbildnis der Mutter anfertigen lassen, und der Vater sollte zusehen, woher ein Steinmetz aufzutreiben war – der Reiszer aus Triebswetter war ausgewandert – um die Lebensdaten der Mutter in das höhere der Marmorkreuze einmeißeln und das Bildnis einsetzen zu lassen. Das des Großvaters war unkenntlich geworden und das von Kurt bei ihrer Auswanderung auch schon ein wenig verwaschen.

Hilde hatte den Tobsuchtanfall ihres Vaters noch gut in Erinnerung, als die Großmutter Katharina Huber kurz vor der Auswanderung ihren Namen in den Sockel des hohen Marmorkreuzes meißeln ließ: Katharina Huber, geborene

Bettendorf, verwitwete Lehnert. Er hatte es nicht verhindern können, denn sie hatte das Kreuz damals mitfinanziert, außerdem erlaubte es die Kirche nach dem Tode des Mannes noch einmal zu heiraten. Der Vater hatte ihr daraufhin ein glückliches Wiedersehen mit ihrem zweiten Mann gewünscht. Der hatte sich nach dem Krieg von der Familie losgesagt und war in Deutschland geblieben. Zu ihm waren die Großmutter und der Onkel im Rahmen der Familienzusammenführung ausgewandert. Nun könne sich das Versprechen von selbst einlösen, das er der Großmutter Anna Lehnert hatte geben müssen, seine Mutter nicht im Familiengrab der Lehnert beisetzen zu lassen, hatte der Vater gesagt.

Letzte Ruhestätte, las Anton Lehnert auf einem der Kreuze, als sie den Friedhof betraten. Wo wird das seine wohl stehen? Daran wollte er nicht denken.

3

Wenn nur nicht alles so kompliziert wäre! Anton Lehnert konnte es sich auch anders vorstellen. Er überläßt Haus und Hof den Potje, Hilde nimmt ihn mit und fertig. Wenn es ihm nicht gefallen sollte, kommt er zurück. So einfach wäre das.

Das Warten und die Ungewißheit zermürbte die Leute und machte ihnen Angst. Und war man bis zur Stellung des Ausreiseantrags damit beschäftigt, Möglichkeiten und Tricks zu überlegen, wie man über die Runden kommt, so war mit der Entscheidung auszuwandern der Wille dieser wahren Überlebenskünstler gebrochen, denn nun waren sie auf Gedeih und Verderb einer fremden Macht ausgeliefert. Erhalten und vermehren! Diese Lebenshaltung galt es nun aufzugeben und seinen Besitz verkommen zu lassen. Das fiel schwer und mit der Begründung, er habe es sowieso vorgehabt, nahm mancher sogar noch Instandhaltungsarbeiten auf seinem Anwesen vor.

Der Loibl Thomas, dessen Töchter ausgewandert waren und der auf den Paß wartete, hatte mit Ziegeln des eingefallenen Vorbehalthauses seine gesamte Gassenfront gepflastert. Und die Lindner Anna hatte sich aus Rohren, Blechtafeln und dickem Maschendraht von Traktoristen aus der Ferma in Schwarzarbeit einen neuen Gassenzaun anfertigen lassen. Der Theiss Werner behauptete, daß sie für ihr Haus trotzdem nicht mehr kriegen wird, denn nach dem Stellen des Ausreiseantrages würden ausgeführte Arbeiten bei der Wertschätzung nicht mehr berücksichtigt. Anton Lehnert hatte dergleichen Pläne nicht, aber den Schweinestall mußte er neu pflastern. Das Schwein hatte trotz der zwei Nasenringe eine Woche vor der Schlacht den Stall umgewühlt. Mit der Auswanderung wird es noch dauern, und ein Ferkel wollte er sich im Frühjahr auf jeden Fall kaufen.

Die Geldübergabe an den Blumenmann hatte nicht geklappt. Er war irgendwie erleichtert, als Hilde es ihm nach ihrer Rückkehr aus Temeswar mitteilte. Er hatte nicht gefragt warum. Sie solle es bleiben lassen, es eile nicht, hatte er bloß gemeint. Nein, nein und nochmals nein! Daraufhin hatte ihm Hilde von ihrem Mißgeschick erzählt.

Sie hätten die Potje in der Stadt abgesetzt und gesagt, sie müßten in die Werkstatt. Wolfgang sei mit ihr bis in ein Viertel schon fast außerhalb der Stadt gefahren und habe sie bis in die Nähe des Hauses vom Blumenmann gebracht. Sie hätte erfahren, daß er es nicht gerne sehe, wenn man bei ihm vorfährt, und Wolfgang mußte ja tatsächlich in die Werkstatt.

Als sie sich dem Haus näherte, sei ein Ehepaar herausgekommen. Sie habe anhand ihrer Kleidung sofort erkannt, daß die aus Deutschland waren. Solche Begegnungen versucht man zu vermeiden, aber kehrt machen konnte sie nicht mehr, das wäre aufgefallen. Zum Glück hätten die sie nicht angesprochen, denn die waren genau so verdattert wie sie. Bis ans Ende der Straße sei sie gegangen und dann zurück, als weit und breit niemand mehr zu sehen war. Sie habe schon rufen wollen, dann im letzten Moment den Klingelknopf am Torpfosten bemerkt. Eine Frau im Hausfrauenkittel sei über den Hof gekommen. Die habe sie nicht gefragt, was sie wünsche, sondern einfach hereingebeten. Ob ihr Mann heute noch was annehme, wisse sie nicht. Bloß soviel habe die Frau gesagt, die

Tür zu einem Zimmer geöffnet und war verschwunden. Der Blumenmann saß am Tisch in der guten Stube in Arbeitskleidung, denn die besäßen, wenn sie richtig gezählt habe, auf ihrem Anwesen fünf Gewächshäuser. Der Blumenmann habe sie auch nichts gefragt, sie nicht einmal gebeten, Platz zu nehmen. Der Tisch lag voller Geld, alles Westgeld. Heute ginge es leider nicht mehr, habe er bloß gesagt. Und dann habe sie einen Fehler gemacht. Es würde nicht zu seinem Nachteil sein, wenn..., habe sie gesagt. Da sei der regelrecht wütend geworden. Ob sie glaube, er sei auf ihr Geld angewiesen, so viel Bargeld wie hier auf dem Tisch liege, habe sie bestimmt in ihrem Leben noch nicht gesehen, ob er sich klar und deutlich ausgedrückt habe. Ob sie nach Weihnachten kommen könnte, habe sie trotzdem gefragt, und der gesagt, sie solle es versuchen. Damit war sie abgefertigt. An der Ecke habe sie einen Mann getroffen, und der habe sie angesprochen. Er komme aus München, ob es bei ihr geklappt hätte. Nein, habe sie gesagt, für heute sei Schluß. Der Mann wollte es dennoch versuchen. Wolfgang habe ihr den Vorschlag gemacht, die Angelegenheit selbst in die Hand zu nehmen. Das könne sie auf keinen Fall dulden.

Warum eigentlich das viele Geld zum Fenster hinauswerfen? Man bekam nicht einmal pro forma eine Quittung und mußte obendrein noch Angst haben, erwischt zu werden. So viel Geld wie jetzt besaß er noch nie. Er hatte noch einen schönen Betrag auf dem Sparbuch, das er und Maria sich angelegt hatten, hinzu kam das Bargeld, das Erika ihm dagelassen hatte. Hilde hatte das ihr verbliebene Geld auf einem Sparbuch mit seinem Namen hinterlassen und ihm eingeschärft, sich wann immer davon zu bedienen. Erst als Hilde ihm versicherte, daß dies auch Wolfgangs Entscheidung sei, waren seine Bedenken zerstreut. Warum also das Geld verschleudern? Das Bestechungsgeld für die

Auswanderung in Valuta, dann den Großteil der Ersparnisse für die Erledigung der Formalitäten als Bakschisch. Trotz seines spärlichen Verdienstes als Taglöhner in der Ferma hatte er wovon leben. Unsereins braucht ja nur noch das tägliche Brot, zum Anziehen haben wir, und die Kinder sind versorgt, sagten die Leute in seinem Alter. Sie zahlten ihre Haussteuer, für Strom, die Radio- und Fernsehgebühren, das Zeitungsabonnement, den Rauchfangkehrer und die freiwillige Spende für die Kirche bei Jakob Laub, der nur noch die Stelle des Kantors versah, denn die Musikformation, deren Kapellmeister er gewesen war, hatte sich aufgelöst. Wenn du aber mal nicht mehr arbeiten kannst? hatte Hilde gesagt, als er ihr das alles darzulegen versuchte. Und deine Rente von der Kollektiv kannst du vergessen, hatte sie hinzugefügt.

Anton Lehnert hatte sein Nachtlager abgeräumt, das Feuer im Herd brannte, Wasser war aufgestellt, und die Kinder schliefen noch. Hilde hatte die Scheiben zur Stube verhängt, so daß das Licht nicht störte. Der Strom war seit dem Besuch der Kinder seltsamerweise noch nie ausgefallen. Er knipste das Licht aus, sperrte vorsichtig die Wintertür auf und ließ beide Türen einen Spalt geöffnet.

Heute nacht hatte es nicht so hart gefroren, und der Pumpbrunnen war nicht vereist. Als Anton die hintere Küche aufsperrte, um das Futter für seine Hühner zu holen, kam Rexi angerannt und sprang an ihm hoch.

„Such, such!" forderte er den Hund auf, und der schnüffelte die Küche ab. Das zugestopfte Loch im Sockel des Backofens war intakt geblieben. Als der Hund daran scharren wollte, jagte Anton ihn in den Schuppen, um ihn an die Kette zu legen. Wolfgang hatte eingesehen, daß dem Auto nichts passiert, wenn Rexi nachts seinen Freilauf hat. Von den Knochen, die sie vom Essen bei den Potje gestern abend mitgebracht hatten, lag noch ein Rest im Hundeteller, und Rexi ließ sich willig anketten. Er schnappte sich den Rückenknochen vom Huhn, legte sich auf den Bauch und zermalmte ihn, indem er ihn zwischen den Vorderpfoten festhielt.

Anton griff sich den kleineren der Weidenkörbe aus der Schuppenecke und rückte die Leiter an der Luke zum Aufboden zurecht. Auf dem Lattenspeicher lagerten sein Vorrat an Mais und grob zerlegte alte Möbel, deren Holz, zu Spänchen zerkleinert, sich hervorragend zum Feuermachen eigneten.

Die Anzahl der angenagten Maiskolben hatte nicht zugenommen, trotzdem wollte Anton nach Neujahr die Kolben entkernen, denn in Säcken in der hinteren Küche aufbewahrt, war der Mais vor Nagern sicherer, die Ratteninvasion schien vorläufig abgewendet. Das war früher immer eine Arbeit von wenigstens zwei Tagen, bis alles durch den Entkerner gedreht war und die Kolben von den restlichen Körnern gesäubert waren. Damals, als die Großmutter noch lebte, waren sie zu siebt. Jetzt konnte er mit dem Maishobel die Arbeit in ein paar Tagen allein schaffen.

Anton stellte den halb angefüllten Korb im Schuppen ab und stieg nochmals hoch. An der Luke hatte er sich das Fußteil eines Bettes zurechtgelegt, das er, nachdem Hilde aufgestanden war, zerkleinern wollte. Hilde kochte heute und dafür mußte Feuer im Sparherd in der hinteren Küche gemacht werden, Akazienholz war im Stall gestapelt. Rosalia Potje hatte für das gestrige Abendessen zwei Hühner gebraten. Mal als Abwechslung zum Schweinefleisch, hatte sie gemeint, und damit die Deutschländer wieder ein richtiges Haushuhn zwischen die Zähne kriegten.

Seit es Besuche aus Deutschland gab, war es üblich geworden, die Verwandten zum Essen einzuladen. Ansonsten kam das nur zu feierlichen Anlässen in Frage: Hochzeit, Taufe, Kirchweih. Geburtstage wurden nicht gefeiert und Namenstage begingen bloß die Männer. Dazu wurde nicht eingeladen. Annähernd Gleichaltrige versammelten sich am Namenstag abends im Haus des zu Feiernden und wurden mit Wein und Salzgebäck bewirtet, Geschenke wurden keine überreicht. Mit den Jahren feierten immer weniger Männer ihren Namenstag. Hatte einer die Lust verloren, ließ er die Feiern der anderen aus und konnte sicher gehen, daß nächstes Jahr niemand bei ihm erschien. Allmählich hatte sich so auch die Männergesellschaft, der Anton Lehnert angehörte, aufgelöst. Man traf sich an Sonntagen zwar noch im Dorfwirtshaus, aber schon der Versuch des Karl Schirokmann, an Winterabenden reihum eine Kartenpartie zu Hause bei bereitwilligen Mitspielern zu organisieren, scheiterte.

Meinhard Potje hatte sich gestern abend zu früh auf eine Kartenpartie gefreut, denn es stellte sich heraus, daß Wolfgang keines der beiden in Wiseschdia üblichen Spiele, Kragle und Fuchse, beherrschte. Daraufhin machte sich Markus in seinen neuen Jeans in die Andere Gasse auf. In einem Nebenraum des Dorfwirtshauses, den die Jugendlichen mit von zu Hause mitgebrachtem Brennmaterial beheizten, pflegten sie Karten zu spielen. Der Wirt Hans Wolf drückte ein Auge zu, wenn sie Vierzehn-und-Sieben spielten und es um beträchtliche Summen ging.

Rosalia hatte in Anwesenheit aller ihrem Enkel die Leviten gelesen, es schicke sich nicht auszugehen, wenn Gäste da wären, aber Hilde versicherte ihr, daß sie es an der Stelle von Markus auch tun würde. So leicht ließ sich Rosalia aber nicht umstimmen: Der werde schon sehen, wenn er nun bald seine Einberufung kriege, dann sei das schöne Leben vorbei, ein zweites Mal könne sein Vater die nicht mehr bestechen, um einen Aufschub zu erwirken. Markus hatte die Pflichtschuljahre, zehn Klassen, hinter sich gebracht, die neunte und zehnte im Industrielyzeum von Großsanktnikolaus, wo er eine Ausbildung zum Landwirtschaftsmechaniker gemacht hatte. Er arbeitete als Traktorfahrer in der Staatsfarm und war seinem Vater direkt unterstellt.

Er sei so eine Art Brigadier, hatte Meinhard gesagt, als sie auf die Berufe zu sprechen kamen. Hilde nannte es ein Glück, Arbeit in einer Bestückungsfirma für Halbleiter in Reutlingen gefunden zu haben, es sei praktisch dieselbe Arbeit wie im Betrieb von Temeswar. Aber es gab doch auch Unterschiede: straffe Disziplin, bis ins kleinste abgestimmte Arbeitsabläufe, keine Zulieferungsprobleme, höfliches, aber distanziertes Verhältnis zwischen den Arbeitskollegen. Ja, anfangs habe sie sich ganz schön ins Zeug legen müssen und gelernt habe sie, daß nach Arbeitsschluß da nichts mehr war mit gemeinsam einen Kaffee trinken gehen oder spontan jemanden nach Hause einladen. Er habe Glück im Unglück gehabt, erzählte Wolfgang. In Hildes Betrieb habe er keine Arbeit gefunden, obwohl sie doch den gleichen Beruf hätten, aber jetzt täte es ihm nicht mehr leid. Bei Mercedes-Benz in Sindelfingen, wo er im Rohbau arbeite, verdiene er sogar mehr als Hilde. Beim Daimler unterzukommen, sei gar nicht so einfach. Da arbeiteten aber viele Banater Schwaben, man wisse, daß sie fleißig und zuverlässig sind, und die Fürsprache eines Landsmanns falle dann schon ins Gewicht. Er sei ja eher überqualifiziert, aber er habe im Vorstellungsgespräch alle Bedenken ausräumen können. Er scheue keine Arbeit, habe er versichert, und das sei wohl ausschlaggebend gewesen. Eine Betriebswohnung, zwei Zimmer, Küche, Bad, hätte man ihm in Aussicht gestellt. Vor der Herreise habe ihm sein Fürsprecher anvertraut, daß die Möglichkeit bestünde, eine Stelle als Kontrolleur in der Endmontage zu bekommen. Dann könnte Hilde überlegen, ob sie nicht auch zum Daimler wechseln möchte: niedrigere Miete, die beschwerliche Anfahrt wäre er los, und ein Auto würde reichen.

So hatte Anton, ohne selbst fragen zu müssen, erfahren, was Hilde und Wolfgang arbeiteten und daß es ihnen gut ging. Auch Susanne und Erika hätten sich gut eingelebt, hatte Hilde bei den Potje versichert. Susannes und Richards Trennung wurde nicht angesprochen. Es gab seitens der Potje keine Fragen, als Hilde und Wolfgang von Krankenversicherung, Rentenversicherung, Haftpflichtversicherung, Konto und Kontoauszug sprachen, weil sie, mutmaßte Anton, davon genau so wenig verstanden wie er. Da Rosalia den ganzen Abend keine Andeutung über die Fahrt nach Temeswar gemacht hatte, schloß Anton, daß sie vom Besuch Hildes beim Blumenmann nichts wußte. Andererseits konnte er sich vorstellen, daß Hilde die Susanne und den Meinhard Potje eingeweiht hatte, die wiederum Rosalia, ihr aber auferlegt hatten, Schweigen zu bewahren. Beim Aufbruch konnte sich Rosalia doch nicht zurückhalten und schlug Hilde vor, vom rumänischen Geld, das sie dem Vater zur Aufbewahrung hinterlassen hatte, umzutauschen. Mit Schwarzhändlern mache sie keine Geschäfte, und obendrein könnten die getarnte Geheimdienstoffiziere sein. Das verschlug Rosalia die Sprache. Die Fahrt nach Temeswar sei doch nicht umsonst gewesen, wenigstens Christbäume hätte man jetzt, meinte sie zum Abschied.

Anton saß in der hinteren Küche und entkernte mit dem Hobel Mais, als Hilde erschien und ihn auch an diesem Morgen mit einem Kuß auf die Wange begrüßte. Jetzt, da sie allein waren, hätte er Gelegenheit gehabt, sie Näheres über Susanne zu fragen, aber die kalte hintere Küche war nicht der richtige Ort. Außerdem würde das heikle Thema die Stimmung am bevorstehenden Heiligen Abend zusätzlich belasten, den er zum ersten Male ohne

Maria beging. Er stellte seine Arbeit ein und räumte alles in die Ecke unter den Treppenaufgang zum Hausboden.

„Heute bin ich die Hausfrau“, sagte Hilde und nahm den Deckel von der Schüssel, die auf dem Tisch stand. Gestern abend hatten sie aus der Tiefkühltruhe der Potje Schweinefleisch und Bratwurst für das Weihnachtsessen mitgebracht.

„Du wirst schon alles finden, was du brauchst, und wenn nicht, fragst du mich“, scherzte Anton.

„Zu Mittag machen wir Nudeln. Ja, ich weiß, daß du die nicht magst.“

„Willst du dir die Arbeit antun und Nudeln machen?“

„Hast du keine fertigen?“

„Die Zeiten sind vorbei, als man die noch kaufen konnte.“

„Dann machen wir Schmarren. Kompott hast du doch?“

„Ja, das hat Mama noch eingelegt.“

Die schmerzhafte Erinnerung stand im Raum, und beide wußten, daß sie gerade an einem Tag wie diesem immer wiederkehren wird, auf Schritt und Tritt.

„Ich zerschlag mal das Ende vom Bett zum Feuermachen“, sagte Anton und verließ die hintere Küche.

Als er mit einem Armvoll Spanholz zurückkam, hatte Hilde schon Vorbereitungen zum Anrühren eines Teigs getroffen: das Nudelbrett lag auf dem Tisch, daneben stand das aus Maislieschen geflochtene Körbchen mit den Eiern, Zucker, Mehl und Zutaten stammten vom Mitgebrachten.

„Ich back noch Plätzchen“, sagte Hilde.

„Was?“

„Ausgestochenes.“

„Sag so, dann versteht man dich auch.“

„Ich könnte ja auch Mohn- und Nußstrudel backen.“

„Woher Nüsse? Ob’s Mohn im Haus gibt, weiß ich nicht. Als deine Mutter noch lebte... Und übrigens wäre das viel zu viel Arbeit.“

„Na, gut. Hast du noch die Formen?"

Anton zog die Tischschublade auf und reichte Hilde die auf einem Drahtring eingefädelten Formen aus rostfreiem Blech: Bäumchen, Sonne, Halbmond.

„Ich mach mal Feuer. Hättest dich wärmer anziehen sollen. Du erkältest dich noch."

„Backt die Röhre gut?"

„Ich hab noch keinen Kuchen gebacken, aber bisher hat sie funktioniert", sagte Anton und schichtete Spanholz über das Papierknäuel.

„Warum bist du so angekratzt?"

„Was?"

„So schlecht gelaunt."

„Ich bin doch nicht schlecht gelaunt. Verdammt!"

„Was ist denn?"

„Das Akazienholz ist zu lang geschnitten."

Während Hilde den Teig für die Weihnachtsplätzchen zubereitete, hörte sie die dumpfen Schläge durch die Mauer zum Stall, wo ihr Vater das Holz zerkleinerte. Da die Küchentür nur angelehnt war und sie mit dem Rücken zu ihr stand, hatte sie Wolfgang und Meinhard nicht eintreten hören. Die beiden waren ausgehbereit, denn Meinhard wollte dem Gast die Staatsfarm zeigen. Viel zu sehen gäbe es nicht, aber heute sei es besser, wenn man bei dem ganzen Trubel nicht zu Hause ist, man stehe nur im Weg. Wolfgang gab Hilde einen Kuß, und Meinhard konnte sich einen erstaunten Ausruf nicht verkneifen.

„Und die Herrschaften?" fragte Anton, der mit dem zerkleinerten Holz im Arm den beiden auf dem Gang begegnete.

„In die Ferma", sagte Meinhard, und sie zogen los.

„Was ist passiert, Papa?"

„Sieht man doch!" Anton hatte eine Beule an der Stirn. Ein Holzscheit sei abgespritzt und habe ihn am Kopf getroffen. Hilde drängte darauf, ihm einen kalten Umschlag zu machen oder einen Verband anzulegen, aber Anton wehrte ab. Unkraut vergeht nicht. Das schwelle schon ab, beruhigte er Hilde und machte sich am Herd zu schaffen. Als er das Feuertürchen schloß, drang Rauch durch die Herdringe, und im Nu war die Küche davon eingehüllt. Hilde riß die Tür auf, Anton hustete und seine Augen tränten, da er am Herd stand und mit der flachen Hand das Ofenrohr abklopfte in der Annahme, es sei von Ruß verstopft.

„Das ist es doch", sagte Hilde und zog den Stift der Lüftungsklappe. Die Flamme schlug hoch, das Holz knisterte und brannte dann gleichmäßig weiter. Anton nickte Hilde anerkennend zu, und diese hob den Deckel vom Wasserschiff. Es war leer, und er wußte, was er zu tun hatte.

Nach kurzer Durchlüftung, Anton hatte zusätzlich das kleine Fenster in der Rückwand der hinteren Küche geöffnet, strahlte der Sparherd wohlige Wärme aus. Der Geruch in der Küche beschwor eine Zeit herauf, die beide als glücklich in ihrer Erinnerung verankert hatten. Anton setzte sich an den Tisch, der Zeitpunkt einer Aussprache war fällig.

„Was immer die Leute auch erzählen...", begann Hilde, ehe ihr Vater etwas fragen konnte. Eine Scheidung sei eine rein persönliche Angelegenheit und gehe im Grunde genommen niemand anderen etwas an. Schließlich habe man nur ein Leben, und jeder wolle doch, daß er glücklich ist, und deshalb könne man sein Leben doch nicht danach einrichten, was die Leute sagen werden. Sie wisse, wovon sie rede, denn sie habe es bei ihrer Scheidung am eigenen Leib erfahren. Am schlimmsten sei es, wenn darunter auch noch die Familienangehörigen leiden müßten, er erinnere sich doch. Das nun mal vornweg, damit ihr Standpunkt klar sei. Susanne und Richard hätten sich getrennt, ohne dreckige Wäsche zu waschen, aber das verstünden die Leute ja nicht, weil für sie eine Scheidung Anlaß ist, Gerüchte in die Welt zu setzen und längst vergessen geglaubte Familiengeschichten wieder auszugraben. Natürlich sei eine Trennung schmerzhaft und kein Zuckerschlekken.

Als Susanne und Richard damals gemeinsam den Paß für den kleinen Grenzverkehr nach Jugoslawien erhielten, hatten sie nicht die Absicht zu flüchten. Diese auf höchstens vierundzwanzig Stunden begrenzte Aufenthaltsgenehmigung im Ausland war ein Privileg der Bewohner von Grenzgebieten, und die jeweilige Gemeindebehörde entschied letztendlich über den Antrag. Solche Reisen dienten dem Verkauf von Waren, die Menge und Art war vorgeschrieben, ebenso die zollfreie Einfuhr der mit dem Erlös eingekauften Güter. Daß mehrere Mitglieder einer Familie oder gar Ehepaare zur gleichen Zeit reisen durften, war eine Ausnahme. Für die Genehmigung benötigte man das Wohlwollen der Gemeindebehörde, außerdem aber mußte die Garantie der Rückkehr bestehen, denn über Jugoslawien konnte man sich am leichtesten nach Deutschland absetzen.

Susanne und Richard nahmen den Bummelzug, der zweimal am Tag von der Grenzstadt Hatzfeld bis Kikinda verkehrte. Wenn er ein- oder abfuhr, war das gesamte Bahnhofsgelände abgesperrt und der Schienenverlauf bis zum Grenzübergang von Soldaten gesichert. In einem speziell eingerichteten Warteraum wurden die Formalitäten erledigt und das Gepäck kontrolliert. Susanne hatte befürchtet, daß man ihnen einen Teil der Ware abnehmen wird, denn Richard hatte das Gängige en gros eingekauft: Damen- und Herrenunterwäsche, Frottierhandtücher und meterweise Stoffe. Aber es gab keine Probleme, und auf dem Markt von Kikinda setzten sie ihre Ware ab. An einer Imbißstube beratschlagten sie, was sie einkaufen wollten, und kamen mit einem Mann ins Gespräch, der sie Deutsch sprechen hörte. Der LKW-Fahrer aus Österreich war schon mal in Hatzfeld gewesen, hatte in der Schuhfabrik einen Transport mit Otter-Schuhen, die für den Export gefertigt wurden, abgeholt und bedauerte die Zustände in Rumänien. Er war nicht wenig erstaunt, als er erfuhr, daß Susanne in Österreich geboren war und freute sich, eine Landsmännin getroffen zu haben. Susanne und Richard nahmen ihn nicht ernst, als er meinte, daß die Möglichkeit bestünde, mit ihm mitzufahren. Wie konnten sie einem wildfremden Menschen trauen, wo sie doch wußten, wie gefährlich ein solches Vorhaben war und wie viele akribisch geplante Fluchten, manchmal sogar mit bezahlten Fluchthelfern, schon gescheitert waren. Der LKW-Fahrer aber ließ nicht locker und entwarf einen Plan: in einer Stunde könnten sie losfahren, die Fernfahrerkabine sei ein ideales Versteck, bei Tag käme niemand auf die Idee, darin nach Flüchtlingen zu suchen, und außerdem würden ihn die an der Grenze kennen. Susanne wollte davon nichts wissen, und der Fahrer gab ihnen eine halbe Stunde Bedenkzeit. Er zeigte ihnen, wo sein LKW stand, sie machten die Uhrzeit aus, bis wann er warten würde, und als sie sich trennten, sagte er, daß er es nicht für Geld mache, er wolle ihnen bloß helfen. Der Verdacht Susannes, der Fahrer habe ein profitables Geschäft gewittert, war damit ausgeräumt und den Eindruck eines leichtfertigen Menschen hatte er nicht hinterlassen. Richard wäre nicht mehr zu halten gewesen, und sie konnte sich nach so vielen Jahren konformen Verhaltens endlich beweisen, daß sie dazu fähig war, etwas zu unternehmen ohne Rücksicht auf die Folgen.

Die Reise ab der österreichischen Grenze war für Susanne berauschend, ein bis dahin nie gekanntes Gefühl von Glück und Freiheit. In einem Vorort von Wien war die Fahrt zu Ende. In einer Wechselstube tauschte ihnen der Fahrer ihre Dinars ein und erklärte ihnen, wie sie zur Deutschen Botschaft gelangen, redete auf sie ein, keine Angst zu haben, es könne ihnen nichts mehr passieren. In der Aufregung vergaßen sie Herrn Leininger, wie der LKW-Fahrer hieß, um seine Anschrift zu bitten.

Die Deutsche Botschaft stellte ihnen Papiere zur Einreise in die Bundesrepublik aus und bezahlte die Zugfahrt bis nach Nürnberg. In der zentralen Aufnahmestelle für Aussiedler verweilten sie fünf Tage, bis ihr Lebenslauf protokolliert war und ihr Status als Aussiedler feststand. Ihrem Wunsch, sich in Baden-Württemberg niederzulassen, wurde stattgegeben, und ein Kleinbus brachte sie in die Aufnahmestelle nach Rastatt. Nach drei Tagen, in denen sie erneut Formulare und Anträge ausfüllten, wurden sie dem Aussiedlerheim in Heidelberg zugeteilt.

Hilde wußte, daß diese Geschichten ihren Vater nur am Rande interessierten, weil sie mit der Scheidung Susannes nicht direkt zu tun hatten, deshalb hatte sie ihm diese in großen Zügen erzählt, als Einleitung, damit im Folgenden keine Mißverständnisse entstehen, hatte sie hinzugefügt.

Richard habe nach kurzer Zeit in seinem Beruf als Dreher eine Stelle in einer kleinen Maschinenbaufirma gefunden. Die Umstellung auf die modernen Maschinen fiel nicht schwer, und er war nach der Probezeit eingestellt, sie zogen aus dem Heim aus und mieteten eine Wohnung. Susanne hingegen stand vor dem Nichts. Ihr Studium wurde ihr zwar anerkannt, um aber weiterhin als Lehrerin arbeiten zu können, war ein Ergänzungsstudium vorgeschrieben, danach ein Referendariat. Eine Stelle als Lehrerin war damit aber nicht garantiert. Susanne habe erwogen, nach Hessen umzuziehen, da es dort einfacher mit der Zulassung im Lehrwesen war, aber Richard wollte seinen festen Arbeitsplatz nicht aufgeben. Sein Verdienst reiche für beide, hatte er Susanne zugeredet, aber wenn sie unbedingt wolle, könne sie nebenbei noch immer irgend etwas arbeiten. Susanne nahm ihr Studium an der Pädagogischen Hochschule in Heidelberg auf. Richard wollte ein Kind, Susanne damit noch warten. Sie habe nie ein Kind von ihm gewollt, hatte er ihr vorgeworfen und nach ihrem Studium werde sie ihm klar machen, daß es nun endgültig zu spät sei. Damit habe alles begonnen. Es sei ihr bis heute unfaßbar, wie Susanne alles gemeistert hat, denn kurz vor ihrem Abschluß entschloß sich Richard, zum Daimler nach Sindelfingen zu wechseln. Daß Susanne nicht alles aufgeben würde, mußte Richard doch klar gewesen sein. So kam es zur Trennung. Die Gemüter hätten sich beruhigt und beide eingesehen, daß es so besser war.

„Und wie geht es ihr?“ fragte Anton.

„Gut. Sie hat doch jetzt eine Stelle.“

Hilde verschwieg ihrem Vater, daß Susanne mit einem Lehrer zusammenlebte. Er schien noch nicht zu wissen, daß Richard kürzlich wieder geheiratet hatte. Unter diesen Umständen würde er Susannes Verbindung schon irgendwie akzeptieren.

„Und wie geht es Erika und den Kindern?“

„Denen geht es gut.“

Erika und ihre Familie wohnten in Metzingen. Ihr Mann arbeitete in einem mittelständischen Handwerksunternehmen, das Fußböden verlegte. In der Region um Stuttgart hatten sich viele Aussiedler aus dem Banat niedergelassen, und schon länger Ausgewanderte bauten sich im Familienverband Häuser. Erikas Mann arbeitete an den Wochenenden zusätzlich bei Landsleuten, und obwohl diese Nachbarschaftshilfe beargwöhnt wurde, kam es nur selten zu Anzeigen.

Erika gehe, da nun beide Kinder eingeschult seien, zweimal in der Woche in eine Metzgerei putzen, und die Esperschidt unterstützten sie, die Schwiegermutter habe eine kleine Rente, der Schwiegervater arbeite in der Stadtgärtnerei.

„Und da sagen sie immer, in Deutschland findet unsereins keine Arbeit."

Hilde versuchte diese für ihren Vater nun feststehende Unwahrheit zu relativieren und meinte, daß es anfangs nicht allen Landsleuten rosig ginge, sie seien auf Arbeitslosengeld oder Arbeitslosenhilfe angewiesen. Anton fragte nicht, was das zu bedeuten hat.

„Wie geht es Benno?" wollte er wissen. Er sprach den Namen mit stimmlosem Anlaut aus: Penno.

Der wiederhole auf Anraten des Lehrers die erste Klasse, denn zwischen dem Unterrichtssystem hier und dem in Deutschland gebe es einen gewaltigen Unterschied. Es sei nicht so, daß er nicht mitgekommen wäre, man könne sagen, daß er den Schülern von dort in vielem voraus war, aber es könne nichts schaden. Dem stimmte Anton zu und meinte, daß es damals, 1956, nach der Rückkehr aus Österreich für Erika auch besser gewesen wäre, wenn sie die erste Klasse wiederholt hätte. Der damalige Lehrer, der Burger Jakob, habe sogar dazu geraten, aber man habe dummerweise nur daran gedacht, was die Leute sagen würden.

Dietmar habe Schwierigkeiten gehabt, erzählte Hilde weiter, ohne auf die Frage ihres Vaters nach seinem ältesten Enkelkind zu warten. Nach der vierten Klasse lege man in Deutschland so eine Art Prüfung ab und dann entscheidet sich, welche Schule die Kinder weiterhin besuchen. Erika habe Dietmar Nachhilfestunden erteilen lassen, und der gehe jetzt aufs Lyzeum, Gymnasium heiße das dort. Da Anton ungläubig dreinblickte, erklärte Hilde ihm, daß man in Deutschland ab der fünften aufs Gymnasium geht und im dreizehnten Schuljahr das Abitur ablegt.

„Es ist doch alles viel verständlicher, wenn jemand einem was erklärt."

Nun hatte er endlich begriffen, worauf er sich aus den Briefen Erikas keinen Reim hatte machen können. Er lobte ihre Entscheidung, denn sie war ganz in seinem Sinne, hatten doch auch er und Maria alles daran gesetzt, daß die Kinder eine Ausbildung erhielten.

Anton Lehnert wußte nun, wie es um seine Familie stand, und das war für ihn die Hauptsache. Von dem Land, in das er auswandern sollte, hatte er nur eine vage Vorstellung, das beunruhigte ihn aber nicht sonderlich, denn auch er hielt es wie viele seiner Landsleute: Nicht verrückt machen lassen, es wird schon werden, schlechter kann es dort nicht sein.

Hilde schob das erste Blech mit Ausgestochenem in die Röhre und verfiel in eine Hektik, die Anton von Festtagen her kannte, als Maria noch lebte. Der Teig für die Schmarren müsse angerührt, der Braten für heute abend gewürzt werden, er solle schon mal Kompott in der vorderen Küche bereitstellen, Knoblauch brauche sie zum Bespicken des Bratens, Kren müsse gerieben werden als Beigabe zur gekochten Wurst und das Holz reiche nicht. Was er denn nun zuerst machen solle, fragte Anton sichtbar gut gelaunt. Hilde schlug vor, zum Braten Kartoffelsalat, Antons Leibgericht, anzurichten. Da kein Rahm im Hause vorrätig war, aber noch ein Ei übrig bleiben würde, entschied sich Hilde für Mayonnaise.

„Die Hühner legen bestimmt heute wieder", versicherte ihr Anton und verließ die hintere Küche.

Die Gartenwerkzeuge waren im längsseits zum Hof stehenden Schuppen untergebracht, an dessen Rückseite noch ein Akazienbaum wuchs. Im Schattenbereich seiner Krone wucherte übers Jahr Kren, und Anton hoffte, noch ein paar brauchbare Wurzeln zu finden.

Es war ein angenehmer Wintertag, die Sonne stand am hochblauen Himmel, im Garten glitzerte der Schnee. So ein Tag, so wunderschön wie heute! Das Lied hatte für Anton heute einen neuen Sinn, es war mehr als das Grölen der Männergesellschaft im Dorfwirtshaus sonntags abends, kurz vor dem Nachhausegehen. Anton kratzte den Schnee beiseite, setzte den Spaten an, das Erdreich gab nach.

Als es zu Mittag läutete, stand die Schüssel mit den Schmarren auf dem Tisch in der vorderen Küche, drei Teller und Obstschalen mit Weichsel. Hilde ärgerte sich, weil Wolfgang noch nicht zurück war. Anton wusch sich Hände und Gesicht. Es sei doch nicht so schlimm, meinte er, Hilde war einverstanden, noch eine Weile mit dem Essen zu warten und kurz darauf schlug der Hund an.

„Ich wollte dir gerade eine Extraeinladung schicken", empfing Hilde ihren müde lächelnden Wolfgang.

„Zu viel getrunken", sagte der leicht lallend, es roch nach Schnaps.

„Das hat uns gerade noch gefehlt und ausgerechnet heute", schimpfte Hilde drauf los.

„Ich leg mich aufs Ohr. Entschuldigung!" sagte er zu Anton und verschwand im vorderen Zimmer.

„Das kommt schon mal vor", beschwichtigte Anton seine Tochter. Er solle ihm nicht auch noch die Stange halten, gab sie zurück. Mit denen aus der Ferma könne so leicht niemand mithalten, sagte Anton noch und setzte sich an den Tisch. Hilde bediente ihren Vater und streute Puderzucker über die Schmarren auf seinem Teller. Sie lächelte ihm bedauernd zu, denn er verzog das Gesicht. Er könne sich anschließend noch was Kräftigeres nehmen, Salami und Käse. Was auf den Tisch komme, werde gegessen, entschied Anton, er freue sich auf die heiße Wurst mit

Kren und den kalten Braten mit Kartoffelsalat heute abend. Und bis dann habe Wolfgang seinen Rausch ausgeschlafen, das komme in der besten Familie vor. Hilde gab diesmal keinen Kommentar ab, schaute aber im vorderen Zimmer nach, denn es hätte ja sein können, daß Wolfgang schlecht geworden war.

„Jetzt machen wir uns an den Christbaum", flüsterte sie geheimnisvoll, als sie zurückkehrte.

„Das ist aber ein Tempo! Wir sind doch nicht im Schnitt", sagte Anton, der zurückgelehnt auf dem Stuhl saß und sich gerade eine Zigarette angezündet hatte.

„Wo ist denn der Christbaumschmuck?"

„Auf seinem Platz", entgegnete Anton und warf die angerauchte Zigarette in den Ofen.

Hilde brachte einen großen Karton aus dem Schlafzimmer der Eltern und stellte ihn auf den Küchentisch. Außer den Glitzerfäden, den Wattebäuschchen und den Kerzenhaltern aus Blech war alles andere fein säuberlich getrennt in Schachteln unterschiedlicher Größe verpackt. Behutsam hob Hilde den Deckel von der größten ab. Darin lag in Watte der Stolz ihrer Mutter, die aus Österreich mitgebrachten, aus Ton gebrannten und bemalten Figuren: die Heilige Familie, die Drei Weisen aus dem Morgenlande und die Tiere.

„Das hat niemand im Dorf", sagte Anton mit ergriffener Stimme, und Hilde schaute auf, denn von dieser Seite kannte sie ihren Vater gar nicht.

Der Weihnachtabend wurde im Hause der Lehnert immer feierlich begangen, mit Christbaum, Kerzen, Maria und die Kinder sangen „Stille Nacht, heilige Nacht", und es gab neben Äpfeln, Nüssen und ein paar Süßigkeiten für die Kinder auch Geschenke: Strümpfe, Socken, Unterwäsche, was sie eben gerade zum Anziehen benötigten. Anton hatte bei den Vorbereitungen zum Fest die Aufgabe, den

Stamm des Fichtenbäumchens im Holzständer zu fixieren, der die Form eines Kreuzes hatte. Diesmal aber war es eine Tanne, die im Schuppen stand, Hilde hatte sie gestern auf dem Nachhauseweg von Temeswar am Straßenrand von Schwarzhändlern erstanden. Sie mußte eine schöne Stange Geld gekostet haben.

Anton hatte seine Arbeit gemacht und stellte den Tannenbaum in der hinteren Küche ab. Dort hatte Hilde den Christbaumschmuck sortiert auf den Tisch gelegt. Das Schmücken hätte eigentlich im vorderen Zimmer erfolgen sollen, wo der prachtvolle Baum vor den zwei Fenstern zur Gasse hin seinen festen Platz hatte, aber dort schlief Wolfgang, in der vorderen Küche wiederum war es zu eng.

Hilde erinnerte sich nicht mehr genau, wie alt sie war, als sie zum ersten Male beim Schmücken des Christbaums mithalf, weil aber die kleine Susanne damals bitterlich weinte, durfte sie auch mit ins Zimmer. Ein Jahr zuvor hatte die Mutter Erika erlaubt, dabei zu sein, bisher hatte sie immer geheimnisvoll die Tür hinter sich abgeschlossen. Und obwohl sie wußten, was da hinter den zusätzlich verhängten Scheiben passierte, taten sie genau so geheimnisvoll wie die Mutter. Auf dem Nachhauseweg von der Kirche eilte die Mutter voraus, und zu Hause empfing sie der im Kerzenlicht erstrahlende Weihnachtsbaum im vorderen Zimmer.

Anton wunderte sich nicht, als Rosalia erschien, denn mit ihrem Auftauchen hatte er spätestens nach der Rückkehr Wolfgangs gerechnet. Sie schimpfte erst einmal auf Meinhard wegen der Sauferei in der Ferma, und daß er Wolfgang mit hineingezogen hatte. Hilde meinte, der sei alt genug, um zu wissen, was er macht, und darauf hatte Rosalia wahrscheinlich gewartet, denn wichtiger waren ihr die Neuigkeiten, die sie parat hatte.

Die Lindner Jutta und ihr Mann seien zu Besuch aus

Deutschland, die Loibl Erika und ihr Mann und der Schulz Horst, sie seien gestern nacht angekommen. Die Deutschländer hätten sich zusammengetan und einen riesigen Christbaum für die Kirche angeschafft. Der Horst habe eine große Schachtel mit Kerzen gespendet, so daß es endlich mal wieder feierlich in der Kirche sein wird, eine Schande, wenn man sogar in der Kirche Kerzen sparen muß. Die Mette zu Weihnachten finde um sechs Uhr heute abend statt, aber für morgen zum Hochamt bringe der Horst den Pfarrer aus Gottlob mit dem Auto. Auch der Schmidt Richard sei zu Besuch, ob Hilde gewußt habe, daß dessen Frau, die stamme doch, soweit sie wisse, aus Triebswetter und sei ebenfalls geschieden, ob sie also gewußt habe, das die schwanger ist. Der Richard habe doch nun sein eigenes Leben, Susanne das ihrige, sagte Hilde und schaute ihren Vater an, der wortlos die hintere Küche verließ.

Das hatte Rosalia von Hilde hören wollen. Jetzt mußte sie nicht mehr befürchten, daß die Lehnert beleidigt sein könnten, wenn sie mit den Schmidt wieder sprach, denn das hatte sie zu vermeiden versucht. Bist du mit meinen Verwandten zerstritten, bin ich es mit dir, hatte bisher die Devise gelautet, und in Rosalia Potje Augen waren die Lehnert weit mehr als das, sie gehörten zum engen Kreis der Familie, waren echte Blutsverwandte.

Die Vertrautheit, die im anschließenden Gespräch zwischen Hilde und ihr aufkam, hatte Rosalia wohl dazu veranlaßt, mit einem Seufzer die Bemerkung fallen zu lassen, daß der Herbeck aus Gottlob und dessen Sohn mit Familie wohl auch zu Besuch gekommen sind. Wie sie denn auf den komme, fragte Hilde verwundert. Sie solle doch nicht so tun, als wüßte sie es nicht. Beim Ehrenwort, versicherte Hilde. Das kaufe sie ihr nicht ab, entfuhr es Rosalia, die aber sogleich beschwichtigend hinzufügte, es könnte schon möglich sein, daß dieser Name im Hause der Lehnert nie im Zusammenhang mit ihr gefallen war. Und um ein für allemal mit den Gerüchten, die im Dorf seinerseits kursierten, aufzuräumen, weihe sie nun Hilde in das Geheimnis ihres Lebensschicksals ein.

Den Herbeck aus Gottlob habe sie nur flüchtig gekannt, habe ein paar Male mit ihm getanzt, wenn die Gottlober in Wiseschdia auf dem Ball waren. Dann sei er einberufen worden und an die Front. Eines Tages habe sie einen Frontbrief von ihm erhalten. Das sei nichts Außergewöhnliches gewesen, denn fast alle Mädchen hätten damals solche Briefe erhalten. Sie habe sich dennoch gefragt, warum der ausgerechnet sie ausgewählt hatte, in ihren Briefen aber immer nur über Neuigkeiten von zu Hause geschrieben und wie es ihr so geht. Ja, heute könne sie sagen, daß sie sich in ihn verliebt hatte, aber damals habe sie das nicht einmal zu denken gewagt, geschweige denn, mit jemandem darüber zu sprechen. Ende dreiundvierzig sei er auf Urlaub gekommen, und in Wiseschdia habe ein großer Ball stattgefunden, zu dem alle Fronturlauber eingeladen waren, aus Gottlob, Triebswetter, Komlosch, sogar aus Marienfeld seien sie, der Ball hatte schon längst begonnen, mit Pferdewagen eingetroffen. Es sei sehr fröhlich und lustig zugegangen, denn die Fronturlauber, einige sogar in Uniform, waren sehr ausgelassen, sie durften sich alles erlauben und mußten auf nichts Rücksicht nehmen.

An dem Abend sei es passiert. Rosalia war dem Weinen nahe, sie schäme sich heute noch, wenn sie daran denke. Sie brauche sich doch nicht zu schämen, beruhigte Hilde sie, und Rosalia hatte sich rasch wieder im Griff. Er habe ihr bald darauf einen Brief geschrieben, den wunderbaren Abend erwähnt und ein gepreßtes Alpenveilchen beigelegt. Sie habe damals schon geahnt, was passiert war, denn so etwas fühle man, auch ohne viel darüber zu wissen. In ihrem Brief habe sie ihm, so gut sie das konnte, alles anvertraut, er habe aber nicht mehr geantwortet. Was sie mitgemacht habe, könne sie gar nicht erzählen. Ihr Vater habe sie halb totgeschlagen, bis sie den Namen nannte. Er sei dann nach Gottlob, um mit dem alten Herbeck zu reden. Der habe aber von Heirat nichts wissen wollen, das seien sehr reiche Bauern gewesen. Alles andere kenne sie ja, sagte Rosalia verbittert: im Mai vierundvierzig wurde Meinhard geboren, im Januar fünfundvierzig drohte ihr die Deportation nach Rußland und deshalb habe sie den Petre geheiratet, obwohl sie sich heute fast sicher sei, daß man sie wegen des Kindes nicht genommen hätte, aber wer wußte das damals schon. Und wer hätte geahnt, wie wichtig es heutzutage sei, Verwandte ersten Grades in Deutschland zu haben, um im Rahmen der Familienzusammenführung auswandern zu können, giftete sie und war wieder die alte. Sie würde sich von ihrem Sohn lossagen, wenn der auf die Idee käme, mit Hilfe von dem Falott aus Gottlob auszuwandern, versicherte sie Hilde und hatte es plötzlich eilig, denn viel Zeit bis zur Weihnachtsmette sei nicht mehr geblieben, und sie habe noch einen Haufen Arbeit.

Als das zweite Läuten ausgeklungen war, kam Bewegung in die bisher menschenleere Gasse. Anton Lehnert stand mit dem Hausschlüssel in der Hand im Gang und wartete auf Hilde und Wolfgang. Die in der Dunkelheit vorbeigehenden Frauen sahen wie Vermummte aus in ihren schwarzen bis zu den Knöcheln reichenden schweren Röcken und den dicken, wollenen Tücher über dem Kopf, die auf der Brust mit der Hand zusammengehalten wurden und den Rücken bedeckten. Die Potje blieben am Gassentürchen stehen, Anton öffnete die Tür zur vorderen Küche und mahnte Hilde zur Eile. Meinhard klopfte aus Jux ans Gassenfenster und verärgerte dadurch seine Mutter. Rosalia war auch in ein Umhängetuch gehüllt, aber die Frauen ihrer Generation hatten schon die langen Röcke ihrer Mütter und Großmütter abgelegt und trugen bis über die Kniekehlen reichende Kleider. Die Lehnert und die Potje begrüßten sich und wie von selbst bildete sich die Reihenfolge. Susanne Potje hakte sich bei Hilde ein, und die beiden gingen auf dem mit zwei Reihen Betonplatten ausgelegten Fußweg entlang der Häuserfronten voraus. Markus gesellte sich zu seinem Vater und Wolfgang, da der Fußweg für drei Personen aber zu schmal war, schlenderte er auf der hartgefrorenen Erde der Gasse neben seinem Vater einher. Anton hatte Rosalia zur Seite, und wenn es ihr eingefallen wäre, sich bei ihm einzuhaken, hätte er es hinnehmen müssen. Die Absätze der Stiefel von Hilde und Susanne klapperten auf den Betonplatten, und Meinhard machte sich über den Gang der beiden Damen in ihren modischen Winterjacken lustig, deren Frisuren trotz des Haarsprays kaputt gingen, wenn es schneien würde.

„Vierzig Jahre alt und noch immer nicht bei Verstand, daß er sich nicht vor seinem Sohn schämt", brummte Rosalia.

„Der ist doch schon ein Mann. Als ich so alt war, hatte ich die amerikanische Kriegsgefangenschaft hinter mir", sagte Anton.

„Nur immer prahlen!" Mehr sagte Rosalia nicht, denn sie überquerten den Fahrdamm und an der Ecke zur Neuen Gasse warteten Karl Schirokmann und dessen Frau, die Hilde zu Hause willkommen hießen.

„Na, Anton?" Keiner im Dorf war so kurz in seiner Begrüßung wie der Karl Schirokmann. Er und Anton schlossen sich den Vorausgehenden an und waren sich darüber einig, daß es heute nacht noch schneien würde. Karl Schirokmann stellte Mutmaßungen darüber auf, warum gerade an einen Feiertag wie diesem, von dem die da oben doch nichts wissen wollten, der Strom nicht abgeschaltet wurde. Rosalia hatte in Christine Schirokmann eine geduldige Zuhörerin gefunden, erzählte ihr von der beschwerlichen Anreise Hildes, vom Malheur mit dem Auto, als ob sie dabei gewesen wäre, von der Fahrt ihrer Kinder mit Hilde nach Temeswar, wie sie zu Christbäumen gekommen waren und schimpfte auf ihren Enkel, dem es nicht auszureden war, die Jeanshose, die Hilde ihm mitgebracht hatte, zum Kirchgang anzuziehen.

Die Gassenbeleuchtung über dem Transformator zwischen den beiden Betonpfosten warf ihr Licht auf einen Teil der Vorderfront des Kulturheimes. Die Kirche lag gegenüber im Schatten des Lichtkegels, und wenn die Frauen eintraten, fiel das Flackerlicht der Kerzen durch die Tür. Die Männer standen in Gruppen auf dem mit Ziegelsteinen gepflasterten Vorplatz der Kirche und warteten darauf, daß es zusammenläutet, um dann im Chorgewölbe Platz zu nehmen.

Seit Jahren schon setzte sich Anton Lehnert in eine der hinteren Bankreihen auf der rechten Seite zu den älteren Männern. Zuletzt hatte er an Marias Begräbnis so viele Leute in der Kirche gesehen. Heute waren draußen auch Männer seines Alters zusammengestanden, die er seit langem nicht mehr gesehen hatte, und er hatte ihnen zugenickt. Waren die Leute so zahlreich erschienen, weil so viel Besuch aus Deutschland im Dorf war? Der Hans Schmidt kam sich besonders wichtig vor. Ob es ihm wohl gefallen hatte, daß sein Sohn Richard den Meinhard und Wolfgang herzlich begrüßt hatte?

Der Kantor Peter Laub spielte auf dem Harmonium ein Weihnachtslied an. Er und der vierköpfige Frauenchor, dem seine Frau und Tochter angehörten, sangen nur noch an hohen Feiertagen, und heute klang die Gegenstimme ganz zittrig.

4

Anton Lehnert saß am Tisch in der vorderen Küche. Heute war der 1. Januar 1986. Die Nachbarn hatte er auf dem Nachhauseweg von der Kirche getroffen, und man hatte gegenseitig ein glückliches Neues Jahr gewünscht. Bei den Potje war er zum Mittagessen eingeladen, und wer noch bei ihm vorbeikommen könnte, wußte er nicht. Für jeden Fall aber stand Gebäck auf dem Tisch, Kirschlikör, den Hilde mitgebracht hatte, und eine Flasche Wein. Mit dem Gedanken, daß Maria nicht mehr lebte, hatte er sich abfinden müssen, aber an so einem Tag wie heute kam die ganze Wehmut auf. Wenn ihr doch wenigstens noch ein paar Jahre vergönnt gewesen wären.

Aufs Jahr um diese Zeit bist du schon in Deutschland, hatte Hilde ihm prophezeit, als sie und Wolfgang Samstag wegfuhren. Woher wollte sie das wissen? Und überhaupt war doch alles schief gelaufen. Niemand hätte ihm geglaubt, daß er darüber nicht unglücklich war.

Am zweiten Weihnachtstag waren Wolfgang und Hilde nach Temeswar gefahren, um noch einmal beim Blumenmann vorzusprechen. Horst Schulz hatte es am Vortag für seine alleinstehende Mutter versucht und sie gewarnt, es sei im Augenblick schwierig, überhaupt vorgelassen zu werden. Die Frau des Blumenmanns habe ihn angefahren, was er hier wolle, er solle sofort ihr Anwesen verlassen, sonst rufe sie die Miliz. Hilde war trotzdem von ihrem Vorhaben nicht abzubringen: Wenn man auf jeden hörte und alles glaubte, erreiche man nichts.

Ihr und Wolfgang blieb eine Abfuhr wie Horst erspart, denn auf ihr wiederholtes Klingeln am Tor zeigte sich niemand. Hilde wollte noch immer nicht aufgeben, das Haus aus einer gewissen Entfernung beobachten, es auf jeden Fall am Nachmittag noch einmal versuchen. Auf dem Weg zum Auto, das sie in einer Seitenstraße geparkt hatten, sprach eine Frau sie an und versicherte ihnen, daß die Marinescus zu ihren Kindern nach Bukarest gefahren waren und bis nach Neujahr zu Besuch bleiben wollten. Wolfgang bedankte sich für die Information, und Hilde mußte zugeben, daß daran nicht zu zweifeln war.

Nach ihrer Rückkehr aus Temeswar konnte Anton ihrem Gesichtsausdruck ablesen, daß es wieder nicht geklappt hatte. Er ließ Hilde erst gar nicht zu Wort kommen und meinte, daß es vielleicht besser so sei. Sie wollte sich nicht trösten lassen: er solle es ihr nicht auch noch schwer machen, ob es, verdammt noch mal, nicht schwierig genug wäre. Sie entschuldigte sich sogleich für ihre Barschheit und erzählte ihm den Hergang ihres mißglückten Versuchs. Als Hilde damit fertig war, ahnte Anton schon, was sie nun mit den 10.000 DM vorhatte.

Sie fiel nicht gleich mit der Tür ins Haus. Wolfgang und sie hätten beschlossen, Samstag zurückzufahren. Alle rieten wohl von diesem Tag ab, aber gerade deshalb sei mit einer problemlosen Abfertigung an der Grenze zu rechnen. Sie würden es so einrichten, daß sie noch vor Einbruch der Dunkelheit in Nădlac wären, dann stehe der Schichtwechsel der Grenzer bevor. Sie hätten sowieso nicht im Sinn gehabt, über Neujahr zu bleiben, auch der Vorschlag des Schulz Horst, hier Silvester zu feiern, habe sie nicht davon abbringen können, obwohl die Deutschländer das Fest organisierten. Was sollte eigentlich das Ganze: da kämen sie her und spielten sich groß auf, in Wiseschdia sei das nicht schwierig. Er verstehe das doch, vergewisserte sich Hilde, und Anton stimmte ihr zu. Sie hätten sich gesehen, er wisse nun, daß es allen gut geht, alles andere wird schon werden. Und hier hakte Hilde ein. Die Valuta bewahre er zu Hause auf, nach Neujahr komme der Freund Wolfgangs und hole das Geld ab, um es beim Blumenmann zu versuchen.

Nein, Gott behüte, auf keinen Fall. Sie sei doch sonst so gewitzt und gescheit, wie sie sich das vorstelle. Sie wisse doch, daß man wegen Besitz von Valuta ins Gefängnis kommt. 10.000 Mark! Die müßten nur Verdacht schöpfen, eine Hausdurchsuchung machen, aus und vorbei. Dann sei das viele Geld futsch, er im Gefängnis, die Scherereien, die sie hätten, keiner von ihnen dürfe jemals mehr zu Besuch kommen. Zweimal in Temeswar gewesen, das falle doch einem Blinden auf! Ja, natürlich sei ihm klar, daß die wüßten, wie bei Besuchen das Geld nur so fließt, aber wenn sie die Blöden spielten? Gut, er habe recht, gab Hilde auf, auf diese Reaktion sei sie gefaßt gewesen. Sie träfen sich in Temeswar sowieso noch einmal mit Wolfgangs Freund und ließen das Geld gleich bei ihm.

Anton graute noch jetzt vor dem Schlamassel, in das er hätte geraten können. Gleichzeitig mußte er sich eingestehen, sich wie ein Feigling verhalten zu haben. Hilde hingegen hatte Courage und Entschlossenheit gezeigt. Wie hätte er unter diesen Umständen noch Bedenken äußern können, daß sie das Geld im Grunde genommen einem Fremden hinterließ? Vielleicht hatte sie es sich noch einmal überlegt, aber das Geld wieder über die Grenze zu schaffen, war ebenfalls ein Risiko. Anton versuchte, sich den jungen Mann, der ihn eines Tages aufsuchen sollte, anhand der Beschreibung Hildes vorzustellen. Fest stand, daß er rothaarig war und eine Brille trug. Er war der

Gewährsmann Hildes und sollte seine Auswanderung abwickeln.

Vorerst, hatte ihm Hilde eingeschärft, solle er sich völlig normal verhalten, so leben wie bisher, bloß die Potje würden den Stand der Dinge kennen und hätten versprochen, dicht zu halten. Die postalische Bestätigung, daß sein Ausreiseantrag eingegangen sei, müsse er in der ersten Januarwoche erhalten. So würde es der Postträger erfahren, aber im Dorf solle man ruhig wissen, daß der Lehnert Anton eingereicht hat.

„Dann warten wir mal ab, komm jetzt Rexi!" redete Anton auf seinen Hund ein, der unter dem Tisch lag. Bald war es Mittag, er wollte den Hühnern noch was vorwerfen, und der Hund mußte an die Kette, sonst würde er nach einiger Zeit bei den Potje auftauchen, um ihn zu suchen. Ob die wohl gewillt waren, das Tier bei sich aufzunehmen, wenn er auswandert? Den Hund erschießen zu lassen oder gar selbst erschlagen, kam nicht in Frage. Meinhard könnte ja pro forma das Haus mieten, das kostete nicht viel, dazu aber den Garten pachten. Ein Hund am Haus wäre dann ideal, und eine Katze hätte auch ihren Platz.

Bei den Potje herrschte nicht gerade Neujahrsstimmung, denn nach den Wünschen für ein segenreiches Neues Jahr kam an der festlich gedeckten Tafel Spannung auf, als Rosalia wohl mit anstieß, aber den Kirschlikör nicht trank, ohne einen Grund zu nennen. Während sie in die Küche ging, um die Suppe zu holen, gab Meinhard Anton zu verstehen, daß seine Mutter wieder ihre Macke hat. Dann bestrafte sie alle im Haus mit ostentativem Schweigen, antwortete auf Fragen nur noch, wenn es unumgänglich war, und dieser Zustand konnte tagelang andauern.

Sie hatte sich nur wenig von der Suppe genommen, und während alle anderen noch aßen, erfuhr Anton den Grund ihres Unmutes: ihr Enkel war immer noch nicht nach

Hause zurückgekehrt. Meinhard wies seine Mutter darauf hin, daß der Junge alt genug ist, und wurde mit der Bemerkung abgestraft, er sei in dem Alter auch nicht besser gewesen, und von irgend jemandem müsse der das doch haben.

Am Vortag war Markus schon früh morgens mit dem Fahrrad nach Komlosch aufgebrochen, um mit einem Freund von dort weiter nach Hatzfeld zu fahren, wo sie in einer Gesellschaft Silvester feiern wollten. Wie man nur so verrückt sein konnte, sich bei der Kälte mit dem Fahrrad nach Komlosch aufzumachen, schimpfte Rosalia. Sie könne sich nicht vorstellen, daß am letzten Tag im Jahr der Bus zwischen Komlosch und Hatzfeld verkehrt, sie bezweifle, ob überhaupt noch eine Busverbindung besteht. Und wenn sie mit dem Zug nach Hatzfeld gefahren seien, hätten die beiden sich doch in Gottlob treffen können. Heute, an Neujahr, aus Hatzfeld zurückzukommen, sei überhaupt nur mit der Bahn möglich und dauere einen halben Tag. Eben, versuchte Anton sie zu beschwichtigen. Man könne ihr sagen, was man wolle, sie spüre das, es sei etwas passiert. Sie solle endlich mit dem Gejammer aufhören, nicht immer gleich den Teufel an die Wand malen, jetzt sei endlich genug, ob sie allen das Neujahrsfest versauen wolle, und ein Gast sei schließlich auch hier, sagte Meinhard in beherrschtem Tonfall. Das wirkte, und fast reumütig folgte Rosalia ihrer Schwiegertochter mit den Suppentellern in die Küche nebenan, um ihr beim Auftragen des zweiten Gangs behilflich zu sein. Meinhard mußte sich bei Anton nicht erklären oder entschuldigen, denn der kannte diese Anwandlungen Rosalias zur Genüge.

Die Atmosphäre am Tisch hatte sich nach diesem gezielten Einschreiten Meinhards entspannt, man ließ die Besuchstage von Hilde und Wolfgang Revue passieren, und weil sich die Potje über den Stand der Dinge, die

Auswanderung Antons betreffend, informiert wähnten, gab es dazu keine zusätzlichen Fragen. Meinhard und Susanne Potje bedauerten, daß Hilde und Wolfgang in der Silvesternacht nicht dabei waren, es sei ein sehr schönes Fest gewesen, alle jüngeren Ehepaare hätten mitgemacht, es sei wie früher gewesen, ein Fest, das man so schnell nicht vergessen wird im Dorf. Er hoffe, sagte Meinhard, daß es nicht das letzte war, und die Deutschländer hätten gemeint, daß man sich wenigstens einmal im Jahr weiterhin treffen könnte. Er lehnte sich auf dem Stuhl zurück und kaute am letzten Bissen des Bratens, als er plötzlich die Hand vor den Mund hielt und fluchtartig das Zimmer verließ. Allgemeine Aufregung, dann stellte sich heraus, daß Meinhard ein Backenzahn abgebrochen war.

Im Türrahmen stehend, tastete Meinhard mit der Zunge die Stelle im Oberkiefer ab. Er sei deshalb nicht weniger bissig, sagte er an seine Frau gewandt und erntete einen mißbilligenden Blick. Er schenkte allen Wein ein, den Frauen, auf deren Verlangen, nur ein halbes Glas, und sie tranken erneut auf ein gutes Neues Jahr. Dieses kleine Unglück bot Rosalia Anlaß, ihren Sohn zu mahnen, endlich einen Zahnarzt aufzusuchen, ansonsten laufe er bald ohne Zähne im Mund herum, wie die alten Frauen im Dorf. Manche von denen habe sie gar nicht anders in Erinnerung, aber bei einem jungen Mann sei das doch was ganz anderes. Die faule Ausrede, keine Zeit zu haben, könne er jetzt, im Winter, nicht vorbringen. Warum Männer nur diese Angst vor dem Zahnarzt hätten. Er nicht, widersprach Anton. Seine Vorderzähne seien noch in Ordnung, die schlechten Backenzähne habe er immer gleich ziehen lassen, die vier aber, die man ihm in Österreich plombiert habe, hielten noch immer, er könne sich nicht vorstellen, eines Tages ein Gebiß zu tragen. Wenn man rechtzeitig zum Zahnarzt gehe, dozierte Rosalia, bleibe einem das erspart, sie benötige so rasch kein Gebiß. Ob er gesehen habe, wandte sie sich an Meinhard, was für schöne Zähne die Deutschländer alle hätten. Man sei hier nicht in Deutschland, warf Meinhard ein, und wenn sie es unbedingt wissen wolle, er habe mit dem Zahnarzt aus Lovrin gesprochen und der ihm geraten, noch zu warten, bis er über anständiges Material verfüge, offiziell kriegten die so gut wie gar nichts mehr. Susanne komme auch mit, und beide würden sich die Zähne herrichten lassen, ob sie nun beruhigt sei. Rosalia fuhr unbeirrt fort, Hilde habe ihr erzählt, wie teuer Zähne in Deutschland sind, zehntausend Mark für zwei Brücken. Das glaube er nicht, sagte Anton. Ob sie wisse, wieviel Geld das ist, lachte Meinhard. Das wisse sie wohl, deshalb solle er hier zum Zahnarzt gehen. Was das denn für Gedanken wären, fragte Meinhard. Seine Gedanken dürfe man sich wohl noch machen, konterte Rosalia und ihr Blick erstarrte in Richtung Tür, durch die der Kollektivwächter Alois Binder trat.

„Ein glückliches Neues Jahr! Ich schreie mir die längste Zeit schon die Seele aus dem Leib, aber niemand antwortet. Euren Hund könnt ihr vergessen, der meldet sich nicht einmal."

„Ist was passiert?" Rosalia stand mit vor Angst aufgerissenen Augen am Tisch, ihre Hand hielt den Arm ihres Sohnes umklammert.

„Nichts Schlimmes. Eigentlich eine gute Nachricht. Der Markus hat angerufen, er ist gut angekommen, soll ich ausrichten." Rosalia sank mit einem Aufschrei auf den Stuhl und schlug die Hände vors Gesicht.

„Setz dich Alois", sagte Anton. Susanne Potje lief weinend weg, und Meinhard folgte ihr. Geschrei aus dem vorderen Zimmer war zu hören, kurz darauf kehrte Meinhard, scheinbar ganz beherrscht, mit einem Glas zurück und schenkte dem Kollektivwächter Alois Binder Wein ein.

Der saß, die Pelzmütze in den Händen drehend, da und ließ den Wein vorerst mal unberührt, obwohl ihm Meinhard zuprostete und sein Glas in einem Zug austrank.

„Was hat er noch gesagt?" fragte Rosalia und wischte sich mit dem Handrücken die Tränen.

„Ansonsten nichts. Nur, daß er gut angekommen ist."

Susanne Potje setzte sich mit verweintem Gesicht in die Runde, und im Hause der Potje begann das große Rätselraten. Es ging nicht um das Warum, sondern um das Wie. Es war klar, daß Markus die Gunst der Stunde genutzt hatte, und Alois Binder zollte ihm seinen Respekt. Rosalia versuchte sich an eine Andeutung ihres Enkels zu erinnern oder an eine Auffälligkeit, die auf sein Vorhaben hätte schließen lassen können. Meinhard meinte, Markus hätte das bestimmt nicht ihr auf die Nase gebunden. Es war unglaublich, wie rasch Markus angekommen war, und Anton war fest davon überzeugt, daß jemand in Jugoslawien gewartet hatte. Man fragte sich, ob Markus allein oder mit seinem Kameraden aus Komlosch geflüchtet war. Alles sprach dafür. Als Glücksfall wurde die Tatsache gewertet, daß die Telefonverbindung überhaupt geklappt hatte und daß in der Zentrale in Komlosch heute jemand Dienst tat. Dann stellte sich die wichtige Frage: Wie verhält man sich am besten in einer solchen Situation? Sollte man es der Miliz melden? Man folgte dem Rat von Alois Binder, der meinte, daß dies bisher noch niemand im Dorf gemacht hatte, die Miliz würde sich spätestens morgen von allein melden, man zeige sich doch nicht selbst an.

„Mein Gott, was da noch alles auf uns zukommt", hob Rosalia an, und um einem weiteren Gejammer seiner Mutter zuvorzukommen, faßte Meinhard den Entschluß, mit Susanne nach Komlosch zu fahren, der Weg sei gefroren und irgendwie werde er mit dem Auto schon durchkommen. Die Schummer hätten Telefon, und ihr Sohn Günther habe bestimmt zu Hause angerufen. Sie wollten sich mit den Schummer beraten, denn für die Potje stand außer Zweifel, daß Günther mit Markus geflüchtet war. Sie mußten in Erfahrung bringen, ob die etwas von der Flucht der beiden gewußt hatten und die ihnen bevorstehenden Aussagen abstimmen.

„Und du hast mit der Sache überhaupt nichts zu tun. Wenn die Miliz was wissen will, verweist du sie auf uns, denn wir beide sind die Eltern“, machte Meinhard seiner Mutter klar.

„Der Markus hat sich bestimmt schon bei Hilde, Erika oder Susanne gemeldet“, warf Anton ein.

„Und in ein, zwei Tagen können sie ihn in Nürnberg besuchen“, gab sich Alois Binder wissend.

„Vielleicht sitzen sie jetzt schon zusammen und feiern“, tröstete sich Rosalia.

„Bis die Formalitäten in Österreich erledigt sind, muß er sich schon noch gedulden“, sagte Alois Binder und trank im Stehen sein Glas aus.

„Er ist also noch gar nicht in Deutschland“, begann Rosalia zu lamentieren, und Alios Binder erklärte Meinhard und Susanne Potje, Markus habe aus Österreich angerufen und entschuldigte sich, daß er dies nicht von Anfang an klar gesagt hatte.

„Österreich oder Deutschland, ist doch egal. Hauptsache, er ist in Sicherheit“, bekräftigte Meinhard seiner Mutter gegenüber, und auch Alois Binder beruhigte sie, die Österreicher hätten noch nie jemanden zurückgeschickt.

„Dann will ich nicht länger aufhalten“, sagte Alois Binder und verabschiedete sich. Die Potje bedankten sich für die Überbringung der Nachricht, und Alois Binder meinte, das wäre seine Pflicht und er freue sich, daß es keine traurige war. Sie mußten ihm nicht einschärfen, die Flucht von Markus geheim zu halten, denn im Dorf würden es sowieso bald alle wissen. Anton hielt es für angebracht, auch zu gehen, bedankte sich seinerseits für Essen und Bewirtung, Meinhard möge ihn doch nach seiner Rückkehr aus Komlosch darüber unterrichten, wie die Dinge stehen. Rosalia begleitete die beiden bis in den Gang, kehrte die Couragierte hervor, sie habe vor denen keine Angst, sollten sie während der Abwesenheit Meinhards auftauchen. Anton war erleichtert, denn er hatte befürchtet, daß Rosalia ihn doch noch bitten könnte, hier zu bleiben, bis Meinhard zurückkommt.

Das Fahrrad von Alois Binder stand am Gassenzaun und daran war sein Hund mit einem Strick festgebunden.

„Am Neujahrstag habe ich bisher noch keine Nachricht überbracht. Ja, Anton, es geht aufs Ende zu, und ich bin der Kurier. Keine Geburten, nicht mal Todesfälle, nur noch Flucht. Wie war denn Hildes Besuch?"

„Schön."

„Wanderst du jetzt auch aus?"

„Wird sich zeigen. Bis dann dauert es noch. Die zwei Säcke bringe ich dir in den nächsten Tagen zurück"

„Ist gut. Brauchst du noch Kolben?"

„Vorläufig nicht."

„Der Schulz Horst und der Schmidt Richard haben für ihre Leute Kohlen in Hatzfeld gekauft. Gegen Valuta. Sie hatten vor, die mit Pferdewagen aus der Kollektiv nach Hause zu bringen, haben jetzt aber für morgen einen Traktor aus Gottlob aufgetrieben. Hättest die Hilde doch auch bitten können!"

„Die Zeit hat nicht mehr gereicht."

„Wir fahren ja", beruhigte Alois Binder seinen Hund, der am Strick zog, und stieg auf das Fahrrad. Mit einem Adje verabschiedeten sie sich und schlugen entgegengesetzte Richtungen ein.

Während der ganzen Diskussion um die Flucht von

Markus hatte Anton die Frage beschäftigt, ob Hilde etwas damit zu tun haben könnte. Zeitlich gesehen, lagen zwischen Abreise und Flucht mindestens drei Tage, und Hilde hatte den Grenzübergang bei Nădlac benutzt. Es war wohl umständlich, aber nicht unmöglich, über Ungarn nach Jugoslawien einzureisen. Hatte Hilde dort auf Markus gewartet? Aber den Jugoslawen wäre anhand der Ein- und Ausreisevermerke der Zick-Zack-Kurs doch aufgefallen, und eine Kontrolle des Kofferraums hätte genügt. Das wäre was gewesen: alle drei verhaftet, Hilde und Wolfgang wegen Fluchthilfe verurteilt, Markus nach Rumänien abgeschoben, halb totgeschlagen und im Gefängnis. Schließlich hatte Anton den Gedanken verworfen, denn er konnte sich nicht vorstellen, daß Hilde nach all dem Aufwand für seine Ausreise alles aufs Spiel gesetzt hätte.

Zu Hause angekommen, legte Anton Lehnert nicht einmal Mantel und Hut ab, sondern machte sich im Sonntagstaat an die Erledigung seiner allabendlichen Arbeit, da es früh Nacht wurde. Die Hühner saßen schon auf der an die Pferdekrippe gelehnten Leiter und wurden wieder munter, als er ihnen Körner in den Stall warf. Er schloß die Stalltür ab, im Schuppen bettelte Rexi, denn er wußte, jetzt war er dran.

Anton tat so, als schimpfe er ihn, um zu verhindern, daß der Hund an ihm hochsprang, während er ihn von der Kette losband. Der schoß davon, drehte eine Runden im Hof und stürmte dann durch die offen stehende Gartentür davon. Anton schippte zwei Schaufeln der Kohlen, die sich an der Rückwand des Schuppens auftürmten, in den Eimer. Das mußte reichen.

In der hinteren Küche füllte er den Eimer mit entkernten Maiskolben auf und ärgerte sich beim Betrachten des Haufens, daß er auf das Angebot des Alois nicht eingegangen war. Während er durch den Gummischlauch Wein aus dem Faß ansaugte, fiel sein Blick auf das verstopfte Rattenloch in der Wand. Ob sich hier etwas getan hatte, konnte er aus der Entfernung nicht erkennen, denn er hatte kein Licht gemacht und draußen dämmerte es schon. Das einen halben Liter fassende Töpfchen war vollgelaufen, er drückte den Weichgummischlauch mit zwei Fingern ab, hob ihn hoch und der im Schlauch verbliebene Wein floß zurück ins Faß. Morgen wollte er es anzapfen, denn der Restrücklauf tat dem Wein nicht gut, und es bestand die Gefahr, daß er kahmig wurde. Er stellte den Wein auf dem Tisch ab und knipste das Licht an, um nach dem Weinhahn zu suchen. Am Rattenloch war alles intakt, das war schon mal beruhigend. Auf den von Knie- bis in Brusthöhe in die Wand eingelassenen Brettern, hier hatte sich die Durchgangstür zur Kammer befunden, standen allerlei Schachteln und Schubladen ausgedienter Tische. Er kramte darin, fand aber nur den Weinhahn aus Messing. Der war für das Hundertzehnliterfaß zu klotzig und setzte übrigens immer Grünspan an. Den Weinhahn aus Holz hatte er wohl zu den Fässern gelegt, die wegen der Feuchtigkeit im Keller in der vorderen Speisekammer aufeinandergestapelt lagerten, Meinhard hatte ihm dabei geholfen.

Tage hatte es gedauert, bis die Fässer nach gründlicher Reinigung getrocknet waren. Anton hatte sie mit heißem Salzwasser ausgewaschen und vor der letzten Spülung ihnen ein Bad mit getrockneten Nußblättern verabreicht. Außer einem hatten alle Fässer durch die Türrahmen gepaßt, und weil er sich Meinhard gegenüber sowieso erkenntlich zeigen wollte, hatte er ihm das große Faß geschenkt.

Auf dem Weg zur Speisekammer knipste Anton alle Lichter an, im Gang, in der vorderen Küche, im Gassenzimmer, und ein Vorübergehender hätte glauben können, beim Lehnert herrscht Hochbetrieb oder es ist was vorgefallen. Die geräumige Speisekammer, die nach rückwärts fast bis an den Zaun zum Hof seines ehemaligen Nachbarn Franz Wolf reichte, war noch nie feucht gewesen. Der Lichtschein aus dem Zimmer fiel durch die Tür, und Anton mußte nicht lange suchen, bis er den Weinhahn aus Holz fand. Hoffentlich war der eingelassene Korken beim Trocknen nicht gerissen, denn dann tropfte der Hahn. Anton steckte reihum den Zeigefinger in die Spundlöcher der Fässer, tastete mit gekrümmtem Finger die Tafelwände ab und stellte zufrieden fest, daß sich kein Schimmel angesetzt hatte. An dem Faß, in das er im Frühjahr seinen Wein umfüllen wollte, schnupperte er, es war in Ordnung. Eigentlich hätte er die anderen schon längst verkaufen sollen, aber es war schwierig, im Dorf Käufer zu finden, denn die Leute waren mit Weinfässern noch aus Großväterzeiten eingedeckt. Den Alois könnte er bitten, sich mal umzuhören. Und im Februar, wenn auf den Ferkelmarkt nach Lovrin gefahren wird, könnte er es dort versuchen. Den Hausrat und die Möbel wird er schon loskriegen. Die Saisonarbeiter, die als Abnehmer in Frage kamen, nutzten natürlich die Gelegenheit und kauften den in Zeitnot geratenen Aussiedlern, die ihre Häuser ausgeräumt hinterlassen mußten, die Sachen um Bagatellbeträge ab. Den ganzen Ärger hätte sich Anton Lehnert am liebsten erspart, alles stehen- und liegengelassen, sollte doch damit passieren, was will. Nun schlug er sich schon mit diesen Gedanken herum, wo er doch noch gar nichts an der Hand hatte. Er löschte das Licht im vorderen Zimmer, in dem noch immer dieser eigentümliche Geruch lag, den Hildes Besuch hinterlassen hatte. Die Asche im Ofen hatte er vergessen auszuräumen, aber das hatte nun auch bis morgen Zeit. Durch sein hell beleuchtetes Haus ging er zurück in die hintere Küche, legte den Weinhahn in eine Schüssel mit

Wasser, besah sich abschließend noch einmal das zugestopfte Loch in der Wand, und nichts in der Küche deutete darauf hin, daß die Ratte noch einmal dagewesen war.

Alles war abgesperrt, Anton saß in seinen Arbeitskleidern bei einem Glas Wein am Tisch in der vorderen Küche, im Ofen brannte das Feuer. Mit dem Besuch Hildes hatte für ihn ein neuer Lebensabschnitt begonnen, die Weichen waren gestellt. Es war ähnlich wie 1956 bei seiner Rückkehr aus Österreich, als er zu einer Entscheidung gedrängt worden war. Damals hatte er immerhin die Wahl gehabt, sich falsch entschieden, diesmal blieb ihm keine. Dennoch fühlte er sich erleichtert, daß die ersten Schritte unternommen worden waren. Jetzt konnte er die Erleichterung nachvollziehen, die man den Leuten anzusehen glaubte, wenn sie den Ausreiseantrag gestellt hatten. In großen Zügen hatte er eine Vorstellung davon, wie es verlaufen könnte bis zum Tage der Auswanderung, danach war alles ungewiß.

Was aber war das schon im Vergleich zum Tod. Maria war gestorben und Kurt. Es hatte Jahre gedauert, bis der Schmerz über Kurts Tod verwunden war. In seiner Verzweiflung hatte Anton seine Mutter beschuldigt, weil sie Kurt an jenem Abend gebeten hatte, eine Fuhre Rübenblätter von der abgeernteten Parzelle an der Grenze zu holen. Niemand sei an Kurts Tod schuld, versuchten ihm die Leute Trost zuzusprechen, und er schon gar nicht. Trotzdem trug er das Schuldgefühl mit sich herum, weil er die offizielle Version vom tödlichen Unfall mit dem Traktor stillschweigend akzeptiert hatte. Was hätte er tun können? Nichts. Sein Sohn war beim Fluchtversuch erschossen worden, und man hatte es als Unfall hingestellt. Wenn er dem Unbekannten, der es getan hatte, begegnet wäre, hätte er ihn erschlagen, es wäre ihm egal gewesen. Markus war die Flucht gelungen, Kurt war damals in seinem Alter, und Anton spürte so etwas wie Genugtuung, aber in der Haut der Potje wollte er jetzt nicht stecken. Es wird dauern, bis sie erfassen werden, was das für sie bedeutete. Er und Maria hatten die Erfahrung gemacht, wie es ist, wenn die Kinder eines Tages weg sind, und man mit dem Gefühl dasteht, sie verloren zu haben. Seid doch froh! So hatten damals die Leute getröstet. Die wußten nicht, was sie da sagten.

Anton hörte eine Autotür zuschlagen, sperrte auf und ging bis auf den Gang hinaus. Meinhard und Susanne Potje waren, aus Komlosch kommend, also nicht zuerst nach Hause gefahren. Er bat sie herein, und Susanne Potje brach in Tränen aus. Es sei alles in Ordnung, versicherte ihm Meinhard, diese Weinerei mache ihn noch verrückt. Ob er was trinke, fragte Anton. Ja, ein Schnaps würde ihm jetzt gut tun. Anton stellte den Kognak, den Hilde mitgebracht hatte, und drei Stamperl auf den Tisch. Auch Susanne Potje ließ sich einschenken. Sie stießen ohne Trinkspruch an, und die beiden Männer kippten das Getränk. Es sei alles soweit in Ordnung, sagte Meinhard erneut. Der Günther Schummer habe sich ebenfalls gemeldet. Da seine Mutter aber das Telefon abhob und gleich zu heulen anfing, habe der Vater nicht viel mit ihm sprechen können. Er sei mit Markus in Österreich, man brauche sich keine Sorgen zu machen, dann habe sich die Verbindung unterbrochen. Die Schummer schworen, daß sie von der Absicht der beiden nicht die leiseste Ahnung hatten. Die Miliz sei noch nicht bei ihnen gewesen. Sie wären übereingekommen, vorläufig keinen Kontakt mehr aufzunehmen, bis die Lage sich beruhigt habe. Der Schummer komme nach den Feiertagen wegen Reparaturen an den Traktoren sowieso zur Arbeit in die Ferma, dann könne man das Weitere besprechen, und es würde nicht auffallen. Es war für Anton wohltuend, daß Meinhard ihm so viel Vertrauen schenkte, und sie stießen zum Abschied auf eine hoffentlich gute Nacht an.

Anton wartete im Gang, bis die Potje abfuhren, löschte das Hoflicht und sperrte ab. Das Jahr fing ja gut an, und an diesen 1. Januar 1986 werden sich die Potje noch oft erinnern. Die Großmutter Anna Lehnert hätte es gut geheißen, daß sie in dieser Situation zusammenhielten, dachte Anton. Er bereitete sein Nachtlager vor und ließ währenddessen den Fernseher laufen. Er hatte es geahnt, daß so ein Festprogramm mit Gedichten und Chorliedern lief, in dem unaufhörlich die Namen der beiden genannt wurden, die den Leuten aus Wiseschdia nur schwer über die Lippen kamen.

Das Programm des serbischen und ungarischen Fernsehens empfing er nicht mehr, weil der Empfangsverstärker, von Tüftlern über Meinhard erworben, seinen Geist aufgegeben hatte. Er hatte ihm versprochen, noch vor Hildes Besuch einen neuen zu organisieren, es wohl vergessen, und nun hatte er andere Sorgen. Anton schaltete den Fernseher aus. Um ins Bett zu gehen, war es noch zu früh, und er wollte nicht wach daliegen, denn dann kamen die Gedanken. Er nahm die Neujahrsausgabe der Zeitung vom Vitrinenschrank und setzte sich an den Tisch. Der Alois hatte ihn darauf hingewiesen, daß auf der letzten Seite noch immer kein neuer Chefredakteur genannt wurde, seit der vor einem Jahr ernannte durchgebrannt war. Was der Alois nicht alles im Auge behielt.

Dieser Abgang hatte die Gemüter der Leute längst nicht mehr so erregt wie noch im Sommer 1984 der vom Bernekker. Als in Wiseschdia gemunkelt wurde, der Bernecker sei von einer Reise nach Deutschland nicht mehr zurückgekehrt, glaubten die Leute an ein Gerücht, denn so etwas wurde öfter in die Welt gesetzt. Noch am selben Tag kam ein Ingenieur aus der Konservenfabrik zur Inspektion in die Ferma von Wiseschdia und behauptete, daß in Temeswar es die Spatzen von den Dächern pfiffen: Der Bernekker hat sich abgesetzt. Am nächsten Tag lieferte die Zeitung den Beweis selbst für die letzten Zweifler: Im Impressum tauchte sein Name als Chefredakteur nicht mehr auf, und es wurde auch kein anderer genannt. Das Unvorstellbare war eingetreten. Wie sollte es weitergehen? Sein Name stand für die Zeitung, er war für viele Banater Schwaben ihr Repräsentant.

Natürlich hatte er seine Feinde, auch unter den eigenen Leuten. Manch einer warf ihm nun vor, bei einer Begegnung von oben herab behandelt worden zu sein, und der Loibl Thomas konnte ihm nicht vergessen, daß er mit Schimpfworten aus seinem Büro gejagt wurde, als er darum bat, bei der Auswanderungskommission ein gutes Wort für ihn einzulegen. Was die Leute auch für Vorstellungen hatten! Wie man nur auf eine solche Idee kommen konnte! Wie sollte der Bernecker in seiner Funktion die Auswanderung gutheißen oder gar unterstützen?

In seinen Mundartgedichten, die er in der Zeitung veröffentlichte, klagte er immer wieder über den Zerfall der banatschwäbischen Gemeinschaft und prophezeite den Untergang durch die Auswanderung. Viele Leute stimmte das traurig, aber so manch einer witterte dahinter einen Propagandatrick. Er habe gegen besseres Wissen agiert, zum Dableiben aufgerufen, behaupteten deshalb die einen. Andere waren überzeugt, daß er es in seinen Gedichten ehrlich gemeint hatte. In einem Punkt aber war man sich einig. Wenn es beim Ausrichten von Kirchweihfesten, Trachtenbällen oder anderen banatschwäbischen Veranstaltungen zu Schwierigkeiten mit den lokalen Behörden gekommen war, hatte es immer geheißen: Das regelt der Bernecker.

Das Einstellen der deutschen Fernsehsendung und der deutschen Sendung von Radio Temeswar aber hätte er auch nicht verhindern können, hatte der Theiss Werner räsoniert und daran erinnert, daß im Sommer 1983 der Direktor des Deutschen Staatstheaters durchgebrannt war und man sich vergegenwärtigen müsse, wer noch alles von den Deutschen in verantwortungsvollen Positionen sich im Laufe der letzten Jahre abgesetzt hatte, um das gegenwärtige Desaster überhaupt zu erfassen. Wenn sie Courage gehabt hätten, dann hätten sie einen Ausreiseantrag stellen sollen, hatte sich der Karl Schirokmann ereifert. Nach einem Jahr wollte man die Frau vom Bernecker in Temeswar in den Warteschlagen der Ausreiseantragsteller gesehen haben, und auch diesmal gingen die Meinungen der Leute aus Wiseschdia auseinander: Geschieht ihr recht so, frohlockten die einen, andere bedauerten die arme Frau. Der Franz Ehrlicher gehörte durch seine Auftritte als Vetter Hans zu den beliebtesten Schauspielern des Theaters. Ohne daß jemand was geahnt hätte, war er eines Tages weg, noch vor dem Bernecker, und über die Umstände seiner Ausreise kursierten die wildesten Gerüchte. Wer soll uns jetzt noch lachen machen? fragten die Leute. Und der Thomas Ritter hatte recht, als er behauptete, daß das Ende eingeläutet sei, wenn einer wie der Franz Ehrlicher ginge.

Deren Sorgen will ich haben, sagte sich Anton und legte die Zeitung beiseite. Es war nun doch Zeit, ins Bett zu gehen. Er stellte einen Stuhl neben das Kopfende des Diwans, darauf kamen die Kleider, der Wecker und das Töpfchen mit Wasser, der Stuhl diente zusätzlich als Halt, da er mit dem Gesicht zur Wand nicht schlafen konnte. Hilde hätte er fragen sollen, was man in Deutschland vom Bernecker so hört. Er löschte das Licht und tappte im Dunkeln zu seinem Nachtlager.

Gegen vier Uhr morgens fuhr er hoch und mußte sich auf die Kante des Diwans setzten, um wieder zu sich zu kommen. Eben noch hatte er verzweifelt versucht, die Tür aufzusperren, um seinen Verfolgern zu entkommen.

Er war auf dem Weg nach Komlosch, und am Wald wartete ein Lastauto. Er sah, wie Susanne ihm zuwinkte, er solle sich beeilen. Richard streckte ihm die Hand entgegen und half ihm auf die Plattform des schon fahrenden Autos, wo Kurt neben einem Soldaten mit dem Gewehr in Anschlag lag und ihm Zeichen machte, sich ruhig zu verhalten. In rasendem Tempo fuhren sie durch den Wald, dann stoppte der Laster, und der Fahrer, ein dicker Mann mit Tirolerhut, stieg aus. Sie waren in Österreich. Sie gingen alle auf ein Wirtshaus zu, er sagte zu Hilde, die plötzlich auch da war, daß er nach Hause muß. Das Grabbildnis der Mutter müsse noch angebracht, das Familiengrab zubetoniert werden. Er versprach, in drei Tagen wieder zurück zu sein, und schämte sich, weil er log. Rasch war er wieder am Komloscher Wald, und als er auf den Weg nach Hause einbog, sah er Soldaten mit Hunden am Waldrand. Er schlug den Weg durchs Ried ein, denn nur so konnte er ihnen entkommen. Als er zu Hause angelangt war, sah er die Verfolger die Gasse heraufstürmen. Er huschte in den Hof, aber dann kriegte er die Tür nicht auf, und er hörte sie immer näher kommen.

Anton lauschte. War da was? Jetzt hörte er ganz deutlich, daß es an der Außentür scharrte. Das war bestimmt der Rexi. Er stand auf, machte Licht, schlich zur Tür und sperrte ruckartig auf. Der Hund war bis in den Hof zurückgewichen und stand wie angriffsbereit da.

„Komm herein, aber daß du dir das nicht angewöhnst“, sagte Anton.

5

Das launische Wetter, bevor im März der Winter in den Frühling überging, bezeichneten die Bewohner von Wiseschdia als unappetitlich. Obwohl die Sonne vom Himmel strahlte, hatte man das Empfinden, daß es dennoch kälter war als an regelrechten Wintertagen, und völlig unerwartet konnte ein Graupelschauer niedergehen, der in einen feinen, naßkalten Regen überging. Kurz darauf war alles in ein Februargrau gehüllt, das im Unterschied zum Nebel im Winter die Menschen bedrückte.

Am 12. März, dem Jahrestag von Marias Tod, war es den ganzen Tag über schön. Der Pfarrer konnte trotz des Angebots von Meinhard, ihn mit dem Auto von Gottlob nach Wiseschdia zu bringen, nicht das Requiem lesen, da ihn eine schlimme Grippe erwischt hatte. Er bedauere es sehr, ließ er ausrichten, er werde in Stille der Verstorbenen gedenken. Jeder in Wiseschdia wußte, daß der Pfarrer in jüngeren Jahren auch im Krankheitsfall gekommen wäre, und man hatte Verständnis für sein Ausbleiben. Viele Leute waren zum Gebet in die Kirche gekommen, und ein Großteil schloß sich Anton und den Potje auf dem Weg zum Friedhof an, um der eigenen Verstorbenen zu gedenken. Marias Grab war mit einem Kranz aus Tannenzweigen und Blumen geschmückt.

April macht, was er will. Da weiß man wenigstens, wo man dran ist, dachte Anton Lehnert und hoffte, daß das schöne Wetter anhielt, bis er mit dem Rebenschneiden im

Vorgarten fertig war. Als er noch die 14 Ar Weingarten besaß, hätte ihn ein solches Wetter beinahe um die gesamte Ernte gebracht.

Er hatte das Rebenschneiden immer wieder aufgeschoben und war schließlich doch nicht vom schlechten Wetter verschont geblieben. Die Reben standen inzwischen schon in Saft und bluteten nach dem Schnitt übermäßig, das Nachwachsen der jungen Ruten verzögerte sich, und an die fünfzehn Rebstöcke verdorrten. Damals redete er sich ein, daß die der Sorte Csaba und Magdalena auch sonst nicht mehr durchgehalten hätten, denn die hatte noch sein Großvater für ihn als Kind im Weingarten verstreut angepflanzt. Es waren die ersten reifen Trauben des Jahres, Kurt hatte sich schon als kleiner Junge die Plätze rasch gemerkt und hamsterte trotz Verbot einzelne Perlen.

Der Weingarten bestand aus Mischsorten, den Hauptanteil bildeten Burgunder und Sauvignon, letztere nannte man in Wiseschdia Zackelweiß. Die Weinreben, die Anton im Vorgarten angepflanzt hatte, waren Burgunder, die Wurzelstöcke in den besten Jahren mit hohen und kräftigen Ruten. Ob er das Rebholz noch verfeuern wird im kommenden Winter? Immer öfters stellte er sich beim Verrichten von Arbeiten, die früher selbstverständlich waren, diese Fragen. Es ärgerte ihn, und er machte dann eine wegwerfende Handbewegung, als ob er ein Gespenst verscheuchen wollte.

Das Ferkel hatte er, Gott sei Dank, über die Runden gebracht, es fraß jetzt schon Körnermais. So vertan hatte er sich noch nie beim Kauf auf dem Viehmarkt in Lovrin. Es war noch nicht richtig von der Sau entwöhnt, denn er mußte mit Milch herumpantschen, damit es anfangs wenigstens etwas zu sich nahm. Hauptsache, es war über dem Berg, und ob er das gemästete Schwein noch würde schlachten können, stand in den Sternen. Als Bestechungsmittel jedenfalls war ein Schwein immer gut, denn Naturalien waren gefragter als Geld.

Zusätzliche Sorgen hatte er mit dem Kätzchen auf sich genommen. Als ob er mit dem Hund nicht schon genug hatte wegen der Auswanderung. Da stand vorige Woche plötzlich der Alois mit dem alle vier Beine von sich strekkenden und miauenden Fellknäuel in der Hand vor ihm im Schuppen und hielt es ihm hin. Er hatte den Wurf in einem der verfallenen Schweineställe der Kollektivwirtschaft entdeckt und sich daran erinnert, daß Anton ihm gesagt hatte, er müsse sich eine Katze anschaffen. Das Kätzchen fauchte, als er es entgegennahm, da es an Menschen nicht gewöhnt war, und Anton spürte durch den feingliedrigen Leib das Herz pochen. Als er es in der hinteren Küche absetzte, um Alois eine Flasche Wein anzufüllen als Vorschuß für noch abzuholende Maiskolben, sah und hörte er, was er sich da eingehandelt hatte. Obwohl sich das Kätzchen noch nicht richtig auf den Beinen halten konnte, kroch es unter den Sparherd und schrie herzzerreißend. Alois war peinlich berührt, aber auch zuversichtlich, daß es ein prächtiger Kater werden wird.

Irgendwann hatte es sich beruhigt, kam aber auch dann aus dem Versteck nicht hervor, als er ihm gegen Abend einen Teller mit Milch in die Küche stellte. Er mußte es unter dem Sparherd hervorholen, und das Biest hätte ihn bestimmt arg zugerichtet, wenn es dazu schon imstande gewesen wäre. Er tauchte seine Schnauze in die Milch, es blieb vor dem Teller stehen, machte aber keine Anstalten, selbst zu trinken. Er wiederholte die Prozedur des Eintauchens, und das Kätzchen schleckte sich jedesmal die Schnauze ab. Es belustigte ihn, ihm zuzuschauen, aber er kam sich in der Rolle der Ziehmutter, wie vor Wochen auch mit dem Ferkel, komisch vor, denn dergleichen hatte nie zu seinen Aufgaben gehört. Wenn es darum gegangen war, ein Tier gesund zu pflegen oder Schwächlinge aufzupäppeln, hatte das Maria übernommen.

Was für ein Schreck war ihm damals in die Glieder gefahren, als er sich daran erinnerte, daß er die Tür zur hinteren Küche hatte offen stehen lassen und daß der Hund nicht an der Kette war. Er eilte in die hintere Küche, das Bild des Unheils vor Augen. Rexi lag vor dem Sparherd und an ihn gekuschelt das Kätzchen, die Milch im Teller war alle. Daß Hund und Katze zusammengehen, war in seinem Haus noch nie vorgekommen, Anton sah darin kein unheilvolles Zeichen.

Aber wie sollte er den bisherigen Verlauf seiner von Hilde in die Wege geleiteten Auswanderung bewerten? Wenn nur dieser Zwiespalt ihn nicht immer wieder plagen würde. Einerseits hatte er sich damit abgefunden, daß es keine Alternative gab, andererseits hegte er den geheimen Wunsch, es möge sich alles noch hinauszögern, wenigstens bis aufs Jahr. Er redete sich ein, daß er sowieso keinen Einfluß auf die Erledigung seines Antrags hatte, was ja auch stimmte, aber wie er einen negativen Bescheid aufnehmen würde, wagte er sich nicht vorzustellen.

Die Rückantwortkarte vom Kreisinspektorat des Innenministeriums hatte er in der zweiten Januarwoche erhalten, sein Ausreiseantrag war also eingegangen und aktenkundig, das bedeutete aber noch nichts. Anton stellte sich die genervten Beamten vor, die täglich diese Post erledigten, Hunderte solcher Postkarten und Anträge. Und wenn einer von denen die Anträge einfach in den Papierkorb warf? Wo hätte man reklamieren können? Bei der Post? Die Auswanderung war ein heißes Eisen, und wie hätte, wenn überhaupt, jemand von der Post einer solchen Reklamation nachgehen sollen. Da kannst du beim Salzamt reklamieren, sagten die Leute.

Mit Hildes Gewährsmann aus Temeswar war das ebenfalls so eine Sache, alles war angelaufen. Das sagte sich so leicht. Wenn man doch wenigstens ungefähr wüßte, mit welchen Fristen man zu rechnen hatte.

Am letzten Samstag im Januar, es war ein herrlicher Tag, hatte Anton wieder mal das Gefühl, daß ihm Besuch bevorstand, und nicht die Potje oder der Alois kamen in solchen Fällen in Frage. Tatsächlich hielt am Nachmittag ein Auto vor dem Haus. Er konnte sich nicht vorstellen, wer es war, und beim Anblick des Rothaarigen wurde ihm ganz heiß.

Marius Lakatos war in Wolfgangs Alter, auf Anhieb sympathisch und ein echter Temeswarer. Ein drittel Deutscher, ein drittel Ungar, ein drittel Rumäne und alles in allem aus der Fabrikstadt, stellte er sich vor. Anton konnte mit einer Geschichte vom Fabrikstädter Markt aufwarten, und damit war das Eis gebrochen.

Da hatte er sich mit einem Bekannten zusammengetan, und sie waren mit Paprika nach Temeswar gefahren. Jeder mit sechs Dampfmühlsäcken Paprika, oben mit Garn zugenäht, damit so viel wie möglich reinging. Der Transport nach Gottlob an den Nachtzug war kein Problem, das Mitführen im Postwaggon auch nicht, denn der Schaffner kriegte fünf Lei pro Sack. Dann aber standen sie im Morgengrauen mit dem Paprika auf dem Perron des Temeswarer Bahnhofs und warteten auf einen Kutscher.

Die Zigeuner mit ihren Pferdewagen schauten morgens immer am Bahnhof vorbei, denn der Transport der Waren auf die Märkte war für sie ein gutes Geschäft. An dem Morgen aber wollte und wollte keiner von ihnen vorbeikommen, und ein Bahnhofbeamter hatte schon geschimpft, weil sie mit der Ware da herumstanden. Dann endlich tauchte so ein junger Kerl auf, das magere und dazu noch junge Pferd schaffte es kaum bis auf den Markt, sie mußten auf dem letzten Teil des Weges mitschieben. Sie hätten ja auch auf den in Nähe liegenden Josefstädter Markt fahren können und nicht auf Umwegen durch die ganze Stadt bis auf den Fabrikstädter, aber man hatte ihnen gesagt, daß der Verkauf dort besser geht, weil die ansässigen Leute noch für den Winter einlegten. Als dann abgeladen und der Kerl weg war, fehlte dem Bekannten ein Sack Paprika. Wie vom Erdboden verschluckt.

Anton hatte Wasser aufgestellt, den Nescafé bereitete sich Marius Lakatos selbst zu, ein Glas Wein hatte er abgelehnt. Er bedauerte, wie die Fabrikstadt sich seit seiner Kindheit verändert hatte, weil im Zuge der Industrialisierung aus allen Teilen des Landes Fremde hinzugezogen waren. Für sie hatte man neue Wohnviertel mit Blocks errichtet, und das einst ehrenwerte Arbeiterviertel war um seinen guten Ruf gekommen. Dann aber ging es zur Sache.

Anton war verwundert, als er den Grundbuchauszug zu sehen wünschte. Die Formalitäten mit dem Haus wurden doch zuletzt erledigt. Es war doch unmöglich, daß es schon soweit war. In der mit Blumenmotiven verzierten Blechschachtel waren die Papiere geordnet, Geburtsurkunde, Trauschein, Todesurkunden, Steuerquittungen, und ganz unten lagen die Akten zum Haus. Marius Lakatos besah sich den Grundbuchauszug und nickte. Nach all dem, was Hilde ihm erzählt habe, sagte er, habe sich seine Annahme bestätigt, aber es sei weiter nicht schlimm. Eben weil er geahnt habe, daß die Lage so sei, wie sie sei, sollten sie die Angelegenheit mit dem Haus in Angriff nehmen, das dauere, und man könnte in Zeitnot geraten. Jetzt wußte Anton, mit dem Grundbuchauszug stimmte etwas nicht. Zu seiner Information ließ sich Marius Lakatos den Verlauf der Angelegenheit mit der Erbschaft noch einmal erklären und machte sich Notizen.

Nach dem Tode seiner Großmutter Anna Lehnert 1965 sei er als Alleinerbe hinterblieben, begann Anton. Sein

Vater sei im Jahre seiner Geburt, 1927, beim Militär in Vaslui gestorben, seine Mutter durch das Eingehen einer zweiten Ehe praktisch nicht mehr erbberechtigt gewesen. Soweit er wisse, hätten die Großeltern väterlicherseits damals noch nichts in Sachen Erbschaft unternommen gehabt und die Angelegenheit sich von selbst erledigt, da seine Mutter keine Ansprüche geltend gemacht hatte. Mit dem Tode des Großvaters, der sich 1945 nach der Enteignung erhängte, sei die Großmutter Alleinerbin geworden. Und nach deren Tod seien Haus und Garten ihm und seiner Frau zugefallen. Das habe er damals in Großsanktnikolaus, als es dort noch eine Zweigstelle des Grundbuchamts gab, erledigen und notariell beglaubigen lassen, sagte Anton wie zur Beteuerung und wies mit dem Finger auf das amtliche Stück Papier. Bis daher sei alles in Ordnung, beruhigte Marius Lakatos ihn.

Jetzt ging es um das Erbe der drei Töchter nach dem Tode Marias, und ihnen stand die Hälfte des Erbanteils der Mutter zu. Das Grundbuch mußte bereinigt werden, Anton zwecks Übergabe seines Besitzes an den Staat als Alleinerbe fungieren. Das war es, wovor er sich gefürchtet hatte. Damals, als er sein Erbe antrat, war alles seinen normalen Weg gegangen, aber jetzt bei der Auswanderung konnten ungeahnte Schwierigkeiten auftauchen, es sollte alles rechtens sein, wo doch nur Unrecht geschah. Aber Marius Lakatos war ja deshalb da, um alles zu erledigen.

Da die Töchter vor dem Tode der Mutter ausgewandert waren, hätte die Angelegenheit mit der Erbschaft nicht in Angriff genommen werden können, erklärte Marius Lakatos. Hilde und ihre Schwestern werden also ihren Verzicht beurkunden lassen und damit sei die Angelegenheit im Prinzip erledigt, es herrsche darin doch Einvernehmen. Anton nickte, denn er konnte sich nicht vorstellen, daß eine seiner Töchter Anspruch erheben könnte, und außerdem hätte Hilde das nicht zugelassen. Das wäre der erste Schritt, sagte Marius Lakatos, und wenn das gelaufen sei, komme er mit einem befreundeten Ingenieur vorbei, der das Anwesen vermessen, einen Grundriß anfertigen und den Zustand des Hauses und der Wirtschaftsgebäude beurteilen werde. Viel werde er letztendlich nicht erhalten, fügte Marius Lakatos hinzu, das liege aber nicht an der Schätzung, die sein Freund so hoch wie möglich ansetzen werde, es liege bei anderen, die ihre Weisungen diesbezüglich hätten. Das wisse er, sagte Anton, aber wenn die Hundsfotte ihn für alles entschädigen müßten, wäre das nicht ohne, denn schließlich stehe im Grundbuch, daß er fast einen Hektar Ackerland als Garten besitze, doch dafür gäbe es nichts. Da konnte auch Marius Lakatos nur mit den Schultern zucken. Wie es um sein Erbanteil von der Mutter stehe, wollte er noch wissen. Er habe lange vor deren Auswanderung eine Verzichtserklärung abgegeben, sagte Anton kurz angebunden, das sei ein Fehler gewesen. Marius Lakatos wußte von Hilde, daß dies der wunde Punkt in der Familiengeschichte war, versicherte ihm, nur nachgefragt zu haben, um ganz sicher zu gehen, denn Hilde hätte das nicht mit Bestimmtheit gewußt. Das Durcheinander hätte gerade noch gefehlt, stellte Anton erleichtert fest. Marius Lakatos hatte den Grundbuchauszug eingesteckt, ihm zu verstehen gegeben, daß finanzielle Aufwendungen seinerseits nicht in Frage kämen, es sei mit Hilde alles bereinigt, hatte aber eine Flasche Wein als Geschenk angenommen.

Anton wurmte bis heute, daß er in der ganzen Aufregung mit der Erbschaft und der hochgekommenen Familiengeschichte das Wichtigste zu fragen vergessen hatte: ob Marius Lakatos das Geld beim Blumenmann hatte unterbringen können. Schön wär's, wenn es auch ohne ginge.

War es ein gutes oder ein schlechtes Zeichen, daß er sich seit damals nicht mehr gemeldet hatte?

Anton ließ am letzten Rebenstock in seinem Vorgarten sieben Zapfen stehen, es war ihm egal, ob die Rebe sich zu Tode tragen wird oder nicht. Mit alten Drahtstücken, die er im Kessel hinter dem Klo während des Jahres gesammelt hatte und die zusammengestückelt werden mußten, wollte er noch die zu Haufen aufeinander geschichteten Ruten binden, kam aber nicht mehr dazu, denn Rosalia Potje schneite herein. Als ob sie geahnt hätte, daß er mit dem Rebenschneiden fertig war.

„Es ist amtlich", sagte sie und nahm am Tisch in der vorderen Küche Platz. Anton hängte seine wattierte Jacke an den Nagel im Türrahmen zum vorderen Zimmer und nahm seine Wintermütze mit den hochgeklappten Ohrenschützern ab.

„Ihr habt eingereicht", sagte er.

„Wo denkst du hin? Nach noch nicht einmal drei Monaten? Die würden uns doch ins Gesicht lachen! Wir können froh sein, daß sie uns in Ruhe lassen und daß die Post von Markus durchkommt. Aufs Jahr um diese Zeit können wir darüber reden. Aber dann bist du schon fort."

„Da wäre ich mir nicht so sicher."

„Ach, geh!"

Anton machte sich an seinem Ofen zu schaffen, weil er eine Diskussion mit Rosalia vermeiden wollte, denn die hätte ihm mit unterschwellig vorwurfsvollen Argumenten bewiesen, daß er in jedem Fall nur Vorteile und sie nur Nachteile hatte.

In der ersten Woche nach der Flucht von Markus hatte sie kaum das Haus verlassen aus Angst, es könnte sie jemand darauf ansprechen. Als ihre Familie nichts mehr zu befürchten hatte, Meinhard war mit der Drohung davongekommen, daß er beim ersten Fehltritt die ganze

Härte des Gesetzes zu spüren kriegen wird, trat sie selbstbewußter denn je auf, war geradezu darauf erpicht, Vorübergehende abzufangen und in ein Gespräch zu verwikkeln, um dann abschließend gegen jene zu sticheln, von denen sie annahm, daß die ihr die Auswanderung nicht gönnten. Auch die Mutter ihrer Schwiegertochter blieb davon nicht verschont, da sie angeblich bei der Vollmer Katharina geklagt hatte, sie verliere nun ihre Tochter. Die Mutter des Schulz Horst war, obwohl eine Generation jünger, plötzlich ihre dicke Freundin, die ebenfalls allein stehende und auf den Paß wartende Lindner Anna hatte sich ihrem Zugriff entziehen können. Die Leute monierten, daß die hochnäsig gewordene Rosalia Potje nur noch mit denen verkehre, die eingereicht hätten und sie mit Fragen ausquetsche. Mit Anton konnte sie sich über die Auswanderung nicht so unterhalten, wie sie es sich gewünscht hätte: Mutmaßungen, wer noch eingereicht hatte, wie die Aktenlage von Antragstellern stand und aufgetauchte Komplikationen gelöst werden könnten, wie es dem oder jenem in Deutschland ging.

Ihre Affäre belastete Anton in seinem Umgang mit ihr nur insofern, daß Rosalia es fertig brachte, zum Beispiel über den alten Berberik zu lästern, der angeblich einmal im Monat auf Schleichwegen durch die Hausgärten seine verwitwete Schwägerin besuche, während seine Frau so tue, als wüßte sie von nichts.

„Was ist also amtlich?“ fragte Anton, setzte sich an den Tisch und bekundete dadurch seine Bereitschaft, ihr zuzuhören, das hieß, ihr die Genugtuung zu lassen, sich über etwas zu ergehen, das ihn, er ahnte es, nicht interessierte.

Anton müsse sich daran gewöhnen, daß die Vollmer Katharina ab heute Riester heiße, denn sie habe den Jakob standesamtlich geheiratet. Das habe es in Wiseschdia noch nicht gegeben, daß zwei gut über Sechzigjährige noch einmal heiraten. Heutzutage müsse man sich über gar nichts mehr wundern und nicht unbedingt in Deutschland leben, um so etwas zu erleben. Sie könne sich nicht vorstellen, daß der Jakob von sich aus die Idee zur Heirat gehabt haben könnte, da stecke bestimmt seine in Berlin lebende Tochter dahinter, die sei doch hier schon so eine komische Urschel gewesen. Ob sich Anton noch erinnere, wie die Roswitha damals das Lyzeum abgebrochen hatte, Kellnerin in Temeswar geworden war und den reichen Mann, Italiener auch noch, der ihr Vater hätte sein können, geheiratet hatte. Der sei kurz darauf an Herzinfarkt gestorben, die Roswitha habe einen schönen Batzen geerbt und sei nach Berlin gezogen, wo sie ihr Lotterleben weiterführe. Die habe doch damals aus Italien weg müssen, sonst würde die heute nicht mehr leben, die Familie des alten Italieners hätte die Mafia auf sie angesetzt. Als sie ihrem Vater den Vorschlag gemacht habe, nach Deutschland zu kommen, habe der Jakob nicht so recht wollen, weil die Vollmer sich hier um ihn sorge, dort habe er niemanden, der sich um ihn kümmere. Dann habe die Roswitha die Idee mit der Heirat gehabt. So wenigstens erzählen es die Leute. Wenn die Vollmer Kinder gehabt hätte, wäre das bestimmt nicht so einfach gewesen. Aber so. Beide keine nahen Verwandten mehr, alles ausgestorben, da sei eine erneute Heirat ein leichtes. Die Vollmer habe sich ins gemachte Nest gesetzt und gehe jetzt mit dem Jakob nach Deutschland. Manche Leute hätten mehr Glück als Verstand. Man höre, daß die Weber Magdalena der Vollmer zugeredet habe, die Heirat, oder wie man das nennen will, einzugehen. Und die Leute erzählen, die Vollmer soll gesagt haben, sie und ihr Jakob würden auf keinen Fall nach Berlin gehen, sondern sich in Bayern niederlassen. Sie sei überzeugt, daß die Vollmer nicht einmal wisse, wo das liegt.

„War der Meinhard schon in Temeswar wegen der Einberufung vom Markus?"

„Ja."

„Und?"

„Die vom Militärzentrum haben gesagt, daß er einen Vaterlandsverräter großgezogen hat und das Papier zerrissen."

„Dann ist ja alles in Ordnung."

„Wie du sagst. Und dein Rothaariger?"

„Was ist mit dem?"

„Wann kommt der wieder?"

„Du kannst fragen! Woher soll ich das wissen?"

„Nichts für ungut. Adje!"

Anton begleitete Rosalia nur bis vor die Tür. Daß die auch immer so vorwitzig fragen konnte, als ob er sich keine Gedanken machen würde. Er schaute ihr nach, ihr Gang war watschelig und ihr Hintern schien üppiger geworden zu sein. Er mußte sich hüten, ihr wieder dorthin zu fassen, denn nach einem zweiten Male würde die Sache brenzlig werden, es könnte zur Gewohnheit werden, und sie dann Ansprüche erheben. Weshalb erzählte sie ihm diese Geschichten vom Heiraten und von nächtlichen Besuchen?

Daß der Vorschlag des Werner Theiss, doch mal bei ihm vorbeizuschauen, mit einer Absicht verbunden war, stand außer Frage. Anton hatte für heute zugesagt, und Werner Theiss ihn gebeten, noch vor Einbruch der Dunkelheit zu kommen, er sei ein alter Mann und gehe mit den Hühnern schlafen. Anton versorgte deshalb früher als sonst sein Vieh, mußte die Hühner schon jetzt wegsperren, der Hund blieb bis zur Rückkehr an der Kette.

Gestern gab es Streichhölzer im Konsumladen und Bewegung in den Gassen von Wiseschdia. Anton hätte Susanne Potje, die ihm die Nachricht überbrachte, bitten können, ihm seinen Anteil, zwei Schachteln, mitzubringen, er zog es aber vor, die Zuteilung selbst abzuholen, um mal wieder unter Leute zu kommen.

Im Konsumladen herrschte ein Kommen und Gehen, obwohl es nichts zu kaufen gab. Ein Dorfladen mit leeren Regalen, verstaubt und kalt, jene Kälte, die sich in Räume einnistet, die lange nicht gelüftet wurden und ungeheizt blieben. Elisabeth Wolf hatte bloß geöffnet, weil auf wundersame Weise diese Zuteilung von Streichhölzern eingetroffen war mit einem Laster, der ein paar Kisten Wein und Schnaps ins Wirtshaus gebracht hatte. Die gerechte Verteilung begehrter Ware hatte sie von ihrem Vorgänger, Herrn Jakoby, übernommen, an den man sich bei solchen Gelegenheiten im Dorf erinnerte und beschämt feststellen mußte, daß man gar nicht wußte, ob er im Altersheim von Hatzfeld noch am Leben war. Man fragte sich, wie es mit dem Gehalt der Elisabeth Wolf bestellt war, denn der Umsatz des Dorfladens lag praktisch bei Null. Sie hatte nach dem tödlichen Unfall ihres Mannes am unbeschrankten Bahnübergang von Gottlob ihre Paprikamühle abgemeldet, und es hatte gedauert, bis sie wieder so war, wie die Leute sie kannten: vital, immer zum Scherzen aufgelegt. Es war ein offenes Geheimnis, daß sie nun ihre Paprikamühle für die wenigen, die noch im Dorf Mahlpaprika pflanzten, unangemeldet weiter betrieb. Ihre Reserven an Paprikapulver schienen unerschöpflich, und ihre beiden in Temeswar arbeitenden Söhne setzten die Ware an Arbeitskollegen und deren Bekanntenkreis ab.

Als Anton gestern den Laden betrat, kommentierten die Leute gerade gelassen das Ausbleiben der ihnen zustehenden Rationen an Mehl, Zucker und Speiseöl. Elisabeth Wolf empfing ihn mit einem Kommentar, den niemand als böswillig auffaßte: Der Anton Lehnert müsse sich um dergleichen bald nicht mehr den Kopf zerbrechen, und bis dahin hätte ihn Hilde ja mit allem Nötigen eingedeckt. Anton lächelte, wollte eine Bemerkung machen, aber sie begrüßte den Lehrer Werner Schäfer, der eine ganze Pakkung Streichhölzer erhielt, denn die Schule war in der Zuteilung mit einbegriffen.

Anton verließ mit dem Lehrer den Laden, an der Tür trafen sie Werner Theiss, der Anton für heute einlud. Den Lehrer würdigte er keines Blickes, denn er hatte bei einem seiner spärlichen Besuche im Dorfwirtshaus, als wieder mal von der Auswanderung gesprochen wurde, mit hochrotem Kopf den Entschluß des Lehrers, auszuwandern, mißbilligt und gemeint, daß ein Pfarrer niemals auswandern dürfe und ein Lehrer als letzter das sinkende Schiff verlassen sollte, das gebiete der Anstand.

Auf dem Nachhauseweg fühlte sich der Lehrer verpflichtet, Anton gegenüber seinen Entschluß zu rechtfertigen. Ihm und seiner Frau sei das Glück, Kinder zu haben, versagt geblieben. Das berechtige aber niemanden, zu behaupten, er brauche sich um die Zukunft keine Sorgen zu machen. Er habe nicht das Zeug zum Helden, Leute wie Werner Theiss hätten leicht reden, auf sie warte nur noch der Tod, er aber wolle von seinem Leben noch etwas haben. Und übrigens sei er stolz auf das, was er als Lehrer im Dorf geleistet habe, das könne ihm niemand streitig machen. Dem pflichtete Anton bei, als sie sich verabschiedeten, und der Lehrer versicherte ihm, daß er vor ihm den Hut ziehe für das, was aus seinen Kindern geworden war.

Daran erinnerte sich Anton, als er auf dem Weg zu Werner Theiss am Haus des Lehrers vorbeiging. Klaviermusik war zu hören. Niemals war der Lehrer auf der Dorfbühne aufgetreten, nur wenige hatten ihn spielen sehen, aber niemand zweifelte daran, daß er es konnte. Früher waren Leute vor dem Fenster stehen geblieben und hatten andächtig gelauscht. Jetzt, in diesen Zeiten, interessierte sich niemand für sein Spiel. Antons Kinder hatten ihn gemocht, den damals neuen, kaum achtzehnjährigen Lehrer, dem seiner Jugend wegen nicht viel zugetraut wurde. Nach kurzer Zeit hatten sich alle vom Gegenteil überzeugen können, außer den ewigen Nörglern, die obendrein nicht einmal schulpflichtige Kinder hatten. Das erste Schulfest, Lieder, Gedichte, Tänze und als Höhepunkt das Märchenstück, war in Wiseschdia ein Ereignis. Wie bei der Kirchweih gab es auch bei den Schulfesten Anlaß zum Streit, alte Feindseligkeiten wurden zwischen den Eltern ausgetragen, und irgendwie gehörte das dazu.

Wenn Anton Lehnert sich an schöne Zeiten erinnerte, war er traurig. Er hatte ein Leben lang Ziele vor Augen, deren Verwirklichung durch Wille und Tatkraft ihm, trotz auftretender Widrigkeiten, Genugtuung bereitet hatte. Das war das Schöne an vergangenen Zeiten, Schwierigkeiten gehörten für ihn zum Leben. Was sich aber in den letzten fünf Jahren an Schwierigkeiten in den normalen Ablauf eines Lebens gestellt hatte, war nicht mehr aus eigener Kraft zu meistern. Nun schien alles still zu stehen: keine Erfolge, keine Rückschläge. Dieser Stillstand war beängstigender als die Gewißheit des Todes.

Anton war am Haus des Werner Theiss angelangt, wollte gerade über den Gassenzaun in den Hof rufen, als er ihn mit dem gummibereiften Handwägelchen quer über den Fahrdamm kommen sah. In jedem Haus von Wiseschdia stand so ein Wägelchen, aus Winkeleisen und Rohren zusammengeschweißt, es hatte früher zum Transport von Gemüse zur Übernahmestelle gedient. Wenn heutzutage jemand damit im Dorf unterwegs war, gehörte das nicht mehr zum Alltagsbild wie noch vor Jahren, als das Dorf eine regelrechte Gemüsefarm war und die Übernahmestelle schon im Morgengrauen angefahren wurde. Sie war im einstigen Herrschaftshaus des Grafen Nikolaus Markovitsch von Spitza untergebracht gewesen, der den Grundbesitz, auf dem später auch das Dorf errichtet wurde, 1786 geschenkt bekam. Das Haus hieß Herrschaftshaus, weil es großzügiger angelegt war, mit vielen Räumlichkeiten, hatte aber gestampfte Mauern, wie alle alten Häuser im Dorf. Das waren Geschichtskenntnisse, die Anton von Werner Theiss hatte, und sein Gedächtnis für Namen und Jahreszahlen machten es ihm leicht, sich so etwas zu merken. Werner Theiss begrüßte Anton und stellte das Gefährt ab, in dem ein Spaten lag.

„Ein bißchen Luft holen. Als ich dich kommen sah, habe ich mich beeilt. Man ist nicht mehr der Jüngste."

„Aber so alt ist man doch auch nicht."

„Du vergißt, daß ich fünfzehn Jahre älter bin als du."

Anton hätte erwartet, daß Werner Theiss die Gelegenheit beim Schopf fassen und mit Jahreszahlen aufwarten würde, denn dann fühlte er sich in seinem Element, weil er seine Gesprächspartner in Erstaunen versetzte. Heute war dies nicht der Fall, vielmehr war er den Tränen nahe, als er Anton in den Hof bat und ihm erzählte, von welcher traurigen Verrichtung er mit dem Handwägelchen kam und welche Bewandtnis es mit dem Spaten auf sich hatte.

Er hatte auf der Hutweide in einer der aufgelassenen Grunkaulen, welche die Leute aus Wiseschdia seit einigen Jahren als Schindanger nutzten, seinen Wolfshund vergraben. Obwohl das Tier keine äußerlichen Anzeichen einer Vergiftung aufwies, zweifelte er nicht im geringsten daran, daß es durch Gift verendet war. Er hatte keine Ahnung, wer die Schandtat verübt haben könnte. Zwischen ihm und seinem neuen Nachbarn, dem Gheorghe, einem im Dorf niedergelassenen Saisonarbeiter mit Frau und drei Kindern, gab es keine Feindseligkeiten. Er war von Anfang an auf ein gutes nachbarschaftliches Verhältnis bedacht gewesen, aber auf Distanz, um zu verhindern, daß man bei ihm aus- und einging. Wer im Dorf besaß noch Rattengift? Das war die Frage.

Werner Theiss öffnete Anton, nachdem beide ausgiebig ihre Schuhsohlen auf dem Abtreter gereinigt hatten, die Tür zur Veranda, ein umgebauter Hausgang. Das war Anfang der siebziger Jahre in Wiseschdia in Mode gekommen, und man war stolz auf seinen verglasten Gang. Für Anton wäre es nicht in Frage gekommen, in Holzrahmen gefasste Glasscheiben zwischen den Pfeilern einzubauen. Der Wohnbereich seines typisch längsgegliederten Langhauses stand im Unterschied zu den verbesserten Ausführungen späterer Baujahre, dazu gehörte auch das Haus des Werner Theiss, noch nicht auf einem bis zu achtzig Zentimeter hohen Sockel. Bei diesen Häusern, deren Gang man vom Hof aus über eine mehrstufige Steintreppe betrat, konnte man eine Veranda einbauen. Sie waren aber nicht Antons Geschmack, denn man hatte keinen freien Ausblick in den Hof mehr und die Verbauung engte ein.

In der Veranda überwinterten Geranien, Asparagus und Rosmarin, der Steinfußboden war karminrot gestrichen, die Rillen zwischen den Ziegeln mit schwarzer Farbe nachgezogen. Die zwei Läufer, Flickenteppiche, waren jeweils in Richtung der beiden Türen ausgelegt. Neben der Eingangstür zur Küche stand die mit einem gelben Leinen bedeckte Nähmaschine, auf dem mit einer Stickerei ausgelegten runden Tisch in der Mitte der Veranda waren Puppenpaare arrangiert: die kleineren Paare trugen gehäkelte Tirolertracht, die größeren eine phantasievoll abgewandelte Kirchweihtracht. Anton hängte Jacke und Mütze an den Kleiderrechen und strich sich das Haar glatt. Werner Theiss, der seine Schuhe schon ausgezogen hatte, brachte Anton Hauspantoffeln aus dem Zimmer. Anna Theiss, von der die Leute sagten, bei ihr sei es so sauber wie in einer Apotheke, streckte den Kopf durch die Tür, begrüßte den

Gast und fragte nach dem Wohlergehen der Kinder. Denen geht es gut, sagte Anton, und sie meinte, sie könnten in der Küche Platz nehmen, es sei aufgeräumt.

„Deine Kinder sind doch Jahrgang 48, 49, 50, 51?" fragte Werner Theiss.

„Ja", bestätigte Anton verwundert.

„Der Kurt wäre jetzt sechsunddreißig, ein Mann im besten Alter."

„Es hat nicht sein sollen."

„Jetzt trinken wir mal ein Glas Wein."

„Der berühmte Wein des Werner Theiss."

„Mit etwas muß man doch in Erinnerung bleiben", sagte der Hausherr, stellte zwei Gläser auf den Tisch, schenkte ein, und sie stießen an.

„Sehr gut", sagte Anton, der das halbe Glas ausgetrunken hatte.

„Einen Deut zu süß", meinte Werner Theiss selbstkritisch.

„Aber woher!"

„Liest du noch gerne?"

„Um ehrlich zu sein, habe ich nichts."

Dem könne abgeholfen werden, sagte Werner Theiss. Der Schulz Horst habe ihm bei seinem Besuch über Weihnachten Romane von Karl May mitgebracht, spottbillig, eine Mark das Stück vom Tandelmarkt. Flohmarkt hätte der Horst gesagt, und er nicht gleich begriffen. Er habe sich sehr darüber gefreut, daß einer wie der Horst an ihn denke. Am meisten aber sei er über die Exemplare der „Banater Post" erfreut gewesen. Die darin enthaltenen Artikel über die hiesigen Dörfer interessierten ihn besonders, die Zeit nach 1944 aber komme immer zu kurz. In Deutschland könnte man doch ausgiebiger darüber schreiben, müßte keine Angst haben. Anton habe verwundert dreingeschaut, weil er die Geburtsjahre seiner Kinder parat hatte, fuhr Werner Theiss ohne scheinbaren Zusammenhang fort. Es war wie ein Geständnis, als er ihm anvertraute, daß ihn den ganzen Winter über die Dorfgeschichte beschäftigt habe. Damals, als Susanne ihre Diplomarbeit über die Mundart von Wiseschdia geschrieben habe, sei ihm klar geworden, daß alles verloren gehen würde, wenn niemand etwas aufschreibt. Eigentlich sei das Aufgabe des Lehrers, aber das stehe auf einem anderen Blatt. Er wisse natürlich, daß er das nicht kann, eine Dorfmonographie nach 1944 schreiben, aber Listen und Tabellen habe er angefertigt aus der Erinnerung. Das wolle er ihm zeigen, und Anton könne dies oder jenes vielleicht komplettieren.

„Ich?"

„Warum nicht?"

Anton fiel aus allen Wolken. Er wäre ebenso verwundert gewesen, wenn sein Gastgeber ihm offenbart hätte, er stehe kurz vor der Paßverständigung. Er hatte geglaubt, Werner Theiß wolle etwas über den Besuch von Hilde erfahren, hatte sich zurechtgelegt, was er ihm anvertrauen könnte und was nicht unbedingt. Daß man angesichts einer ungewissen Zukunft öfters als noch vor Jahren in Gedanken in der Vergangenheit weilte, hatte Anton bei sich selbst erfahren. Auf die Idee, etwas aufzuschreiben, wäre er nie gekommen, schon deshalb nicht, weil er nicht gewußt hätte, wie sich dabei anstellen. Das konnten nur solche Sonderlinge wie der Theiss Werner.

Der kam mit einer Kartonmappe zurück, legte sie auf den Küchentisch und löste andächtig die Manilaschnur, mit der sie verschnürt war. Bevor er die Mappe aufschlug, fuhr er mit dem Handrücken in Wischbewegungen über die Tischplatte und blies in kurzen Atemzügen hinterher, obwohl der Tisch blitzsauber war. Anton bekam mit Bleistift linierte und mit Kugelschreiber beschriebene Blätter zu Gesicht, die Werner Theiss in Stapel unterschiedlicher Höhe auf dem Tisch auslegte, das letzte Blatt, eine Skizze, legte er auf die geschlossene Mappe.

„Das ist mein Beitrag zur Dorfgeschichte", sagte er stolz.

„Schön", meinte Anton.

„Alle Listen wiedergeben den Stand von vor Kriegsende, denn das ist wichtig."

„Für wen?"

„Für niemanden, wenn man so fragt."

„Das war nicht so gemeint."

„Wieviel Pferde hatte dein Lehnert Großvater?"

„Nie weniger als zwei."

„Welche Rasse?"

„Wir hatten nur Nonius-Pferde."

„Ohne Pferde wären wir nichts gewesen", schlußfolgerte Werner Theiss und reichte Anton die ersten Blätter einer Liste mit der Anzahl der Pferde in den jeweiligen Hauswirtschaften von Wiseschdia. Und während sich Anton diese besah, hielt ihm Werner Theiss einen Vortrag über die leistungsstarken Pferde der Vorfahren.

Der Begründer der schweren, meist braunen oder schwarzen Warmblutrasse der Nonius-Pferde sei der in Frankreich gezüchtete, aus Zweibrücken stammende Hengst „Nonius", der im Jahre 1816 in ein ungarisches Gestüt kam. Der Gidran, die andere damals im Banat gehaltene Rasse, sei auf der Grundlage von Arabern und englischem Vollblut gezüchtet worden, die Kreuzungsversuche mit den 1942 aus Deutschland gebrachten Trakehnerhengsten habe wegen Kriegsende und Enteignung nicht weitergeführt werden können.

„Stimmen die Zahlen?"

„Wird ja stimmen."

Die nächste Liste, die Anton vorgelegt bekam, war die

mit den Namen der Hausbesitzer. Werner Theiss gestand ihm, daß er den Versuch, einen Dorfplan aufzuzeichnen, verworfen habe. Einfach den Verlauf der Dorfgassen nachzuzeichnen, wäre nicht das Problem gewesen, aber ein richtiger Plan hätte die Größe der einzelnen Hausgärten berücksichtigen müssen, und das sei nicht machbar gewesen. Dazu hätte man die Grundbuchauszüge gebraucht, oder jeden Einzelnen befragen müssen, dafür sei es zu spät. Alles hätte im Maßstab eingezeichnet werden müssen, und darauf verstünde er sich nun wirklich nicht. Wie dem auch sei, daraus ersehe Anton, wie etwas verloren gehen kann und nicht wieder gut zu machen ist.

Die Liste mit den ältesten Bewohnern des Dorfes habe er ebenfalls aus dem Gedächtnis zusammengestellt, ab seinem Jahrgang, 1912, wäre das mühelos gegangen. Als alt seien die heute Siebzigjährigen einzuschätzen, deshalb ende die Liste mit dem Jahrgang 1916. Normalerweise wende man sich in solchen Angelegenheiten an den Pfarrer, der sei aber alt und krank, und übrigens sehe man es nicht gerne, wenn jemand Nachforschungen anstellt. Er verwies Anton darauf, der die Liste durchging, daß er hinter den Vor- und Nachnamen der jeweiligen Person deren Rufnamen vermerkt habe und bei den Frauen den Mädchennamen. Anton las die Namen wie einen Teil seiner Biographie, längst vergessen geglaubte Begebenheiten aus seiner Kindheit und Jugend verwoben sich mit ihnen. Er fuhr mit der Hand über die Stirn, obwohl er nicht schwitzte.

„Das ist mein Prachtstück", verkündigte Werner Theiss, legte Anton die Skizze mit der Gemarkung von Wiseschdia vor, entschuldigte sich aber im gleichen Atemzug für die nicht unbedingt wissenschaftliche Ausführung. Bei diesem Plan habe es genügt, den Verlauf der Dorfgassen nachzuzeichnen, den des Kanals, der vom Triebswetter Hotter her kommt, am Dorf vorbei bis zum Seeler Hügel und dann in Richtung Marienfeld fließt. Hier die Nußbaumstraße, da unten das Große Ried, oben das Kleine Ried, dazwischen die Inselgärten.

„Weiß du noch, wo dein Großvater Feld gehabt hat?"

„Natürlich weiß ich das."

„Aber deine Kinder nicht mehr."

„Der Kurt hat's gewußt."

Anton ging zusammen mit Werner Theiss die Namen der Flurstücke durch. Über dem Kleinen Ried, H-Tafel, I-Tafel, unter dem Kleinen Ried, Kurze Längt, Endreih, Wickelängt, Gelberübenlängt, zum Gottlober Hotter hin, Langlängt, Magazinlängt, 3. Längt, 4. Längt, 5. Längt, 6. Längt.

„Und da über dem Wasserloch am Großen Maulbeerwald Spitza", sagte Anton.

„Hab ich vergessen einzutragen. Es ist immer gut, wenn man jemanden konsultiert."

Diese Unterlassung nahm Anton dem Werner Theiss als Flüchtigkeitsfehler ab, denn er konnte sich nicht vorstellen, daß ein Mann, der so viel wußte, den Namen aus Unwissenheit nicht eingetragen hatte.

„So, Anton", sagte er, nachdem die Eintragung in fein säuberlicher Schrift mit dem Kugelschreiber nachgeholt war.

„Viel Arbeit gehabt", lobte Anton.

„Wie gesagt, den ganzen Winter über. Aber damit ich es nicht vergesse!"

Er sammelte die Blätter ein, öffnete dann die Mappe und entnahm ihr ein zweites Bündel. Es war die Durchschrift, und auf das letzte Blatt trug er den vergessenen Namen ein.

„Doppelt genäht hält besser", konstatierte Anton.

„Jetzt hab ich eine Bitte an dich. Nicht für mich. Vielleicht interessiert sich die Susanne dafür, sie hat doch ihre Diplomarbeit über Wiseschdia geschrieben."

Der Plan des Werner Theiss sah vor, diese Schriftstükke, wie er sie nannte, durch Susanne oder Hilde nach Deutschland zu schmuggeln. Jemand anderem wollte er sie nicht anvertrauen und ließ durchblicken, daß er Hilde bevorzugte. Anton hatte im Prinzip nichts einzuwenden, gab aber zu bedenken, was es bedeuten könnte, wenn man die Schriftstücke an der Grenze entdeckte. Im Grunde genommen, enthielten sie nichts, was mit Spionage in Verbindung gebracht werden könnte, versuchte Werner Theiss die Bedenken Antons auszuräumen, und im Fall des Falles könnte Hilde die Blätter als ihre Aufzeichnungen ausgeben. Eben deshalb habe er eine Durchschrift angefertigt, die behalte er, denn eine Durchschrift könne in Verbindung mit dem Verbreiten unerlaubten Schriften gebracht werden, und nur das sei strafbar.

„Aber die Handschrift! Wenn sie Hilde eine Handschriftprobe nehmen?"

„An alles, nur an das habe ich nicht gedacht. Vergiß es!"

„Nein, das wird gemacht, ich nehme es mit."

„Das ist ein Wort. Ich wußte schon immer, daß man auf dich zählen kann."

Ein Lächeln ging über die Gesichter der beiden, sie waren erleichtert: Werner Theiss, daß seine Arbeit doch nicht umsonst war, Anton, daß er sich für diese Blätter entschieden hatte, die er unbedingt besitzen wollte. Das nächste Glas Wein tranken sie stillschweigend wie zwei Verschwörer, die den großen Coup geplant hatten, an dessen Gelingen sie nicht im geringsten zweifelten.

„Meiner Frau kein Wort davon", flüsterte Werner Theiss dem Anton in der Veranda zu, der steckte den großen Briefumschlag unter die Jacke und schnürte den Gürtel fest. Als sie sich auf der Gasse verabschiedeten, fielen Anton die Karl-May-Romane ein, aber er sagte nichts, denn das hätte gedauert, wie er den Werner Theiss kannte.

Es war dunkel geworden, weit und breit niemand zu sehen. Aus dem Dorfwirtshaus schimmerte Licht, und Anton hatte eine Eingebung: Wenn der Schmidt Hans da ist, geht er einfach auf ihn zu und reicht ihm die Hand. Sagen müßte er nichts, das würde genügen. Er war sich sicher, daß der Schmidt auch nicht den Wunsch haben würde, über die Scheidung von Richard und Susanne zu reden, wo doch schon alles gesagt war, und die beiden ihre eigenen Wege gingen.

In der mit Rauch und Fusel geschwängerten Luft des ungeheizten Raums saßen drei fremde Männer in wattierten Jacken, wie sie Traktoristen trugen, an einem Tisch mit dem Mihai, der offenbar bis zum Eintritt Antons das Wort geführt hatte. Der Wirt Hans Wolf und Mihai begrüßten Anton, die drei Männer murmelten etwas auf rumänisch.

„Es gibt nur das, der Wein ist ausgegangen", sagte Hans Wolf, der hinter dem Tresen stand und auf die mit Cognac beschrifteten sechs Einliterflaschen im Regal zeigte.

„Einen großen", bestellte Anton, und Hans Wolf schenkte nach Augenmaß in ein Wasserglas ein.

„Wenn ich könnte, wie ich nicht kann, würde es hier anders aussehen" entschuldigte er sich und prostete seinem ehemaligen Nachbarn mit seinem Glas zu. Böse Zungen behaupteten, der Hans Wolf schließe das Wirtshaus nur auf, um sich bei dieser Gelegenheit selbst was zu genehmigen. Der angebliche Kognak schmeckte scheußlich. Karl Schirokmann hatte Anton vor dem Zeug gewarnt, es enthalte so viele Chemikalien, daß sich ein Stück Speck darin zersetzte, er habe es ausprobiert.

„Was wird das erst im Sommer, wenn die Soldaten zur

Arbeit in die Ferma kommen und die Saisonarbeiter", sagte Anton.

„Die sollen sich darum kümmern, daß was zum Trinken da ist, wenn sie Ruhe haben wollen", entgegnete der Wirt eher zuversichtlich als vorwurfsvoll.

Hans Wolf betonte bei jeder sich nur bietenden Gelegenheit, daß er die ehemalige Nachbarschaft zu Anton Lehnert noch immer in Ehre halte. Im Streit mit seinen Geschwistern um die Erbschaft hatte sich nichts getan, die schienen aufgegeben zu haben und hatten sich seit langem nicht mehr im Dorf gezeigt. Hans Wolf bewirtschaftete weiterhin allein den Hausgarten seines Vaters, und weil das Erbe ungeklärt war, stand das Haus für Zuwanderer nicht zur Disposition. Darauf bildete er sich was ein, obwohl das Elternhaus zusehends zerfiel, aber auch im Falle einer Vermietung wäre es nicht anders gekommen.

Anton kippte das Glas, es schüttelte ihn und Tränen traten ihm in die Augen. Er schwor sich, das Zeug nie wieder anzurühren. Hans Wolf animierte seinen Nachbarn nicht zu noch einem Glas, Anton bezahlte und verabschiedete sich, denn der Hans Schmidt würde heute abend nicht mehr auftauchen. Als er am Tisch der Fremden vorbeikam, die sich im Flüsterton unterhielten, sagte Mihai gerade, man solle ihm vertrauen.

Von den vier Kindern des Schneidermeisters Ion Petrescu war Mihai das jüngste und letztendlich im Dorf seßhaft geworden, die drei Töchter hatten nach Komlosch und Hatzfeld geheiratet. Die Petrescus waren als Kolonisten gekommen, aber nach der Rückkehr der Verschleppten aus dem Bărăgan nicht, wie der Großteil der anderen Kolonisten, wieder weggezogen, denn der inzwischen einzige Herrenschneider im Dorf verdiente nicht schlecht und fertigte obendrein noch Wintermäntel für Frauen und Kinder. Er baute sich unter Mithilfe seiner heranwachsenden

Kinder an der Dorfausfahrt nach Komlosch ein Haus. Mihai absolvierte die Schofförschule und wurde Fahrer des Direktors der Landwirtschaftlichen Versuchsstation aus Lovrin. Im Vergleich zu manchem deutschen Jugendlichen des Dorfes hatte er es damals, Anfang der siebziger Jahre, zu etwas gebracht. Er nahm an der Kirchweih teil, spielte in der Handballmannschaft und blieb trotzdem ein Außenseiter. Wenn er mal zu viel trank, schimpfte er lauthals auf die Deutschen, die sich anmaßen würden, im Dorf allein das Sagen zu haben. Die Männer hielten sich in diesen heiklen Situationen zurück, denn mit einem Lauskerl wolle man sich nicht anlegen. Keiner der Jugendlichen seines Alters hätte gewagt, es mit ihm aufzunehmen, er war trotz seines kleinen Wuchses kräftig gebaut und äußerst flink. Einmal kam es zu einer wüsten Schlägerei zwischen ihm und dem János Varga im Wirtshaus, weil der János sich verpflichtet fühlte, die Deutschen zu verteidigen. Für den angerichteten Sachschaden kamen die anwesenden Jugendlichen auf Anraten des damaligen Wirtes Anton Schmidt auf, und die Angelegenheit blieb im Dorf. Mihai heiratete eine Rumänin aus Lovrin, ließ sich dort nieder und kehrte erst nach der Pensionierung des Direktors der Landwirtschaftlichen Versuchsstation nach Wiseschdia zurück, wo er das Haus des nach Deutschland ausgewanderten Franz Schmidt bezog, der als erster nach dem Krieg gebaut hatte. Mihai fand eine Anstellung als Mechaniker in der Ferma von Wiseschdia, und die Rosalia Potje behauptete, daß er nach dem Posten des Meinhard strebe. Die Leute munkelten, daß der Mihai Einfluß darauf habe, wer in Wiseschdia in die Häuser der Ausgewanderten einzieht. Es sei doch augenscheinlich, daß die neu Hinzugewanderten sich dem Mihai verpflichtet fühlten, nur unter sich verkehrten und mit den vor Jahren hier angesiedelten Rumänen keinen Umgang pflegten, weil die es zu nichts gebracht und die ihnen anvertrauten Häuser dem Verfall überlassen oder ruiniert hatten. Der Mihai verfolge damit nur ein Ziel: eine einflussreiche Stellung im Dorf zu erlangen.

Vielleicht gehörten die drei fremden Männer vorhin im Wirtshaus zu den Anwärtern. Im Grunde genommen war dagegen nichts einzuwenden, gestand sich Anton ein. Diese Leute nutzten die Gelegenheit, die sich ihnen bot, das war doch nichts Verwerfliches. Bei der Auswanderung ging es, wenn man ehrlich sein sollte, doch auch darum, seine Vorteile auszuschöpfen. Was man selbst als legitim ansah, konnte man den Zuwanderern nicht absprechen, die sich ebenfalls eine neue Existenz aufbauen wollten. Und wenn sich jemand zur Auswanderung entschlossen hatte, wußte er genau, daß er sein Haus aufgeben mußte und daß er das Letzte verlor, was ihm an Eigentum nach dem Krieg geblieben war.

Trotz dieser Einsicht war es auch für Anton schwer, diese Tatsache zu akzeptieren. Es war fraglich, ob Meinhard nach der Flucht von Markus noch an Haus und Garten eines Lehnert interessiert war. Zu schön wär's gewesen: zu Besuch kommen und in seinem Haus wohnen. Aber vielleicht wäre das gar nicht gut fürs Gemüt. Der Schlußstrich muß gezogen sein, redete er sich ein, sonst gibt es keinen Neuanfang. Neuanfang? Im nächsten Jahr wurde er sechzig. Woher er nur das Wort hatte? Alle redeten doch nur davon. Er tastete seine Jacke nach dem Briefumschlag ab. Diese Schriftstücke waren das Einzige, was ihm blieb, und nur er konnte darin lesen wie in einem Roman.

6

Nun war es soweit, aus und vorbei. Heute sollten Hilde und Wolfgang mit dem Auto eintreffen, um ihn nach Deutschland zu holen. Für morgen war die Abfahrt geplant, und der 12. September 1986, ein Freitag, wird in sein Leben eingehen. Das Datum wird er sich für immer einprägen wie seinen Geburtstag.

Anton saß in Alltagskleidung an der Längsseite des Tisches in der hinteren Küche, die Tür stand offen, auf der Schwelle lag die Katze in der Spätnachmittagssonne, im Schuppen döste Rexi, den Kopf auf den ausgestreckten Vorderpfoten, an der Kette vor sich hin. Die Reben im Vorgarten trugen reiche Ernte, der Stock, an dem Anton sieben Zacken hatte stehen lassen, war ein Buschwerk. Das Endstück der auslaufenden Maisreihen war abgeerntet, da er begonnen hatte, Jungmais an das Schwein zu verfüttern.

Anton hatte sich nach dem Mittagessen, vier Rühreier, ausgiebig gewaschen und frische Unterwäsche angezogen. Der schwarze Anzug und das weiße Hemd hingen auf dem Bügel am Nagel im Türrahmen zum vorderen Zimmer, die schwarzen Halbschuhe waren geputzt und ein neues Paar Socken lag bereit. Seine Haare waren noch feucht und rasieren wollte er sich erst morgen. Anton war gestern mit dem Fahrrad nach Gottlob zum Friseur gefahren. Der Franz Gießer wußte, daß er einen Auswanderer als Kunden hatte und gab sich besondere Mühe. Damit die in

Deutschland sehen könnten, man verstehe sich aufs Haarschneiden. Es stellte sich heraus, daß er den Kurt gekannt und daß sie in ihrer Jugendzeit so manches Ding gedreht hatten. Der Franz nahm für sich in Anspruch, mit Kurt befreundet gewesen zu sein.

Bei den Potje liefen die Vorbereitungen für das Festmahl, zu dem Anton zwei Junghähne beigesteuert hatte, bestimmt schon auf Hochtouren. Eine Henkersmahlzeit hatte Rosalia Potje prophezeit. Hätte man im Dorf nicht gewußt, daß der Lehnert Anton morgen nach Deutschland fährt, im Vorbeigehen jedenfalls hätte man es nicht bemerkt, denn nichts in Haus und Hof ließ darauf schließen. Noch niemand aus Wiseschdia war unter solchen Umständen ausgewandert. Für Anton war ein Wunschtraum in Erfüllung gegangen, dessen Verwirklichung er glücklichen Fügungen verdankte. Nicht einmal Hilde hätte sich einen so reibungslosen Ablauf vorstellen können, obwohl für sie von Anfang an feststand, daß sie ihren Vater mit dem Auto abholt, was in Wiseschdia ebenfalls zum ersten Mal geschah.

Ende März also war die Postkarte eingetroffen: die Vorladung zur Kommission, welche die Genehmigung für den Ausreiseantrag erteilte. Die kleinen Formulare nannten das die Leute. Sie behaupteten, daß man dem Postmann Karl Schmidt an der Art und Weise, wie er auf seinem Fahrrad durchs Dorf fuhr, ansehen konnte, ob er in seiner großen Tasche so eine Postkarte mit sich führte. Die unterschied sich von einer Postkarte, die man sonst zugestellt bekam nicht etwa durch die Adressierung, die auch hier per Handschrift erfolgte. Anders waren zwei wesentliche Merkmale: als Absender fungierte der Stempel des Kreisinspektorats des Innenministeriums, auf der Rückseite stand ein mit Schreibmaschine geschriebener Lückensatz, die Auslassungen, per Hand ausgefüllt, enthielten Datum und Uhrzeit der Vorladung unter Angabe der Straße.

Anton, der auf der Gasse stand, sah den Postmann kommen und ahnte etwas. Da er anhielt, konnte es nicht nur die Zeitung sein, die er ihm überreichen wollte.

„Anton, es ist soweit", sagte er und langte in das vordere Fach seiner Postbotentasche.

„Halt mich nicht zum Narren!" Ungläubig hielt er die Postkarte wie ein heißes Ei in der einen Hand, suchte mit der anderen in seiner Hosentasche, denn ein Trinkgeld war fällig. Der Karl aber wartete nicht, wünschte ihm alles Gute, fuhr weiter und ließ ihn verdattert stehen.

Anton erinnerte sich noch genau, wie er mit der Postkarte in der Hand auf der Gasse stand und nicht wußte, was anfangen. Am nächsten Tag schon sollte er vorstellig werden. Man wäre seines Lebens nicht mehr froh geworden, hätte man diese Vorladung versäumt. Hatte der Karl die Post mal wieder paar Tage liegen lassen? Das konnte im Sommer vorkommen, wenn es viel Arbeit gab. Aber die Zeitung hatte er in den letzten Tagen doch regelmäßig gebracht. Irgendwas stimmte da nicht, der Poststempel war verschmiert und unlesbar. Die wollten ausgerechnet ihn reinlegen? Da hatten die sich aber gewaltig geirrt.

Mit dem von Hilde ausgefüllten Fragebogen, der Postkarte und der Telefonnummer von Marius Lakatos war er zu den Potje gegangen, zum Glück war der Meinhard zu Hause, denn in der Ferma gab es noch nicht viel Arbeit.

„Jesses Maria!" schrie Rosalia auf und sank auf den Stuhl.

„Man hört dich ja bis in die Nachbarschaft", schimpfte Meinhard, Rosalia saß am Küchentisch, wischte sich die Tränen und beteuerte, daß sie sich freut.

Meinhard wollte Marius Lakatos nicht von der Ferma in Temeswar anrufen, es sei besser von der Kollektiv aus, hatte er gemeint. Und sollte der Alois Binder nicht mehr das Büro hüten, wäre nichts dabei, wenn er ihn von zu Hause holen würde, versicherte Anton. So war es auch gekommen. Der Alois war die Hilfsbereitschaft in Person und ließ es sich nicht nehmen, persönlich die Zentrale in Komlosch anzukurbeln, die Telefonistin erkenne ihn an der Stimme und bediene ihn prompt.

Während sie auf die Verbindung warteten, erinnerte man sich an die besseren Zeiten in der Kollektiv, als noch bis zu fünfundzwanzig Pferde in den Ställen standen, die Schweinemästerei Gewinn abwarf und die Hühnerfarm im Maulbeerwald am Wasserloch; als neben Mais, Weizen, Gerste und Hafer noch Tabak, Hanf und Zuckerrüben auf den Feldern angebaut wurden und die Weingärten an der Grenze zum Marienfelder Hotter noch standen; als die Milchwirtschaft sich noch sehen lassen konnte und der Gemüsebausektor der Stolz und das wirtschaftliche Rückgrat der Kollektiv war; als Schmiede- und Wagnerwerkstatt noch arbeiteten und vis-à-vis vom Büro, in dem sie saßen, noch die Werkstatt stand mit dem großen Deutz-Motor, der den Maisschroter und die Kreissäge antrieb. Und was war von all dem geblieben? Nichts. Fünf Gäule und abgemagerte Kühe standen noch in den Ställen. Die Kühe gaben keine Milch, der Großteil war krank, hatte TBC, und sollte mit den knapp vorhandenen Futtermitteln angeblich gemästet werden. Versorgt wurden sie von zwei Familien, die irgendwann nach Wiseschdia gezogen waren, keine Bleibe hatten und froh sein mußten, in den Futterkammern wenigstens ein Dach über dem Kopf zu haben, denn auf einen Verdienst konnten sie sich nicht verlassen. Mit Kartoffeln und Gemüse versorgten sie sich von den Feldern der Staatsfarm, das Futter für das Vieh, Geflügel und Schweine, das sie für den Eigenbedarf hielten, stammte von den umliegenden Feldern. Die zwei Traktoren standen im Freien und waren kaputt, und wohin die Pferdewagen und das Geschirr im Laufe der letzten Jahre gekommen waren, wußte nicht einmal der Alois Binder. Drei Kastenwagen standen noch im langen Schuppen, waren aber fahruntüchtig, der Teil des Schuppens, in dem Pflüge, Eggen und Hackpflüge vor sich hinrosteten, drohte einzustürzen.

„Von ganz früher wollen wir erst gar nicht erzählen", sagte Alois Binder, als das Telefon läutete.

„Soll ich?" fragte Meinhard.

„Sag ihm, daß ich neben dir stehe", flüsterte Anton.

Meinhard Potje rief Marius Lakatos in Erinnerung, wer er war und teilte ihm mit, daß er im Namen von Anton Lehnert anrief wegen der eingetroffenen Postkarte, es sei dringend, schon morgen. Dann nickte er nur noch und sagte immer nur: Ja, ich habe verstanden.

Meinhard war nach Temeswar gefahren, hatte sich vor der Oper mit Marius Lakatos getroffen, ihm die Postkarte, den ausgefüllten Fragebogen und Antons Personalausweis übergeben. Marius kannte einen Herrn aus der Kommission, die Dame des Amtes, wo die Formulare ausgehändigt wurden, und den Chef jener Schreibstube, die als einzige im Kreis berechtigt war, die gesamten Formalitäten der Auswanderung abzuwickeln.

In den letzten Jahren war es nur noch selten vorgekommen, daß nach der Stellung des eigentlichen Ausreiseantrags, der Abgabe der kleinen Formulare, jemand abgewiesen wurde. Entweder erhielt man schon auf sein Gesuch, den Ausreiseantrag stellen zu dürfen, die Absage, oder man wurde von der Kommission, die vor Erteilung der Genehmigung des eigentlichen Ausreisantrags das Gesuch in Anwesenheit des Antragstellers noch einmal prüfte, abschlägig beschieden. In letzterem Fall spielten sich immer dramatische Szenen ab, Weinen, inständiges Bitten bis zur

Selbsterniedrigung, da der Antragsteller, der es bis dahin geschafft hatte, in seiner Verzweiflung alles unternahm, um die Kommission doch noch umzustimmen. Am schlimmsten erging es Leuten, die auf ihren Antrag keinerlei Antwort erhielten.

Vorerst war Anton froh, daß Marius Lakatos alles in die Hand genommen hatte, dann aber kamen ihm Zweifel, ob die Akteneingabe in seiner Abwesenheit überhaupt möglich war. Und wenn er nun deswegen eine Absage erhielt? Er machte sich schwere Vorwürfe, denn länger als eine Woche meldete sich Marius Lakatos nicht, anzurufen, fehlte Anton der Mut.

Eines Mittags dann tauchte Marius frohgemut mit seinem Freund, dem Ingenieur, auf. Ob Anton sich Sorgen gemacht habe? Natürlich. Warum? Es sei alles bestens gelaufen, beruhigte er Anton und gab ihm den Personalausweis zurück. Ob er ihm erzählen solle? Lieber nicht. Ab nun gehe alles glatt, denn praktisch habe er nur noch mit der Daktylographin zu tun. Anton solle nicht vergessen, ihm seinen Wehrausweis mitzugeben, er müsse sich beim Einreichen der großen Formulare bei der Wehrdienststelle abmelden, die Geburts- und Heiratsurkunde, die Sterbeurkunde Marias nehme er ebenfalls mit, um beglaubigte Kopien anfertigen zu lassen. Wer hätte gedacht, daß die Auswanderer eine zusätzliche Krise heraufbeschwören würden, Stempelmarken und Postkarten seien rar geworden, er aber hätte seine Quellen. Aber Spaß beiseite! Einmal müsse er doch persönlich nach Temeswar kommen, wegen der Erklärungen beim Notariat, daß er keine Immobilie außer diesem Haus besitze, er müsse sich auch verpflichten, bis zur Auswanderung nicht mehr zu heiraten. Die Bestätigungen, Arbeitsjahre in der LPG, daß er keinen Kredit aufgenommen habe, daß er der Konsumgenossenschaft nichts schulde, müsse er dann selber einholen. Aber wie gesagt, das alles, wenn die Verständigung für die großen Formulare eintrifft und letztendlich für den Paß.

Marius Lakatos war mit seinem Freund gekommen, um das Anwesen Antons zu vermessen, denn bei der Paßverständigung mußten die dafür notwendigen Unterlagen zwecks Übergabe an den Staat angefertigt sein: Grundriß, Maße der jeweiligen Wohnräume, des Schuppens und des Schweinestalls, bautechnische Ausführung und Material, gegenwärtiger Zustand. Selbst das Klo im Hof durfte auf dem Plan nicht fehlen. Marius Lakatos räumte jede Befürchtung Antons aus, es könnten Unannehmlichkeiten auftreten, er war sich seiner Sache sicher. Und er hatte an alles gedacht. Sein Freund hatte den Fotoapparat mitgebracht, denn es mußte alles fotografiert werden und bei der Abgabe der großen Formulare waren schon Paßfotos notwendig. Rosalia hatte das spitz gekriegt, ließ sich auch fotografieren, und bis zum Abend hatte es ihr die halbe Gasse nachgemacht, denn ein Vorrat an Paßfotos war immer gut. Der Freund des Marius Lakatos hätte an dem Tag das Geschäft seines Lebens machen können, hatte aber nur zwei Filme dabei. Er versprach, sich das nächste Mal darauf einzustellen, dann könne er alle Wünsche erfüllen.

Bei den Vermessungsarbeiten hatten Anton und Marius Lakatos dem Ingenieuren zur Hand gehen müssen und erst nach Beendigung des Trubels mit der Fotografiererei fand Anton Gelegenheit, den Marius unter vier Augen zu sprechen. Ob er das Geld beim Blumenmann hinterlegt habe? Nein, das sei nicht nötig gewesen. Warum? Der habe immer wieder den Abgabetermin verschoben, da sei es ihm zu dumm geworden. Er habe das untrügliche Gefühl gehabt, daß alles auch so seine Wege gehe, und es habe sich bewiesen, daß er den richtigen Riecher gehabt habe. Nein, nein, er müsse sich überhaupt keine Sorgen machen, und die Sache mit dem Geld regle er mit Hilde.

Nach drei Monaten, fast genau auf den Tag, traf die nächste Postkarte ein. Diesmal lud Anton den Schmidt Karl auf ein Glas Wein ein, und der nahm dankend an. Es war Ende Juni, und in den meisten Haushalten war der Wein ausgetrunken oder ging, wie der Antons, zur Neige. Wieder fuhr Meinhard nach Temeswar, und alles nahm seinen Lauf. Hilde hatte in der Zwischenzeit mit dem Schulz Horst Kaffee, Zigaretten, Sprays, Seifen und Pralinen mitgeschickt für die Endphase, wie sie es im beigelegten Brief nannte. Der Horst war im Mai gekommen, um die Ausreise seiner Mutter zu beschleunigen, und hatte auf Anraten von Hilde Verbindung mit dem Marius Lakatos aufgenommen.

Erst mit der Paßverständigung wurde es hektischer. Die Bestätigungen waren einzuholen, und der Meinhard konnte auch nicht, wann er wollte, von der Arbeit weg.

Daß es eine Zweigstelle der Kreditbank für Landwirtschaft in Komlosch gab, hatte Anton bis dahin nicht gewußt. Und zu welchem Zweck hätte ein LPG-Bauer denn einen Kredit aufnehmen sollen? Die Angestellte beim Sitz der Konsumgenossenschaft in Lovrin wollte die Bestätigung erst ausstellen, wenn Anton sein Schwein abliefert, war aber nach Übergabe der Geschenktüte bereit, es bei Geflügel zu belassen, dafür könnte sie nach Rücksprache mit dem Chef die Verantwortung übernehmen. Das war für Meinhard der Wink, diesen unter vier Augen zu sprechen, und der gab die Anweisung, in diesem Falle eine Ausnahme für die vorgesehene Lieferung von Schweinefleisch zu machen. Nach einer satten Vorauszahlung bestand kein Risiko mehr, daß der Aussiedler Anton Lehnert Schulden für Stromverbrauch hinterließ. Von der Kollektivwirtschaft die Bestätigung für die Arbeitsjahre zu bekommen, ein Exemplar ging an das Arbeitsministerium in Bukarest, erwies sich als sehr schwierig. Die Unterlagen waren schlampig geführt, es dauerte Tage, bis der Chefbuchhalter, nachdem er seine Geschenktüte gekriegt hatte, sich daran machte, die Daten zusammenzukratzen. Es ginge ihm, wie er versicherte, in erster Linie darum, wahrheitsgemäße Daten ans Arbeitsministerium weiterzugeben. Und in einem Jahr wäre der Anton Lehnert Anwärter auf Rente, die Arbeit also sowieso fällig gewesen. Für die Jahre 1956-1958 in der Staatsfarm von Triebswetter hatte die LPG keine Unterlagen, und da die Staatsfarm in ihrer ursprünglichen Organisationsform nicht mehr existierte, wußte niemand, an wen man sich wenden könnte. Die Einholung der Visa bei der Österreichischen und Deutschen Botschaft in Bukarest durch Marius Lakatos hingegen war im Vergleich zu diesen Schwierigkeiten auf lokaler Ebene ein Klacks.

Für sein Haus hatte Anton eine Entschädigung von knapp 5.000 Lei erhalten und zahlte nun 230 Lei Miete im Monat, da es ihm mit Abgabe des Dossiers ja nicht mehr gehörte. Er war bisher der einzige Auswanderer aus Wiseschdia, der sein Haus bestellt hinterließ, und so mancher wäre froh gewesen, es ihm gleich tun zu können.

Nachdem die Paßverständigung eingetroffen war, erschien eines Abends der Mihai bei ihm. Er wolle nicht viel herumreden und ihm einen Vorschlag machen. Er sorge dafür, daß das Haus in gute Hände komme, und Anton müsse Haus und Hof nicht ausgeräumt hinterlassen bei seiner Abfahrt. Wie das? Mit dem Einverständnis des Gemeindevolksrates aus Lovrin. Eine ihm bekannte Familie aus Gottlob, seit einem Jahr zugewandert, habe Interesse, und er bürge für sie. Die Familie übernehme das Haus mit dem gesamten Inventar, Möbel, Hausrat, Geräte, er könne bis zu seiner Abfahrt ungestört darin wohnen, werde nicht belästigt, wird die Familie nicht einmal zu Gesicht bekommen. Als Pauschale schlug Mihai 5.000 Lei vor. Wenn

Anton alles stückweise verkauft hätte, wäre es auf das gleiche gekommen, mal abgesehen davon, daß es ein ständiges Kommen, Gehen und Feilschen gegeben hätte, vor allem mit den Zigeunern aus den Nachbardörfern, wenn die Wind davon bekommen hätten. Einverstanden? Alles schön und gut, aber er müsse noch mit dem Meinhard reden. Auf jeden Fall bekommt der die Hühner, das Schwein, die Fechsung aus dem Garten, den Fernseher, das Radio, den Kühlschrank und von den Gartengeräten, was er haben will. Susanne und Rosalia dürfen sich Geschirr, Bettwäsche aussuchen und Kleider von seiner verstorbenen Frau, vielleicht wollten sie einen von den großen Teppichen.

Das Speiseservice aus Österreich, die Pendeluhr und das Grammophon der Großmutter blieben bei den Potje in Verwahrung, der Weihnachtsschmuck war als Geschenk gedacht. Vieh, Ernte, Fernseher und Kühlschrank standen außer Frage, die Frauen beanspruchten den großen Teppich aus der Kammer, Kleider paßten ihnen keine, mit dem Wintermantel von Maria war Rosalia froh, Meinhard kam in den Besitz von Antons Fahrrad. Sie wanderten doch auch bald aus, hatte Rosalia gemeint, als es um Geschirr und anderen Hausrat ging.

Nach der Aufteilung, es wurde aber nichts weggebracht, das Schwein blieb bis zur Schlachtung im Stall, veranschlagte Mihai 3.000 Lei und Anton akzeptierte unter der Bedingung, daß Hund und Katze ein Bleiberecht kriegen und für sie gesorgt wird. Ganz ohne Schwierigkeiten verlief diese ungewöhnliche Abwicklung dann doch nicht. Der zukünftige Besitzer konnte bloß eine Vorauszahlung von 1.000 Lei aufbringen. Hatte Mihai das gewußt oder tat er nur verlegen, als er ihm vorige Woche das Geld brachte und ihn vor vollendete Tatsachen stellte. Es blieb Meinhards Aufgabe, im Herbst die Restsumme einzufordern.

Die Sparbücher hatte Anton aufgelöst, das ihm verbliebene Geld und das von Erika in seiner Verwahrung wollte er heute abend beim Essen den Potje zu treuen Händen übergeben, über ihr Geld mußte Hilde selbst entscheiden, aber wahrscheinlich kam dafür nur der Marius Lakatos in Frage.

Das wär's gewesen, sagte Anton und erhob sich. Vom langen Sitzen war sein linkes Bein steif geworden, und er humpelte bis zur Tür. Rexi schaute auf, und Anton sagte in Richtung Schuppen: Wenn du wüßtest. Im Gang spielte die Katze mit einer vor sich hintaumelnden Maus. Als sie Anton gewahr wurde, packte sie diese zwischen die Zähne und lief leise fauchend davon.

Nicht Unruhe, sondern der Ordnungssinn veranlaßte Anton, noch einmal das Gepäck nachzuprüfen. Die zwei großen Koffer, die Hilde im Mai mit Horst Schulz mitgeschickt hatte, standen gepackt in der vorderen Küche. Hilde wird sie bestimmt umpacken, wie er sie kannte. Die Mäntel solle er nicht einpacken, hatte sie ihm im letzten Brief geschrieben, die würden sie ins Auto legen, Taschen bringe sie für alle Fälle noch mit.

Der Brief enthielt auch die Nachricht vom Tode seiner Mutter in Deutschland. Sie und Susanne waren beim Begräbnis, zu dem auch Landsleute gekommen waren. Der Peter Onkel habe sich ihnen gegenüber recht komisch verhalten, hatte Hilde geschrieben. Nach der Trauerfeier saß man im Gemeindesaal bei Kaffee und Kuchen. Es sei für sie und Susanne gewöhnungsbedürftig gewesen, da man das von zu Hause nicht kannte, die meisten verhielten sich so, als sei es für sie selbstverständlich. Geratscht und getratscht habe man, es sei schlimmer zugegangen als in Wiseschdia. Auf dem Parkplatz habe ihr der Kauten Franz anvertraut, daß die Großmutter und der Onkel sich über den Lastenausgleich alles haben gut machen lassen, auch den Anteil, der dem Vater zugestanden hätte. Es werde sich ja herausstellen, ob das zutreffe. Bei dieser Nachricht war in Anton der ganze Groll wieder hochgekommen und für Trauer kein Platz mehr. Einer Begegnung mit seiner Mutter in Deutschland hätte er sich nicht entziehen können, seinen Bruder zu treffen, kam nicht in Frage.

Die Familie, die in sein Haus einziehen sollte, hatte er nicht kennen gelernt, und es war eigentlich schade. Wie es aussah, klappte es zwischen Meinhard und Mihai, und Streitigkeiten im nachhinein würde es nicht geben. Das war schon mal beruhigend. Zu einem Abschiedsfest hatte Anton nicht geladen. Die Möglichkeit, vorbeizuschauen und Adje zu sagen, stand jedem frei. Der Alois wird bestimmt bei den Potje auftauchen, der Karl Schirokmann wird kommen, vielleicht der Lehrer Werner Schäfer, der Hans Wolf wird es sich als ehemaliger Nachbar nicht nehmen lassen. Von Werner Theiss hatte sich Anton persönlich verabschiedet und vom Kantor Peter Laub, dem er eine Spende für die Kirche überbrachte mit den besten Wünschen an den Herrn Pfarrer. Für das Familiengrab sorgte Rosalia, und wenn die Potje auswandern, wird Meinhard es zubetonieren lassen. Morgen wird der Friedhof die letzte Station vor der Abfahrt sein, und zum Glück wird Hilde dabei sein.

Anton saß auf dem Diwan in der vorderen Küche und hielt den Umschlag mit den Schriftstücken von Werner Theiss in den Händen. Sollte er Hilde in seine Schmuggelabsicht einweihen? Es war bisher alles problemlos gelaufen, und er würde es sich nicht verzeihen, wenn es wegen der Schriftstücke zu Unannehmlichkeiten an der Grenze käme. Anlaß zu einer strengen Kontrolle war schon allein die Tatsache, daß jemand per Auto auswanderte und nicht wie üblich über die Grenzstation Curtici mit dem Zug. Wenn Hilde nicht einverstanden sein sollte, wäre es angebracht, die Schriftstücke bei den Potje zu hinterlegen und sie bei Gelegenheit mitzuholen. Da dachte er schon an Besuch und war noch nicht einmal weg! Er würde Werner Theiss gegenüber wortbrüchig werden, aber notfalls könnte er in Deutschland die Listen und die Skizze nachfertigen, da er sich die Vorlagen eingeprägt hatte. Das war das Gescheiteste.

Anton hatte in den letzten Tagen immer wieder seine Erinnerung anhand der Listen des Werner Theiss aufgefrischt, und er konnte nach kurzem Nachdenken einer Hausnummer den Besitzer aus den Jahren seiner Kindheit zuordnen. Anton Lehnert stellte sein Gedächtnis auf die Probe, es war Erinnerung und Abschied zugleich.

4 Schmidt Hans, Alde Riedl; 11 Oberding Dominik, Alde Kornibe Karl; 18 Kornibe Karl, Kurl Karl; 21 Thomas Nikolaus, Phedersch Pheder; 25 Dinjer Susanna, Kleen Hans Susi; 35 Lindenmayer Katharina, Uiheler Liß; 45 Oster Heinrich, Dick Millersch Liß; 48 Neumann Johann, Ald Raacher; 51 Müller Johann, Tarde Michl; 58 Denuel Peter, Bees Michl; 64 Schmidt Franz, Ald Schlecht Thomas; 70 Wilp Rochus, Ald Tänzer; 85 Lippet Johann, Schimbauersch Toni; 105 Noel Peter, Fauschte Sepp; 109 Laub Katharina, Schockle Sepp; 122 Renard Peter, Schrägs Pheder; 148 Roth Wilhelm; 150 Pabdi Mathias; 173 Laub Michael, Fetsch Michl; 178 Raßkopf Johann, Alde Tänzer Franz

IV. Teil

Alle Paßfotos sehen gleich aus, weil es Standards gibt, wie der Abgelichtete in Erscheinung zu treten hat. Von diesem rein technischen Merkmal einmal abgesehen, ähneln sich Passfotos auch unter einem anderen wesentlichen Aspekt: die Angespanntheit der Gesichtszüge. Im Unterschied zu anderen Fotos neigt man bei Paßfotos dennoch am ehesten dazu, sich über sein Aussehen lustig zu machen. Der Kommentar: Ist ja nur ein Paßfoto, steht in keinem Verhältnis zu dessen Wichtigkeit.

Als Erlösung bezeichneten es Aussiedler, wenn sie ihren Paß endlich in Händen hielten, und sie mußten bis zur Überquerung der Grenze damit rechnen, daß er ihnen abgenommen werden konnte. Bis zu diesem Zeitpunkt riß wohl kein Aussiedler Witze über sein Aussehen, und das Betrachten des Paßfotos danach war eher ein Abschiednehmen von sich selbst.

Aus irgendeinem Grund hatte das vorliegende Paßfoto von Anton Lehnert keine Verwendung gefunden. Am wahrscheinlichsten ist, daß sie in Überzahl abgegeben wurden, denn die mit Bleistift geschriebenen Angaben auf der Rückseite, Lehnert Anton, 1965 Vizejdia Nr. 94, Judetul Timis, legen nahe, daß es für die Akten bestimmt war. Die Beschriftung stammt von fremder Hand, mit höchster Wahrscheinlichkeit von der Daktylographin, denn die Schriftzüge lassen auf die Geläufigkeit des Schreibens schließen.

1

„Wenn ich jetzt weg bin, ist das Bett frei, und ihr zwei Alten könnt dann die Frau Wilma bumsen", frohlockte Paul und schloß seinen Koffer.

„Du Mistvieh!"

Anton Lehnert griff zu, Knöpfe spritzten ab, Paul verlor das Gleichgewicht und drohte ihn mitzureißen. Anton ließ los, setzte aber im nächsten Augenblick dem auf das Bett Gestürzten die Knie auf die Brust und hielt die geballte Faust über Pauls Gesicht.

„Nicht Anton, sei gescheit!" rief der ansonsten schwer stotternde Herr Gruber, und sein Zuruf wäre zu spät gekommen, hätte Anton sich nicht vorher schon besonnen. Er ließ von seinem Gegner ab und ordnete, während er ihn im Auge behielt, durch einen Rundgriff sein verrutschtes Hemd in den Hosenbund. Paul hatte sich aufgerichtet und saß beschämt auf dem Eisenbett, Herr Gruber verharrte noch immer stehend, die Hände um die Tischplatte geklammert. Anton spürte, daß seine Knie zitterten und verließ fluchtartig das Zimmer.

Er durchquerte den Vorraum, hinter den Türen der beiden anderen Zimmer war es still, und in der Küche, die neben der Tür zum Ausgang lag, war niemand zu sehen. Kein anderer Bewohner in dieser Wohnung des Übergangwohnheims schien den Zwischenfall mitbekommen zu haben.

Im halbdunklen Treppenhaus ging das Licht an, aber

kein Mensch kam Anton auf seinem Weg vom dritten Stockwerk entgegen. Bestimmt hatte wieder eines der Kinder am Schalter gespielt. Den Fahrstuhl benutzte Anton nicht, denn der versagte wenigstens einmal am Tag. Dann waren verzweifelte Hilferufe und Geklopfe im Treppenhaus zu hören, bis jemand aus dem Heim die Eingeschlossenen befreite und den Aufzug wieder instand setzte. Aus dem Kellergeschoß, in dem die Waschmaschine stand, vernahm Anton den verärgerten Hausmeister und Frauenstimmen, die beschwichtigten und bettelten. Es tue ihm leid, aber der Wartungsdienst könne erst morgen kommen, Strafe müsse sein, hörte Anton den Hausmeister noch sagen und blieb im inzwischen wieder halbdunklen Treppenhaus stehen, um nicht mit ihm zusammenzutreffen. Wahrscheinlich hatte wieder einmal einer der Aussiedler mit übrig gebliebenen Münzen aus der Heimat versucht, die Waschmaschine in Gang zu setzen. Frau Wilma wenigstens war fest davon überzeugt, daß man diese Untugend, wie sie es nannte, einer Frau aus Rußland verdanke, die vorige Woche mit ihrer Familie ausgezogen war und die behauptete, daß es funktioniert und man sich die Mark sparen könnte. Im Unterschied zum Fahrstuhl traute sich aber niemand an die Waschmaschine, um die Blockade zu beheben. Es kennt sich halt keiner aus, hatte Herr Gruber gesagt, und nicht einmal die Drohung mit Strafanzeige der Firma, welche die Waschmaschinen in den Wohnheimen betreibe, halte die Leute davon ab.

Die Ausgänge der in Hufeisenform angelegten Wohnanlage mündeten auf einen begrünten Vorplatz, in dessen Mitte ein Kinderspielplatz eingerichtet war. Über die Durchfahrten, sie markierten die Nummern der ineinander übergehenden Gebäudeteile unterschiedlicher Höhe, erreichte man die Rückseite der Wohnanlage, die an offenes Feld grenzte. Auf dem Müllplatz hievten zwei Männer einen

Kühlschrank in einen Container und warfen dann einen Fernseher hinterher, der dumpf zerschellte. Anton ging grußlos an ihnen vorbei, er kannte sie nicht, und schlug den Weg über die Felder ein.

Die Halmfrüchte waren abgeerntet, auf vereinzelten Parzellen stand noch Mais. Hier auf die Felder flüchtete er, wenn er es im Übergangswohnheim nicht mehr aushielt, und es hätte ihn nicht gekümmert, von einem der Bauern auf dem Traktor schief angeschaut zu werden. Es hätte ihm aber auch nichts ausgemacht, wenn so einer ihn angesprochen hätte, denn er hätte ihm zu verstehen gegeben, daß er etwas von Landwirtschaft verstand und hätte sich mit ihm über die Bauerei unterhalten können, dachte er. Auf den Fluren standen am Wegrand vereinzelt Apfel- und Birnbäume von der Sorte, die er zu Hause in seinem Garten in den ersten Jahren noch hatte. Eine Krähe ließ sich unweit von ihm nieder und machte keine Anstalten wegzufliegen, als er vorbeiging. Das war ihm dann doch zu dumm, und er scheuchte sie. Unter einem Birnbaum lag ein zurückgelassenes Strohballot, die Sitzgelegenheit kam wie gerufen.

Zum Glück hatte niemand das Handgemenge mitgekriegt, und schlimm wäre es, wenn die Heimleitung davon Wind bekäme, dann stünde er als Radaubruder da. Paul wird sich hüten, ihn zu verklagen. Gott sei Dank zog er heute aus, denn mit so einem weiterhin das Zimmer zu teilen, wäre schwierig geworden.

Paul war etwa dreißig Jahre alt und stammte aus der DDR. Schon am ersten Abend hatte er Anton seine Geschichte aufgetischt. Herr Gruber, der sie wohl kannte, hatte hinter Pauls Rücken eine abwertende Handbewegung gemacht, um Anton zu bedeuten, er solle dem Gerede nicht glauben. Paul behauptete, direkt aus dem Gefängnis in die Bundesrepublik gekommen zu sein. Er wäre politischer Häftling gewesen und sei losgekauft worden. Und um es noch spannender zu machen, deutete er an, vielleicht gegen einen Westagenten ausgetauscht worden zu sein.

Würde ein Politischer sich so benehmen? Und von einem, der sich für die Gerechtigkeit eingesetzt hatte, hätte man doch diese abfälligen Äußerungen anderen Menschen gegenüber nicht erwartet. Was diese sogenannten Spätaussiedler denn in Deutschland suchten, warum sie nicht zu Hause geblieben seien, wenn sie ständig von dort erzählten und über alles hier meckerten. Die meisten könnten nicht einmal Deutsch und behaupteten Deutsche zu sein. Woher die nur plötzlich alle auftauchten.

Anton war wohl nicht so redegewandt wie Paul, das hatte er aber nicht auf sich sitzen lassen. Die Deutschen aus Rumänien würden alle Deutsch sprechen, hätten deutsche Schulen besucht, deutsche Zeitungen gäbe es in Rumänien und bis vor einem Jahr habe es sogar Radio- und Fernsehsendungen in deutscher Sprache gegeben. Paul hatte zugeben müssen, das alles nicht gewußt zu haben, und ließ es als Ausnahme gelten, auch Herr Gruber war für ihn eine Ausnahme.

Herr Gruber war fünfundsechzig Jahre alt und stammte aus Polen, aus Südschlesien, hatte er betont. Er war sein Leben lang Grubenarbeiter, zweimal verschüttet gewesen und daher rührte sein Stottern. Er war um einen Kopf kleiner als Anton, kräftig gebaut und hatte übergroße Hände. Wenn er in seiner gebückt wirkenden Haltung auf den krummen Beinen daherkam, baumelten seine Arme den Körper entlang wie zwei nach innen gerichtete Schaufeln. Ein Bruder, eine Schwester und seine verheiratete Tochter lebten schon hier, und er hatte durchblicken lassen, daß das Verhältnis zu ihnen nicht gerade rosig war. Er brauche deren Hilfe nicht, hatte er gesagt. Anton verstand sich gut mit ihm, vielleicht schon deshalb, weil auch Herr Gruber seine Frau verloren hatte. Die Geschichte der Deutschen in Polen, die er ihm erläuterte, war wegen der Details, auf die er pochte, ganz schön kompliziert. Anton hatte behalten, daß der Großteil der Deutschen nach dem Krieg aus Polen vertrieben wurde und daß diejenigen, denen es gelungen war zu bleiben, ihre Herkunft verleugnen mußten. Mit der Auswanderung nach Deutschland galt es nun zu beweisen, daß man wenigstens im geheimen seine Herkunft nicht verleugnet hatte, im Familienkreis die deutsche Sprache und deutsches Volksgut gepflegt hatte.

Das hielt sich Frau Wilma zugute. Sie war in Antons Alter, eine hochgewachsene, schlanke Frau, die ihr dichtes, schon ergrautes Haar aufgesteckt trug und schlicht gekleidet war. Sie bewohnte eines der Zimmer in der Wohnung zusammen mit der etwa zwanzigjährigen Agnes, die ebenfalls aus Polen kam und nur wenige Brocken Deutsch sprach. Sie hatte das Mädchen unter ihre Fittiche genommen und oft machte sie ihr Vorschriften. Ihr Gehabe erinnerte Anton an die Frau seines Lehrers aus Wiseschdia, vor allem ihr affektiertes Hochdeutsch. Sie machte aus ihrer Abneigung Paul gegenüber keinen Hehl, und der hatte keinen Muckser von sich gegeben, als sie ihn am ersten Morgen nach Antons Ankunft darauf hinwies, daß er nicht so mir nichts dir nichts im Pyjama in der Küche herumlungern könnte, es sei schon gleich Mittag, und außerdem habe sie seinen Dreck wieder weggeputzt.

Das dritte und größte Zimmer bewohnte eine Familie aus Rußland mit zwei halbwüchsigen Kindern, ein Junge und ein Mädchen, von der den ganzen Tag über fast nichts zu sehen und zu hören war. Die Kinder gingen zur Schule, die Erwachsenen waren auf Ämtern unterwegs und hielten sich meistens bei ihren Eltern auf, die in je einem Zimmer in der nebenan liegenden Wohnung untergebracht waren, wo für die gesamte Familie gekocht wurde. Herr Gruber hatte Anton erzählt, daß nur die Alten noch Deutsch sprachen und daß die Großfamilie aus Kasachstan komme, wie fast alle Deutschstämmigen aus Rußland. Anton wollte sich nicht noch mehr Blößen geben und fragte nicht, wieso aus Kasachstan, er habe nur von Wolgadeutschen mal gehört.

Da saßen sie nun aus aller Herren Ländern in diesem Übergangswohnheim, und Anton mußte sich eingestehen, wie klein die Welt doch war. Im Hüttenbühl hieß die gesamte Wohnanlage, die Nummer 39 und 41 beherbergten Spätaussiedler und Übersiedler. Im Hüttenbühl 39, 6900 Heidelberg/Kirchheim, Deutschland lautete seit drei Tagen seine neue Anschrift.

Ein Traktor bog auf den Feldweg ein, Anton erhob sich vom Strohballot, denn so dasitzend hätte man ihn trotz seines gepflegten Aussehens für einen Landstreicher halten können. Der Traktor kam immer näher, und Anton hatte sich schon ein paar Sätze zurechtgelegt, sollte der Bauern ihn fragen, warum er sich hier herumtreibe. Der aber hatte anderes im Sinn und fuhr mit der angehängten Scheibenegge ins Stoppelfeld. Anton setzte seinen Weg durch die Felder fort, so weit hatte er sich noch nicht hinausgewagt, aber irgendwo würde er schon auf eine Straße stoßen, die zurückführte. Und im Gehen fiel es ihm leichter, seine Selbstgespräche zu führen als im Sitzen, weil er dann nicht ins Grübeln geriet.

Zwei Wochen waren seit seiner Aussiedlung verstrichen. Und nach den Kleidern, die er nun täglich trug, war ihm, als würden die Feiertage nicht mehr enden. Zum Feiern war ihm nicht zumute, aber normale Tage waren das keine. Wenigstens seine Füße schwollen nicht mehr an, da er fast immer in Sandalen ging.

Kurz vor der Abfahrt von zu Hause mußte er die Halbschuhe ausziehen, seine Füße brannten und quollen an den Knöcheln. Beim Suchen nach den Sandalen in einer der Taschen war Hilde auf eine Plastiktüte gestoßen, in die er ohne ihr Wissen Hammer, Zange, Schraubenzieher und, separat in Zeitungspapier gewickelt, den Glasschneider aus Österreich gepackt hatte. Sie hatte ihn angeschaut, den Kopf geschüttelt und gemeint, daß in Deutschland wohl noch ein paar dieser Tüten zum Vorschein kämen.

Am letzten Abend hatte er Hilde gefragt, ob sie die Schriftstücke mitnehmen sollten. Die war von der Idee nicht gerade begeistert, und er erklärte sich bereit, darauf zu verzichten, hatte er doch fleißig auswendig gelernt, was Hilde nicht wissen konnte. Wolfgang, der eigentlich gar nicht hätte eingeweiht werden sollen, war hinzugekommen und schlug vor, die Papiere im Hohlraum einer der Wagentüren zu verstecken, er habe überhaupt keine Bedenken. Das war ein Wort, und Anton sah Wolfgang nun mit ganz anderen Augen.

Dann kam die letzte Nacht. Gegen Morgen hatte er einen Traum. Er stand am Grabe Marias, sprach im Flüsterton zu ihr und versicherte ihr immer wieder, daß er hart bleiben und nicht weinen wird. Als er die Tränen auf seinen Lippen schmeckte, hatte er die Vorstellung, das Grab könnte sich auftun, und Maria ihm entsteigen. Dann hätte ihn nichts mehr von hier weggebracht, und sie beide wären für immer geblieben. Am Morgen war Hilde verblüfft, als er ihr erklärte, er ginge schon jetzt und allein auf den Friedhof, sie und Wolfgang könnten später nachkommen, auf keinen Fall aber wolle er, daß sie beim Wegfahren noch einmal dort anhielten. Hilde war verärgert und fragte ihn, mit welchen geheimen Plänen sie noch rechnen müsse, es reiche so langsam.

Beim Abschied waren bloß die Potje zugegen. Es war

kurz vor Mittag, und er hatte noch rasch das Vieh füttern wollen, und hätte Meinhard ihm nicht zugeredet, es bleiben zu lassen, er werde schon dafür sorgen, wäre es bestimmt zum offenen Streit mit Hilde gekommen, die zum Aufbruch drängte, denn sie müßten noch bei Marius Lakatos in Temeswar vorbeischauen, um letzte Angelegenheiten zu regeln.

Während alle schon am Auto standen, das auf der Gasse hielt, ging Anton noch einmal durch den Hof, warf einen Blick in den Garten, tätschelte Rexi, der ihm nachwinselte, steuerte dann schnurstracks auf das Auto zu und drückte Meinhard die Hausschlüssel in die Hand. Er umarmte die Potje kurz reihum, Rosalia jammerte, sie nicht zu vergessen, Wolfgang hielt die hintere Wagentür auf, und er ließ sich auf den Rücksitz fallen. Hilde versprach, Markus alles, was ihr aufgetragen wurde, auszurichten. Wolfgang ließ den Motor aufheulen, und sie fuhren hupend ab. Dann weinte auch Hilde still vor sich hin.

Am Kontrollpunkt, an der Ausfahrt von Gottlob, wurden sie angehalten, nach ihrem Ziel gefragt, mußten sich aber nicht ausweisen. Anton wollte wissen, was der Grenzsoldat Wolfgang zugeflüstert habe. Er beneide sie. Wolfgang hatte schallend gelacht.

Bis Temeswar wurde kaum gesprochen, und auf Wolfgangs Kommentare über den Zustand der Straße, das Aussehen der heruntergekommenen Dörfer, durch die sie fuhren, ging Hilde, die auf dem Beifahrersitz saß, nicht weiter ein. Anton konnte diese Aufgebrachtheit Wolfgangs nicht verstehen, das half genau so wenig wie Schönreden und außerdem war die Gegend nach Lovrin für ihn sowieso schon fremdes Land.

In Temeswar wollten sie sich nicht länger aufhalten. Marius Lakatos wohnte in einem der Neubauviertel, und Anton wußte nicht, wo sie sich befanden, als Hilde und

Wolfgang in einem der Plattenbauten verschwanden, um mit Marius Lakatos noch Angelegenheiten zu regeln und sich zu verabschieden. Wenn er gewußt hätte, in welcher Richtung der Josefstädter oder Fabrikstädter Markt lag, hätte er in etwa eine Orientierung gehabt.

Das ausländische Fahrzeug hatte Kinder angelockt, und als Anton die Wagentür öffnete, um frische Luft reinzulassen, näherte sich ein Junge und fragte nach Ciunga. Nu, sagte Anton bloß, und der Junge hatte wohl erfaßt, daß er kein Ausländer war, sondern bloß in diesem Wagen saß und insistierte nicht weiter. Kurz darauf erschien Hilde, um ihn nach oben zu bitten. Die Frau des Marius Lakatos habe einen kleinen Imbiß vorbereitet, Schinken, Oliven, Schafskäse und gefüllte Eier, die Einladung könnte nicht ausgeschlagen werden. Der Junge fragte auch Hilde nach dem begehrten Kaugummi, und die gab ihm eine ganze Packung aus ihrer Handtasche, worauf der Junge versprach, soviel verstand Anton, aufzupassen, daß dem Auto nichts passiere.

Das Zimmer, in dem sie Platz genommen hatten, war für Antons Begriffe sehr luxuriös eingerichtet: der weichselfarbene Perserteppich bedeckte fast den gesamten Parkettfußboden, an den Wänden standen schwere Vitrinenschränke, darin aneinandergereiht Kristallgläser, vom Likör- bis zum Wasserglas, über dem massiven ovalen Tisch, an dem acht Personen Platz gehabt hätten, hing ein sechsarmiger Kronleuchter, die Stühle, auf denen sie saßen, hatten hohe Sitzlehnen. Hilde und Wolfgang mußten Marius Lakatos und dessen Frau Olivia schon seit längerem kennen, denn ihr Umgang miteinander war wie der unter alten Bekannten.

Daß Wolfgang nicht mittrank, sah Marius ein, akzeptierte aber die Weigerung Antons nicht, vor dem Essen kein Gläschen Schnaps zu trinken. Olivia war eine charmante Frau. Sie sagte etwas, was sich wie armer, verwirrter Mann anhörte, und lächelte ihm bezaubernd zu, als sie auf eine gute Reise und einen neuen Anfang anstießen. Anton mußte sich eingestehen, daß dieser ungewollte Zwischenstopp ihm gut tat, obwohl er gegen die Ungeduld ankämpfte, wenn er so dasaß und obendrein nicht viel verstand von dem, worüber die Vier sich angeregt unterhielten. Es war mal ganz anders als in den letzten Tage zu Hause, wo in Gesprächen mit den Leuten nur noch leise geredet wurde und alles so wehmutsvoll klang. Er ließ sich ein zweites Glas Rotwein von Olivia einschenken, denn der Wein schmeckte ihm.

Als sie Temeswar in Richtung Arad verließen, um beim Grenzübergang Nădlac das Land zu verlassen, meinte Anton, daß nun wirklich bald alles vorbei sei. Hilde und Wolfgang bestärkten ihn darin, denn sie hatten sein Fazit mißverstanden. Es wäre ihm schwergefallen, sich zu erklären, und der Eindruck hätte entstehen können, er sei unzufrieden, wo doch alle seine Landsleute nur von diesem Tag träumten und dazu noch diese elegante Art der Ausreise. Sie müßten dankbar sein, hatte Rosalia Potje gesagt, daß die Kinder sich die Last mit ihnen, den Alten, aufhalsten, denn in Deutschland wären sie ihnen ein Klotz am Bein. So redete sie, obwohl sie das für sich nicht gelten lassen würde.

Am Grenzübergang mußten sie nicht lange warten, die Formalitäten beim Zoll wurden zügig erledigt, keinerlei Schikanen oder verschärfte Kontrolle, und man hätte annehmen können, diese Art der Ausreise sei für die Grenzoffiziere und Zollbeamten eine Routineangelegenheit. Und weil es für dieses Verhalten keine Erklärung gab, die zugesteckten Geschenktüten allein konnten das nicht bewirkt haben, war es für Hilde und Wolfgang kaum zu fassen, als man ihnen gute Fahrt wünschte.

Die Ungarn fertigten sie rasch ab und kurz darauf hielten sie am Straßenrand an. Ohne ein Wort zu sprechen, stiegen alle drei aus, Hilde umarmte ihren Vater, dann Wolfgang, und sie lächelten sich zu. Anton hatte zum ersten Mal seit der ganzen Geschichte mit der Auswanderung ein Glücksgefühl, das ihn für kurze Zeit den Schmerz der Trennung und das Bangen um die Zukunft vergessen ließ. Als sie geraucht hatten und in den Wagen stiegen, meinte Wolfgang, in Deutschland werde ihnen niemand glauben, daß sie mit einem Aussiedler ohne Ärger über die Grenze gekommen sind.

Hilde und Wolfgang hatten beschlossen, ohne Halt bis Österreich durchzufahren. Je länger sie unterwegs waren, um so befremdender wurde es für Anton: der zunehmende Verkehr, die wie herausgeputzt anmutende Landschaft. Hilde hatte ihn durch den Rückspiegel wohl über eine längere Zeit beobachtet, wie er stumm und staunend dasaß und sagte, daß es in Deutschland so ähnlich und doch wiederum ganz anders aussehe. Da könne einem ja Angst werden, hatte er geantwortet.

An einer Raststätte in Österreich hielten sie an. Rosalia Potje hatte ihnen belegte Brötchen mitgeben wollen, und Hilde auf sie einreden müssen, nicht beleidigt zu sein, aber bei dieser Aufregung denke doch niemand ans Essen, obendrein habe sie die Kühlbox vergessen und bei der Hitze und den bestimmt langen Wartezeiten könnte das Essen verderben; für Wasser sei gesorgt, sie habe Mineralwasser aus Deutschland mit. Anton hatte es sich nicht nehmen lassen, zwei Flaschen mit Wasser von seinem Brunnen mit auf die Reise zu nehmen, Mineralwasser verursache ihm Sodbrennen, hatte er behauptet.

Er horchte auf, als er das Österreichische vernahm, diesen Singsang, den er zur Belustigung der Männer im Dorfwirtshaus von Wiseschdia in den ersten Jahren nach seiner Heimkehr gelegentlich nachahmte. Hier an der Raststätte war es wie in einem Restaurant. Hilde brachte ihm Gulasch und eine Flasche Bier. Er könne um diese Uhrzeit, eine Stunde vor Mitternacht, nichts essen, entschuldigte er sich. Zu Hause auf einer Hochzeit werde doch auch die ganze Nacht über gegessen und getrunken, sagte Hilde. Das wirkte, und Anton ließ sich Gulasch und Bier schmekken.

In einem Monat wären es genau dreißig Jahre gewesen, seit er mit Maria und den Kindern Österreich verlassen hatte. Marias Schwester hatte er nicht persönlich mitgeteilt, daß er auswandert, Hilde hatte es in seinem Namen getan, sie telefonierte hin und wieder mit der Tante und hatte sie auch einmal besucht. Die Tante habe sie zur ehemaligen Siedlung nach Stadl-Paura gebracht und ihr gezeigt, wo die Baracken standen, sie habe sich an den Ort und die Umgebung nicht mehr erinnern können, hatte sie beteuert. Wenn alles wieder im Lot ist, werde er den Ort aufsuchen, wo er mit Maria und den Kindern die glücklichsten Jahre verbrachte, hatte Anton sich vorgenommen.

Der Wagen wurde vollgetankt, die Scheiben gewaschen, es galt bis Nürnberg durchzufahren. Wolfgang versicherte Hilde, daß er noch fit sei, und sie einigten sich darauf, daß Hilde ab Nürnberg fährt, dann werde er sich ausruhen. Irgendwann konnte Anton nicht mehr gegen die Müdigkeit ankämpfen, die Radiomusik, die ihn anfangs gestört hatte, lullte ihn ein, er versank in tiefen Schlaf und bekam gar nicht mit, als sie bei Passau über die Grenze fuhren. Sie seien schon in Deutschland, teilte Hilde ihm mit, als er sich schlaftrunken auf dem Rücksitz aufrichtete und angestrengt nach draußen schaute. War es ein schlechtes Zeichen, daß er seine Einreise nach Deutschland verschlafen hatte? Und was sollte er den Leuten sagen, wenn sie ihn fragen würden, was das für ein Gefühl gewesen sei, endlich hier zu sein.

In Nürnberg hielten sie am Werkgelände der Firma Grundig, wo in zwei Hochhäusern die Zentrale Aufnahmestelle für Spätaussiedler und Übersiedler untergebracht war. Hilde läutete an der Pforte und über die Sprechanlage fragte eine Stimme nach ihrem Wunsch. Sie wolle ihren Vater als Spätaussiedler anmelden, sagte Hilde, und das Werktor wurde einen Spalt aufgefahren. Während sie auf das dreigeschossige Gebäude zugingen, in dem sich die Pförtnerloge befand, klärte Hilde ihren Vater auf, daß er ein Spätaussiedler sei, als Übersiedler bezeichne man die Leute aus der DDR. Sie trug dem übergewichtigen Herren ihr Anliegen vor: sie wolle ihren Vater bloß anmelden, übers Wochenende nehme sie ihn mit zu sich nach Hause, Sonntag abend bringe sie ihn zurück, damit er Montag sein Registrierverfahren beginne. Sie mußte sich ausweisen, Anton seinen Paß vorlegen, dann schob man ihnen auszufüllende Formulare zu, einen Laufzettel für Montag und Essensmarken für drei Tage. Sie könne ihrem Vater den Ablauf der Registrierung ja erklären, sagte der Herr, wies Hilde aber ausdrücklich darauf hin, daß der Vater Montagmorgen ab acht hier zu sein habe. Darauf könne er sich verlassen, versicherte ihm Wolfgang. Nachdem Hilde die Anmeldeformulare in Druckbuchstaben ausgefüllt hatte, den Wunsch, sich in Baden-Württemberg niederzulassen, hatte sie unterstrichen, wurde Anton ein Zimmer zugewiesen, und der Dicke schrieb ihm die Zimmernummer auf ein Zettelchen. Obwohl es ein Zweibettzimmer sei, werde er wahrscheinlich keinen Mitbewohner kriegen, denn das Gros der neuen Aussiedler, die am Spätnachmittag ankämen, bestehe in der Regel aus ganzen Familienverbänden. Hilde und Wolfgang übernahmen, mit dem Einverständnis des Dicken, die Einweisung Antons in die Hausordnung.

Auf dem Weg über den Innenhof zum Gebäude meinte Wolfgang, der Hausmeister habe bestimmt etwas erwartet. Dann hätte er ihm doch etwas geben sollen, schimpfte Hilde drauf los. Da rege sich der Herr darüber auf, daß in Rumänien alles nur mit Bakschisch läuft, wolle diese Unsitte aber auch in Deutschland praktizieren. Wolfgang war beleidigt und kam nicht mit nach oben, Hilde kümmerte es nicht weiter. Als sie das Gebäude betraten, schärfte sie Anton ein, was er sich alles genau merken müßte: wie man den Aufzug betätigte, auf welchem Stockwerk sein Zimmer lag, wo sich Duschraum und Küche befanden.

Als sie endlich wieder beim Auto waren, atmete Anton auf. Und da Wolfgang es sich auf dem Rücksitz bequem gemacht hatte, nahm er auf dem Beifahrersitz Platz, und Hilde setzte sich wortlos ans Steuer. Gerade jetzt, wo sie doch so nahe am Ziel waren, er endlich alle wiedersehen würde, hatte diese Spannung aufkommen müssen. Es bedrückte ihn, daß sie seinetwegen Streit hatten. Dann wechselte Hilde, als wäre nichts geschehen, mit Wolfgang ganz normal ein paar Worte, und er war erleichtert.

Anton staunte über die Sicherheit, mit der Hilde fuhr, und vom Beifahrersitz aus sah er viel mehr von dem ihm fremden Land. An die Geschwindigkeit auf der Autobahn hatte er sich rasch wieder gewöhnt und ihm wurde nicht mehr übel. Er fühlte sich wohl und genoß die Fahrt, bis Hilde zu weiteren Belehrungen ansetzte.

Wenn in den Akten Fehler auftauchten oder aus Versehen gar falsche Angaben, nähmen die Rückfragen kein Ende mehr. Bei der Registrierung werde er einen lückenlosen Lebenslauf angeben müssen, und man werde ihn fragen, warum er 1956 nach Rumänien zurückgekehrt sei. Er habe es geahnt, seufzte Anton. Passieren könne ihm nichts, zurückgeschickt werde er nicht, beruhigte ihn Hilde. Es gebe einen Stichtag im Jahre 1953 und nach diesem Stichtag sollte niemand, der aus einem sogenannten Vertreibungsgebiet stammt, wieder dorthin zurückgekehrt sein. Er wollte etwas zu seiner Verteidigung sagen, aber Hilde ließ ihn nicht zu Wort kommen. Er sei also Soldat gewesen, die Mutter nach ihrer Entlassung aus der Deportation nach Rußland in die damalige russische Besatzungszone Deutschlands und nicht nach Rumänien verbracht worden. Sie beide hätten vor 1953 gar nicht nach Rumänien zurückkehren können, da sie im Gefängnis gelandet wären, an Leib und Seele Schaden genommen hätten. Diese Formulierung solle er sich unbedingt merken: An Leib und Seele. Genau so wichtig sei, daß erst 1955 in Rumänien ein Gesetz erschienen war, das solchen wie ihm und der Mutter Straffreiheit zusicherte. Auf dieses Gesetz müsse er sich berufen. Es seien familiäre Gründe gewesen, die sie zur Rückkehr nach Rumänien bewogen hatten, solle er unbedingt hinzufügen, mit politischer Überzeugung habe das überhaupt nichts zu tun gehabt. Hatte es auch nicht, betonte Anton, als müßte er das Hilde versichern. Zwei große Fehler habe er in seinem Leben gemacht, resümierte er. Erstens, daß er damals mit den deutschen Truppen geflohen und zweitens, daß er mit seiner Familie aus Österreich zurückgekehrt sei. Er solle sich keine Vorwürfe machen, tröstete ihn Hilde, denn wäre er damals nicht geflohen, wäre er in Rußland gelandet, die Rückkehr aus Österreich habe er nicht allein zu verantworten, und darüber brauchten sie jetzt nicht reden. Zu weiteren Selbstbezichtigungen ließ Hilde es nicht kommen, sondern bläute ihrem Vater ein, was er zu Protokoll geben und wie er sich zu verhalten habe. Sie würde ja gerne zugegen sein, könne aber nicht mehr von der Arbeit fehlen, beteuerte sie. Wie immer die Registrierung auch ausfallen mag, er müsse keine Angst haben, auf keinen Fall solle er etwas auf eigene Faust unternehmen, sie werde alles regeln.

In Reutlingen angekommen, war die Angst vor den nächsten Tagen wie weggeblasen, denn alle waren sie bei Hilde versammelt: Susanne, Erika, deren Mann und die Kinder. Dietmar und Benno waren, weil die Erwachsenen alle weinten und der Großvater sie fest an sich gedrückt hatte, völlig verstört auf den Balkon gewichen. Erst nach wiederholtem Zureden Erikas setzte sich Benno auf Antons Schoß, die Stimmung lockerte sich, denn man scherzte über Anton und seinen Lieblingsenkel Benno. Hildes Schwiegermutter hatte ein Festmahl zubereitet, Tische waren im Wohnzimmer zusammengerückt, und an der Tafel ging es hoch her. Anton war glücklich, er hatte seine Familie um sich, und das verlieh ihm Sicherheit.

Erst als Hilde ihm sein Zimmer für die Nacht vorbereitete, Erika mit Familie und Wolfgangs Eltern waren gegangen, bloß Susanne blieb über Nacht, fühlte er sich hier irgendwie fremd und wäre am liebsten bei sich zu Hause gewesen. Und das Baden stand ihm noch bevor. Um nichts falsch zu machen, bat er Susanne, ihm das Wasser in die Wanne zu lassen, und die riet ihm, die Tür nicht abzuschließen, man könne nie wissen. Hilde brachte ihm frische Unterwäsche, Pyjama, und das Rasierzeug aus seinem Koffer. Als sie Badeöl ins Wasser goß, meinte Anton, nun rieche er bald wie einer aus Deutschland und verscheuchte seine Töchter aus dem Bad.

Am nächsten Morgen saß Anton angekleidet auf dem Bett und verließ das Zimmer erst, als er Bewegung im Haus vernahm. Er wurde von seinen Töchtern mit einem Kuß auf die Wange begrüßt, und Wolfgang meinte, da könnte man neidisch werden. Am reichlich gedeckten Frühstückstisch, mit Tellerchen, Gabel und Messer, stellte sich Anton taperig an, Hilde ermutigte ihn, sich wie zu Hause zu fühlen, woraufhin er um ein Brettchen bat und ein Messer, das anständig schneidet, und übrigens sei er kein

Kaffeetrinker und hätte lieber einen Tee wie immer zum Frühstück.

Während Hilde das Mittagessen zubereitete, spazierten Wolfgang und Susanne mit ihm durch den Ort. Er war vom gepflegten Aussehen und der Sauberkeit beeindruckt und meinte auf dem Rückweg, daß er sich vorstellen könnte, hier zu wohnen. Es müsse nicht unbedingt hier sein, überall in Deutschland sei es schön, hatte Susanne erwidert.

Das hatte ihn damals aufhorchen lassen. Und warum war Susanne nicht zum Mittagessen geblieben? Was sollten diese Fragen, jetzt im Nachhinein? Auch wenn sie ihm nicht alles sagten, mußte er Hilde und Susanne vertrauen, es blieb ihm gar nichts anderes übrig. Und Erika hatte mit den zwei Kindern genug um die Ohren.

Anton war an einer Erdaufschüttung angelangt, die bis weithin die Felder begrenzte. Dahinter hörte er Verkehrslärm und entschloß sich, den Erddamm zu überqueren, um über einen anderen Weg zurück ins Wohnheim zu gelangen. Zum Glück war der Damm begehbar, denn unten auf der Straße wäre es wegen des Autoverkehrs gefährlich geworden.

Damals bei Hilde saßen er und Wolfgang bis zum Mittagessen im Wohnzimmer vor dem Fernseher. So schöne Bilder hatte er bis dahin noch nie gesehen. Wenn Wolfgang glaubte, eine Sendung langweile ihn, schaltete er per Fernbedienung um. Er hätte es auch gern ausprobiert, wollte sich aber vor seinem Schwiegersohn nicht blamieren. Jetzt kannte er sich damit aus, es war doch kinderleicht.

Wolfgangs Eltern schauten vor der Rückfahrt nach Nürnberg noch vorbei. Ihm drohten die Zigaretten von zu Hause auszugehen, und Wolfgangs Vater schenkte ihm, da er sich vom Rauchen gelassen hatte, seine letzten zwei Päckchen Reval. Neu eingekleidet, gebadet, frisch rasiert und mit Zigaretten versorgt, war es zurück nach Nürnberg gegangen.

An der Pförtnerloge mußten sie zur Rückmeldung anstehen, der Dicke war wegen des Andrangs der neu Hinzugekommenen nervös und verbot Hilde, Anton auf sein Zimmer zu begleiten. Sie solle sich nicht aufregen, das bringe doch nichts, sie könne ruhig gehen, er werde sich schon zurechtfinden, er sei doch kein kleines Kind. Hilde schärfte ihm zum letzten Mal ein, wie er sich zu verhalten habe und worauf er achten sollte: sich mit niemandem anlegen, nicht zu viel erzählen, keine Kauf- oder Versicherungsverträge eingehen, nicht einmal mündlich, die Kerle schlichen sich hier trotz Verbots ein; alles wahrheitsgemäß zu Protokoll geben, sich nicht irritieren lassen durch Ratschläge anderer; sollte es wegen Österreich Schwierigkeiten geben, werde sie und Susanne das schon in Ordnung bringen; gleich nach der Ankunft in Rastatt von einer Telefonzelle aus anrufen, sie habe ihm ja gezeigt, wie das funktioniert.

Er stand mit seinem Koffer im Hof, Hilde hatte ihm das Notwendigste eingepackt, den Rest seiner Sachen bei sich behalten, und schaute ihr nach. An der Pforte drehte sich Hilde um und machte ihm Zeichen, doch endlich auf sein Zimmer zu gehen. Es war der schwerste Weg, den er je zurückgelegt hatte, vor der Eingangstür überwältigte ihn ein Schluchzen, und er verzog sich hinter das Wohngebäude, bis er sich beruhigt hatte. Die Tage in Nürnberg waren hektisch und vergingen im Nu: von morgens um acht bis am Nachmittag galt es, die im Gebäude an der Pförtnerloge eingerichteten Amtsstellen laut Laufzettel aufzusuchen. Es gab lange Wartezeiten, und am ersten Tag schaffte er bloß die ärztliche Untersuchung. Bei zwei Stellen, sie hießen Voruntersuchung, wurde bloß sein Laufzettel abgestempelt, und wie sich herausstellte, hätte er bei den Einrichtungen der Caritas gar nicht vorstellig werden müssen, denn die fragten nach Kleiderwünschen oder ob man Hilfe benötigte. Bei der Landsmannschaft der Banater Schwaben begrüßte man ihn herzlich und legte ihm einen Antrag vor, um Mitglied zu werden. Er unterschrieb nicht, hatte ihm Hilde doch eingeschärft, nichts außer dem protokollierten Lebenslauf zu unterschreiben. Da der Mann, ein Banater Schwabe aus Jahrmarkt, etwas verärgert wirkte, versicherte er ihm, der Landsmannschaft beizutreten, wenn er einen festen Wohnsitz habe, und der Jahrmarkter händigte ihm ein Blatt mit Adressen ihrer Leute in Baden-Württemberg aus, bei denen er sich melden sollte.

Die Registrierung verlief eigentlich problemlos, auch wenn der Beamte, ein Siebenbürger Sachse, hinsichtlich der Jahre in Österreich nachfragte, aber er hatte ja seine Lektion gelernt. Es schien alles gelaufen, aber am Nachmittag, sie sollten am nächsten Morgen mit einem Bus nach Rastatt gebracht werden, wurde er unruhig, denn alle, mit denen er inzwischen Bekanntschaft geschlossen hatte, waren schon im Besitz ihres Registrierscheins. Es war das wichtigste Dokument eines Aussiedlers und in Zukunft auf allen Ämtern vorzuzeigen bis zur erfolgten Einbürgerung. Am späten Nachmittag wurde er zum Chef der Registrierungskommission bestellt, und der eröffnete ihm, daß es Schwierigkeiten gebe. Man könne ihm keinen Registrierschein ausstellen, er erhalte einen vorläufigen Bescheid, höhere Stellen müßten endgültig entscheiden, es täte ihm leid, aber er könne seine Kompetenz nicht überschreiten. Hilde hatte ihn ja auf diese Eventualität vorbereitet, und er geriet nicht in Panik. Wahrscheinlich war diese Gelassenheit der Grund dafür, daß der Beamte ihn zusätzlich auf seine Großzügigkeit hinwies: eigentlich dürfte er ihn gar nicht nach Rastatt überweisen, seine Töchter hätten die Pflicht, ihm Unterkunft zu gewähren. Das war dann doch zu viel. Er erhob sich vom Stuhl, auf dem er bisher ruhig gesessen war, griff mit zitternder Hand nach seiner Brieftasche, entnahm ihr einen Zettel und forderte mit sich überschlagender Stimme den Beamten in banatschwäbischer Mundart auf, bei dieser Nummer seine Tochter Hilde anzurufen. Der hatte Mühe ihn zu beruhigen: es sei doch alles in Ordnung, er komme nach Rastatt und erledige die Angelegenheit im Laufe der Zeit, zurückgeschickt werde er nicht, es sei eben nicht einfach, Bürger der Bundesrepublik Deutschland zu werden. Er nahm seinen Bescheid und verließ grußlos das Büro, denn hätte er sich mit dem auf eine Diskussion eingelassen, hätte er für nichts mehr garantieren können. Er drehte ein paar Runden im Innenhof und redete sich ein, daß dieser Schlappschwanz doch nur ein kleiner Wichtigtuer war.

Die Leute, die man während dieser Zeit des Aufenthalts kennengelernt hatte, kannte man beim Vornamen und wußte die Ortschaft, aus der sie stammten. Am Abend saß er auf einer der Bänke vor dem Hochhaus, der Franz aus Lugosch gesellte sich mit zwei Dosen Bier zu ihm und reichte ihm eine. Er ließ eines der Gebote Hildes außer acht, erzählte dem Franz von seinen Schwierigkeiten und dessen Trost tat ihm gut. Es sei, jetzt am Anfang, schwer, alles zu durchblicken, aber es werde schon werden, und man werde auch hier lernen müssen, wie man sich zu verhalten habe. Er zum Beispiel habe bei der Registrierung den Tag seiner Einberufung zum deutschen Militär und den Tag seiner Entlassung aus der Gefangenschaft angegeben, und der junge Kerl habe gemeint, daß es in Deutschland nicht unbedingt angebracht wäre, sich damit zu brüsten. Das müsse man sich gefallen lassen, nachdem man vier Jahre den Arsch hingehalten habe. Von wegen, der Dank des Vaterlandes ist euch gewiß.

In Rastatt entschied sich die Zuteilung in eines der Übergangswohnheime in Baden-Württemberg. Der Beamte, dem er seinen Bescheid überreichte, las angestrengt die auf die Rückseite getippte Begründung und meinte, daß die Kommission vor Ort trotzdem die Kompetenz habe, ihn vorläufig einzuweisen. Er sollte seinen Wunsch äußern und wußte nicht, welche Ortschaft er angeben sollte: Rastatt, Metzingen, Karlsruhe, Heidelberg. Ob das bis morgen Zeit hätte, fragte er, und der Beamte war einverstanden, äußerte aber seine Verwunderung darüber, daß er so kurz vor dem eigentlichen Ziel noch nicht wüßte wohin, wo für die meisten Aussiedler das von Anfang an feststünde.

Am nächsten Tag kam Hilde in Begleitung von Susanne. Im Empfangsraum stellte ihn Hilde vor Tatsachen: sie hätten sich darauf geeinigt, daß es am besten für ihn wäre, wenn er nach Heidelberg ginge, wo Susanne sich um ihn kümmern könnte, es sei später mal kein Problem, wieder umzuziehen, zu ihr oder zu Erika. Die angestaute Wut, Verzweiflung und Unsicherheit all der Tage brach aus ihm heraus, und er schrie, er wolle nirgendwohin, er fahre nach Hause, er habe das ganze Palaver satt mit vorläufig, später, mal sehen. Er solle sich doch beruhigen, flüsterte Hilde, was sollten denn die Leute von ihnen denken, und Susanne schlug vor, einen Spaziergang zu machen und alles in Ruhe zu besprechen. Mürrisch war er aufs Zimmer gegangen, um seine Jacke zu holen. Die Entscheidung seiner Töchter hatte ihn völlig überrascht, denn für ihn hatte irgendwie festgestanden, daß er zu Hilde oder Erika zieht.

In Rastatt konnten sie sich im Unterschied zu Nürnberg frei bewegen, und sie gingen in die Stadt. Es war schon mal beruhigend, als er erfuhr, daß seine drei Töchter im Einvernehmen zu dieser Entscheidung gekommen waren, denn es wäre für ihn schlimm gewesen, wenn sie sich seinetwegen zerstritten hätten. Und so viel Sachlichkeit hätte er Susanne gar nicht zugetraut, die ihm das weitere Vorgehen erläuterte. Morgen, wenn die Zuteilung stattfindet, komme sie wieder, um bei der Kommission vorzusprechen, falls es Schwierigkeiten geben sollte. Sollte man ihm keinen Platz in Heidelberg zuweisen, ziehe er zu ihr, Raum habe sie genug. In jedem Fall helfe sie ihm bei der Erledigung der noch ausstehenden Akten, sie habe mehr Zeit als Hilde oder gar Erika mit den zwei Kindern. Später, ja später, er solle sich bei diesem Wort nicht immer gleich aufregen, sehe man weiter, mit Wohnung und so. Sie könne sich vorstellen, daß er sich in Heidelberg sehr wohl fühlen werde.

Sie saßen auf der Terrasse einer Konditorei, Hilde und Susanne tranken Kaffee, für ihn hatten sie einen großen Becher Eis bestellt mit allerlei Sorten und Sahne. Wenn er gewußt hätte, daß es in einer Konditorei auch Bier gibt, hätte er sich eins bestellt, scherzte er, als sie gingen. Sie kamen an einer französischen Garnison vorbei, und ihm wurde schlagartig bewußt, daß es in Deutschland noch die Besatzungstruppen gab. Nur nicht an diese Zeit denken, hatte er sich vorgenommen.

Am nächsten Morgen war Susanne wieder da, mußte sich aber für ihn nicht ins Zeug legen, er bekam problemlos seinen Platz im Übergangswohnheim von Heidelberg. Er war schon ein wenig enttäuscht, daß sie ihn nicht gleich mit dem Auto mitnahm, sah aber ein, daß es besser war, bei der Gruppe der Heidelberger zu bleiben, die mit einem Kleinbus gebracht wurden, denn die Verwaltung des Übergangwohnheims wurde vom Eintreffen der neuen Bewohner benachrichtigt, war darauf eingestellt, und die Anmeldung beim Einwohnermeldeamt wurde gleich erledigt.

Susanne war noch am selben Tag gekommen, um nachzusehen, wie er untergebracht war und hatte für ihn eingekauft. Den Paul kannte er damals kaum ein paar Stunden, und der hatte ihn gefragt, ob die hübsche Dame wirklich seine Tochter ist. Der Lump! Morgen ging es zum Ausgleichsamt, wo der Antrag auf Ausstellung eines Vertriebenenausweises zu stellen war, die härteste Nuß, die es zu knacken galt.

Anton stieg den Erdwall hinab, denn neben der Straße begann ein Fußgängerweg. Er war sich sicher, daß er nach der Biegung schon den Ortsrand von Kirchheim sehen konnte, und ahnte auch, aus welcher Richtung er die Ortschaft betreten würde. Sollte seine Annahme stimmen, könnte er sich am Kiosk des türkischen Händlers, der immer so höflich war, noch Zigaretten kaufen. Reval war seine Marke geworden.

2

Der Tisch im Vorraum der Wohnung war mit einer der Längsseiten an die Wand gerückt, so daß nur drei Stühle Platz hatten. Es bestand eine stillschweigende Übereinkunft, daß Frau Wilma und Agnes in der Küche aßen, die Familie Birger, wenn sie nicht bei den Eltern eingeladen war, in ihrem Zimmer, und die Männergesellschaft, wie Frau Wilma zu sagen pflegte, in diesem Vorraum.

Anton hatte sich seit seinem Einzug in das Übergangswohnheim nichts Richtiges gekocht, bloß Würstchen in einem der Töpfe heiß gemacht, die zur Einrichtung gehörten, die aber niemand außer ihm verwendete, denn jeder hatte sein eigenes Geschirr. Heute wollte ihm Susanne nach dem Besuch des Ausgleichsamts Töpfe und Pfannen kaufen, von zu Hause hatte er kein Geschirr mitgebracht und das, welches Hilde ihm versprochen hatte, war bei ihr vergessen worden. Immer mußte er an alles denken! Anton saß abholbereit im Vorraum, die Mappe mit den Akten lag auf dem Tisch.

In der Wohnung war es still. Die Frauen hatten bestimmt schon gefrühstückt, von der Familie Birger war nichts zu hören, und Herr Gruber war um diese Uhrzeit im Bad. In ihrem Zimmer roch es am Morgen nicht mehr nach Bier, da Paul weg war und gestern, nach dessen Auszug, hatte Herr Gruber obendrein das Zimmer aufgewaschen, Frau Wilma ihm ein Mittel fürs Wasser gegeben, das nach Rosen duftete.

Er sei über Pauls Auszug froh, lange genug habe er es mit ihm ausgehalten, hatte Herr Gruber gesagt, als Anton vom Feld zurückgekommen war. Sie zwei verstünden sich ja, und hoffentlich steckte man ihnen nicht noch jemanden ins Zimmer. Das war eigensinnig gedacht, aber Herr Gruber behauptete, daß noch freie Zimmer zur Verfügung stünden, die Heimleitung sie aber nicht belegen lasse. Herr Gruber kannte sich aus, denn er wohnte schon seit über einem halben Jahr hier. Man mußte mit ihm geduldig sein, weil er stotterte. Er konnte ganze Sätze fließend sprechen, dann verzerrte sich plötzlich sein Gesicht, er drohte zu ersticken, Tränen traten ihm in die Augen, wenn er an einem Wort hängen blieb. In dieser Situation wäre man ihm gern zu Hilfe gekommen, denn er konnte das Stottern nicht unterbrechen, bis das Wort, wenn auch verstümmelt, heraus war. Er verbrachte morgens viel Zeit im Bad, frühstückte ausgiebig, ging dann spazieren und machte auf dem Rückweg seine Einkäufe. Er kochte sich zu Mittag Speisen aus Gemüse, denn das sei gesund, verbrachte den ganzen Nachmittag vor dem Fernseher, ging gegen Abend nochmals spazieren, aß nur wenig Abendbrot und setzte sich wieder vor den Fernseher. Woher das Gerät stammte, wußte Anton nicht, es war ein gebrauchtes, aber schon mit Fernbedienung.

Sobald die Angelegenheit mit den Akten angelaufen sei, werde er mit ihm spazieren gehen, um Kirchheim kennen zu lernen, hatte er Herrn Gruber versprechen müssen. Schon die Vorstellung, jeden Tag spazieren zu gehen, einfach so in der Ortschaft herumgehen, weil man nichts Besseres zu tun hatte, war für Anton eine Qual. Hinaus aufs Feld zu gehen, schien ihm normal. Aber er konnte es Herrn Gruber nicht ausschlagen, denn für den Fall, daß Susanne mal keine Zeit haben sollte, ihn auf den Amtswegen zu begleiten, hatte Herr Gruber sich angeboten. Frau

Wilma und er waren schon in Besitz des deutschen Personalausweises, warteten auf die Zuteilung einer Sozialwohnung, und beide glaubten nicht, daß Paul auch eine erhalten hatte.

Frau Wilma war auf Herrn Brisowsky vom Ausgleichsamt, zuständig für den Vertriebenenausweis, nicht gut zu sprechen. Der war nach dem Krieg aus Polen vertrieben worden und beargwöhne alle Aussiedler, die von dort kämen, behauptete sie, und es bewahrheite sich mal wieder, daß die eigenen Leute die ekelhaftesten seien. Herr Gruber hingegen hatte Anton versichert, daß Herr Brisowsky ein nicht gerade freundlicher, aber korrekter Mensch sei. Er habe Geschichte studiert und sei ein gebildeter Mann.

Susanne kam und kam nicht, es war schon fast halb acht. Er hatte den Wegweiser, der ihnen von der Heimleitung ausgefolgt worden war, durchgesehen und festgestellt, daß die meisten Ämter nur zweimal die Woche, meistens dienstags und freitags von 8-12 Uhr für Besucher geöffnet hatten. Heute war Freitag, und wenn sie nicht dran kämen, müßte er bis Dienstag warten. Ohne den Vertriebenenausweis konnte er nirgends anderswo einen Antrag stellen. Herr Gruber hatte ihm erklärt, daß dies im Prinzip schon ginge, denn auf den Anträgen stehe, daß eine Kopie des Vertriebenenausweises nachgereicht werden könne, das hieße also, daß man noch einmal auf die Ämter gehen müßte, Zeit würde man dadurch nicht sparen. Er hatte ihm seinen Vertriebenenausweis gezeigt, ein handgroß gefaltetes grünes Stück Karton, und ihm gesagt, daß es bis zur Ausfolgung, wenn alles gut gehe, zwei Wochen dauere.

Anton hörte Herrn Gruber aus dem Bad kommen und verließ die Wohnung. Draußen, neben dem Kinderspielplatz, stand Susanne mit einer Frau und erzählte, als hätte sie alle Zeit der Welt.

„Und ich warte seit einer Ewigkeit auf dich!“ rief er schon von weitem und steuerte auf die beiden zu.

„Papa, das ist Frau Mateescu aus Gottlob, sie wohnt hier in Kirchheim.“

„Jetzt heiße ich wieder Kern“, sagte die in Schwarz gekleidete Frau spitz, setzte den Pudel ab, den sie auf dem Arm hielt, und reichte Anton die Hand.

„Es hat mich gefreut, Sie zu treffen, man sieht sich wieder“, verabschiedete sich Susanne.

„Viel Glück!“ rief ihnen die Dame nach.

Sie gingen auf den Parkplatz zu, der zum Wohnheim gehörte. Russischsprechende Jugendliche reinigten mit ölgetränkten Lappen Bestandteile eines Motors. Hier ging es vor allem in den Abendstunden wie in einer Werkstatt zu, es wurde gekittet, geschliffen, gespritzt und repariert, die Aussiedler brachten ihre billig erstandenen Gebrauchtwagen auf Vordermann.

„Wer war das?“ fragte Anton, als er in den eleganten Wagen Susannes einstieg.

„Erzähl ich dir gleich“, sagte Susanne, während sie, von den Kennerblicken der Jugendlichen beobachtet, rückwärts ausparkte.

Der Herr Mateescu habe beim Volksrat in Lovrin gearbeitet, in der Verwaltung, seine Frau sei dort so eine Art Sekretärin gewesen, habe eben wegen der Funktion ihres Mannes eine Stelle gehabt. Die Leute aus Gottlob behaupteten, sie sei das schönste Mädchen des Dorfes gewesen. Ihre Eltern, einst wohlhabende Bauern, hätten es nur schwer verkraftet, daß sie den attraktiven und umschwärmten Mateescu heiratete, heiraten mußte. Aber es ging alles gut, und Silvia, ihre Tochter, war immer die Erste in der Klasse. Sie studierte Maschinenbau und heiratete einen deutschen Kollegen aus Temeswar. Als die beiden einen Ausreiseantrag stellten, verlor Herr Mateescu seinen Posten, und auch seine Frau mußte gehen. Da man sich kannte, bekamen beide eine Stelle bei der Konsumgenossenschaft, Herr Mateescu im Büro, und sie wurde Verkäuferin im Buchladen von Gottlob. Hier habe sie Frau Mateescu kennengelernt. Schließlich ließ sich Herr Mateescu dazu überreden, zur Tochter nach Deutschland auszuwandern, verunglückte aber dann tödlich mit dem eigenen Auto. Die Frau Kern, wie sie jetzt heiße, wohne bei ihrer Tochter hier in Kirchheim und betreue die zwei Enkel.

„Warum hat sie ihren Namen abgelegt?" fragte Anton.

„Du kannst Fragen stellen!"

„An ihrer Stelle hätte ich das nicht gemacht. Sie hat sich mit ihrem Mann doch gut verstanden, hast du erzählt."

„Du hast leicht reden."

„Warum?"

„Aber Papa! Weil du einen deutschen Namen hast."

„Sie ist doch eine Deutsche."

„Aber mit fremdem Namen. Glaubst du, alle sehen es mit guten Augen, daß so viele aus dem Osten kommen?"

„Dann soll man uns nicht kommen lassen."

„Das ist alles komplizierter, als du denkst."

„Das ist ganz einfach."

Anton nahm eine Sitzhaltung ein, die Susanne verdeutlichte, daß er nicht gewillt war, weiter darüber zu sprechen. Um ihn auf andere Gedanken zu bringen, erinnerte sie ihn daran, was sie heute noch alles vorhatten. Nach dem Besuch auf dem Ausgleichsamt würden sie einkaufen gehen, dann wolle sie ihm endlich ihre Wohnung zeigen, und er sollte Gregor kennenlernen, der mit einem Mittagessen auf sie warte. Er benötige eine Tuchent und ein Kissen, entgegnete Anton trotzig, es sei nicht klug gewesen, keine Kiste zu machen, aber Hilde habe das alles in die Hand genommen und so entschieden, und nicht einmal Geschirr zum Kochen habe er. Die Leute brächten Sachen mit, die sie zu Hause für teures Geld erstanden hätten und es hier nach kurzer Zeit nicht mehr verwendeten, verteidigte Susanne das Vorgehen ihrer Schwester. Hilde und Erika übrigens sei es mit ihrem Geschirr auch so ergangen, sie hätten es im Keller abgestellt. Ihm wäre das gut genug gewesen, aber man habe es nun mal vergessen, lenkte Anton ein.

„Ich kaufe dir welches."

„Kommt nicht in Frage!"

„Wir können es uns leisten! Das war doch immer dein Spruch, wenn wir uns zu Hause was anschafften", versuchte Susanne ihn umzustimmen.

Ruhig bleiben und nicht ständig meckern, redete sich Anton ein. Beinahe hätte er in diesem barschen Ton nähere Auskunft über Gregor gefordert, von dem er wußte, daß er mit Susanne zusammenlebte und an der derselben Schule wie sie unterrichtete. War ja alles schön und gut, aber daß jeder seine eigene Wohnung hatte, wollte ihm nicht einleuchten.

Von Kirchheim aus fuhren sie Felder entlang, dann unter einer Brücke hindurch, Niederlassungen von Autohändlern folgten. Wer sollte diese vielen Autos kaufen? Unter der weitgespannten Brücke verliefen viele Schienenstränge, also mußte der Bahnhof in der Nähe sein. Die breite Straße und die imposanten Gebäude gehörten schon eher zum Bild einer Stadt als das, was er bisher gesehen hatte.

„Was sind das für Bäume?" fragte Anton, als sie an einer Ampel hielten.

„Alles Platanen."

„Kenne ich nicht."

Straßenbahnen fuhren aus verschiedenen Richtungen über die Kreuzung, in deren Mitte ein Blumenbeet angelegt war.

„Wie in Temeswar", stellte Anton fest.
„Was?"
„Die Straßenbahn."
Was sind das für Bäume? Daß er mal so dumm fragen müßte, hätte er nicht gedacht. Die Platanen säumten nun regelrecht den Straßenrand, und rechterhand stand ein ganzes Wäldchen von diesen Bäumen mit den mächtigen Kronen und den großen, gezackten Blättern. So gutes Brennholz wie das der Akazien von zu Hause war das aber bestimmt nicht. Beim nächsten Ampelstopp ragte plötzlich ein Berg vor ihnen auf und kurz danach ging es durch einen Tunnel. Nach der Durchfahrt schien es, als würden sie die Ortschaft verlassen, rechterhand führten eng bebaute Straßen auf den Berg, die Stadt lag ganz unten.
„Hier geht's hinauf zum Schloß", sagte Hilde, bevor sie in den nächsten Tunnel einfuhren.
„Der ist aber viel länger als der andere", sagte Anton nach einer Weile.
„Hast du Angst?"
„Doch nicht, wenn ich mit dir bin."
Als sie den Tunnel verließen, bremste Susanne leicht ab, der Wagen hinter ihnen hupte. Anton erschrak, fluchte dann und wurde rot vor Zorn. Dem würde er schon was erzählen, so ein Blödian! Er solle sich doch nicht dermaßen aufregen, beruhigte Susanne ihn.
Gleich neben der Fahrbahn befand sich ein Parkplatz, die Autos standen eng beieinander. Susanne hielt an, spähte herum und bat ihren Vater, auszusteigen. Die Parkplätze in der Stadt seien rar und eng, erklärte sie ihm, und wenn sie jetzt einparke, zum Glück sei dort vorne eine Parklücke, könne er wegen der Enge nicht mehr aussteigen.
Während Susanne mit dem Wagen manövrierte, um in die Parklücke zu kommen, stand Anton da und schaute

auf den Fluß, von dem er wußte, daß er Neckar hieß. Ein Frachter hatte angelegt, der mußte über hundert Meter lang sein.

„Der wartet darauf geschleust zu werden, dort hinten ist die Schleuse", riß Susanne ihn aus seiner Betrachtung.

„Und in welche Richtung gehen wir?" Er hatte sich dem aus rötlichem Stein erbauten und wie eine Kapelle aussehenden Tor zugewandt, durch das ein Weg führte.

„In die entgegengesetzte. Da vorne, das ist das Ausgleichsamt."

„Das sieht ja wie ein Herrschaftshaus aus."

Das Gebäude stand mit seiner Längsseite zu ihnen und war frisch gestrichen: die Mauern gelb, der Sockel dunkelbraun, die Putzornamente an Tür- und Fensterrahmen grün.

„Die Straße führt nach Neckargemünd, wo ich unterrichte", sagte Susanne, drückte die Klinke und schob mit der Schulter die schwere Holztür auf.

Aus dem kleinen, halbdunklen Vorraum führte eine Wendeltreppe nach oben. Durch eine hohe, weiß gestrichene Tür betraten sie den Raum rechterhand im Erdgeschoß, der durch drei Stellwände aufgeteilt war, an denen gelbe, quadratisch zugeschnittene Kartons hafteten, die mit schwarzen, fortlaufenden Nummern versehen waren. In der Mitte des Raums stand ein Tisch mit Stühlen, da saßen Leute grübelnd über Formulare gebeugt.

„Zu Herrn Brisowsky", wandte sich Susanne an den Beamten, der hinter der Stellwand unweit der Tür an seinem Bürotisch saß.

„Dort. Er kommt gleich."

Herr Brisowskys Schreibtisch stand hinten, und die Stellwand war so ausgerichtet, daß man von der Tür aus keinen Einblick auf seinen Arbeitsplatz hatte. Am dritten Schreibtisch entließ ein Beamter gerade ein älteres Ehepaar, und Anton flüsterte Susanne zu, ob sie ihr Anliegen nicht dem vortragen sollten, um nicht länger warten zu müssen. Herr Brisowsky sei der Chef, entgegnete sie bloß und nahm auf einem der zwei Stühle vor dem Schreibtisch Platz, Anton aber setzte sich trotz ihrer Aufforderung nicht.

Ein ergrauter Herr mit Brille betrat den Raum, er trug einen dunkelgrünen Sweater, der Kragenknopf des weißen Hemdes war geöffnet, die Krawatte lose gebunden, und so wie er auf sie zusteuerte, konnte es nur Herr Brisowsky sein. Er hatte ein gerötetes Gesicht, eine dicke, bläulich angelaufene Nase, murmelte einen Gruß und setzte sich an seinen Schreibtisch.

„Bitte schön!"

„Wegen des Vertriebenenausweises meines Vaters" sagte Susanne, öffnete die Aktenmappe, die der Vater ihr überlassen hatte und reichte Herrn Brisowsky den Bescheid aus Nürnberg.

„Sie sind die Tochter und leben schon länger in der Bundesrepublik?"

„So ist es."

„Aber nehmen Sie doch Platz, Herr Lehnert", sagte Herr Brisowsky, sah kurz auf und las weiter.

Anton hatte sich daran gewöhnen müssen, daß man ihn so ansprach. Bei Herrn Brisowsky glaubte er, einen Ton von Sympathie mitgehört zu haben.

„Höchst interessant", beurteilte er den Bescheid und schaute Anton an, der steif auf dem Stuhl saß.

„Krieg ich den Ausweis oder nicht?" platzte es aus Anton heraus.

„Ich glaube schon. Erzählen Sie mal, wie das war."

Susanne wollte das übernehmen, Herr Brisowsky aber gab ihr durch seinen Blick über den Brillenrand zu verstehen, daß er das nicht wünschte, und legte sich ein Blatt und Stift zurecht.

Anton erzählte teilnahmslos, wie er Soldat geworden war, von seiner Gefangenschaft bei den Amerikanern, daß er nach der Entlassung Arbeit auf Baustellen und im Straßenbau fand, welche die in Auftrag gegeben hatten. Als er vom Leidensweg Marias erzählte, mußte er öfter durchatmen.

Man müsse sich das mal vorstellen: im Viehwaggon mitten im Winter, Januar 1945, bis an den Ural, die ungewohnte und schwere Arbeit in der Eisengießerei, immer vom Hunger geplagt. Wie durch ein Wunder habe seine Frau die Malaria überstanden, sei dann 1947 aber nicht nach Hause überführt worden, sondern in die damalige sowjetische Besatzungszone, in die Nähe von Dresden. Die Flucht über Bayern nach Österreich sei nicht ohne Zwischenfälle, aber letztendlich glücklich verlaufen. Hier haben sie sich kennengelernt und geheiratet, eine Familie mehr unter den Tausenden von Flüchtlingen und praktisch Staatenlosen. Wohin hätten sie gehen sollen, als sich 1955 die Besatzungstruppen aus Österreich zurückzogen und eine völlig neue Situation entstanden war? Alle Familienangehörigen lebten im Banat, und da sei es doch naheliegend gewesen, nach Hause zurückzukehren. Das sei aber nur möglich gewesen, weil in Rumänien 1955 so eine Art Amnestiegesetz für Personen wie ihn und seine Frau erlassen worden war. Vielleicht wären sie auch schon früher zurückgekehrt, wenn ihnen kein Gefängnis gedroht hätte.

„Ich habe die Möglichkeit das nachzuprüfen. Die in Nürnberg oder anderswo machen es sich immer leicht, wenn schwierige Sachverhalte auftauchen. Sie können beruhigt sein."

„Es muß 1955 gewesen sein, sonst wären wir 1956 nicht zurückgekehrt", triumphierte Anton, denn da gab es endlich jemanden, der ihm glaubte. Am liebsten hätte er sich für dieses Vertrauen bedankt, aber Herr Brisowsky hatte noch immer diese unnahbare Miene. Einem Schrank entnahm er einen Aktenordner, mehrere Antragsorten, legte alles vor sich auf den Tisch und beschriftete den Ordner mit Antons Namen und nur ihm geläufigen Kürzeln.

„Wenn man hätte wissen können, daß man das alles mal gefragt wird, hätte man es sich aufschreiben können", sagte Anton erleichtert.

„Den Antrag auf einen Vertriebenenausweis können Sie ausfüllen und gleich hier lassen", entgegnete Herr Brisowsky, ohne sich auf Weiteres einzulassen.

„Aber mein Vater hat noch keine beglaubigte Übersetzungen seiner Urkunden", warf Susanne ein.

„Macht nichts. Ich mache eine Kopie, die Übersetzungen können Sie nachreichen. Geben Sie her." Susanne reichte ihm die notariell beglaubigten Abschriften in rumänischer Sprache der Geburts- und Heiratsurkunde und die Sterbeurkunde ihrer Mutter.

„Die soll ich nicht aus der Hand geben", flüsterte Anton aufgeregt, denn Herr Brisowsky begab sich mit den Urkunden nach draußen.

„Er macht ja nur eine Kopie."

„Was für eine Kopie?"

„Beruhige dich doch! Das ist ein Apparat, der kopiert, wie wenn man mit einem Fotoapparat fotografiert."

„Und wann machen wir die Übersetzungen?"

„Ich habe da jemanden."

„Aber du kannst es doch auch übersetzen."

„Nein. Das muß ein amtlich vereidigter Übersetzer sein." Anton bohrte nicht weiter, denn Herr Brisowsky war zurückgekehrt.

„Hier die anderen Anträge: Rückführungskosten, Hausratsentschädigung und Lastenausgleich."

„Mein Vater ist nicht mit dem Zug gekommen, meine

ebenfalls hier lebende Schwester hat ihn mit dem Auto gebracht, und er hatte auch kein Frachtgut."

„Sie lesen die Anträge zu Hause in Ruhe durch. Wenn Sie nicht klar kommen, wenden Sie sich an den Berater der Landsmannschaft, der ins Übergangswohnheim kommt. Lassen Sie sich Zeit, denn der Vertriebenenstatus Ihres Vaters muß geklärt werden."

„Also ist doch nichts geklärt!" entfuhr es Anton, der nach Luft rang.

„Ihren Vertriebenenausweis, Herr Lehnert, kriegen Sie, aber vorläufig haben Sie kein Recht auf Entschädigung. Aber auch das wird sich klären, das habe ich Ihnen doch versprochen."

Anton schüttelte den Kopf. Wie sollte er da noch verstehen? Die Erleichterung, endlich etwas reibungslos erledigen zu können, war schon wieder verflogen. Und hätte ihm dieser Brisowsky geglaubt, daß es ihm nicht um diese Entschädigung ging? Er erhob sich, grüßte dennoch. Susanne holte ihn ein und faßte ihn sachte am Arm.

„Komm, Papa, wir füllen den Antrag für den Vertriebenenausweis aus. Es wird alles gut."

„Meinetwegen."

Am Tisch für die Besucher saß niemand, und Anton nahm seinen Kopf zwischen die Hände. Susanne fragte nichts, schrieb und kreuzte an, er mußte bloß unterschreiben.

„Ich warte draußen", sagte er, als Susanne zu Herrn Brisowsky zurückkehrte, um den Antrag abzugeben.

Anton ging bis an die Straße hinunter. Jetzt sah er hüben und drüben die Berge, durch die der Neckar kam. Er hätte noch lange so dastehen können, aber Susanne rief nach ihm, und er trottete auf den Parkplatz zurück.

„Ihr habt euer Kreuz mit mir", sagte er, als er ins Auto stieg, das Susanne inzwischen ausgeparkt hatte.

„Wir fahren den Neckar entlang zurück. In den nächsten Tagen zeige ich dir das Schloß, und wir fahren nach Neckargemünd, damit du siehst, wo ich arbeite. Jetzt ist die Fahrt durch das Tal wunderschön, das Gelb der Bäume, der blaue Himmel..."

„Im Herbst sind alle Bäume gelb", unterbrach Anton die Schwärmerei seiner Tochter.

„Mit dir hat man es wirklich nicht leicht."

„Entschuldigung."

Während der Fahrt den Neckar entlang schaute Anton angestrengt nach draußen, tat so, als interessierte ihn plötzlich die Umgebung. Susanne sollte nicht den Eindruck haben, daß er ihre Hilfsbereitschaft und ihr Bemühen um sein Wohlbefinden nicht zu schätzen wußte. Sie fuhren mal wieder unter einer Brücke hindurch, bogen nach links ab und befanden sich plötzlich mitten in der Stadt: Kaufhäuser, Straßenbahnen, Busse, Menschen auf dem großen, aber überschaubaren Platz, und er befürchtete, die vielen Autos hätten nun die Straßen, die auf den Platz mündeten, verstopft, und sie würden jetzt festsitzen. Im Schrittempo umkurvten sie den Platz bis zur nächsten Ampel, er erkannte die Straße wieder, auf der sie zum Ausgleichsamt gefahren waren, und das gab ihm das Gefühl, daß es nicht so schwer sein wird, sich hier mal zurechtzufinden. Dann aber ging es wieder in die Richtung, und wenn ihn nicht alles täuschte, bewegten sie sich doch im Kreis. Wo fuhren sie eigentlich hin?

„Darmstädter Hof" konnte er noch lesen, bevor es steil nach unten in eine, wie ihm schien, Tunnelöffnung ging. Er stemmte seine Hände auf das Armaturenbrett, als Susanne vor einer Schranke hielt.

„Wir stellen das Auto hier im Parkhaus ab", sagte Susanne lächelnd, kurbelte das Fenster herunter, entnahm dem Automaten einen Parkschein und reichte ihm das Stück Karton, das er mit spitzen Fingern hielt.

„Da kriegt man ja Angst", sagte Anton, als sie durch das unterirdische Labyrinth fuhren auf der Suche nach einem Parkplatz. Wo kamen diese vielen Autos her? Und was würde passieren, wenn die auf einmal alle hier raus wollten?

Als sie aus dem Auto stiegen, war Anton völlig orientierungslos. Er wußte nicht mehr, in welche Richtung die Einfahrt lag, wo sie sich befanden und vor allem, wie sie wieder hier heraus kamen.

„Wie weißt du dann, wo dein Auto steht?" fragte er vorsichtshalber.

Susanne wies ihn auf die Nummer hin, die jeder Parkplatz hatte, und Anton erfaßte erst jetzt die Ausmaße des Parkhauses, sah die Beschriftungen, Hinweisschilder, die Orientierungshilfen. Es war so unheimlich still, nur Susannes Schritte hallten wider, als sie in Richtung Aufzug gingen, und er reichte ihr den Parkschein, den er noch immer in der Hand hielt. Oben stehe ein Parkautomat, in den stecke man beim Wiederkommen die Karte, der Automat zeige an, wieviel man zu zahlen habe, an der Ausfahrtsrampe wiederum sei ebenfalls ein Automat angebracht, und der gebe den Weg frei, nachdem er die Karte gelesen habe.

„Verstanden?"

„Verstanden schon, aber begreifen soll das, wer es kann."

Sie traten aus dem Aufzug und stießen in eine Einkaufspassage, und nun wußte Anton erst recht nicht, wie sie hierher gelangt waren.

Jeden Tag kamen unzählige Neuigkeiten auf ihn zu. Er hatte sich damit abgefunden, daß er nicht alles auf Anhieb begriff, aber diese Orientierungslosigkeit verunsicherte ihn am meisten. Er hätte nichts dagegen gehabt, wenn Susanne ihn an der Hand genommen hätte, um ihr nur folgen zu müssen. Instinktiv erfaßte er die Richtung, war wie vor den Kopf gestoßen und gleichzeitig erleichtert, als sie ins Tageslicht auf eine Straße traten. Er zündete sich entgegen seiner Gewohnheit eine Zigarette an, denn er pflegte im Gehen nicht zu rauchen. Nur mit einem halben Ohr hörte er hin, als Susanne ihm erklärte, das sei die Hauptstraße von Heidelberg, sie beginne dort, wo sie ins Parkhaus eingefahren waren, und erstrecke sich fast bis zum Ausgleichsamt, woher sie gekommen seien.

„Das ist die Fußgängerzone", sagte Susanne schließlich.

„Ach so", entgegnete Anton und fragte nicht nach. Er sah ja selbst, daß nur Menschen zu Fuß unterwegs waren, und es schien ihm fast selbstverständlich, denn wie sollten durch diese schmale Straße, in die von rechts und von links enge Seitengassen mündeten, Autos verkehren. Das sei erst seit ein paar Jahren so und noch früher sei hier die Straßenbahn verkehrt, informierte ihn Susanne.

Ein Laden reihte sich an den anderen, und Anton fragte sich, wo da Menschen wohnten, bis er gewahr wurde, daß sich Wohnungen oberhalb der Geschäfte befanden. Vor dem alle Häuser weit überragenden Kaufhaus mit den Fassaden aus riesigen Glastafeln, auf dessen Eingang Susanne zusteuerte, hielt er inne. Lieber hätte er sich auf eine der Bänke in die einem Park ähnlichen Anlage gesetzt, in dessen Mitte eine überlebensgroße Statue stand, als sich von diesem Kaufhaus verschlucken zu lassen. Aber irgendwann, sagte er sich, mußte er das hinter sich bringen, konnte nicht fortwährend kneifen und den Widerborstigen hervorkehren. Und hatte nicht Rosalia Potje felsenfest behauptet, sie werde sich, wenn sie mal nach Deutschland komme, alles anschauen, sie würde nicht die Hände über dem Kopf zusammenschlagen wie ein dummer Bauer, der sich vor allem fürchtete, was er nicht kannte.

Sie gingen durch die mit Waren bestückte Eingangshalle auf die Rolltreppe zu. Da also sollte er sich draufstellen. Er ließ sich nichts anmerken und machte im selben Moment wie Susanne den Schritt. Seine Hand zuckte zurück, als er das schwarze sich abrollende Band auf dem Rolltreppengelände berührte, sein Rücken versteifte sich, und er hatte den Eindruck, nach hinten zu kippen, bis der Treppenabsatz, auf dem er stand, ganz ausgefahren war. Nach oben hin wurde es für ihn wieder problematisch, denn die Stehfläche verkleinerte sich zusehends, er machte es schließlich Susanne nach und hatte wieder festen Boden unter den Füßen.

Anton Lehnert befand sich zum ersten Mal seit seiner Ankunft in Deutschland in einem Kaufhaus. Er kannte den Dorfladen aus Wiseschdia mit Herrn Jakoby hinter dem Verkaufspult, und wie erbärmlich es darin aussah in den letzten Jahren, als dessen Nachfolgerin Elisabeth Wolf mit dem ihr eigenen Humor ihre Kunden vertröstete, wenn sie nach einer Ware fragten. Im großen „Bega"-Kaufhaus in Temeswar war er mit Maria in Begleitung Hildes gewesen. Dort gab es auch eine Rolltreppe, die funktionierte aber nicht. Hilde hatte ihnen erklärt, daß nach der Eröffnung des Kaufhauses die Leute, vor allem Kinder, sich einen Jux daraus machten, Rolltreppe zu fahren, und diese deshalb nur zeitweise in Betrieb gesetzt wurde. Das Kaufhaus war eine Sensation im ganzen Banat, und die Leute aus Wiseschdia sagten auch noch Jahre nach der Eröffnung voller Stolz: Wir waren im „Bega"!

Das hier aber übertraf Antons Vorstellung. Wie fanden sich die Leute hier zurecht, und wer sollte die vielen Waren kaufen? Ihm schwindelte, und er führte es auf die Fahrt mit der Rolltreppe zurück. Allmählich steigerte sich die Vorstellung, er könnte hier ohnmächtig werden, zur Obsession. Er schaute nicht mehr nach rechts oder nach links, heftete seinen Blick auf Susannes Rücken, die zielstrebig durch die von ausgestellten Waren markierten Wege ging. Bei den Haushaltswaren angelangt, fragte sie erschrocken, ob ihm übel sei, er wäre ganz blaß. Das komme wahrscheinlich von der Luft hier drin, sagte Anton, aber es gehe schon, beruhigte er sie. Manche Leute müßten sich erst an die Klimaanlage gewöhnen, meinte Susanne, er dürfe sich das Geschirr aussuchen. Ihm sei es egal, sie solle nur rasch machen und nicht so viel Geld dafür ausgeben.

Emailliertes Geschirr kaufe heutzutage niemand mehr, sagte Susanne, da Anton sie erstaunt ansah, als sie sich für ein Set Stahltöpfe entschied. Und außerdem bestehe nicht die Gefahr, daß etwas abspringe, wenn sie mal zu Boden fielen, man könne die Topfe leichter rein halten und sie hielten praktisch ewig, fügte sie hinzu. Dem konnte er nichts entgegensetzen und bei der Auswahl der Pfannen reagierte er überhaupt nicht mehr. Susanne bestand darauf, noch je zwei Teller, tiefe, flache, kleine, mitzunehmen, obwohl er sie darauf hinwies, er habe doch welche im Handgepäck mitgebracht. Als sie auch noch Besteck auswählen wollte, sagte er, das sollte sie nun wirklich bleiben lassen.

Sie trugen die Sachen zur Kasse, und auf dem Weg dorthin stellte Anton fest, daß auf der verpackten Ware kein Preis ausgeschildert war. Die junge, herausgeputzte Dame an der Kasse trug eine Art Uniform, fuhr mit einem Gerät über die Ware, wobei es jedesmal piepte, und als die Teller dran waren, sah Anton genau hin. Das einem Staubsaugerkopf ähnliche Gerät glitt über das gestrichelte Zettelchen, das auf dem Tellerboden klebte. Die Kassiererin reichte die Ware an eine Kollegin weiter, und diese packte den Einkauf samt Kassenzettel in zwei große Tüten. Anton hatte gar nicht mitgekriegt, wieviel Susanne bezahlt hatte, und die Neugier, wie das alles ablief, hatte ihn auch sein Unwohlsein vergessen lassen.

Ob in so einem großen Kaufhaus nicht viel gestohlen werde, fragte er Susanne flüsternd, als sie sich von der Kasse entfernt hatten, es sei doch ein leichtes, sich mit Waren davonzumachen. Woran er gleich denke, mußte Susanne lachen. Aber doch nicht er, verteidigte sich Anton sofort. Das Kaufhaus werde von Kameras überwacht und von speziell für solche Fälle engagierten Detektiven, sagte Susanne, und das verfehlte seine Wirkung nicht, denn Anton blickte sich verstohlen um. Zusätzlich befinde sich am Ausgang eine elektronische Schranke und die löse Alarm aus, sobald jemand mit unbezahlter Ware das Kaufhaus verlasse, denn an der Kasse werde durch das Lesen des Strichcodes zur Ermittlung des Preises gleichzeitig das magnetische Signal gelöscht. Diese technischen Begriffe sagten Anton nichts, aber er verstand im Prinzip, wie ein Einkauf in einem Kaufhaus in Deutschland ablief.

Dann galt es erneut, die Tücken der Rolltreppe zu meistern. Susanne bekam sein Zögern mit und faßte ihn am Arm. Ein leiser Schrecklaut entfuhr ihm, als sie die Fläche betraten, die sich im nächsten Augenblick in Treppenstufen auffächerte. Blitzschnell wechselte er die Einkaufstüte in die andere Hand und faßte das Treppengeländer. Erleichtert stellte er fest, wie elegant es auf diese Art und Weise nach unten ging.

Für heute habe er genug, sagte Anton, als sie wieder auf der Hauptstraße standen. Auch zu einem Bier konnte ihn Susanne nicht überreden. Sie verstehe, er müsse das alles noch verarbeiten.

„Was soll ich?"

„Verdauen."

„Ach so. Aber jetzt kommt's ja noch. Bin gespannt, wo und wie du wohnst. Und ist dieser Gregor jetzt dein Mann oder nicht?"

„Das kannst du sehen, wie du willst."

„Das ist auch eine Antwort."

Anton war erleichtert, es losgeworden zu sein. Daß er sich in die Angelegenheiten seiner Töchter nicht mehr einmischen konnte, war ihm klar, aber sie sollten nicht glauben, sie könnten tun und lassen was sie wollten, ohne mit einer Reaktion seinerseits rechnen zu müssen. Er schien den richtigen Ton getroffen zu haben, denn Susanne zeigte sich von seiner Bemerkung nicht pikiert.

Am Kassenautomat der Tiefgarage angelangt, reichte sie ihm den Parkschein und forderte ihn auf, diesen in den Schlitz zu schieben. Antons Hand zuckte zurück, denn der Automat zog den Schein ein. Ein schönes Spielzeug, dachte er, als Susanne bezahlt hatte und der Automat den Schein ausspuckte. Sogar die Rosalia Potje würde das auf Anhieb begreifen, und erklären könnte er es ihr auch. Der Werner Theiss würde bestimmt einen fachmännischen Kommentar abliefern, der Alois Binder große Augen machen und sich wundern. Während sie in die Tiefgarage hinunterstiegen, mußte Anton sich eingestehen, etwas gelernt zu haben, was er niemals anwenden konnte, denn Autofahren kam für ihn nicht in Frage.

Genau so steil wie sie hinuntergefahren waren, tauchten sie an einer anderen Stelle wieder oben auf, Susanne mußte warten, bis sie sich in den Verkehr einreihen konnte.

„Weißt du, wo wir sind?" fragte sie lauernd.

„Natürlich. Das ist doch der Platz", gab sich Anton selbstsicher.

„Richtig. Der Bismarckplatz. Und jetzt biegen wir auf die Bergheimer Straße ein, das ist die Parallelstraße zu der, auf der wir zum Ausgleichsamt gefahren sind. Die Bergheimer Straße führt gerade aus auf die Autobahn nach Mannheim."

„Du kennst dich aber gut aus."

„Zu Hause habe ich einen Stadtplan und einen Atlas von Deutschland, die schenke ich dir, damit du sehen kannst, wo du jetzt lebst."

„Das ist eine gute Idee, damit man weiß, wo man sich befindet und wie die nächste Ortschaft heißt. Der Werner Theiss zu Hause hat einen Weltatlas."

Sie bogen nach rechts in eine Seitenstraße ein, deren Ende absehbar war, und Susanne parkte den Wagen neben dem Gehsteig vor einem Zaun aus Schmiedeeisen, im Hof stand ein Backsteinhaus, das man über eine Freitreppe betrat.

„Schon wieder so ein Palast", sagte Anton.

„Da wohnen aber vier Parteien drin", entgegnete Susanne.

Schon das geräumige und lichtüberflutete Treppenhaus, in dem Fahrräder standen, ließ darauf schließen, wie groß die Zimmer in diesem Haus sein mußten. Die braun gestrichenen Bohlen der breiten Treppe knarrten, Anton stützte sich beim Hochsteigen auf dem weiß gestrichenen Geländer ab und stellte kritisch fest, daß dieses schon unzählige Male überstrichen worden sein muß. Vis-à-vis zur Eingangstür von Susannes Wohnung war eine zweite, also mußten die beiden anderen Wohnungen oben liegen, schlußfolgerte Anton, während Susanne in ihrer Handtasche nach den Schlüsseln kramte.

„Ich bin's Schatz!" rief sie, als sie die Wohnung betraten.

Ein hochgewachsener, athletisch gebauter Mann mit Brille erschien in der Diele, er hatte eine karierte Küchenschürze umgebunden und trug an einer Hand einen übergroßen Handschuh.

„Das ist Gregor", sagte Susanne.

„Es freut mich, Sie kennenzulernen, Herr Lehnert, Susanne hat mir viel von Ihnen erzählt", sagte Gregor und reichte ihm die Hand, von der er den Handschuh abgestreift hatte.

„Hoffentlich nur Gutes", scherzte Anton und schaute ihn prüfend an. Für seine Begriffe hatte Gregor ein eingefallenes Gesicht und wirkte etwas blaß, die Herzlichkeit der Begrüßung aber wog das auf.

„Gleich bin ich soweit. Das Essen ist schon in der Röhre", sagte Gregor, küßte Susanne auf die Wange und verschwand in der Küche.

„Was gibt's denn Gutes?" rief Susanne ihm nach.

„Einen Salat als Vorspeise und einen Gemüseauflauf mit gebratenen Fleischstreifen", kam es aus der Küche.

„Das ist das Schlafzimmer", sagte Susanne, öffnete die Tür nur einen Spalt, und Anton konnte ein breites, niedriges Bett mit einem hohen Kopfgestell aus Metall sehen.

„Schön", sagte er trotzdem.

„Das ist das Badezimmer", fuhr Susanne in der Präsentation ihrer Wohnung fort, geleitete ihn aber schon in das nächste Zimmer.

„Das ist ja ein Ballsaal!" Vor allem die Höhe des weiß gestrichenen Zimmers und der Stuck an den Wänden und der Decke beeindruckten Anton.

„Das ist das Eß- und Wohnzimmer. Aber setz dich doch, oder willst du auf der Couch Platz nehmen?"

„Wo?"

„Auf dem Diwan."

„Nein, nein, ich setze mich auf den Stuhl" wehrte Anton ab und nahm am feierlich gedeckten Tisch Platz.

„Und ich schau mal in der Küche nach."

Anton ließ den Blick im Zimmer wandern: braune Ledergarnitur, Regale mit Büchern, nußbrauner Vitrinenschrank und Kommode, die von einem Teppich bedeckte Fläche des Parkettfußbodens war nicht viel größer als der niedrige Tisch mit Glasplatte, der Fernseher und andere

Geräte standen auf einem speziell dafür gedachten Möbelstück. Er konnte sich nicht vorstellen, so zu wohnen, da war es bei Hilde schon heimeliger. Aus der Küche hörte er einen leisen Knall.

„Gefällt es dir bei mir?“ Susanne war mit einer Flasche zurückgekehrt und goß in die hochstieligen Gläser.

„Schon. Aber du weißt, für mich ist das zu modern. Was ist denn das für Wein?“

„Sekt zu deiner Begrüßung. Schaumwein hieß der bei uns zu Hause.“

„Kenn ich“, sagte Anton und untermauerte seine Behauptung mit einer Geschichte. Damals, als der Schmidt Anton noch das Dorfwirtshaus führte, war es manchmal vorgekommen, daß Sonntag abend im Sommer der Wein ausging, dann leistete man sich zu zweit oder zu viert in der guten Stimmung vor der Sperrstunde eine Flasche von dem Schaumwein, der schon für damalige Verhältnisse recht teuer war. 25 Lei, wenn er sich richtig erinnere.

„Der Sekt ist in Deutschland nicht teuer“, beruhigte Susanne ihn und rief nach Gregor, der das dampfende Essen in einer weißen flachen Schüssel mitbrachte. Jetzt begriff Anton, warum er die großen Handschuhe trug. Da Susanne und Gregor standen, erhob er sich, als sie anstießen.

„Herzlich willkommen. Ich hoffe, Sie werden Ihren Schritt nicht bereuen“, prostete Gregor ihm zu.

„Dafür ist es zu spät“, sagte Anton.

„Ich richte noch den Salat an, dann können wir essen“, verabschiedete sich Gregor erneut in die Küche.

Als Anton sich setzte, stieß er mit der Schulter an den weit ausladenden Lampenschirm über dem Tisch. Susanne zog an der Aufhängung und die Lampe ging nach oben. Anton mußte lachen und erinnerte sie an die Junker Anna, die, wie sie wisse, eines der größten Häuser in Wiseschdia besaß, mit hohen Zimmern, aber lange nicht so hoch wie die hier. Damals, als es den Leuten noch gut ging, hätten die doch für alles, was man sich nur denken kann, Geld ausgegeben. Es wäre die Zeit gewesen, als alle sich Lüster für die gute Stube kauften und einer den anderen übertreffen wollte. Die Junker Anna habe sich einen vierarmigen gekauft, mit nach oben gerichteten Schalen, und weil das Zimmer hoch war und die Stange zum Befestigen kurz, hatte sie viel Licht an der Decke und nur wenig im Zimmer. Gregor, der das Ende der Geschichte mitgehört hatte, stimmte in das Lachen der beiden mit ein. Er stellte die Salatschüssel mit zwei langen Löffeln darin ab und wollte Anton Sekt nachgießen, der aber hielt die Handfläche über sein Glas. Zum Essen gebe es einen guten Wein, sagte Gregor und verschwand erneut in der Küche.

„Muß der arme Mann alles machen?" flüsterte Anton.

„Heute wollte er dir zu Ehren kochen. Und damit du siehst: er ist Vegetarier, ißt kein Fleisch, aber deinetwegen hat er heute mit Fleisch gekocht."

Gregor kam mit einer entkorkten Flasche Wein zurück, die Schürze hatte er abgelegt, und setzte sich zu ihnen an den Tisch. Susanne mischte mit den Löffeln den Salat, und Anton wehrte ab, bevor sie ihn bedient hatte.

„Ein bißchen", bettelte Susanne.

„Na gut."

Er begriff nicht sofort, daß es vorerst zum Salat nichts Weiteres gab, spießte schließlich ein Blatt auf und führte es zum Mund. Er kaute und kaute, hatte Mühe es zu schlucken. Es war ihm peinlich, vor allem, da er sah, wie den beiden der Salat mundete. Er gab sich einen Ruck, wollte es rasch hinter sich bringen und sich nicht lächerlich machen. Die zwei Stückchen Käse, auf die er zuletzt stieß, schmeckten hervorragend, und er war froh, wieder einen richtigen Geschmack im Mund zu haben.

„Da sind Kartoffeln, Erbsen, Möhren und Broccoli drin, angebratenes Fleisch, das ganze mit Sahne übergossen und mit Käse in der Röhre überbacken“, stellte Susanne ihrem Vater das Gericht vor, und Anton kam sich wie ein kleines Kind vor.

„Ich bin an diese Küche nicht gewöhnt“, entschuldigte er sich schon mal vorsichtshalber.

„Es wird dir bestimmt schmecken“, versicherte ihm Susanne und servierte reihum.

Es sah alles sehr lecker aus, wenn nur nicht dieser Käse gewesen wäre, der sich beim Verteilen wie Gummi zog. Er kostete und nickte anerkennend.

„Und was sind diese grünen Röschen?“

„Das ist Broccoli.“

„Schmeckt wie Karfiol.“

„Ist ja auch eine Art von Karfiol.“

„Man lernt immer dazu.“

Als Anton sagte, es habe ihm geschmeckt, war das nicht nur aus Höflichkeit. Er lobte den Wein und versicherte Gregor, daß selbst seine eigener von zu Hause nicht besser hätte sein können. Er sei ein Stadtkind, sagte Gregor, aber die traditionelle Landwirtschaft interessiere ihn, wie das denn mit der Weinherstellung im Banat gewesen sei. Er hatte Banat auf der ersten Silbe betont, Anton genierte sich, ihn zu verbessern, das Interesse Gregors ließ ihn hellhörig werden, denn da fühlte er sich in seinem Element. Und während Susanne abräumte, zählte er ihm die Rebsorten auf, beschrieb die Arbeit im Weingarten bei sich zu Hause, wo er noch alles manuell gemacht hatte. Susanne brachte einen Aschenbecher, darauf hatte er schon lange gewartet. Gregor schüttelte den Kopf, als er ihm eine „Reval“ anbot. Sie rauche nur noch wenig, sagte Susanne und steckte sich eine der ihrigen an. Stolz verkündete Anton, daß er jetzt auch wisse, wie das mit dem Zigarettenautomaten gehe, der Herr Gruber aus dem Heim habe es ihm gezeigt. Nach dem ersten genußvollen Zug erzählte er weiter: Wie die Fässer vorbereitet, die Trauben gemahlen und gepreßt wurden, wie er mit Hilfe eines frisch gelegten Hühnereis den Zuckergehalt des Most prüfte, ab welchem Stadium der Gärung man schon mal vom Heurigen kosten konnte. Der Weinbau sei eher eine Nebenbeschäftigung der Leute gewesen, das wichtigste über anderthalb Jahrzehnte der Gemüseanbau, betonte Anton und davon werde er ein andermal erzählen.

„Das ist ja alles hochinteressant", sagte Gregor.

„Macht aber viel Arbeit."

Susanne schlug vor, einen Spaziergang am Neckar zu machen, sie könnten am Abend in ein Lokal gehen, und er doch bei ihr übernachten. Dazu gebe es noch genügend Gelegenheiten, wehrte Anton ab, und er habe sich gerade so an sein Bett im Heim gewöhnt, er kehre dorthin zurück und wolle nicht länger zur Last fallen. Von wegen Belästigung, davon könne überhaupt nicht die Rede sein, schmollte Susanne, und Gregor sagte, daß er sich darauf freue, noch mehr über das Banat zu erfahren und betonte das Wort wieder falsch. Susanne brachte ihm den versprochenen Stadtplan und den Atlas von Deutschland. Jetzt habe er doch eine Beschäftigung, sagte Anton, und wenn er sich mal auskenne, komme er mit dem Bus in die Stadt.

Susanne und er waren schon im Weggehen begriffen, da fiel Gregor ein, daß der Herr Huber angerufen und er versprochen habe, Susanne rufe zurück. Später habe das auch noch Zeit, sagte Susanne, und hatte es plötzlich eilig, denn der Gesichtsausdruck ihres Vaters sprach Bände.

„Was will denn dein Onkel?" fragte Anton gereizt, als sie die Treppen hinunterstiegen.

„Weiß ich nicht."

„Der soll mir hier nicht auftauchen."

„Wenn er kommen will, kann ich ihn doch nicht daran hindern."

„Zu dir kann er ja kommen, mir soll er aber nicht unter die Augen treten."

„Das werde ich ihm sagen."

„Sollst du auch."

„Daß ihr euch auch nicht vertragen könnt."

„Das verstehst du nicht."

Anton entschuldigte sich mal wieder, aber er werde nicht zulassen, daß der Unruhe zwischen ihm und seinen Kindern stiftet. Während der Fahrt ins Heim zählte er Susanne das gesamte Südenregister seines Bruders auf, und die ließ ihn reden.

Er sei nun ganz erleichtert, sagte Anton, als er sich mit einem Kuß von Susanne auf dem Parkplatz des Wohnheims verabschiedete.

„Hast du noch Geld?"

„Genug", versicherte ihr Anton, und Susanne versprach, morgen gegen Abend bei ihm vorbeizuschauen.

Vor dem Übergangswohnheim standen Leute in Gruppen herum und erzählten. Wahrscheinlich tauschten sie ihre Erfahrungen des Tages aus. Anton begrüßte Herrn Gruber, der mit zwei Männern unweit des Eingangs stand, und betrat ganz unbefangen das Gebäude, so als habe er schon immer hier gewohnt.

Als er die Wohnung aufsperrte, hörte er laut polnisch reden. Agnes verschwand mit verweinten Augen im Bad, Frau Wilma blieb mit hochrotem Kopf in der Tür des gemeinsamen Zimmers wie ertappt stehen. Das muß man sich mal vorstellen, sprach sie Anton an, das Mädchen habe seine Akten noch nicht einmal erledigt und stelle einen Antrag, um ihren polnischen Freund zu heiraten und ihn nach Deutschland zu holen. Was der Herr Lehnert dazu sage. Anton zuckte die Schultern und verschwand in seinem Zimmer.

3

Anton Lehnert hatte in den letzten Wochen viel dazugelernt, und sein Leben begann in einigermaßen geregelten Bahnen zu verlaufen. Du mußt dich umstellen, hatte Susanne gesagt. Was hieß hier umstellen? Begreifen mußte er, was für sie eine Selbstverständlichkeit war. Herr Gruber war ihm eine unverzichtbare Hilfe und konnte ihm alles einfach und einleuchtend erklären. Anton mußte bloß Geduld wegen des Stotterns von Herrn Gruber haben, und wenn er dessen Erklärung noch einmal zusammenfaßte und fragte, ob das so zu verstehen sei, bestätigte Herr Gruber mit: Eben, eben.

Du mußt dir ein Konto einrichten, hatte Susanne gesagt, und damit war für sie die Sache erledigt. Er hätte ja fragen können: Wozu brauche ich ein Konto? Aber wenn Susanne das sagte, mußte es schon seine Richtigkeit haben, und er wollte nicht für jeden Schritt um Hilfe bitten.

Er müsse sich ein Konto einrichten, hatte Anton wie beiläufig Herrn Gruber gesagt, und der ihm die Post empfohlen. Da sei es am einfachsten, fast alle Bewohner des Übergangwohnheims hätten ihr Konto bei der Post, der Beamte sei sehr zuvorkommend und geduldig, übrigens müsse man hier keine Gebühren für die Kontoführung zahlen. Da er sowieso Geld abheben müsse, begleite er Anton.

Die Post lag in einer kurzen Seitenstraße und um dorthin zu gelangen, mußte man die Durchfahrtsstraße überqueren. Es gab nur zwei Übergänge für Fußgänger, und wenn in den Stoßzeiten der Verkehr sich durch die enge Straße wälzte, mußte man höllisch aufpassen. Herr Gruber vertraute Anton auf dem Weg zur Post an, welche Schwierigkeiten er hatte, sich umzustellen. Auch er habe nur den Bargeldverkehr gekannt, hier in Deutschland laufe alles über das Konto: Gehalt, Miete. Aber im Heim zahlten sie doch in bar, hatte Anton eingewendet. Das sei eine Ausnahme.

Als das Päckchen von der Post eingetroffen war, hatte Anton den Inhalt auf dem Zimmertisch ausgebreitet, und Herr Gruber ihm die Drucke erklärt: Giroumschläge, Überweisungsvordrucke, Auszahlungsvordrucke, das grüne Kärtchen mit der Kontonummer.

Ohne einen Antrag zu stellen, war er Mitglied der AOK geworden. In einem Schreiben wurde er willkommen geheißen, und er hatte keine Mühe zu begreifen, daß die eine Sorte von Scheinen beim Arztbesuch abzugeben waren, die anderen beim Zahnarztbesuch. Auf seinen Erkundungsgängen mit Herrn Gruber durch Kirchheim, die in der Regel mit einem Einkauf bei ALDI verbunden waren, hatte der ihn auf die Praxis des Arztes hingewiesen, den die meisten aus dem Übergangswohnheim aufsuchten. Und weil auf dem Schild „Alle Kassen" stand, war für Anton geklärt, an wen er sich im Krankheitsfall wenden sollte. Krank werden aber war bei ihm nicht vorgesehen. Herr Gruber hatte ihm auch den Tip gegeben, Paßfotos nicht beim Fotografen machen zu lassen. Der aus Kirchheim sei ein Halsabschneider, der Alexander aus Rußland verstehe sich darauf, und bei dem kosteten die Fotos nur den halben Preis.

Für heute hatte Anton eine Vorladung zum Arbeitsamt erhalten. Schon in Rastatt hatte er sich, wie alle anderen auch, beim dortigen Arbeitsamt melden müssen, und so war zu erklären, woher man wußte, wo er jetzt ansässig war. Herr Gruber hatte ihm den Weg erklärt und nützliche Hinweise gegeben: mit dem Bus bis zum Hauptbahnhof, auf der gegenüberliegenden Seite stehe in einem Park das unübersehbare Gebäude der Großen Post, dahinter, auf der Ecke, befinde sich ein kleines Hotel, in die Straße einbiegen, an deren Ende stehe das große vor ein paar Jahren errichtete Gebäude des Arbeitsamtes; die Beschriftung im Aufzug sei irreführend, er müsse sich auf Zimmer 301 anmelden, das liege aber im zweiten Stockwerk. Er als Bergmann, hatte Herr Gruber gesagt, habe die Sorge wegen Arbeit nicht mehr, er warte auf seinen Rentenbescheid.

Der Brief vom Arbeitsamt war das erste offizielle Schreiben, auf das sich Anton Lehnert freute, denn es ging um eine Arbeit, die man ihm vermitteln wollte. Das wenigstens hatte er dem zwei Seiten langen Brief entnommen, mit den darin angeführten Vorschriften und Gesetzesparagraphen konnte er sowieso nichts anfangen. Er schulterte die Umhängetasche, die ihm Susanne für seine Wege zu den Ämtern geschenkt hatte, und zog los.

Im Treppenhaus begegnete er dem blonden Heimleiter, der seinen Gruß nur murmelnd erwiderte. Frau Wilma hatte heute morgen erleichtert festgestellt, daß der Aufzug und die Waschmaschine im Keller nach zwei Tagen nun endlich repariert waren. Der Heimleiter hatte eine Dienstwohnung, stammte aus der DDR und lebte mit einer hübschen Polin. Die habe ihm, da nun alle ihre Akten dank der Mithilfe des Heimleiters erledigt seien, vor zwei Tagen den Laufpaß gegeben und sei mit einem Mann aus Karlsruhe durchgebrannt, hatte Frau Wilma zu berichten gewußt.

Der Zufahrtsweg zur Wohnanlage Im Hüttenbühl führte an einer Tiefgarage vorbei, wo in geschlossenen, für PKW vorgesehenen Garagenboxen das Umzugsgut der Zugewanderten lagerte. Auch an diesem Morgen traf Anton Leute, die mit dem einen oder anderen Stück von ihrem mitgebrachten Hab und Gut daraus hervorkamen. Herr Gruber, der es als alteingesessener Heimbewohner wissen mußte, hatte Anton erzählt, daß bisher nur in zwei Fällen das Umzugsgut fehlgeleitet worden sei, und bewunderte die Leistung der deutschen Behörden und der Bahn. Da gebe man als Anschrift bloß Güterbahnhof Nürnberg an, und das Umzugsgut erreiche den Absender in dem ihm zugeteilten Übergangswohnheim, das solle den Deutschen mal jemand nachmachen.

An der Bushaltestelle standen wie immer um diese Uhrzeit Damen aus dem gegenüberliegenden Seniorenheim, die nach Heidelberg fuhren. Das nenne man in Deutschland nicht Altenheim, hatte Frau Wilma ihn belehrt. Die Bezeichnung Altenheim, Anton hatte das zu Hause in Hatzfeld gesehen, traf nun wirklich auf das Gebäude nicht zu, das eher einem Hotel glich. Die Bewohner hätten darin ihre eigenen Wohnungen, hatte Frau Wilma erzählt, die Küche sorge für das leibliche Wohl und den Tagesablauf gestalte sich jeder selbst. Anton hatte nicht gefragt, was das kostete, denn so herausgeputzt wie die Damen waren, konnte es sich nur um Wohlhabende handeln, die viel Geld gespart hatten oder eine hohe Rente bezogen.

Das Bild der gut gekleideten Leute gehörte für Anton nun zum Alltag, er selbst hatte sich daran gewöhnt, daß er für seine Begriffe täglich in Sonntagskleidern ging. Diese geschminkten, gepuderten und frisierten Damen, einige von ihnen mit viel Schmuck behangen, waren für ihn aber kein alltägliches Bild, und ihre herablassende Art den Fahrgästen aus dem Übergangswohnheim gegenüber empfand er als unverschämt.

Des öfteren schon hatte er sich bei der Frage ertappt, ob man ihm ansehe, daß er kein Einheimischer war. Der

Kioskbetreiber an der Ecke, von dem Frau Wilma behauptete er sei Iraner, Herr Gruber hingegen zu wissen glaubte, der sei Türke, hatte Anton in gebrochenem Deutsch als neuen Kunden begrüßt, als er sich das erste Mal Zigaretten kaufte. Der dickleibige Mann in seinem watscheligen Gang strahlte eine Seelenruhe aus, und Anton konnte sich vorstellen, mit ihm eines Tages ins Gespräch zu kommen. Natürlich hatte der erfaßt, daß er zu den Neuen im Hüttenbühl gehörte, von dort kam ein Großteil seiner Kunden, aber das störte Anton nicht. Der Kiosk war vor allem für die Kinder im Übergangswohnheim verlockend, denn dort gab es Lutscher zu kaufen und das begehrte Wassereis. Frau Wilma holte sich jeden Morgen Brötchen, und Herr Gruber die „Bild"-Zeitung, die er auch Anton zum Lesen gab. Die vielen Zeitungen und die bunten Zeitschriften im Kiosk beeindruckten Anton, aber gekauft hatte er nicht. Er las die kostenlosen Zeitungen, die ins Heim kamen, und die „Bild" von Herrn Gruber. Die bestehe ja fast nur aus Fotos, hatte Anton gesagt, und Herr Gruber gemeint, deshalb heiße sie ja auch „Bild"-Zeitung. Die Unfälle, Überfälle, Morde und Katastrophen, von denen berichtet wurde, wühlten Herrn Gruber im Unterschied zu Anton nicht auf. Als Bergmann könne ihn das alles nicht beeindrucken, hatte er gesagt, was Anton als Angeberei empfand. Mit ungutem Gefühl las Anton jedes Mal die immer wiederkehrenden übergroßen Schlagzeilen auf den Titelseiten, die mit Ausrufe- oder Fragezeichen versehen waren: Arbeitslosigkeit, Ausländer, Asylanten, Aussiedler. Sein gesunder Menschenverstand sagte ihm, daß man diesen Übertreibungen nicht glauben sollte, aber als Aussiedler fühlte er sich betroffen.

Als erneut die Haltestelle angesagt wurde, wußte Anton, daß er bei der nächsten aussteigen mußte. Wie einfach die Fahrt mit dem Bus doch sei, wenn die Stationen angesagt werden, hatte er mit kindlicher Freude Susanne gesagt, als er zum ersten Mal allein zu ihr gefahren war.

Im Park, den er durchqueren mußte, um zur Großen Post zu gelangen, saßen zwei Männer und eine Frau mit Gepäck um sich herum auf einer Bank. Zu ihren Füßen stand eine entkorkte Weinflasche und Dosenbier, sie sahen nicht gerade gepflegt aus und wirkten übernächtigt. Zwei Polizisten kamen heranspaziert, Anton beschleunigte die Schritte, denn er fürchtete Schlimmes. Als er glaubte, sich weit genug entfernt zu haben, schaute er sich um und konnte kaum glauben, daß sich die Polizisten mit den dreien unterhielten und gar keine Anstalten machten, sie zu vertreiben oder gar zu verhaften. Mit Landstreichern wollte Anton nichts zu tun haben, aber irgendwie war er beruhigt, daß man ihnen nichts antat.

Auf dem Gehsteig vor dem von Herrn Gruber genannten Hotel an der Ecke standen Leute mit Reisegepäck. Anton fiel der kleine Wuchs der Wartenden auf, und als er näher kam, war er sich sicher, daß es jene japanischen Touristen waren, von denen Susanne erzählt hatte, daß sie zu Tausenden nach Heidelberg kämen, weil ihnen die Altstadt und das Schloß so gut gefielen. Er erinnerte sich, wie begierig die Männer im Dorfwirtshaus von Wiseschdia waren, von ihm etwas über Schwarze zu erfahren, denn er war der einzige im Dorf, der welchen begegnet war, während seiner Gefangenschaft bei den Amerikanern in Österreich. Das seien Menschen wie andere auch, hatte er den Neugierigen gesagt, und immer gut gelaunt.

So riesig hatte sich Anton Lehnert das Arbeitsamt nicht vorgestellt. Die große Eingangshalle mit Pförtnerloge, die langen und breiten Korridore, die Unzahl von Büros, zwei Aufzüge. Ein Mann schob ein Wägelchen auf vier Rollen, vollgepackt mit Akten, in den Aufzug, und Anton stieg hinzu.

„Guten Tag", sagte er zögerlich, denn einfach so einsteigen und dastehen ging doch nicht.

„Guten Morgen", sagte der Mann betont, und Anton wußte nicht, was er falsch gemacht hatte.

Als der Aufzug hielt, bedeutete ihm der Mann, als erster auszusteigen, Anton tat es grußlos und hörte in seinem Rücken, wie das Wägelchen sich entfernte.

Er mußte nicht suchen, wohin er sollte, denn an den Türen zu zwei der Büros standen Leute, die denselben Briefumschlag in Händen hielten, den auch er zugestellt bekommen hatte, die vier Stühle an dem Tisch davor waren besetzt. Im Treppenhaus standen zwei Männer und rauchten, die Tür dahin wurde von einem hohen Aschenbecher einen Spalt offen gehalten. Anton schaute kurz in die Runde, um zu wissen, wer alles vor ihm dran war, zu fragen, wer als letzter gekommen war, wagte er nicht. Aus den beiden Büros traten fast gleichzeitig ein Mann und eine Frau, die Raucher drückten hektisch ihre Zigaretten aus. Die Tür zum Treppenhaus schnappte zu, und Anton begriff, daß sie nur von innen geöffnet werden konnte und wozu der Aschenbecher gedient hatte. Wenn einer der Wartenden die Raucherstelle eingenommen hätte, wäre er mit von der Partie gewesen. Diese Wunschvorstellung wurde jäh von einem leisen Ziehen in den Gedärmen verdrängt. Nur das nicht! Zureden half wenig und ehe es zu spät werden konnte, mußte er sich nach dem Örtchen umsehen. Kurz entschlossen stellte er seine Umhängetasche auf den Tisch und eilte auf das Ende des Korridors zu, wo er es vermutete. Ein Beamter kreuzte seinen Weg und ging gezielt auf die Tür zu, auf der das von Anton gesuchte Schild WC angebracht war. Der Beamte sperrte die Tür auf, verschwand darin, und Anton las, daß die Toilette nur für Angestellte zugänglich war, die für Besucher befinde sich im Erdgeschoß. Das Ziehen in den Gedärmen hatte ausgesetzt, Anton hoffte es zu überstehen und nicht im Gebäude herumirren zu müssen.

Als er zu Zimmer 301 zurückkehrte, blieb ihm keine Zeit, lange zu überlegen, ob er nicht doch ins Erdgeschoß sollte. Eine Frau und er waren noch da, und die neu Hinzugekommenen konnten ihm die Reihenfolge nicht streitig machen, da er seine Tasche vom Tisch nahm, in der die Vorladung steckte. Wieder öffneten sich fast gleichzeitig die Türen zu den beiden Büros, Anton ging auf die eine zu, aus der anderen trat der Beamte und bat die Frau, die eintreten wollte, sich ein wenig zu gedulden.

„Nehmen Sie Platz", begrüßte der sommersprossige Mann Anton, rollte auf seinem Bürostuhl zur Seite und entnahm einer Ablage Formulare.

„Guten Tag", sagte Anton schließlich und reichte dem Beamten die Vorladung, die dieser überflog.

„Waren Sie schon mal da?"

„Nein."

„Sind Sie Aussiedler?"

„Ja."

„Dann haben sie doch die Anmeldung vom Arbeitsamt aus Rastatt dabei."

„Ja. Hier."

Der Beamte begann mit dem Ausfüllen von Formularen, wobei er sich an die Angaben der Vorlage aus Rastatt hielt und weiter nichts fragte als die Kontonummer, die ihm Anton, auf einem Zettelchen geschrieben, überreichte.

„Auf Zimmer 308, zu Herrn Brenner", sagte der Beamte, Anton mußte die Formulare unterschreiben, bekam eines mit auf den Weg, dazu ein abgegriffenes Stück Karton mit der Zimmernummer und eine Broschüre „Wegweiser für Arbeitslose"

„Auf Wiedersehen", sagte Anton und ging.

Vor den Büros warteten bedeutend mehr Leute als noch

zuvor. Wenigstens diesem Ansturm war er zuvorgekommen. Es war schon mal beruhigend zu wissen, wohin er sollte, obwohl er keine Ahnung hatte, wie es weitergehen wird. Der Sommersprossige hatte nichts gesagt, nicht erkennen lassen, ob er ihm gut oder schlecht gesinnt war.

Vor Zimmer 308 wartete niemand. Arbeitsvermittlung, Herr Brenner, stand auf dem Schildchen neben der Tür. Darunter konnte sich Anton schon etwas Konkreteres vorstellen als bei der Anmeldung. Da geht er also hinein, man sagt ihm, welche Arbeit man für ihn hat, er nimmt an, und alles geht seinen Gang. Er hatte sich an den freien Tisch gesetzt und malte sich seinen ersten Arbeitstag in der Stadtgärtnerei aus. Er hatte gesehen, wie die Angestellten in ihrer Arbeitskleidung Blumenbeete pflegten oder anpflanzten, Sträucher und Bäume schnitten. Das war wohl keine Feldarbeit, aber einem Bauern nicht fremd. Mit dem Rasenmäher und den anderen Maschinen wußte er nicht umzugehen, aber lernen konnte man alles. Leichter als einen Acker- oder Hackpflug zu führen, durfte das allemal sein. Auch die Vorstellung, bei der Müllabfuhr zu arbeiten, schreckte ihn nicht. Arbeiten ist keine Schande! Und in Nürnberg hatte der Mann aus Johannisfeld gesagt, ihresgleichen müßten jede Arbeit annehmen, da man nun mal nichts gelernt hätte und hinzugefügt, daß die Männer von der Müllabfuhr in ihrer Arbeitskleidung kein schlechtes Bild abgeben. Das sei nicht wie in Rumänien, wo in den Städten nur die Zigeuner bei der Müllabfuhr arbeiteten und die Straßen kehrten.

„Wollten sie zu mir?“

„Ja.“

Herr Brenner sah Herrn Brisowsky vom Ausgleichsamt verblüffend ähnlich, und Anton hatte ein gutes Gefühl. Herr Brenner trat beiseite, ließ Anton den Vortritt und nahm ihm, noch bevor dieser sich gesetzt hatte, die Papiere ab, das Kartonstück mit der Zimmernummer legte er in ein Schächtelchen zu schon vorhandenen.

„So, Herr Lehnert, Sie suchen also Arbeit“, sagte Herr Brenner und nahm in seinem Sessel Platz.

„Ja.“

„Welchen Beruf haben Sie denn bisher ausgeübt.“

„Zu Hause in Rumänien habe ich in der Kollektiv gearbeitet.“

„Sie sind also Aussiedler und kommen aus Rumänien.“

„Ja.“

„Dort soll es ja schrecklich sein. Was könnten Sie Ihrer Vorstellung nach arbeiten?“

„Alles.“

„Das ist leicht gesagt. Haben sie Führerschein?“

„Nein.“

„In Deutschland hat jeder Führerschein, und die Landwirte hier arbeiten mit Maschinen.“

„Ich weiß.“

„In Ihrem Alter sind Sie schwer zu vermitteln, und eine Umschulung kommt bei Ihnen nicht mehr in Frage.“

„Aber in der Stadtgärtnerei könnte ich doch arbeiten.“

„Die Stellen bei der Stadt sind sehr begehrt.“

„Und was soll ich dann machen?“

„Ich sehe da wenig Chancen, aber wir werden unser Möglichstes tun. Ich mache Sie darauf aufmerksam, daß Sie jeder weiteren Vorladung Folge leisten müssen, damit für uns klargestellt ist, daß sie weiterhin an einer Vermittlung interessiert sind. Sie sollten sich aber auch persönlich um eine Stelle bemühen und falls sie eine Arbeit finden, uns das unverzüglich melden. Das wär's dann gewesen.“

Anton begriff allmählich, gab sich einen Ruck und verließ grußlos das Büro. Es war die einzige Möglichkeit diesen Bürokraten seine Mißachtung spüren zu lassen, denn sprachlich wäre er ihm nicht gewachsen gewesen.

Wenn dieser Brenner, oder wie er heißen mag, ihn bemitleidet hätte, wäre ihm das erträglicher gewesen, als ihm auf diese Art und Weise klar zu machen, daß alles ein Hirngespinst war, was er sich vor Betreten dieses Zimmers vorgestellt hatte.

Als Anton Lehnert das Arbeitsamt verließ, drehte er sich auf den Stufen noch einmal kurz um und fluchte auf rumänisch in Richtung Tür. Die Erleichterung, die ihm das verschaffte, war nur von kurzer Dauer. Nach ein paar Schritten befiel ihn die Verzweiflung, und die Beine drohten ihm einzuknicken. Da stand er nun auf der Straße, war dem Weinen nahe und wünschte sich nach Hause, wo er seinen alltäglichen Beschäftigungen hätte nachgehen können. Er fühlte sich kraftlos und leer wie damals in den ersten Tagen nach Marias Tod. Was die wohl sagen würde, wenn sie ihn so sehen könnte? Was sollte er jetzt anfangen? Wo sollte er hin? Zu Susanne, kam ihm der rettende Gedanke.

So naiv war Anton nicht, daß er glaubte, es sei einfach, Arbeit zu finden. Daß man ihm aber jedwede Chance absprach und ihm das ohne Zögern ins Gesicht sagen würde, hätte er sich nicht vorstellen können. Seine Töchter hatten ihm versichert, ihn finanziell zu unterstützen, er solle sich vorerst mal keine Sorgen machen, verhungern lassen würden sie ihn nicht. Aber er war zum ersten Mal in seinem Leben völlig von anderen abhängig, und alles kostete Geld: essen, wohnen. Zu Hause waren die Ausgaben für das tägliche Leben nicht so hoch, denn er hatte seinen Garten, sein Haus. Natürlich war er in den letzten Jahren auf die Unterstützung seiner Kinder mit Lebensmitteln angewiesen, auf die Hilfe der Potje, aber es war anders. Er begriff endlich, was der Satz bedeutete, den er schon nicht mehr hören konnte: Du mußt dich umstellen.

Susanne empfing ihn im Treppenhaus. Da habe er aber Glück gehabt, sie zu Hause anzutreffen, sagte sie.

„Dann kann ich ja gleich wieder gehen."

„Ist was passiert?"

„Ich war beim Arbeitsamt und brauche jetzt einen Schnaps", sagte Anton und setzte sich in die Küche.

„Nimm es nicht so tragisch!" rief Susanne aus dem Wohnzimmer.

„Soll ich vielleicht juchhejen?"

„Der Whisky wird dir gut tun." Susanne stellte die Flasche und ein Glas auf den Tisch.

„Hast du keinen anständigen Schnaps?"

„Nein. Und jetzt erzähl mal", sagte Susanne und schenkte ihm ein.

Die sollten nicht meinen, er könne nicht arbeiten. Gestern habe er denen von der Stadtgärtnerei beim Umgraben zugeschaut. Wenn er in seinem Leben so gearbeitet hätte, dann gute Nacht. Was die zu dritt zustande gebracht hatten, hätte er leicht allein geschafft. Ihm könne in puncto Arbeit niemand etwas vormachen, und ihm sagten die vom Arbeitsamt, er sei zu alt. Das sei ja nicht das Problem, versuchte Susanne zu trösten. Ob sie ebenfalls glaube, er wäre zu alt. Aber auch nicht mehr der Jüngste. Alt sei die Komloscher Landstraße, das Herumsitzen im Übergangswohnheim mache ihn krank, noch nie habe ihm sein Garten so gefehlt. Da ließe sich was machen, sagte Susanne, und Anton horchte auf.

Gregors alleinstehender Onkel, der hier in Heidelberg wohnte, sei kürzlich gestorben, und der habe einen kleinen Garten in Wieblingen in Pacht gehabt. Gregor habe sich noch nicht entschieden, ob er beim Gartenverein einen Antrag stellt, um den Garten zu übernehmen. Es existiere wohl eine Warteliste, aber unmöglich dürfte das nicht sein, sie werde Gregor darum bitten. Das wäre doch was! Er hätte eine Beschäftigung, und wenn Hilde oder Erika mit den Kindern zu Besuch kämen, könnten sie draußen grillen, ein Gartenhäuschen stünde auch auf dem Grundstück. Das höre sich gut an, sagte Anton, er sei einverstanden. Ob man dort was anpflanzen könne. Natürlich. Wunderbar!

„Na, siehst du? Wir haben dir eine Beschäftigung gefunden.“

„Und wovon soll ich leben?“

„Aber Papa...“

„Ich weiß: nichts gelernt, zu alt.“

„Sei nicht starrsinnig!“

„Ich weiß, es ist alles kompliziert, verdammt noch mal!“

„Jetzt hör mal gut zu. Wir haben schon einiges in die Wege geleitet und besprochen.“

„Wer wir?“

„Hilde, Erika und ich.“

„Was denn?“

„Was die Erledigung deiner Akten betrifft und dein Auskommen.“

Sie hätten beschlossen, ihn finanziell zu unterstützen, begann Susanne. Er solle nicht widersprechen, sondern erst mal zuhören. Mit fünfundsechzig habe er Anspruch auf Rente und in den fünf Jahren bis dahin, könne er auch keine Bäume ausreißen. Wenn man ihm eine Arbeit anbiete, um so besser. Ob ihm die Arbeitsjahre aus Rumänien anerkannt werden, hänge davon ab, ob es gelinge, den Bescheid aus Nürnberg rückgängig zu machen oder nicht. In seinem jetzigen Vertriebenenausweis, den er dank der Bemühungen von Herrn Brisowsky erhalten habe, sei wohl vermerkt, daß er zur Inanspruchnahme von Rente nicht berechtigt sei, aber Herr Brisowsky habe ihm doch versichert, daß er sich für die Änderung der Eintragung einsetzen werde. Er selbst habe ihr doch gesagt, daß er Vertrauen in Herrn Brisowsky habe. Wenn ein Beamter sich für eine Sache einsetze, sei die Aussicht auf ein Gelingen gegeben, denn sonst würde er das nicht tun. Hinzu komme, daß Herr Brisowsky denen was beweisen wolle. Für die zehn Arbeitsjahre in Österreich erhalte er von dort Rente. Hilde habe die Tante angeschrieben und sie gebeten, die Belege zu beschaffen. Und was seine Akten betreffe, hätten sie auch nicht geschlafen. Sie habe die beglaubigten Übersetzungen der Urkunden und die beglaubigten Kopien der Familienbücher von Hilde, Erika und dem Peter Onkel, jetzt könne er den Personalausweis und den Paß beantragen und die Ausstellung der Einbürgerungsurkunde, alles beim Amt für Öffentliche Ordnung und Umweltschutz gleich hier bei ihr um die Ecke.

„Was hat der Huber damit zu tun?"

„Wegen dem Familienbuch."

„Was für ein Familienbuch?"

Das wäre eine Akte, in der alle Urkunden aufgelistet und zusammengefaßt seien, Geburtsurkunde, Heiratsurkunde, Sterbeurkunde von Eltern und Kindern, so eine Art Stammbaum, und das benötige man für den Personalausweis und alles andere.

„Was hat dein gescheiter Onkel gesagt?"

„Nichts."

„Hast du ihn angerufen."

„Nein Hilde."

Es gebe da ein Problem, fuhr Susanne fort. Und wenn sie schon mal dabei wären, sei es besser, es heute zu erfahren, dann müsse er sich nicht ein zweites Mal aufregen. Es gehe um den Lastenausgleich. Die Oma und nicht er, habe der Onkel geschworen, habe sich einen Teil von dem Vermögen gut machen lassen, das eigentlich ihm, dem Vater, gehörte. Jetzt befürchte der Onkel Unannehmlichkeiten und habe deshalb vorgeschlagen, ihn mit fünftausend Mark abzufinden.

„Papa! Was hast du?"

„Nichts." Anton saß mit halbgeschlossenen Augen auf dem Stuhl und war irgendwo weit weg.

„Soll ich dir ein Glas Wasser holen? Du bist ganz weiß im Gesicht."

„Nein. Nimmt das denn kein Ende!"

Susanne redete tröstend auf ihren Vater ein. Er könne doch stolz auf seine Familie sein, die Mutter wäre es auch. Weder sie noch Hilde, von Erika ganz zu schweigen, fühlen sich dem Onkel irgendwie verbunden. Und wie stehe der Onkel da? Das Verhältnis zu seinem Sohn, dem Karl, sei schlecht. Der Karl sei mit einer sympathischen Frau aus Triebswetter verheiratet, habe zwei Kinder, und seine Mutter wohne bei ihm. Er habe die Helene nicht länger den Launen seines Vaters ausgesetzt wissen wollen. Schon zu Hause habe er sie doch nur wie eine Magd behandelt. Jetzt, nach dem Tode der Großmutter, habe der Onkel praktisch niemanden mehr. Während eines Besuchs von Hilde bei Karl sei er aufgetaucht, im Hause seines Sohnes aber habe der nichts zu melden. Der Onkel könne einem regelrecht leid tun, denn auch die Beziehung zu seinem leiblichen Vater und dessen Familie hier in Deutschland sei nicht die beste. Genug, er wolle von dem Schuft nichts mehr hören, unterbrach Anton Susannes Bericht zur Lage in der Familie Huber.

„Geht es dir schon besser?"

„Ja", sagte Anton und schenkte sich selbst von dem Whisky nach.

„Der Onkel hat mit Hilde wegen dem Lastenausgleich gesprochen", sagte Susanne vorsichtig.

„Ich brauche sein Geld nicht."

„Es ist deines, und Hilde sieht es genauso."

„Und was hat Hilde noch gesagt?"

„Sie meint, du sollst es annehmen, denn schließlich ist es dein Geld. Es dauert Jahre, bis man einen Bescheid auf seinen Antrag wegen Lastenausgleich bekommt. Man muß Zeugen benennen, die bestätigen können, wie viel Feld man besaß. Und wenn dein Antrag zur Bearbeitung kommt, und das hängt davon ab, ob dein Vertriebenenstatus geändert wird, kommt der ganze Schlamassel zum Vorschein. Dann mußt du vor Gericht und das alles. Mehr brauche ich dir ja nicht zu sagen."

„Gut. Ich bin einverstanden. Aber wegen uns, unserer Familie, nicht wegen dem, den hätte ich gern vor Gericht gesehen.

„Dann ist die Angelegenheit also erledigt."

„Erledigen soll Hilde es."

„Gut. Der Onkel überweist dir das Geld und fertig."

„Nein. Er überweist das Geld an dich oder Hilde und ihr gebt es mir dann. Und jetzt ist es Zeit, daß ich gehe. Nicht einmal eine Zigarette konnte ich in Ruhe rauchen."

„Ich fahre dich."

„Laß nur. Ich brauche Bewegung und Luft."

„Das mit dem Garten erledigt Gregor."

„Das wäre schön. Und wie geht es dir in der Schule?"

„Gut."

„Die Frau Wilma im Heim wollte mir nicht glauben, daß du in Deutschland Lehrerin bist. Grüße Hilde und Erika und den Gregor."

Obwohl die Bilanz des heutigen Tages negativ war, verließ Anton Lehnert seine Tochter mit einem Gefühl von Zuversicht. Er wußte nun, wie es um ihn stand und wie es in großen Zügen weitergehen wird. Er überquerte die Bergheimer Straße, bog in eine Seitenstraße ein, denn in der Richtung lag der Bahnhof. Bei diesem schönen Herbstwetter könnte man zu Fuß nach Kirchheim gehen, dachte er. So weit wie von zu Hause nach Gottlob durfte es auf keinen Fall sein.

Plötzlich stand er vor einem Werktor, und es ging nicht

mehr weiter. Wie kam denn das hier her? Er kehrte um, bog in eine andere Seitengasse ein, immer darauf bedacht, die Richtung Bahnhof nicht zu verlieren. Ruhe bewahren, sagte er sich, denn arg verlaufen hatte er sich nicht können. Er stieß auf eine viel befahrene Straße, schon kurz darauf sah er das Bahnhofsgebäude und verlangsamte die Schritte. Nach dieser Verirrung war es mit seinem Vorhaben vorbei, und er entschied sich, den Bus zu nehmen. Den Weg nach Kirchheim hätte er nicht verfehlt, aber er wollte sich ihn noch einmal einprägen, um dann ganz sicher zu sein.

Es war schon Mittag vorbei, als Anton im Wohnheim ankam. Außer ihr sei niemand zu Hause, empfing ihn Frau Wilma, die in der Küche ein Essen zubereitete. Ob er schon zu Mittag gegessen habe. Ja, log Anton, um eine Einladung nicht ausschlagen zu müssen, und wollte in sein Zimmer. So leicht kam er aber nicht los, denn Frau Wilma hatte Neuigkeiten. Herr Birger habe eine Stelle als Fernkraftfahrer bekommen. Das freue ihn, sagte Anton. Diese Russen seien, wenn man so frage, alle Kraftfahrer, Elektriker oder Monteure, da sei es leicht, eine Arbeit zu finden. Und die Deutschen wüßten schon, fuhr Frau Wilma fort, was sie sich mit den Aussiedlern eingekauft hatten: der Großteil jung, fleißig, mit Kindern. Anton solle ja nicht glauben, daß man sie alle aus Nächstenliebe aufgenommen hätte, die Älteren, wie sie beide, seien bloß ein notwendiges Übel. Wenn nur schon mal ihre Tochter da wäre, dann wäre auch für sie alles anders. Diese Sorge weniger. Und sie könnte sich ihrem eigenen Leben zuwenden, denn sie wolle davon noch etwas haben. Ob er wirklich keinen Hunger habe. Nein.

Endlich war er ihr entwischt. Was diese Frau nur immer so herumredete. Und was hatte die Einladung zum Essen zu bedeuten? Sie, die allen Bewohnern Respekt einflößte, hatte sich von einer ganz anderen Seite gezeigt, und für Anton bedeutete die Einladung mehr als nur eine Geste der Höflichkeit. Da mußte doch eine Absicht dahinterstecken. Nein, nein, der werde er nicht ins Netz gehen, das war doch alles viel zu grob gestrickt.

Um diese Uhrzeit war es ungewöhnlich, daß Herr Gruber nicht zu Hause war. Allein im Zimmer kam sich Anton wie verloren vor nach all den Wochen in den Sammelunterkünften mit immer wieder fremden Menschen. Wie wird das sein, wenn er mal seine eigene Wohnung haben wird? Zu Hause sei er ja auch allein gewesen, sagte sich Anton. Aber war das vergleichbar? Sich nicht immer diese Fragen stellen, erst mal eine Wohnung haben.

Susanne hatte für ihn einen Antrag auf Sozialwohnung bei „Grund- und Hausbesitz" gestellt. Es war mit einer langen Wartezeit zu rechnen. Susanne hatte ihm gesagt, daß es bis Frühjahr klappen könnte, sollte es sich länger hinausziehen, würden sie sich privat umsehen, an Alleinstehende vermiete man lieber als an Familien mit Kindern. Sie hatte auch erwogen, eine größere Wohnung zu mieten, aber zu ihr zu ziehen, hätte er nicht gewollt. Im Heim ging das Gerücht, daß für die Zuteilung einer Sozialwohnung Schmiergelder gezahlt werden. Das konnte er nicht glauben.

Anton saß am Tisch, hatte sich Briefpapier, Umschlag und Briefmarke zurechtgelegt, denn es war endlich an der Zeit, den Potje zu schreiben. „Meine Lieben!" schrieb er ohne viel zu zögern und den ersten Satz: „Mir geht es gut." Dann stockte er. Er hätte schon gewußt, was er ihnen alles hätte erzählen können: Nürnberg, Rastatt, Heidelberg, die vielen Ämter. Aber von ihm niedergeschrieben, begriff das doch niemand. Klagen kam nicht in Frage. Den Potje Hoffnung auf eine baldige Ausreise machen? Vom Besuch auf dem Schloß könnte er schreiben, daß der Markus dabei war und Erika mit den Kindern, daß der Junge gut aussieht und es ihm gut geht. Aber das hatte der Markus wahrscheinlich nach Hause geschrieben. Er wird seinen Leuten zu Weihnachten bestimmt ein Paket schicken, da sollten sie, die Lehnert, sich beteiligen.

Bald war der 1. November, Allerheiligen, und er wird nicht zu Hause sein können am Grabe Marias. Die Rosalia werde schon für alles sorgen, tröstete er sich. Vielleicht sollte er auf den hiesigen Friedhof gehen. Überall auf der Welt gab es verlassene Gräber, an denen man eine Kerze brennen konnte. Das hätte Maria gutgeheißen, und er wird ganz stark an sie denken. All das hätte in dem Brief stehen können, aber es wurde nichts. Ein paar Zeilen mußte er den Potje trotzdem schreiben. Er erinnerte sich der Ansichtskarten, die ihm Susanne während des Besuchs auf dem Schloß gekauft hatte, und entschloß sich, davon eine zu schicken, den Anfang hatte er ja schon.

Als er seinen paar kurzen Sätzen noch etwas hinzufügen wollte, um die Karte voll zu kriegen, fiel ihm auf, daß kein Platz für den Absender vorgesehen war, und er schrieb ihn auf die noch frei gebliebene Stelle. Er hörte Herrn Gruber mit den Birgers sprechen, zerknüllte den begonnenen Brief und steckte ihn in die Hosentasche. Einen Grund wegzugehen hatte er, denn er wollte die Ansichtskarte noch einwerfen.

In der Wohnungstür stießen sie fast aufeinander, und Anton wich ins Zimmer zurück. Herr Gruber hielt einen kleinen aus Holz gezimmerten Tisch in der Hand. Vom Sperrmüll, sagte er, der passe genau an sein Bett. Der Herr Birger habe sie für heute abend auf ein Gläschen eingeladen, weil er doch die Stelle gekriegt habe, er heiße übrigens auch Anton, was für ein Zufall. Bis später dann.

Neben der Einfahrt zur Tiefgarage des Übergangwohnheims hielten zwei Laster. Unter der Anleitung des Heimleiters beluden Jugendliche sie mit Hausrat und Möbeln, die aus den Garagenboxen geschafft wurden. Was die Leute nicht alles zusammengetragen hatten: Kühlschränke, Fernseher, Waschmaschinen, Staubsauger, Matratzen, Bettgestelle aus Eisen, zerlegte Möbel, Stühle, Tische und allerlei Plunder. Bei ihrem Auszug aus dem Heim hatten sie den Großteil der zusammengerafften Stücke zurückgelassen. Es hatte sich bestimmt herausgestellt, daß die Geräte kaputt waren und daß viele von den Möbeln doch nicht ihren Wünschen entsprachen.

Wir leben in einer Überflußgesellschaft, bei uns wird nichts mehr repariert, hatte Gregor gesagt, und Anton war nicht mehr darüber verwundert, daß er vergebens Ausschau nach Reparaturwerkstätten gehalten hatte. Was so ein Tausendsassa wie der Karl Schirokmann von zu Hause mit den Geräten nicht alles hätte anfangen können. Das viele Holz hätte für einen Sparherd ein Jahr lang gereicht. Nicht nur der Alois Binder hätte sich darum gerissen.

Bevor Anton die Ansichtskarte in der Nähe des Kiosks einwarf, betrachtete er sie noch einmal eingehend. Die wird der Rosalia bestimmt gefallen.

4

Das erste Jahr in Deutschland ist schwer und vergeht langsam, es wird Jahre dauern, bis du dich eingelebt hast, und alles hängt von deinem guten Willen ab, hatte Hilde gesagt. Das waren ja schöne Aussichten. Dergleichen Betrachtungen gingen auch Anton leicht über die Lippen, Hildes Worte aber hatten ihn nachdenklich gestimmt. Du mußt über deine Probleme reden, hatte Susanne gesagt. Wie sollte er das? Es beunruhigte ihn schon, daß er nie zuvor so viel über sich, sein Leben und die Zukunft nachgedacht hatte. Es war ihm, als lastete ein Stein auf seiner Brust. Sie müssen den Kontakt zu den Menschen suchen, hatte Gregor gesagt.

Aber nicht deshalb war er in die Kirche gegangen, sondern weil sich der Todestag Marias jährte. Es hatte ihn stutzig gemacht, daß in der Kirche ein Altar fehlte, wie er es von zu Hause kannte. Da stand praktisch nur so ein Tisch, die Messe hatte nichts Feierliches, und von der Predigt begriff er nichts. Mit der stillen Andacht war es vorbei, als die anderen Kirchgänger plötzlich aufstanden, sich die Hände reichten und ihn mit einschließen wollten. Instinktiv hatte er der ihn milde anlächelnden Frau die Hand gereicht, gleich wieder losgelassen und war gegangen. Möge man von ihm denken, was man wolle. Das war ein Spektakel wie im Kindergarten.

Wir gehen mal in die Kneipe, hatte Herr Gruber gesagt und bei dem Wort furchtbar gestottert, aber nicht das war der Grund, weshalb Anton nicht gleich begriff, daß er das Wirtshaus meinte. Sie könnten natürlich auch im Heim ein Bier trinken, hatte Herr Gruber gemeint, aber in der Kneipe schmecke es besser, und man käme unter die Leute. Wie die schauten, als sie eintraten. Anton hatte sich gesagt, daß die Leute im Wirtshaus von Wiseschdia auch hingeschaut hätten, wenn Fremde hereingekommen wären, von denen man hätte annehmen können, daß sie nicht in der Staatsfarm arbeiteten. Die Männer hockten alle auf hohen Stühlen an der Theke, und Anton spürte so etwas wie Ablehnung. Es war ein Werktag, gegen Abend, aber alle Gäste, einschließlich er und Herr Gruber, waren gekleidet, als ob es Sonntag wäre. Nicht nur wegen der Musik verstand man nicht, was die Leute sich erzählten. Dieses Nuscheln war ihm noch nie so aufgefallen wie hier, wo die Einheimischen unter sich waren. Auf der Straße konnte er noch, wenn er Gesprächsfetzen in ihrer Mundart aufschnappte, vieles ableiten. Er selbst mischte in seinen Gesprächen mit anderen, ohne es zu beabsichtigen, Brocken in der Hochsprache bei, sagte nein anstatt nee, ja anstatt jo, ich habe anstatt ich hann. Wenn er sich dabei ertappte, fragte er sich, warum, denn er war davon überzeugt, daß niemand Schwierigkeiten gehabt hätte, seine Sprache zu verstehen.

Es ist Anfang Mai, wir müssen anpflanzen, zu Hause haben wir das immer um diese Zeit gemacht, hatte Anton vor ein paar Tagen zu Susanne und Gregor gesagt. Erst im nachhinein war ihm aufgefallen, daß er müssen gebraucht hatte, eine Formulierung, die ihm zum Hals heraushing und auf die er allergisch reagierte, wenn ein anderer sie ihm gegenüber verwendete. Es war Samstag und heute hatten Susanne und Gregor endlich Zeit, um mit ihm zu „Dehner“ zu fahren.

So einfach wie Gregor sich die Übernahme des Gartens

vorgestellt hatte, war es doch nicht gelaufen. Susanne hatte ihrem Vater anvertraut, daß sie Gregor noch nie so aufgebracht erlebt habe. Sein Onkel sei ein angesehenes Mitglied des Gartenvereins gewesen, habe der Vorsitzende gesagt und ihm zu verstehen gegeben, daß es problematisch wäre, den Pachtvertrag auf den Namen Anton Lehnert abzuschließen. Der Vorsitzende habe auf die provokative Frage Gregors, ob er was gegen Aussiedler habe, beteuert, daß dies auf keinen Fall zutreffe, daß es aber im Interesse und der Tradition des Vereins liege, beim Ableben von Mitgliedern deren Parzellen an Familienmitglieder oder Verwandte zu verpachten, und ihm vorgeschlagen, sozusagen das Erbe seines Onkels anzutreten.

Anton hatte gleich mit der Arbeit in dem vergammelten Garten beginnen wollen, aber Susanne oder Gregor hatten während der Woche keine Zeit, um ihn hinzufahren, und die in Frage kommenden Wochenenden im November und Dezember waren verregnet. Der Garten sollte unbedingt noch in diesem Jahr umgegraben werden, damit die Erde durchwintere, hatte Anton Gregor erklärt, der Boden sei lehmig und schwer, Schnee und Frost trügen dazu bei, daß er krümeliger werde. Er müsse sich daran gewöhnen, hatte Susanne gesagt, daß es hier nicht viel schneie, der Schnee kaum liegen bleibe, und so kalt wie zu Hause werde es bei weitem nicht. Als im März endlich mit der Instandsetzung des Gartens hätte begonnen werden können, mußte das hintangestellt werden, denn Anton hatte eine Wohnung zugesprochen bekommen, und es blieb nicht viel Zeit für die Arbeit im Garten.

Anton hatte gezögert, ob er seinen Mitbewohnern etwas sagen sollte, denn er war als letzter eingezogen, und ihm war als erster die Wohnung zugeteilt worden. Aber so tun, als ob nichts wäre und dann einfach ausziehen, konnte er nicht, auch auf die Gefahr hin, daß der Neid die letzten

Tage des Zusammenlebens vergiften könnte. Frau Wilma und Herr Gruber versicherten ihm, daß sie sich freuten, und wünschten ihm mehr Glück als sie es bisher hatten. Bei dieser Gelegenheit erfuhr Anton, daß beide ihnen zugeteilte Wohnungen abgelehnt hatten. Es sei eine Zumutung gewesen, ihr überhaupt so etwas anzubieten, hatte Frau Wilma gesagt. Die Birgers hätten eine Wohnung in der sich im Bau befindenden Wohnanlage hier Im Hüttenbühl in Aussicht, hatte Herr Gruber Anton anvertraut, schade, daß für Alleinstehende nur ein paar wenige Wohnungen mit eingeplant wären, er aber gebe die Hoffnung nicht auf. Frau Wilma kannte die Wohnverhältnisse in der Theodor-Körner-Straße durch eine Bekannte, die dort wohnte, und ließ erkennen, daß sie nicht unbedingt dort hinziehen würde.

Vier parallel zueinander verlaufende dreistöckige Wohnblocks mit je zwei Eingängen bildeten praktisch die Theodor-Körner-Straße. Riesige Kastanienbäume standen auf den Grünflächen zwischen den aus Ziegelsteinen erbauten Gebäuden aus der unmittelbaren Nachkriegszeit, die Garagen zur auslaufenden Bergheimer Straße hin, die direkt auf die Autobahn nach Mannheim führte, waren später errichtet worden. An der Rückseite der Theodor-Körner-Straße, der Blücherstraße, verlief die OEG-Linie.

Der junge, modisch gekleidete Verwalter und Hausmeister mit tänzelndem Schritt war nicht sehr gesprächig, als man von seinem Büro in der Vangerow-Straße über das verzwickte Ampelsystem an der Kreuzung zur Besichtigung der Wohnung aufbrach. Er informierte Anton und Susanne bloß, daß in der Zwei-Zimmer-Wohnung seit vielen Jahren eine vor kurzem verstorbene Frau gelebt hatte, deren Sohn die Wohnung durch eine Firma habe auflösen lassen.

Alles nur keine Bruchbude hätte man hinter der weiß

gestrichenen Eingangstür im zweiten Stockwerk vermutet. Ein abgerissenes Stück Tapete lag in dem kurzen engen Flur, von dem aus die vier Türen zu den Räumlichkeiten führten: linkerhand Bad und Küche, rechterhand die zwei Zimmer. Aus der grau verschmutzten Decke ragten die Stromkabel, die Badewanne war verdreckt, das Waschbekken gesprungen, der Klodeckel fehlte, mehrere Bodenfliesen im Bad gebrochen, die Wasserhähne in der Küche waren abmontiert; die Konturen an den Zimmerwänden wiesen darauf hin, wo die Möbel gestanden waren, abgelöste Tapetenteile unterschiedlicher Farbtönungen ließen erahnen, wie oft hier überklebt worden war, der Bretterfußboden wies morsche Stellen auf, an zwei Fenstern fehlten die Klinken.

Das Ersetzen schadhafter und fehlender Teile, dazu zähle auch der Gasboiler, gehöre unbedingt zu den Aufgaben der Wohngesellschaft, hatte der Hausmeister schließlich gesagt. Er könne sich aber denken, daß Tapezieren, Streichen und kleinere Arbeiten von ihnen übernommen werden, das machten viele Aussiedlerfamilien, und beim Auszug aus der Wohnung entfalle dann dieser Anspruch ihrerseits.

Anton hatte die ganze Zeit über nichts gesagt, Susanne ging auf den Vorschlag des Hausmeisters nicht ein, sondern machte ihm, als sie sich verabschiedeten, in einem ruhigen und sachlichen Ton klar, daß sie eine rundum renovierte Wohnung wünsche, die Wartezeit nehme man in Kauf. Auf dem Weg zum Wagen äußerte Anton die Befürchtung, daß man ihm so rasch keine Wohnung mehr anbieten werde, Susanne aber beruhigte ihn: sie hätten die Wohnung nicht abgelehnt, sondern auf eine Übergabe laut Vertrag gepocht, er brauche keine Angst zu haben, müsse lernen, in Deutschland sein Recht zu behaupten. Renoviert werde die Wohnung gut aussehen, versicherte sie ihm, und von der Lage her habe sie viele Vorteile: bis zu ihr sei es nur ein Katzensprung, im „Multi-Markt“ in der Blücher-Straße könne er einkaufen, bis zum Bahnhof und zur Post sei es nicht weit, in die Stadt könne er zu Fuß kommen. Sie zeige ihm jetzt noch den Wehrsteg, am Neckar könne er spazieren gehen, und um in den Garten zu gelangen, sei er nicht mehr auf sie angewiesen.

Am letzten Samstag im April hatte Anton Lehnert nach sieben Monaten das Übergangswohnheim in Kirchheim etwas wehmütig verlassen, denn durch die gemeinsamen Sorgen waren er und seine Mitbewohner sich näher gekommen, Frau Wilma und Herr Gruber hatten versprochen, ihn zu besuchen. Herr Gruber hoffte auf einen so guten Zimmergenossen wie Anton es war, und Frau Wilma war sich sicher, daß Agnes noch lange auf die Heiratsgenehmigung mit ihrem Freund aus Polen wird warten müssen und sie deshalb niemand anderen ins Zimmer bekomme.

In einer gemeinsamen Aktion, zu der nur Hilde fähig war, hatte man die renovierte Wohnung eingerichtet und möbliert. Erikas Mann hatte einen Kleinlaster gemietet, Teppichböden für die Zimmer und Linoleum für die Küche gekauft, Hilde hatte gebrauchte Möbel, einen Herd, Kühlschrank, Staubsauger, Fernseher und Leuchten von Bekannten organisiert, und damit beladen waren sie noch Freitag spät abends nach Heidelberg gekommen. Erika und Hilde hatten bei Susanne geschlafen, Wolfgang und Johann auf Matratzen in der neuen Wohnung. Susanne holte Anton, während die anderen mit der Arbeit begonnen hatten, aus dem Wohnheim ab, und bis am Abend war man fertig. Susanne hatte bei sich zu Hause gekocht, und die Einweihung fand mit dem gemeinsamen Essen in der neuen Wohnung statt. Obwohl das Mobiliar zusammengestückelt sei, sehe es gar nicht schlecht aus, hatte Hilde gemeint, später mal könne man neue Möbel kaufen. Ihm gefalle es, so wie alles aussehe, hatte Anton gesagt, wozu brauche er neue Möbel. Gregor, der sich durch Handlangerdienste nützlich gemacht hatte, war voller Bewunderung für die geleistete Arbeit, und jetzt hatte er alle Mitglieder der Großfamilie zum ersten Mal gesehen.

Wo Susanne und Gregor nur blieben? Anton erhob sich von der Küchensitzbank und war versucht, bei Susanne anzurufen, das Telefon nötigte ihm aber noch immer Respekt ab. Er trat ans Fenster, unten stand der Kastanienbaum in voller Blüte. Das strahlende Wetter wird bestimmt halten. Er hätte ja allein in den Garten gehen können, wollte aber beim Kauf der Pflanzen dabei sein. Seit einer Woche war er nicht mehr draußen gewesen. Die Kartoffeln mußten schon gespitzt sein, die Petersilie war nicht aufgegangen, kein Wunder bei dieser kalten, lehmigen Erde, und er hatte nachgesät.

Einer der Wege in seinen Garten führte an einer anderen Gartenanlage vorbei, die ihm überhaupt nicht gefiel. Dort gab es außer Wasser- auch Stromanschluß, aber die Gärten bestanden nur aus Rasen und Bäumen, die Wege waren geschottert, manche gar asphaltiert, von Gartenzwergen gesäumt, an den Häuschen waren Räder von Pferdewagen angebracht, Pflugscharen und andere landwirtschaftliche Geräte, ausrangierte Schubkarren und Bottiche dienten als Blumenbeete. Vor einem dieser Gärten war er auf einen Sandhaufen gestoßen und hatte, nachdem er sich versichert hatte, daß niemand ihn beobachtete, ein paar gute Hände voll in einer Tüte mitgehen lassen. In der mit Sand aufbereiteten Saatfläche mußte es gelingen, den heiklen Samen der Petersilie zum Keimen zu bringen. Gregor hatte von Landwirtschaft überhaupt keine Ahnung, hatte gefragt, ob man die Keimlinge an den Kartoffeln vor dem Pflanzen nicht abmachen sollte. Anton war froh, daß sie überhaupt gekeimt waren, denn er hatte befürchtet, daß man sie für den Verkauf im Supermarkt chemisch behandelt haben könnte.

Ein Auto fuhr vor, es war aber nicht Susanne, der Wagen hatte nur dieselbe Farbe wie der ihrige. Auf dem Gehweg vor dem Wohnblock parkten die Anwohner, die keine Garage hatten. Die Durchfahrt auf die Blücher-Straße war nicht möglich, da auf Kante eingelassene Ziegelsteine am Ende des Gehwegs die Ausfahrt versperrten. Man konnte nur rückwärts fahrend wieder auf die Straße gelangen, eine Grünfläche mit hohen Platanen trennte sie von der Auffahrt auf die Autobahn. So mancher ältere Autofahrer hatte mit dem Rückwärtsfahren seine Schwierigkeiten, und einer war dabei in das Blumenbeet geraten, das dem Wohnblock entlang angelegt war. Frau Wondras Rosenstock hatte es erwischt, und die hatte ein Riesenspektakel gemacht. Das könne nur einer der Aussiedler gewesen sein, denn nur die hätten keine Courage, sich ihrer Verantwortung zu stellen, wenn sie Schaden anrichteten. Sie und ihr Mann, ein verschlossener, immer grimmig dreinblickender Kerl, stammten aus der DDR und waren bedeutend jünger als die anderen Bewohner in der Theodor-Körner-Straße. Anton hatte Herrn Wondra im Treppenhaus gegrüßt, der den Gruß nicht erwidert und damit war für ihn die Sache erledigt. Was bildete sich dieser Gockel bloß ein? Beim Einzug hatte Anton die Mitschang aus Johannisfeld kennengelernt, die Resi war vor die Tür getreten und hatte Hilde angesprochen. Sie kämen doch, wie man sie sprechen höre, aus dem Banat, hatte sie gesagt und sich gefreut, daß ein Landsmann einzog. Frau Mitschang hatte ihn zu Kaffee und Kuchen eingeladen, zur Gewohnheit wollte es Anton schon deshalb nicht werden lassen, weil ihr Mann kränkelte, nicht mehr aus dem Haus ging und zudem sehr unwillig war. Zu anderen Bewohnern hatte Anton keinen Kontakt. Das lag wohl daran, daß jeder seine vier Wände hütete, hatte er sich gesagt. Aber was nicht ist, konnte ja noch werden.

Jetzt bog Susannes Wagen ein und blieb gleich an der Einfahrt stehen. Anton nahm die Tüte vom Tisch, darin steckten seine Arbeitskleider, und wollte hinuntereilen. Im Flur überlegte er es sich und wartete auf das Klingelzeichen, denn er wollte nicht den Eindruck erwecken, ungeduldig gewartet zu haben. Mit der Handhabung der Sprechanlage war er inzwischen vertraut.

Frau Wondra wusch, von oben kommend, die Treppen auf, hielt inne, als Anton aus der Wohnung trat, warf ihm einen Blick zu und machte weiter. Er ging grußlos nach unten und ärgerte sich wieder mal. Er konnte nicht verstehen, wieso die Wondra darauf aus waren, jedes Zusammentreffen unangenehm werden zu lassen. Nächste Woche war er mit dem Reinemachen dran, und Frau Mitschang hatte ihm gesagt, daß die Wondra neuerdings nachprüfte, ob auch für ihre Begriffe richtig aufgewaschen wurde. Die sollte ihm mal kommen!

„Guten Morgen allerseits! Da seid ihr ja", begrüßte Anton Susanne und Gregor.

„Was hast du denn in der Tüte?" wollte Susanne wissen.

„Meine frisch gewaschene Arbeitsmontur."

„Klappt es mit der Waschmaschine?"

„Ist doch keine Philosophie!"

Susanne hatte Anton eine kleine Waschmaschine gekauft und der nicht gleich erkannt, was diese rote Plastikkiste eigentlich sein könnte. Für die Bedürfnisse einer Einzelperson sei sie sehr praktisch, hatte Susanne gesagt, man stelle sie auf einen Hocker neben die Badewanne wegen dem Abfluß des Schmutzwassers und könne sie nach Gebrauch in eine Ecke räumen, wo sie keinen Platz versperrt.

Es waren nur wenige Autos unterwegs. Schon Samstag begann hier ein ganz anderes Leben und Treiben, daran hatte sich Anton gewöhnen müssen, von zu Hause kannte er das nur an den Sonntagen. Und dort hätte er frische Arbeitskleidung montags angezogen. Es war für ihn ungewöhnlich, daß er sich im Garten für die Arbeit umkleidete, aber hier ging man eben nicht in Arbeitskleidung durch die Straßen.

„Gar nicht so weit", stellte Anton fest, als sie bei „Dehner" vorfuhren.

„Ein Andrang ist das", sagte Gregor, denn sie hatten endlich auf dem Gelände des alten Güterbahnhofs einen Parkplatz gefunden.

Leute mit vollbeladenen Einkaufswagen kamen ihnen entgegen, Anton kannte all diese Bäumchen und Sträucher nicht, die viele mitführten. Daß man Blumenerde, in Plastiksäcken verpackt, kaufen konnte, war ihm neu, es wunderte ihn aber nicht, hatte Hilde ihm doch gesagt: In Deutschland kriegt man zu kaufen, was du dir nur denken kannst. Zu Hause hatte er aus Erde und verfaultem Viehmist eine Mischung hergestellt, die gesiebt, und das diente als Saatbett für die Mistbeete. Der nach dem Auspflanzen ins Freie verbliebene Rest wurde, an einer geschützten Stelle im Hof sorgfältig abgedeckt, fürs nächste Jahr aufbewahrt, nur Maria nahm sich davon für ihre Blumenbeete im vorderen Hof.

„Schöne Muschkattel", sagte Anton, als eine Frau einen Einkaufswagen mit diesen schon blühenden Blumen an ihnen vorbeischob.

„Du meinst die Geranien", verbesserte ihn Susanne.

„Ist doch egal. Hauptsache du verstehst, was ich meine."

„Nur nicht gleich aufregen!"

„Aber woher."

Gregor hatte einen Wagen genommen, und sie betraten das Geschäft. Er habe geglaubt, hier sei eine Gärtnerei, flüsterte Anton Susanne zu. Anschließend an die Geschäftsräume befinde sich ein zum Teil überdachtes Gelände, dort gebe es die Pflanzen und Blumen, sagte Susanne, hier habe sie vor Wochen die Samen für Petersilie und Möhren gekauft und die Steckzwiebeln. Anton schaute sich im Vorbeigehen die in Regale sortierten farbigen Beutel mit den Samen an, das darauf abgebildete Gemüse erkannte er fast alles auf den ersten Blick.

„Wassermelonen", staunte er und blieb stehen.

„Glaubst du, daß die was werden? Zu wenig Sonne, nachts zu kalt und du selbst hast gesagt, daß die Erde im Garten zu schwer ist", gab Susanne zu bedenken.

„Warum verkauft man sie dann?

„Lass ihn es doch versuchen", sagte Gregor.

„Meinetwegen. Ich habe doch nichts dagegen."

„Da sind sechs Kerne drin. Wie viele braucht man denn?" fragte Gregor, der sich einen Beutel ansah.

„Zwei. Für mehr als fünf Nester ist kein Platz", sagte Anton fachmännisch und erklärte Gregor, wie Melonenkerne aufgehen, wie anfällig die jungen Pflanzen sein können, bis sie zu spinnen beginnen, daß man an den Abstand zwischen den Nestern denken muß, weil die Triebe später einander überkreuzen sollen und so die gesamte dazwischen liegende Bodenfläche wie mit einen Teppich überspannen. Wann und wie man die Früchte wenden muß, wie man erkennt, daß sie reif sind, erkläre er ihm, wenn es soweit sein wird.

In Gregor hatte Anton einen interessierten und lernbegierigen Schüler gefunden, dem sich, wie er Anton gestand, eine ihm bis dahin völlig unbekannte Welt Schritt für Schritt erschloß, seit sie den Garten hatten. Mit dem Geständnis hatte Anton nicht viel anfangen können, für ihn war es nur unbegreiflich, daß jemand überhaupt keine Ahnung hatte und sich über alles, was die Landwirtschaft betraf, wunderte, als sei er nicht von dieser Welt.

Gartengeräte benötigten sie keine, denn Gregors Onkel hatte alles Notwendige hinterlassen. Anton staunte, wie teuer Spaten waren, 50 DM das Stück. An der Rückwand des Gartenhäuschens eingeschlagen, hatte er eine Sichel entdeckt, die wohl über Jahre nicht benutzt worden war, sie hatte Rost angesetzt, war aber ansonsten noch ganz in Ordnung. An der Rückwand der Hütte, vom wuchernden Goldregen des Nachbarn verdeckt, könnte er ein Plumpsklo errichten. In keinem der Gärten hatte er eines ausfindig machen können. Wo die Leute nur ihre Notdurft verrichteten? Da, so eine Sense, das wäre ein Stück. Zum Mähen der Grünfläche im Garten wäre sie nicht geeignet, die Fläche viel zu klein, da würde man nicht einmal so richtig in den Schritt kommen. Ihn wunderte, daß Sensen zum Verkauf angeboten wurden, denn er hatte noch niemanden damit auf den Feldern arbeiten sehen, es ging doch alles mechanisch, sogar bei der Stadtgärtnerei. An der Rückwand des Geschäftsraumes war eine Tierhandlung untergebracht: Aquarien mit Fischen, Papageien, Hasen. Ratten und Mäuse! Wer holte sich denn so etwas ins Haus? Die waren wohl weiß, aber trotzdem. Sie kamen an der Abteilung für Tierfutter vorbei, Konserven für Hunde und Katzen gab es, Heu für Kaninchen, Vogelfutter. Wofür die Leute ihr Geld ausgaben!

Ihn wundere gar nichts mehr, sagte Anton, als sie den angrenzenden Hof betraten. Ein Angestellter bewässerte mit einem Gartenschlauch die Ziersträucher, die in schwarze Gefäße aus Plastik gepflanzt waren, Obstbäumchen, nach Sorten zu Bündeln geschnürt, lehnten an den riesigen Holzkübeln, in denen Palmen wuchsen, Rosenstöcke, mit Namenschildern und abgebildeten Blüten versehen, standen korbweise herum. Entlang der hohen Rückwand aus Brettern lagerten die Plastiksäcke mit Torf, Blumen- und Graberde. Blumenerde und Graberde? Worin bestand der Unterschied? Ein Meer von Blumen stand auf fahrbaren Metallgestellen im Hof. An dieser Blütenpracht hätte Maria ihre Freude gehabt. Gleich nebenan, unter dem Dach, gab es auf Gestellen derselben Bauart in nur handflächengroßen Pikiertöpfchen die Gemüsepflanzen.

„Was nehmen wir?" fragte Susanne.

„Paradeis, Paprika, Kraut, Kürbis."

„Auberginen und Zucchini?"

„Was?"

„Vinete! Zucchini ähneln Kürbissen, und davon kann man auch Zuspeise kochen."

„Gut. Und Broccoli, wenn du willst. Habe ich mir gemerkt."

„Mais haben wir vergessen", fiel Susanne ein. Sie müsse zurück in die Samenabteilung, denn dort kämen sie auf dem Weg zu den Kassen nicht mehr vorbei.

„Dann wollen wir mal", sagte Anton zu Gregor, der zwei leere Plastikunterböden in den Einkaufswagen gelegt hatte. Anton erklärte ihm, worauf bei der Auswahl der Pflanzen zu achten sei: sie sollten kräftig sein, mastig hätten sie zu Hause gesagt, gerade gewachsen und der Trieb in der Mitte, das Herz, dürfe nicht beschädigt sein. An dieser Paprikapflanze zum Beispiel sei alles in Ordnung, nur der kurze Teil des Stiels gleich über dem Wurzelansatz sei krumm und dünn. Wenn man anpflanze, komme der Stiel bis zum ersten Blattansatz in die Erde, dieser Teil könnte dann knicken und die schöne Pflanze wäre dahin.

Susanne brachte zusätzlich Sonnenblumenkerne mit. Davon könne man eine Reihe zum Garten des Nachbarn auf der linken Seite pflanzen, schlug sie vor, und Anton meinte, daß er das Krengewächs entlang des Zauns sowieso hätte ausgraben wollen, das habe sich wie Quecken ausgebreitet. Ob Susanne sich noch erinnern könne, wo zu Hause im Garten der Kren wuchs.

„Unter den Akazienbäumen entlang des Gartenzauns."

„Was ist Kren?" fragte Gregor.

„Meerrettich", sagte Susanne, und Anton staunte mal wieder, was für Bezeichnungen die Deutschen für Pflanzen hatten.

„Sonnenblumen sind viel schöner, und in einer hohen Vase im Wohnzimmer verleihen sie dem Raum eine besondere Atmosphäre", sagte Gregor, Anton sah ihn verwundert an, übernahm den Einkaufswagen, und sie gingen in Richtung Kasse. Ob Susanne sich noch erinnere, fragte Anton, wie sie als Kinder, aber auch noch später, Sonnenblumenkerne in einem Blech auf dem Sparherd rösteten. Er habe nie davon gekostet, aber die Mutter habe sie heißhungrig geknackt, habe immer behauptet, daß während der Deportation in Rußland kein Tag ohne Sonnenblumenkerne vergangen sei, die Russen hätten sie ständig und überall geknabbert.

Auf dem Gelände vor „Dehner" herrschte ein Gedränge wie auf dem Jahrmarkt. Die Einkaufswagen waren ausgegangen, und Kunden warteten, bis welche zurückkamen. Weit über das Gelände hinaus waren Autos auf jedem sich nur anbietenden Fleck geparkt. Als Anton die Pflanzen im Kofferraum verstaute, trat ein Mann in seinem Alter auf sie zu und fragte Susanne, ob er den Einkaufswagen haben könnte. Natürlich. Schon im Gehen begriffen, hielt der Mann inne, entschuldigte sich und fragte, ob sie Schwoweleit wären. Anton bejahte, der Mann kam freudestrahlend auf ihn zu, reichte ihm die Hand und stellte sich als Franz Pierre aus Triebswetter vor. Um so mehr freute er sich, als er erfuhr, daß Anton Lehnert aus Wiseschdia, dem Nachbardorf, stammte, auch wenn sie nie voneinander gehört hatten, spielte keine Rolle. Wie klein die Welt doch sei, wurde festgestellt, es war kaum zu fassen, daß man obendrein im selben Gartenverein Mitglied war, und die Bekanntschaft wurde mit dem Versprechen besiegelt, sich gegenseitig im Garten zu besuchen.

„Freust du dich?“ fragte Susanne, als sie abfuhren.

„Sicher. Warum nicht?“

Jemanden aus Wiseschdia in der Gegend zu treffen, konnte sich Anton nicht vorstellen, er hätte es auch nicht gewünscht. Mit jemandem aus Triebswetter von zu Hause zu reden, war einfacher und leichter, stellte er sich vor. Diese Begegnung hatte ihn aufgewühlt, bis in den Garten saß er in sich zusammengesunken auf dem Beifahrersitz. Susanne spürte, daß es besser war, ihn nicht weiter darauf anzusprechen.

Im Garten war die Bedrückung Antons wie verflogen, hier fühlte er sich in seinem Element und erklärte Gregor, nachdem er sich in der Hütte umgekleidet hatte, die Arbeitsvorgänge: die einzelnen Beete durch Festtreten der Erde markieren, die fußbreiten Spuren dienten als Zugangswege, Löcher hacken, mit Wasser füllen, einziehen lassen, die Pflanzen mit den Wurzeln in den Schlamm drücken, zuscharren, nachgießen.

In ein paar Tagen sehe man an der dunkelgrünen Färbung des Stengels, ob die Pflanzen angewurzelt haben, dann würden sie in jeder zweiten Reihe Rigolen ziehen und diese nach Bedarf mit Wasser füllen, die Rigolen müßten von Zeit zu Zeit aufgelockert werden, denn nichts sei für den Boden wichtiger, als atmen zu können. Auf keinen Fall die Pflanzen bei großer Hitze mit dem Schlauch netzen, denn sie könnten verbrennen, abwelken.

Bevor sie sich an die Arbeit machten, halfen sie Susanne beim Aufstellen der Gartenmöbel. Die hatte vor, sich in die

Sonne zu legen, und foppte ihren Vater damit, daß der dies zu Hause nicht akzeptiert hätte, als sie noch Mädchen war.

Daß man an einem Vormittag einen Garten bestellen kann, hätte sich Anton Lehnert noch vor einem Jahr nicht träumen lassen. Aber der nur etwa 2 Ar große Garten war ein Schrebergarten, wie Gregor das nannte. Was die Bezeichnung bedeutete, wußte Anton nicht. Fest stand, daß die Pächter auf den Ertrag nicht angewiesen waren.

In den letzten Kriegsjahren und den ersten Nachkriegsjahren sei jeder Flecken genutzt worden, und die Grundstücke hätten ganze Familien ernährt, hatte Herr Bienek Anton erzählt. Herr Bienek war noch einer der Pächter aus der unmittelbaren Nachkriegszeit. Er hatte Anton, der reparierte gerade das kniehohe Gartentürchen, gefragt, ob er der neue Pächter sei. Nicht direkt, hatte Anton gesagt, der sei sein Schwiegersohn Gregor Brauner. Es wäre zu kompliziert gewesen, zu erklären, daß Gregor eigentlich nicht sein Schwiegersohn war, aber was ging das Herrn Bienek schon an. Er habe den Vorpächter, Herrn Brauner, gut gekannt, ließ Herr Bienek nicht locker, und ihm, Anton, sage er auf den Kopf zu, daß er nicht von hier stamme. Nein, aus dem Banat, seit fast einem Jahr hier, gab sich Anton selbstsicher. Er stamme aus Ostpreußen, sagte Herr Bienek, alle älteren Pächter aus diesem Teil der Gartenanlage, Herr Brauner sei die Ausnahme gewesen, seien Vertriebene aus Ostpreußen, Pommern, Schlesien und dem Sudentenland. Er kenne in großen Zügen auch die Geschichte des Banats, es wäre ihm eine Freude, sich darüber mit ihm zu unterhalten, er wünsche einen guten Neubeginn. Anton solle sich nichts daraus machen, wenn er mal eine abschätzige Bemerkung seitens der Einheimischen zu hören kriege, das seien Menschen, die bis heute nicht begriffen hätten, daß die Bundesrepublik es ohne die Vertriebenen nicht zu diesem Wohlstand gebracht hätte.

Antons Garten war der zweite rechts vom Eingang aus gesehen. Der erste Nachbar hatte keine Anstalten gemacht, ins Gespräch zu kommen, sie grüßten sich bloß, der dritte Garten war noch immer verwaist. Die Pächter von vis-à-vis waren zwei Schwestern, die Lohmüller, aber nur die verheiratete und etwas dickliche war gesprächig. Sie stammten aus Schlesien, und Frau Lohmüller hatte Anton eine Geschichtslektion zu Schlesien gehalten. In dieser Hinsicht hatte Anton vor Herrn Bienek und Frau Lohmüller Respekt, er konnte nur vom Banat erzählen, wie er gelebt hatte, was nach dem Krieg geschehen war, in konkreten Fragen zur Ansiedlung und dergleichen kannte er sich nicht aus. Der Werner Theiss hätte hier sein müssen, der hätte denen alles erklärt.

„Wir sind soweit!" rief Susanne.

„Und ich auch", gab Anton zurück und sammelte noch die leeren Beutel der Mais- und Wassermelonenkerne ein, bevor er sich an der Wasserleitung die Hände wusch. Gregor hatte bis vorhin noch mitgeholfen, bereitete jetzt das Grillfleisch zu, es gab Tomatensalat, Baguette, Bier und Orangensaft aus der Kühlbox.

„Schön sieht alles aus", lobte Susanne, die ihrem Vater ein Tuch zum Abtrocknen der Hände reichte.

„Will ich doch hoffen."

„Zu Tisch, die Herren!", lud Susanne ein.

„Das ist ja alles hergerichtet wie im Restaurant", sagte Anton.

„Hoffentlich schmeckt dir auch der Rostbraten."

„Na hör mal, Gratar schmeckt immer und überall."

Bis in die Nachmittagstunden blieben sie im Garten, beim Bier erläuterte Anton Gregor weitere Geheimnisse des Gemüseanbaus, weihte ihn in Tricks ein, die man nur nach jahrelanger Betätigung herausfindet, schwelgte in Erinnerungen an seinen Garten. Um eine Zeit unterbrach ihn Susanne und fragte, ob wirklich alles so leicht und schön war, und Anton mußte gestehen, daß in der Erinnerung alles in einem angenehmeren Licht erscheint.

Kurz bevor sie aufbrachen, tauchte ein Ehepaar mit drei Kindern auf, begleitet von den Großeltern der Kinder, und sie nahmen den bisher verwaisten Garten nebenan in Besitz. Der ältere Herr grüßte zaghaft herüber, und Anton erwiderte den Gruß. Als sie schon außer Hörweite waren, flüsterte er Susanne zu, daß die neuen Pächter bestimmt Rußlanddeutsche wären.

Auf der Heimfahrt, Anton saß auf dem Rücksitz, führten Susanne und Gregor ein Gespräch darüber, ob es gut sei, daß Vertriebene unter sich blieben oder nicht, inwiefern Aussiedler, die aus derselben Gegend stammten und deshalb ein noch stärkeres Zugehörigkeitsgefühl entwickelten, danach streben sollten, sich zu integrieren, ob ein solcher Integrationsprozeß erst ab der nächsten Generation problemlos verlaufe, inwiefern Diskussionen in den Medien, die ausarten konnten, sinnvoll seien oder nicht.

Was diese ganze Theorie denn solle, erzürnte sich Anton schließlich, er sei weder ein Vertriebener noch ein Aussiedler, man sei Bürger eines Landes, habe der Werner Theiss von zu Hause gesagt. Wenn man sie nicht hätte haben wollen, hätte man Gesetze in diesem Sinne erlassen sollen und basta. Dann gäbe es die ganze Diskussion um Aussiedler und Asylanten nicht. Mit wem er verkehre, sei seine Angelegenheit, das sei eine Sache von Mensch zu Mensch.

So erbost habe sie ihn noch selten gesehen, beruhigte ihn Susanne. Und sie habe geglaubt, daß er sich darüber keine Gedanken machte. Wenn er nicht darüber rede, weil er sich nicht so nobel ausdrücken könne, heiße das noch lange nicht, daß er sich nicht seine Gedanken mache. Sie sollten sich den heutigen schönen Tag aber nicht damit verderben, schloß Anton versöhnlich.

Von der Bank unter dem Kastanienbaum vor dem Wohnblock erhoben sich ein junger Mann und eine Frau, als Susanne, Gregor und Anton auf die Eingangstür zusteuerten. Es waren Helene und Karl Huber, aber Anton zeigte keine Regung, als die zwei sich ihnen näherten.

„Grüß Gott, Anton Onkel!" begrüßte ihn Karl und reichte ihm die Hand. Helene Huber war Susanne weinend um den Hals gefallen, umarmte dann Anton, der noch immer sprachlos dastand.

„Kommt herauf!" lud Susanne die unerwarteten Gäste ein, nachdem sie ihnen Gregor vorgestellt hatte. Anton zündete sich eine Zigarette an und ging voraus.

In der Küche weinte Helene erneut los, als Anton die Gäste bat, doch Platz zu nehmen. Sie und Karls Familie wollten die Verwandtschaft aufrechterhalten, deshalb seien sie gekommen, denn an allem was geschehen war, hätten sie keine Schuld. Und der, Helene Huber nannte den Namen ihres Mannes nicht, solle machen, was er wolle.

„Jetzt trinken wir einen Kaffee", schlug Susanne vor.

„Wir haben leider keinen Kuchen", entschuldigte sich Anton.

„Den habe ich mitgebracht", sagte Helene Huber und packte eine Tüte aus.

„Wie geht es der Familie?" fragte Anton seinen Neffen und setzte sich zu ihm.

„Gut, Anton Onkel. Die Mama und meine Familie können sich nicht beklagen."

5

Anton Lehnert saß in der Küche seiner Wohnung in der Theodor-Körner-Straße und ließ das Jahr Revue passieren, denn heute war Weihnachten. Für ihn hatte dieses Fest schon immer das eigentliche Ende des Jahres bedeutet, denn Neujahr war so rasch vorbei, der Weihnachtstimmung aber konnte auch er sich nicht entziehen. An seine ersten Weihnachten in Deutschland erinnerte er sich nicht gerne, da er bei Susanne verbockt herumgesessen war und man ihm nichts hatte gut machen können. Diesmal lag ein ereignisreiches Jahr zurück, und er konnte zufrieden sein. An Spannungen zwischen ihm und seinen Töchtern hatte es nicht gefehlt, er ärgerte sich im nachhinein über seine Sturheit, aber zum Glück hatte er gute Kinder.

Die Geburtstage der Erwachsenen wurden nicht groß gefeiert, aber ein runder wie der sechzigste wäre auch zu Hause Anlaß zu einem Familientreffen gewesen. Wenn Maria noch gelebt hätte, wären zwei mit dem großen weißen Tischtuch bedeckte Tische in der vorderen Küche zusammengerückt worden, sie hätte das Festessen in der hinteren Küche gekocht: Suppe mit Hühnerfleisch, Salzkartoffeln und Tomatensauce, als zweiten Gang gebratenes Hühnerfleisch, Kartoffelpüree, Salat und das letzte eingelegte Obst aus dem Vorjahr. Das Speiseservice aus Österreich, Marias Stolz, wäre auf den Tisch gekommen. Wunschvorstellungen.

Eine Woche vor seinem 60. Geburtstag war es zum

Streit zwischen ihm und Susanne gekommen. Die hatte vorgeschlagen, in ein Restaurant zu gehen, für die gesamte Familie zu kochen, wäre ihr zu viel Arbeit. Das wollte Anton nicht einsehen. Auch wenn er das Geld hätte, würde das nicht in Frage kommen, das wäre Verschwendung. Sie komme doch dafür auf, ließ Susanne sich nicht beirren. Anton hatte ungehalten reagiert: Ob sie schon mal gehört habe, daß jemand, der seinen Geburtstag feiert, sich das von einem anderen bezahlen läßt. Sie werde mit Hilde und Erika sprechen, hatte Susanne daraufhin vorgeschlagen, zu dritt würden sie sich die Kosten teilen, er solle das als eine Art Geburtstagsgeschenk betrachten. Dagegen hatte sich Anton im ersten Moment ebenfalls gewehrt, dann aber klein beigegeben. Susanne hatte viel herumtelefoniert, und alles kam anders, als von ihr geplant.

Erika hatte ihre Bedenken, und Hilde löste schließlich das scheinbare Dilemma auf ihre pragmatische Art: Es wird im Garten gegrillt. Man kaufe Schweinekamm am Stück ohne Knochen, sie lege das Grillfleisch ein, Salate seien schnell angerichtet, sie und Erika bringen selbstgebackenen Kuchen mit. Wenn schlechtes Wetter sein sollte, würden sie das Grillfleisch in der Pfanne auf dem Herd zubereiten, natürlich beim Vater zu Hause, denn schließlich sei es doch sein Geburtstag.

Das Wetter war schön, und Anton dachte: Gut, daß es in Deutschland das Grillen gibt. Voller Stolz hatte er Erika, Hilde und deren Männern den Garten präsentiert, die reifen Erdbeeren, sie trugen zum zweiten Mal Früchte, durften Dietmar und Benno pflücken. Anton hatte darauf bestanden, bei der Feier im Garten das neue Hemd, die Hose und die neuen Sandalen zu tragen. Für die Brotschneidemaschine und den Kaffeeautomaten sah er keine Verwendung, wollte aber niemanden vor den Kopf stoßen. Er war zu Tränen gerührt, als ihm Benno eine selbst angefertigte und von Dietmar eingerahmte Buntstiftzeichnung mit dem Titel „Otas Haus und Hof in Wiseschdia“ überreichte. Anton hatte den zutiefst verstörten Zehnjährigen lange an seine Brust gedrückt. Aus dieser nostalgischen Stimmung heraus hatte Anton gemeint, daß es hoffentlich eines Tages gelingen werde, die zu Hause bei den Potje in Verwahrung gebliebenen Erbstücke der Familie, das Speiseservice aus Österreich, die Pendeluhr und das Grammophon der Urgroßmutter, heil nach Deutschland zu schaffen. Er hoffe doch, hatte er hinzugefügt, daß Erika, Hilde und Susanne sich werden einigen können, wer was bekomme, hatte aber das Gefühl, einen wunden Punkt angesprochen zu haben.

Zwei Wochen vor seinem 60. Geburtstag war Bewegung in seine Aktenlage gekommen. Herr Brisowsky hatte die Änderung der Eintragung in den Vertriebenenausweis erwirkt. Als Historiker und Kenner der Geschichte der Vertriebenen habe er Dokumente ausfindig gemacht, die eindeutig belegten, daß Anton an Leib und Seele Schaden genommen hätte, wäre er früher als 1955 in seine Heimat zurückgekehrt. Anton hatte nicht darauf gepocht, diese Dokumente zu sehen, sein Fall war positiv entschieden worden und damit die Angelegenheit erledigt. Herr Brisowsky hatte ihn und Susanne zu Vorträgen, die er gelegentlich hielt, eingeladen, Anton zugesagt, obwohl er von vornherein wußte, daß er zu so etwas nie gehen würde. Herr Brisowsky ermahnte ihn, den Antrag auf Lastenausgleich zu stellen, da nun alles geregelt sei, Anton versprach es und schämte sich zutiefst. Da hatte ihm ein Mensch Gutes getan, und er mußte lügen, weil er auf die Abfindung durch seinen Bruder eingegangen war. Das hätte er Herrn Brisowsky doch unmöglich anvertrauen können. Wenn das nur nicht doch eines Tages ans Licht kam!

Bei der Vorladung zum Arbeitsamt hatte Anton erneut

versichern müssen, voll erwerbsfähig zu sein. Die Änderung der Eintragung im Vertriebenenausweis berechtige ihn, Rente zu beanspruchen, er werde Vorruhestandsgeld bekommen und ab zweiundsechzig Rente. Viel dürfte es nicht sein, hatte man ihm gesagt. Seine Töchter unterstützten ihn mit je 200 DM im Monat, und Anton konnte es immer noch nicht fassen, daß er den gesamten Betrag für Miete und Nebenkosten hinblättern mußte, über seinen Antrag auf Wohngeld war noch nicht entschieden.

Die Befürchtung, Helene könnte mit seinem Bruder zum Geburtstag auftauchen, hatte sich Gott sei dank nicht bestätigt. Von Helene hätte er das erwarten können, denn zu Hause hatte sie immer wieder, wenn ihr Mann sie verprügelte, bei ihren Eltern Zuflucht gefunden, war denn jedoch zu ihm zurückgekehrt und hatte die Wogen zwischen den Familien geglättet. Sie konnte dann so tun, als wäre nichts geschehen. Anton hatte lange gerätselt, ob hinter dem Besuch von Helene Huber nicht doch eine Absicht steckte, die er nicht durchschaute. Aber der Versuch, ihn mit seinem Bruder zu versöhnen, unterblieb. Diesmal war die Trennung wohl endgültig, und ihre Entscheidung war bestimmt von ihrem Sohn befördert worden.

Karl hatte beim nächsten Besuch im August Frau und Kinder mitgebracht, die Kleinen hatten im Garten ausgelassen gespielt, Peter Huber wurde nicht erwähnt. Susanne und Gregor waren damals im Urlaub irgendwo in Italien, und Helene hatte zum Grillen alles mitgebracht. Als er die Kinder von Karl so spielen sah, hätte sich Anton gewünscht, seine Enkelkinder wären dabei, aber Erika und Johann hatten keine Zeit. Das war ein Hallo, als er zwei von den sechs Wassermelonen schnitt und die auch noch vorzüglich schmeckten. So dick wie zu Hause waren sie nicht geworden. Kein Vergleich, hatte Anton gesagt, aber zugegeben, daß die Melonen beim Türken noch dicker waren als die zu Hause, gut schmeckten, man müsse sich nur auskennen und nicht die mit den dicken Schalen kaufen.

Herr Bienek und die Schwestern Lohmüller hatten nicht daran geglaubt, daß es Anton gelingen würde, Melonen zu ernten, bisher hatte in der Gartenanlage noch niemand welche gepflanzt. Aufs Jahr wollten sie es ebenfalls versuchen, und Anton sollte ihnen mit Rat beistehen. Der alte Schuhmacher und der alte Reiter von nebenan hatten vom Gemüse aus Kasachstan geschwärmt, die Samen seien schon bestellt, hatten sie gesagt. Nur die Alten von den Rußlanddeutschen sprachen Deutsch, einen Dialekt, und man mußte genau hinhören, um alles zu verstehen.

Im September dann erhielt Anton einen ungewöhnlichen Anruf aus Pfungstadt, wo die Huber wohnten. Der Beamte versicherte sich, ob er mit Anton Lehnert sprach, und wollte von ihm wissen, ob er Anspruch auf ein Erbe von seiner verstorbenen Mutter Katharina Huber erhebe. Nein, wieso, worum es denn ginge, hatte Anton gestammelt, und der Beamte ihn aufgeklärt, daß es seine Pflicht sei, die Erklärung des Peter Huber zu überprüfen, der zu Protokoll gegeben habe, daß die Mutter keine Ersparnisse oder Wertsachen hinterlasse. Er schließe sich also der Aussage seines Bruders an, diese mündliche Erklärung genüge, stellte der Beamte fest und fügte hinzu, daß das hessische Erbrecht eine solche Befragung vorsehe. Bis am Abend hatte er warten müssen, um Susanne zu erreichen, und sich über das Telefon in einer wüsten Schimpftirade auf seinen Bruder Luft gemacht.

Dann waren Hilde und Wolfgang Ende Oktober unerwartet mitten in der Woche vorbeigekommen zu Antons Erschrecken. Es sei nichts passiert, beruhigte ihn Hilde, als er die Gäste in der Tür stehend empfing. Etwas schon, hatte Wolfgang gesagt und lächelnd am Küchentisch Platz genommen. Wenn, Gott bewahre, nichts Unerwartetes dazwischenkomme, werde er zum dritten Male Großvater, teilte Hilde ihm mit, und Anton mußte sich, nachdem er seine Tochter umarmt hatte, erst mal setzen. Eine freudige Nachricht, auf alles, nur auf das sei er nicht gefaßt gewesen, daß der Mensch auch immer sofort nur an etwas Schlimmes denke. In ihrem Alter, sie sei jetzt siebenunddreißig, wäre eine Schwangerschaft nicht mehr etwas Alltägliches, hatte Hilde gemeint. Das ließ Anton nicht gelten und erinnerte an die Lambrecht Katharina aus Wiseschdia, die den verwitweten Seiler Christoph aus Ostern geheiratet hatte und ungefähr in dem Alter wie Hilde, wenn nicht älter, einen Sohn gekriegt hatte. Die alten Weiber hätten, als die Heirat feststand, gemunkelt, die Lambrecht gehe diese Ehe nur ein, um auch sagen zu können, sie sei verheiratet, denn wer, außer einem Witwer mit zwei Kindern, hätte die noch genommen. Die Mutter habe immer ein Herz für solche Leute gehabt und die Lambrecht vor den üblen Nachreden der Frauen bei der Arbeit in der Kollektiv in Schutz genommen. Ja, so sei die Mutter gewesen, wenn sie das noch hätte erleben können. Hilde hatte durchblicken lassen, daß sie eine Behandlung habe durchmachen müssen, Anton aber nicht weiter nachgefragt, denn es wäre ihm peinlich gewesen, mit seiner Tochter über dergleichen zu sprechen.

In dieser Stimmung der Vorfreude auf den Zuwachs in der Familie hatte Anton den Vorschlag Hildes, gemeinsam das Grab der Großmutter in Pfungstadt zu besuchen, nicht ablehnen können. Da diese die Befürchtung ihres Vaters ahnte, es könne eine Begegnung mit seinem Bruder in die Wege geleitet worden sein, versicherte sie ihm, daß die Helene von dem Vorhaben nichts wisse und daß sie nicht vorhätten, bei Karl einzukehren. Der Besuch auf dem Friedhof trage vielleicht dazu bei, daß er seinen inneren Frieden mache, hatte Hilde gesagt. Innerer Friede! Was für ein Blödsinn! hatte Anton dann doch noch aufbegehrt.

Als sie vor dem Grab standen, spürte Anton keinen Groll mehr, und der Name auf dem Grabstein, Katharina Huber, geb. Bettendorf, berührte ihn nicht. Vielleicht war es das, was Hilde mit innerem Frieden gemeint hatte.

Ja, so war das Jahr vergangen und heute Heiligabend. Anton saß in der Küche und wartete, Gregor sollte ihn abholen. Stunden vor dem Fest herrsche immer diese Aufregung, das kenne er noch gut von zu Hause, hatte er gesagt, und damit er nicht in den Füßen herumstehe, wäre es besser, wenn man ihn abhole, wenn es soweit ist. Wie einen Minister!

Es war nun schon das zweite Weihnachtsfest in Deutschland, und wieder feierte er nicht zu Hause. Weihnachten allein feiern war doch nichts. Einen Baum kaufen und schmücken, wäre hier in Deutschland kein Problem, aber er hatte es bisher noch nie gemacht. Susanne hatte ihm ein Gebinde gekauft, damit es in der Wohnung wenigstens nach Weihnachten aussieht. Geschenke, hatten ihn seine Töchter gebeten, sollte er keine kaufen. Er hätte auch nicht gewußt was, zu Erika hatte er aber am Telefon gesagt, daß er den Buben Geld geben werde, wenn sie nach Neujahr zu Besuch kämen, da lasse er sich nichts reinreden.

Die Weihnachtskarte und der lange Brief der Rosalia Potje lagen auf dem Küchentisch. Was der durch den Kopf ging! Er mußte den Brief verschwinden lassen, ehe er jemandem in die Hände geriet. Anton wollte ihn ins Zimmer bringen und im Wäscheschrank verstecken, entschied sich aber dann kurzerhand, das Schreiben zu zerreißen. Sicher ist sicher.

Im ersten Teil ihres Briefes hatte Rosalia geschrieben, wie es ihnen noch so ginge, Anton könne sich gar nicht vorstellen, um wieviel schlechter alles innerhalb eines Jahres geworden war, sogar ihnen sei schon mal das Brot ausgegangen. Auswandern hätten die Leute ja schon immer wollen, jetzt aber sei eine regelrechte Torschlußpanik ausgebrochen, es gäbe kein Halten mehr. Ihr letztes Hemd würden die Leute hergeben, nur um hier wegzukommen, Anton könne sich glücklich schätzen und sollte nichts bereuen. Rosalia bedankte sich bei ihm und seiner Familie für die Fürsorge ihrem Enkel Markus gegenüber, der nun allein auf sich gestellt in der weiten Welt lebte. Anton wisse ja, daß es wegen der Flucht von Markus noch Jahre dauern würde, bis sie einen Antrag stellen könnten, um die Familienzusammenführung in die Wege zu leiten. Sie könne sich nicht vorstellen, daß in vier Jahren noch jemand von den Deutschen in Wiseschdia sein werde, ob es überhaupt noch Deutsche im Banat geben wird. In ihrer Verzweiflung sei ihr deshalb eine Idee gekommen. Er solle nicht böse auf sie sein und für den Fall, daß er nicht einverstanden wäre, den Vorschlag einfach vergessen. Ihre Kinder wüßten nichts davon, und er solle in seinem Schreiben an sie auch nichts erwähnen, wenn er ihren Vorschlag für nicht gut halte, das sei dann für sie die Antwort. Sollte er einverstanden sein, genüge der Satz: Mit deinem Vorschlag bin ich einverstanden. Dann würde sie ihre Kinder in die Abmachung einweihen.

Rosalia Potje hatte Anton Lehnert vorgeschlagen, mit ihr eine Scheinehe einzugehen, denn sie glaubte, daß ihre Auswanderung rascher vonstatten gehen könnte, sie ihre Familie in kürzester Zeit wird nachholen können, und sie alle somit nicht auf die Verjährung der Strafe von Markus wegen dessen Flucht zu warten brauchten. Anton war empört. Was stellte sich die Rosalia da vor! Ihr Hinweis, daß sie keine echten Blutsverwandten mehr seien und einer standesamtlichen Eheschließung nichts im Wege stünde, hatte ihm gerade noch gefehlt. Nur gut, daß sie keine kirchliche Trauung in Erwägung gezogen hatte! Hatte die überhaupt eine Ahnung, wie kompliziert es war, einen Ausländer zu heiraten? Hielt sie die Behörden für so blöd? Das durchschaute doch jeder auf den ersten Blick. Und hätte er nach Hause fahren sollen, um die Potje Rosalia zu ehelichen? Davon mal abgesehen, daß dies überhaupt nicht in Frage kam, hätte er sich nicht vorstellen können, wieder zu heiraten. Das war er dem Andenken Marias schuldig.

Es läutete nur einmal kurz. War das nun an der Tür oder die Sprechanlage? Die Nachbarn aus der gegenüberliegenden Wohnung, ein Ehepaar mit zwei Kindern, kannte Anton nur flüchtig. Die jungen Leute fühlten sich in diesem Wohnblock mit älteren Menschen und Aussiedlern nicht so richtig wohl. Vielleicht wollten sie ihm dennoch frohe Weihnachten wünschen, für die zwei Kinder hatte er je eine Schokolade. Anton schaute durch den Türspion, es war niemand da. Hätte ja sein können, denn ihm war aufgefallen, daß die Leute, je näher die Feiertage rückten, höflicher miteinander umgingen, gesprächsbereiter waren als sonst. Nur den Wondra merkte man nichts an. Anton öffnete das Küchenfenster, unten stand Gregor und winkte ihm zu. Es war soweit. Als Zeichen, daß er unterwegs sei, knipste Anton das Licht in der Küche aus, dann schaute er in den Zimmern und im Bad nach, ob alles seine Ordnung hatte, zog den Mantel über, das Licht im Flur blieb an. Vom Schuhschrank, der auch als Ablage diente, nahm er die Mappe, in der die Überraschung steckte.

Von allen Akten und Anträgen eine Kopie machen, hatte man ihm von Anfang an geraten. Mit diesen Kopierern war das ein Kinderspiel, und er besaß eine dicke Aktenmappe, verwahrt im Kleiderschrank. Der Mann in dem kleinen Laden, unweit vom Amt für Öffentliche Ordnung und Umweltschutz, kannte ihn schon und wußte, daß er einer der Kunden war, der den Kopierer nicht selbst bediente. Damit er nichts kaputtmache, hatte Anton seine Unbeholfenheit entschuldigt.

Kurz vor Weihnachten, als seine Töchter ihn anwiesen, keine Geschenke zu kaufen, und in den Gesprächen öfters als sonst von zu Hause die Rede war, erinnerte sich Anton an die Schriftstücke über Wiseschdia, die Werner Theiss angefertigt und ihm mitgeben hatte. Er ließ sich drei Kopien machen, Gregor und Susanne sollten die ersten sein, die eine erhielten. Für Erika, Hilde und Susanne war es eine schöne Erinnerung, und Gregor konnte ungefähr eine Vorstellung von dem bekommen, was Anton ihm zu erklären versucht hatte. Er fühlte sich geschmeichelt, wenn Gregor immer wieder Näheres über Wiseschdia und das Banat wissen wollte, anhand dieser Schriftstücke ließ sich leichter davon erzählen. Gregor behauptete, daß die Geschichten ihn interessierten, das sei etwas ganz anderes als das, was er bisher von Susanne erfahren hätte.

Gregor erwartete Anton am Auto und öffnete die Wagentür, als er ihn kommen sah.

„Weihnachten ohne Schnee“, sagte Anton zur Begrüßung.

„Das kenne ich fast gar nicht anders. Bei Ihnen zu Hause war das bestimmt immer schön mit dem vielen Schnee“, schwärmte Gregor.

Das war zum Beispiel etwas, worüber er sich mit Gregor unterhalten konnte. Daß der ihn mit Sie ansprach, war für Anton nicht ungewöhnlich, Herr Lehnert aber hörte sich komisch an. Heute wäre die Gelegenheit, ihm das Du anzubieten. Aber wie hätte das geklungen? Er duzte Gregor wie selbstverständlich von Anfang an.

„Alles so schön geschmückt, ganz anders als bei uns zu Hause in der Stadt“, sagte Anton, als sie am Gebäude der HSB vorbeifuhren, wo im Innenhof eine Tanne stand, behangen mit Lichterketten. Diese Behauptung konnte er mit ruhigem Gewissen aufstellen, obwohl er zu Weihnachten nie in Temeswar gewesen war.

„Weniger würde nicht schaden“, meinte Gregor und zeigte auf die Fenster der Häuserzeile. Fast in jedem blinkte einer dieser Weihnachtssterne, sogar die Tankstelle war weihnachtlich herausgeputzt.

„Bei uns zu Hause war es immer so friedlich“, sagte Anton, als hupende Autos mit Feiernden vorbeikamen.

„Wir könnten mal hinfahren“, schlug Gregor vor.

„Nein, nein, das kommt nie mehr wieder“, wehrte Anton ab.

„Aber es wird sich doch einmal was ändern müssen“, sagte Gregor vorsichtig.

„Hast du eine Ahnung! Dort ändert sich nie mehr was.“

Wieso konnte Gregor das nicht begreifen? Aber es war schon seltsam, daß Leute wie er, die doch gar nicht an dem Land hängen konnten, Hoffnung hatten. Entweder waren sie mit Blindheit geschlagen oder wollten nur trösten. Es tat Anton leid, daß er diesen barschen Ton angeschlagen hatte. Und um nicht den Eindruck zu hinterlassen, er sei verärgert, vertraute Anton Gregor an, daß er für Susanne und ihn eine Überraschung habe.

„Dein Vater hat eine Überraschung für uns!“ platzte Gregor heraus, als sie eintraten.

„Das habe ich doch unter den Weihnachtsbaum legen wollen“, sagte Anton enttäuscht.

„Ich wußte nicht, daß es sich um ein Geschenk handelt“, entschuldigte sich Gregor.

„Wir hatten doch was abgemacht“, rügte Susanne ihren Vater.

„Hat nur eine Bagatelle gekostet“, verteidigte sich Anton, lächelte vielsagend und legte die in weißes Packpapier eingeschlagenen Schriftstücke unter den Weihnachtsbaum im Wohnzimmer.

„Wir haben auch eine Überraschung für dich", sagte Susanne und nahm ihm den Mantel ab.
„Da bin ich aber gespannt."
„Wir heiraten noch in diesem Jahr, und ich bekomme ein Baby."
„Was? Mein Gott! Das ist ja wie im Märchen."

6

Hast du noch Heimweh? Das war eine der unvermeidlichen Fragen, die gestellt wurden, wenn Aussiedler sich trafen. Und derjenige, der diese Frage stellte, hatte dann einen Glanz in den Augen, als würde er gleich losheulen. Nach einem Jahr hat man kein Heimweh mehr, hatte Erikas Schwiegervater behauptet, als Anton zu Besuch war, und seine Frau gemeint, daß dieses Gefühl sich vor allem an den Feiertagen einstelle, auch wenn man nicht direkt an zu Hause denkt.

Zum Glück, sagte sich Anton, kannte er in Heidelberg nicht so viele Landsleute wie Erika und Hilde in Sindelfingen und Metzingen, bloß die Mitschang und den Franz Pierre. Was soll mich denn dort hinziehen, hatte der Michael Mitschang vor zwei Wochen gesagt, als sie sich getroffen hatten.

Die Resi hatte Anton im Stiegenhaus angesprochen, ob er ihrem Mann nicht wieder mal Gesellschaft leisten wollte, weil der doch nicht mehr ausgehen könnte. Da schönes Wetter war, saßen sie auf der Bank unter dem Kastanienbaum vor dem Wohnblock, und der Michael, der genau so alt wie Anton war, wegen seines schweren Asthmaleidens aber sehr mitgenommen aussah, hatte wieder mal all das aufgelistet, was er deren Sünden nannte und was ihn davon abhalte, seine ihm noch verbliebene Zeit mit Gedanken an dort zu verschwenden.

Er hatte fünf Jahre Kohlengrube in Rußland überlebt,

nach seiner Rückkehr geheiratet und war mit seiner schwangeren Frau in den Bărăgan deportiert worden, wo ihr einziges Kind starb. Seine Schwester starb im Bărăgan an Kindbettfieber, und die Mitschang nahmen sich des kleinen Manfreds an. Der blieb für immer bei ihnen, denn sein Vater verunglückte ein halbes Jahr vor der Rückkehr nach Hause tödlich auf der Baustelle. Dann studierte Manfred Maschinenbau und flüchtete nach Deutschland. Als es um den Nachzug der Mitschang ging, wurde es schwierig, denn Manfred war von ihnen nicht adoptiert worden. Er setzte Himmel und Hölle in Bewegung, und es gelang ihm, die Mitschang, die für ihn die Eltern waren, nachzuholen.

Er werde in Zukunft nicht mehr darüber reden, hatte der Michael Mitschang gesagt, er sei froh, dem Land den Rücken gekehrt zu haben, das ihn auf Schritt und Tritt an all das erinnerte, er hoffe noch ein paar Jahre zu leben und endlich zu Ruhe zu kommen. Und jetzt war er tot.

Anton war als einziger aus dem Stiegenhaus beim Begräbnis, das für seine Begriffe zu einer ungewöhnlichen Uhrzeit stattfand: vormittags um elf. Frau Benda aus dem Parterre hatte es übernommen, Geld für einen Kranz bei den Bewohnern zu sammeln, die Wondra hatte sie nicht angesprochen. Sie wolle die Peinlichkeit einer Ablehnung vermeiden, hatte sie Anton gesagt, und war froh darüber, daß der sozusagen als Vertreter der Bewohner zum Begräbnis ging, da die anderen irgendwie alle verhindert waren. Die Beisetzung fand auf dem Friedhof von Kirchheim statt, wo die Mitschang eine Grabstätte hatten, da es dem Michael anfangs im Übergangswohnheim sehr schlecht ging und mit dem Schlimmsten zu rechnen war.

Am Vortag des Begräbnisses hatte Anton mit Erika telefoniert und ihr vom Tod seines Nachbarn erzählt. Der war nichts Gescheiteres eingefallen, als ihrem Vater vorzurechnen, wie teuer ein Begräbnis in Deutschland ist. Dann lasse er sich zu Hause begraben, hatte Anton gesagt. Ob er sich vorstellen könnte, was eine Überführung im Vergleich zu einem Begräbnis kosten würde, hatte ihn Erika angefahren. Er hätte sie erwürgen können: Daß immer nur ans Geld gedacht wurde. Erika mußte geahnt haben, was sie ausgelöst hatte, aber all ihre Beteuerungen, es nicht so gemeint zu haben, halfen nichts, und Anton war aus seiner Einsilbigkeit auch dann nicht mehr herauszukriegen, als Erika ihm schmeichelte, die Kinder würden sie immer häufiger dazu auffordern, von ihm und Wiseschdia zu erzählen.

Die Begräbniszeremonie war Anton fremd, fern jener feierlich ergreifenden Stimmung, wie er es von zu Hause kannte, wenn der Sarg mit dem Verstorbenen auf den Schultern der Männer unter den Klängen von Trauermärschen aus dem Haus getragen wurde, durchs Dorf zum Friedhof zog, wo der Kirchenchor die Lieder sang, die sogar die Männer zu Tränen rührten. Diese Abschiedslieder machten den Angehörigen am meisten zu schaffen, man mußte laut weinen, sosehr man sich auch zusammennahm. Aber danach fühlte man sich erleichtert. So war es auch ihm beim Begräbnis von Maria ergangen.

Auf dem Friedhof von Kirchheim hatte Anton Herrn Gruber und Frau Wilma angetroffen, die, wie sich herausstellte, die Mitschang noch aus dem Übergangswohnheim kannten. Von Landsleuten der Mitschang, die in Kirchheim wohnten, hatten sie von dem Begräbnistermin erfahren. Nach Kenntnis von Frau Wilma waren die anderen Trauergäste, ungefähr fünfzehn an der Zahl, ausschließlich Johannisfelder, die vom Sohn der Mitschang benachrichtigt worden waren. Die gingen geschlossen in ein Lokal unweit des Friedhofs, Anton war über die Begegnung mit seinen ehemaligen Heimmitbewohnern froh, er hatte einen Grund, sich der Gesellschaft nicht sofort anschließen zu müssen und konnte sich so der Bewirtung entziehen. Das war in Wiseschdia nicht üblich, bloß bei der Totenwache am Abend vor dem Begräbnis wurden die Anwesenden mit Getränken und einem kleinen Imbiß im Hause bewirtet. Und Hilde, die schon bei Begräbnissen von Landsleuten in Deutschland war, hatte ihm erzählt, daß bei dieser Gelegenheit viel getratscht wurde, und gemeint, so ein Totenmahl sei nicht jedermanns Sache.

Frau Wilma und Herr Gruber hatten auch viele Neuigkeiten. Beiden war es geglückt, im neu errichteten Wohnkomplex Im Hüttenbühl einzuziehen, und Frau Wilma erwartete in den nächsten Wochen das Eintreffen ihrer Tochter aus Polen. Wie es mit Agnes stehe, hatte Anton gefragt. Die habe bestimmt ein Verhältnis mit dem Heimleiter, denn nur so erkläre sich, warum sie noch immer im Heim wohne, wo doch wegen der derzeitigen hohen Anzahl der Aussiedler Außenstellen eingerichtet werden mußten. Man könne sich gar nicht vorstellen, was zur Zeit Im Hüttenbühl los sei, dort wäre es unerträglich eng, sie hätten im Vergleich luxuriös gewohnt. Herr Gruber wußte von den Birgers, daß es ihnen gut ging, und lud Anton zur Besichtigung seiner Wohnung ein, der aber gab an, Besuch von seinen Töchtern zu erwarten. Man bleibe in Verbindung, versprach man sich, Anton schlug vor, sich doch mal bei ihm im Garten zum Grillen zu treffen, und Frau Wilma sagte, sie nehme die Einladung ernst, sie kenne die Gartenanlage und würde mit dem Fahrrad hinkommen, Anton müsse ihr bloß die Gartennummer nennen, das Fleisch zum Grillen bringe sie mit.

Jedesmal wenn er seit damals hinaus ging, wie er zu sagen pflegte, war Anton auf das Auftauchen von Frau Wilma gefaßt, obwohl sie bestimmt vorher angerufen hätte. Er hätte sich gehütet, ihr Avancen zu machen, aber wenn sie ihm eindeutig zu verstehen gegeben hätte, nicht abgeneigt zu sein, hin und wieder... Wie konnte er nur an so etwas denken? Wie mit der Rosi würde das nie klappen.

Anton warf das Papier, die über Wochen gesammelte Reklame, die kostenlosen Anzeigenzeitungen und die „Bild" in den Container, der auf der spitz zulaufenden freien Fläche vor der Auffahrt auf die Autobahn plaziert war. Hier standen oft Jugendliche mit ihren Rucksäcken, hielten den Autofahrern Kartonstücke mit Städtenamen in großen Lettern entgegen. An dieser Stelle anzuhalten, war nicht ungefährlich, da die Autofahrer nach Passieren der letzten Ampel vor der Auffahrt schon stark beschleunigt hatten.

Unmittelbar an diese freie Fläche schloß Gestrüpp an, das dreieckförmige Grundstück endete an der Brücke über die Autobahn, auf der rechten Seite der Einbahnstraße standen Häuser, die wie Schachteln aussahen: ebenerdig, ohne Dachstuhl. Anton vermied diesen Weg in seinen Garten, wenn er nicht Papier zu entsorgen hatte. Bewohner eines ausrangierten Wohnwagens hatten eine Schneise ins Gestrüpp geschlagen und ihre Behausung dort aufgestellt. Es war ihm unangenehm, wenn er um Geld oder Zigaretten angebettelt wurde, ihrem Wortschwall war er nicht gewachsen. Er hoffte, unbemerkt vorbeizukommen und schaute ostentativ gerade aus. Das vorige Mal, als er vorbeikam, schien der Wohnwagen verlassen.

„Hast 'ne Mark Alter?" kam eine Frauenstimme aus dem Gestrüpp.

„Nein." Anton hatte kurz den Kopf gewendet und wollte weitergehen.

„So bleib doch wenigstens stehen!"

Eine Frau in eng anliegenden geblümten Hosen kam auf ihn zu, die Fettpolster an ihren Hüften quollen über, ein rotes Trikot spannte sich über ihren Bauch, ihr Gesicht war aufgedunsen, das Haar verfettet.

„Sei nicht knauserig."

„Ich kann dir nichts geben."

„Auf meine Titten glotzen aber kannst du, was?" geiferte sie und hob ihre schweren Brüste mit beiden Händen an.

„Carmen, gib Ruhe! Hatten wir nicht genug Stunk?"

„Halt die Klappe!"

„Du gehst sofort in den Wagen zurück, aber dalli!" befahl ihr der Mann, der sich bei ihnen eingefunden hatte, und Carmen fügte sich murrend. Er wirkte in seiner kurzen Hose im Vergleich zu ihr spindeldürr, seine milchweißen, spärlich behaarten Beine waren mit roten Flecken übersät.

„Entschuldigung! Die ist noch ganz aufgedreht. Heute nacht haben die Bullen ihren Freund hopp genommen. Hast 'ne Zigarette?"

Anton hielt ihm die Schachtel hin, und der Mann nahm gleich drei: eine für Carmen, eine für den Kumpel und eine für sich.

„Wenn die so weitersäuft, hält sie nicht mehr lange durch. Einen schönen Tag noch", sagte der Mann.

Wie man nur so leben konnte! Und da sage noch einer, in Deutschland gäbe es keine armen Leute. Nicht einmal ein Dach über dem Kopf. Im Sommer, wenn es warm war, ging das ja noch. Wo aber fanden die im Winter Unterschlupf?

An der Brücke über die Autobahn angelangt, blickte sich Anton um. Von dieser Position aus war der Wohnwagen vom Gestrüpp verdeckt. Wie das wohl mit der Schlampe ausgegangen wäre, wenn der Kerl nicht eingegriffen hätte? Wie die nur den Lärm der Autobahn aushielten? Das eintönige Rauschen der dahinjagenden Autos wurde jäh durch das näherkommende Gejaule unterschiedlich klingender Martinshörner unterbrochen. Ein Rettungswagen raste in Richtung Mannheim, kurz darauf folgte ein Einsatzwagen der Feuerwehr.

Hoffentlich haben die eine gute Versicherung! Dieser Ausspruch war immer dann zu hören, wenn ein Unglück passierte. Gott sei Dank hatte er keine Versicherung nötig, denn ein Auto fahren wird er nie. Im Übergangswohnheim hatte ihm so ein junger Kerl eine Lebensversicherung andrehen wollen, als die Birgers sich ein Auto gekauft hatten, und er zum Vertragsabschluß zu ihnen in die Wohnung kam. Lebensversicherung? Soll ich mich gegen den Tod versichern? Damit hatte Anton den Kerl abgewimmelt und war stolz darauf.

Der schmale Weg entlang der Gartenanlage, die Anton so mißfiel, führte direkt zu seiner Wohnung, hier an der Brücke über die Autobahn mündete der Weg in eine Straße, die schnurstracks durch den Ochsenkopf bis zu seinem Garten verlief. Warum dieser Ortsteil von Wieblingen so hieß, wußte Anton nicht, es war eine Siedlung, praktisch ein Straßenzug, und das erinnerte entfernt an die Siedlung in Österreich, wo sie in den letzten Jahren bis zur Heimkehr wohnten. Die Unterkünfte in Österreich wurden Baracken genannt, weil sie mit Teerpappe gedeckt und außen herum mit einer Bretterverschalung versehen waren. Hier standen regelrechte Häuser, wenn sie auch klein waren, und das muß eine ehemalige Arbeitersiedlung gewesen sein mit Arbeitsplatz vor Ort. Das dem Graswuchs überlassene Werkgelände und die verrotteten Hallen paßten überhaupt nicht zum Bild der gepflegten Häuser und Blumengärten. Neben einem intakten Gebäude auf dem Werkgelände lagerten verpackte Waschbecken und der süßliche Brenngeruch war ein Beweis dafür, daß hier noch produziert wurde, obwohl Anton noch nie jemanden auf dem Gelände gesehen hatte.

Vorige Woche hatte sich ein Fernlaster auf die enge

Straße verirrt und steckte fest, da zwischen den rechts und links parkenden Autos kein Durchkommen mehr war. Der Fahrer hatte das Verbotsschild übersehen, war zum Glück noch nicht sehr weit in die Falle gefahren, und so gelang es unter Mithilfe zweier Männer, den Laster im Rückwärtsgang auf den Platz vor das Vereinslokal zu lotsen, von wo aus die einzige Seitenstraße aus der Siedlung führte. Hier endete eigentlich die Siedlung, bis zum Bahnübergang standen noch einige Häuser, die waren bestimmt später hinzugekommen, denn die Grundstücke waren großzügig bemessen.

Schon von weitem sah Anton die rote Ampel an der Halbschranke blinken, kurz darauf senkte sie sich. Hatte der an ihm vorbeifahrende Motorradfahrer das übersehen? Er wollte ihm nachrufen, aber der fuhr im Zick-Zack-Kurs über die Gleise. Unmittelbar darauf tauchte der bisher nicht vernehmbare Zug der OEG-Linie nach Mannheim hinter der Böschung auf und entschwand nach einer steilen Rechtskurve dem Blickfeld. Kündigte sich heute ein Unglückstag an?

Was den Garten betraf, war es ein Unglücksjahr. Der viele Regen hätte den Pflanzen bestimmt nicht geschadet, aber die nach den Regenschauern hervorbrechende Sonne verursachte hohe Luftfeuchtigkeit, und das war für Blattläuse und Mehltau die ideale Witterung. Wenn es die Hekken um die Gartenanlage nicht gegeben hätte, wäre eine bessere Luftdurchfuhr möglich gewesen, und der Befall hätte sich in Grenzen gehalten. Hinzu kamen diese braunen Nacktschnecken. So etwas Ekelhaftes hatte er noch nicht gesehen, und sie hatten ihm die zarten Melonenpflanzen abgenagt. Herrn Bienek und den Lohmüller war es genau so ergangen, und die Melonen von Herrn Schuhmacher, der auf die Widerstandsfähigkeit des Samens aus Kasachstan gesetzt hatte, waren nicht einmal aufgegangen. Mit der Melonenzucht unter seiner Anleitung, die alle hätte in Erstaunen versetzen sollen, wird nichts werden. Sein Vorschlag, neue Kerne auszubringen, hatte keinen Zuspruch erhalten, deshalb hatte er es im Alleingang versucht, aber wenig Hoffnung. Diese Schnecken waren eine Plage. Unzählige hatte er in einem Eimer eingesammelt, und da er nicht wußte, wie sie vernichten, hatte er Wasser in den Eimer laufen lassen, eine Plastiktüte darüber gebunden und den Fang in die pralle Sonne gestellt. Das war ein Gestank, als er nach Tagen den Eimer öffnete!

Beim Einsammeln der Schnecken hatte er sich an die Invasion der Colorado-Käfer von zu Hause erinnert. Im ersten Jahr hatte das Auftauchen der Käfer niemanden ernsthaft beunruhigt. Dann aber nahmen sie überhand. Mit Gläsern oder Dosen ausgestattet, in die man Petroleum gefüllt hatte, gingen er, Maria und die Kinder das Kartoffelfeld ab und sammelten die Käfer ein und die Blätter, an deren Unterseite die dottergelben Eier abgelegt waren. Es war eine mühselige Arbeit, und sie mußte regelmäßig durchgeführt werden, um das Schlüpfen der Larven möglichst zu verhindern, die ansonsten die Stauden bis auf die schon harten Stengelteile abfraßen. Auf den Feldern der Kollektivwirtschaft und der Staatsfarm setzte man die gesamte Bevölkerung ein, selbst die Schüler, konnte der Plage aber nicht Herr werden. Und weil diese verdammten Käfer fliegen konnten, hielten sich die verzweifelten Bemühungen der Leute in ihren Hausgärten in Grenzen. Dann wurden hochgiftige Spritzmittel eingesetzt, die bloß im ersten Jahr gratis auch an Privatpersonen ausgegeben wurden. Ein Stamperl dieser braunen Flüssigkeit reichte für zehn Liter Wasser, das sich nach der Mischung milchig färbte. Manche Leute dosierten, um sicher zu gehen, zu hoch und deren Kartoffeln hatten deshalb einen sonderbaren Geschmack. Der Brigadier Hans Schmidt, der für eigene Zwecke von der Zuteilung an die Kollektivwirtschaft abgezweigt hatte, wollte mal wieder besonders gescheit sein und im Herbst waren seine Kartoffeln ungenießbar. Der Weber Nikolaus hatte noch eins draufgesetzt und seine Kartoffelpflanzen zusätzlich mit DDT bestreut, die Ernte fraßen nicht einmal die Schweine. Nach Jahren ließ die Plage nach, die Kartoffelkäfer verschwanden allmählich, da auf den Staatsfeldern fast nur noch Halmfrüchte und Mais angebaut wurden. Der Werner Theiss hingegen behauptete, daß der Boden dermaßen vergiftet war, daß die Käfer beim Überwintern nicht überlebten.

Anton hätte gerne etwas gegen den Befall in seinem Garten unternommen, aber Susanne hatte ihm gesagt, daß es keine Spritzmittel zu kaufen gäbe, da deren Anwendung aus ökologischen Gründen verboten sei. Das war mal wieder eines dieser Wörter. Es gehe ihm ja nicht um die Ernte, hatte er gesagt, aber er könne das im Garten nicht mehr mit ansehen. So war ihm die Idee gekommen, auf eigene Faust bei „Dehner" nachzusehen. Was die anzubieten hatten, war für Balkonblumen geeignet und außerdem waren diese Sprays sündhaft teuer. Eines hatte er dennoch gekauft und war sich schon komisch vorgekommen, wie er da im Garten herumtapste und die Tomaten- und Paprikapflanzen besprühte. Es schien aber geholfen zu haben. Daß er einmal Gartenarbeit als Liebhaberei betreiben würde, hätte er sich nicht träumen lassen.

Am Anfang hatte er das Obst und Gemüse im Supermarkt bestaunt. Wie aus dem Bilderbuch! Die Tomaten aber zum Beispiel schmeckten nach gar nichts, waren wässerig und hatten kein Fruchtfleisch. Die Produzenten, konnte er sich vorstellen, aßen diese Tomaten genau so wenig wie damals die Leute aus Wiseschdia, als man für den Export nach Deutschland produzierte, für den Eigenbedarf hingegen die üblichen Fleischtomaten pflanzte. Die hiesigen schienen gegen den Befall ebenfalls widerstandsfähiger zu sein, hatten es anscheinend gut überstanden. Voriges Jahr hatte Gregor gesagt, er habe noch nie so schmackhafte Tomaten wie aus dem Garten gegessen, und das hatte Anton geschmeichelt. Möhren, Zwiebeln, Kartoffeln, grüne Erbsen und Bohnen wird es auch dieses Jahr geben, die Petersilie aber konnte er genau wie die Melonen abschreiben. Wenn ihm jemand gesagt hätte, daß es bei dem Angebot an Gemüse im „Multi-Markt" keine Petersilienwurzeln zu kaufen gäbe, hätte er das nicht geglaubt. Eine Hühnersuppe ohne Mitkochen von Möhren und Petersiliewurzel schmeckte doch nicht! Zum Glück gab es den Türken um die Ecke, wo Anton auch das Suppengewürz „Vegeta" entdeckte, das Maria gerne verwendete und das zu einem festen Bestandteil der schwäbischen Küche wurde. Die Frauen aus Wiseschdia kauften das „Vegeta" von Zigeunern aus Komlosch, die Schwarzhandel mit Waren aus Jugoslawien betrieben. Der türkische Ladenbesitzer mußte wohl seine Beziehungen haben, denn auch das Obst war zwar teurer als im Supermarkt, aber ausgereifter.

Anton blieb stehen und wischte sich mit dem Taschentuch den Schweiß von der Stirn. Es war wohl schwül, aber zu Hause hatte er nie so geschwitzt. Wer nichts arbeitet, schwitzt leicht! Daran mag schon was liegen. Er hatte zugenommen und fühlte sich nicht wohl in seiner Haut. Gut, daß er den Garten hatte und die damit verbundenen kleinen Sorgen, sonst hätte er überhaupt keine Beschäftigung gehabt. Und auf dem Weg dorthin konnte er seinen Gedanken nachhängen.

Entlang der stillgelegten Eisenbahnlinie wucherte das Brombeergestrüpp, übersät mit den bereits rötlichen Beeren. Die später mal tiefschwarzen Früchte würden eine wunderbare Marmelade ergeben, aber wer machte sich schon diese Arbeit. Maria hätte sich das bestimmt nicht entgehen lassen. Ob Susanne sich überhaupt aufs Marmeladekochen verstand? Wenn Erika mit den Kindern zu Besuch kommen sollte, wird er sie hierher führen, damit die Kinder sich wenigstens satt essen können. Vorigen Herbst war ein Arbeitstrupp angerückt und hatte den Eisenbahndamm gesäubert, erst dann war hinter dem Gestrüpp das stillgelegte Gleis zum Vorschein gekommen. Die Brombeeren hätten natürlich gerodet werden müssen, so waren sie dieses Jahr um so üppiger nachgewachsen. Die vereinzelt darin stehenden Nußbäume trugen reichlich. Im Herbst mußten die Nüsse bloß eingesammelt werden, und die konnte man aufbewahren. Ob das wohl andere Leute auch ins Auge gefaßt hatten? Anton war aufgefallen, daß Nüsse teuer waren, da lohnte es sich allemal. Wenn ihn jemand gefragt hätte, was in Deutschland am teuersten ist, hätte er ohne zu zögern gesagt: das Brot. Er kaufte deshalb nicht beim Bäcker, sondern das verpackte im Supermarkt, schnitt den Laib durch, bewahrte die eine Hälfte im Gefrierfach auf und buk es zum Gebrauch in der Röhre wieder auf. Susanne belächelte ihn deshalb, er aber argumentierte mit dem Hinweis, daß ein Kilogramm Fleisch nur doppelt so teuer war wie ein Laib Brot, und das wäre nicht normal.

Eine Lokomotive pfiff, dann donnerte ein schier endloser Güterzug durch die Haltestelle, die hinter dem stillgelegten Gleis lag. Anton ging gerade unter der Brücke durch, die auf mächtigen Betonpfeilern ruhte, und von weitem hätte man glauben können, der Klotz sperre den Weg ab, und es ginge nicht mehr weiter. Über die Fußgängertreppen war er einmal auf die Brücke gestiegen, die darüber führende Straße verband Wieblingen mit Eppelheim, um sich auf der anderen Seite die Haltestelle anzuschauen. In dem graufarbenen Gebäude, das mit bunten Graffitis verunziert war, herrschte anscheinend kein Betrieb, damals hielt ein Personenzug, es stieg aber weder jemand ein noch aus.

Hinter der Brücke hätte man keine Wohnungen mehr vermutet, rechterhand standen dennoch zwei wohnblockähnliche Gebäude, vor denen oft Kinder spielten, dann begann die Gartenanlage. Am ehemaligen Bahnwärterhäuschen linkerhand war noch das Stellwerk angebracht, hier wohnten junge Leute, einer der Männer reparierte an einem Auto in der Gartenlaube. Daran schlossen sich Lagerräume der Bahn mit Verladerampen an, die nun von einem Großhandel für Obst und Gemüse genutzt wurden. In den Abendstunden herrschte ein reger Anliefererbetrieb. Denen hätte Anton gern in die Karten geschaut.

„Hallo, Anton!"

„Grüß dich, Franz!"

Franz Pierre, der Landsmann aus Triebswetter, der die Frontscheibe seines Wagens mit einem Schutzkarton gegen die Sonne abdeckte, hatte Anton aus seinen Gedanken gerissen.

„Wird heiß heute."

„So scheint's."

„Schlechte Witterung für das Gemüse."

„Ja. Du mit deinen Erdbeeren und Himbeeren hast diese Sorgen nicht."

„Wenn's auch nichts wird, verhungern wirst du nicht."

„Stimmt."

„Kommst du auf ein kühles Bier?"

„Schon jetzt, am Morgen? Zu Hause hätten wir uns das nicht leisten können."

„Ja, ich weiß. Man fühlt sich manchmal direkt schlecht, alles zu haben und sich vieles leisten zu können."

„Geht es dir auch so?"

„Ja. Aber man kann doch nicht immer daran denken und sich Vorwürfe machen."

„Du hast recht."

„Und du bist eingeladen."

„Ich schau mal noch bei mir nach", sagte Anton, dessen Garten sich am unteren Ende der Anlage befand.

Für Anton sah der Franz Pierre wie einer von hier aus. Er trug eine kurze beigefarbene Hose mit schwarzem Riemen, ein weißes Turnhemd, war von Kopf bis Fuß gebräunt, an seiner graubehaarten Brust hing eine Goldkette mit Kruzifix. Und er fuhr einen Mercedes, der, hier kannte sich Anton schon aus, zu den neueren Typen gehörte. In seinem Gartenhäuschen hätte man auch übernachten können. Auf dem sorgfältig gepflegten Rasen davor standen Liegen, unter dem großen Sonnenschirm am Tisch ließ es sich bequem sitzen, und hinter dem Häuschen unter dem Fliederbaum hatte der Pierre eines dieser Klos aufgestellt, wie sie auf Baustellen üblich waren. Seine Frau war bestimmt heute nicht da, sonst hätte er ihn nicht so mir nichts dir nichts auf ein Bier eingeladen. Die Mathilde verbrachte regelmäßig bis zu einer Woche bei ihrer Tochter in Stuttgart, wo sie den Haushalt führte und die zwei schulpflichtigen Kinder betreute, um die Mutter des Schwiegersohns zu entlasten. Der Franz war von den Ausflügen seiner Frau, wie er es nannte, nicht begeistert. Entweder man übernimmt etwas ganz oder gar nicht, hatte er gesagt, wenn seine Tochter in Heidelberg wohnen würde, wären er und seine Frau nie auf die Idee gekommen, die Hilfe der Schwiegereltern in Anspruch zu nehmen. Der Franz Pierre hatte Anton versichert, daß er in Gesprächen mit Hiesigen keinen Hehl daraus machte, woher er stammte, er fühlte sich in vielen Dingen ihnen gegenüber sogar überlegen, denn nicht viele könnten seine Lebenserfahrung aufweisen.

Franz Pierre hatte Anton nach ihrem zufälligen Aufeinandertreffen bei „Dehner" zu sich in den Garten eingeladen, Mathilde, seine Frau, war auch zugegen, und es stellte sich heraus, daß man in Triebswetter die Familie Lehnert aus Wiseschdia mit den vier Kindern kannte, denn wer hatte schon drei gleichzeitig im Internat. Hinzu kam, daß der stellvertretende Schuldirektor von damals aus Triebswetter, der Pierre, ein Cousin von Franz war. Anton erinnerte sich, daß er in dessen Büro gewesen war, als er für seine Kinder wegen der Hochzeit seines Bruders schulfrei verlangt hatte. Ein trauriges Ende, hatte Mathilde gesagt, und Franz erzählte die Geschichte.

Sein Cousin war 1974 an einem Herzinfarkt gestorben, hatte sich sein ganzes Leben lang für die Schule abgerakkert. Ausschlaggebend sei bestimmt die Enttäuschung darüber gewesen, daß es ihm nicht gelungen war, zwei Hochschulabsolventen, für Physik und Musik, aus dem Dorf an die Schule zu holen. Er habe die durch die Pensionierung der zwei Lehrkräfte frei werdenden Stellen dem Kreisschulinspektorat ordnungsgemäß gemeldet, um die Besetzung der Stellen gebeten und in einem beigelegten Brief auf die beiden Absolventen aus dem Dorf hingewiesen. Später sei behauptet worden, daß dies sein Fehler gewesen wäre, da das Kreisschulinspektorat über diesen versuchten Eingriff in seine Kompetenz verärgert gewesen sei. Eine an den Haaren herbeigezogene Argumentation. Die Zuteilung sei ein abgekartetes Spiel gewesen, da die freien Stellen dem Unterrichtsministerium gar nicht gemeldet und in Reserve gehalten wurden, für zwei Aktivisten vom Kreisrat der Pionierorganisation, die dort in Ungnade gefallen waren. Daraufhin habe der Cousin seinen Rücktritt eingereicht, zu einer Entlassung sei es nicht mehr gekommen. Seitens des Kreischulinspektorats war niemand zum Begräbnis erschienen, die hätten schon gewußt warum. Das ganze Dorf habe ihm das letzte Geleit gegeben, und der Direktor eine schöne Rede gehalten, der sei ein guter Kerl gewesen. In dem Jahr, hatte Anton eingegriffen, sei seine Tochter Susanne als Deutschlehrerin nach Gottlob zugeteilt worden. Natürlich, hatte Mathilde gemeint, habe man damals die Schule aus Gottlob beneidet, denn in Triebswetter waren ein Großteil der Lehrkräfte Pendler, jeden Tag mit dem Zug, auf den kein Verlaß war, Großsanktnikolaus oder gar Temeswar hin und zurück, das sei doch kein Zustand gewesen, und gerade das habe der Cousin von Franz ändern wollen.

Die Pierre hätten bestimmt gerne Näheres über die Umstände des Todes von Kurt erfahren, da Anton sich aber darüber ausschwieg, blieb es bei ihrem nachdrücklichen Bedauern. Um von diesem Thema wegzukommen, hatte Franz den Anton gefragt, ob er sich noch an die Landung des jugoslawischen Flugzeugs auf der Hutweide von Triebswetter erinnere. An das Gerede von einem Spionageflugzeug schon, ob das wirklich wahr gewesen sei. Dafür lege er die Hand ins Feuer, Leute aus Triebswetter wären Augenzeugen gewesen. Er selbst habe die Aufregung miterlebt, da er damals in der Gemüsefarm Nr.1 arbeitete. Was für ein Zufall, er bis 1959 in der Farm Nr.2, hatte Anton gesagt. Der Diebstahl der Tomatenpflanzen dort war dem Franz noch gut in Erinnerung, er staunte nicht wenig, als er erfuhr, daß Anton damals der Nachtwächter war, der größeren Schaden hatte verhindern können, und der gab ohne Umschweifen zu, daß er seinen Bruder gestellt, aber erklärt hatte, niemanden erkannt zu haben. Sie waren sich darüber einig, daß die Angelegenheit auf jeden Fall vertuscht worden wäre, da die Kollektivwirtschaft von Wiseschdia im Spiel war. Welcher Jahrgang denn der Bruder sei. Bedeutend jünger, er sei sein Halbbruder und heiße Huber. Ob das derselbe Huber sei, der damals die große Hochzeit feierte, hatte Mathilde wissen wollen. Wie sie denn darauf komme? In Triebswetter habe es für Aufsehen gesorgt, daß die Hochzeitsköchin Theresia Frecot mit einem geschmückten Einspänner abgeholt worden war. Das sei sein Großvater mütterlicherseits gewesen, hatte Anton bestätigt, und so war es gekommen, daß er an diesem Nachmittag seine Familiengeschichte erzählte, ohne aber die vielen Streitigkeiten zu erwähnen.

Da der Franz vier Jahre älter als er war, mußte er an der Front gewesen sein, hatte sich Anton nach diesem ersten Besuch ausgerechnet. Darüber hatte er noch nichts erzählt. Er hatte bloß erwähnt, daß er sich bei Kriegsende nach Hause durchgeschlagen, fast ein Jahr versteckt gehalten hatte, daß es ihm gelungen war, sich der Deportation in den Bărăgan zu entziehen und daß er nach einem Abstecher in der Ferma Brigadier in der Kollektivwirtschaft gewesen war. Aber wenn er nicht von sich aus erzählen wollte, wird er seine Gründe haben, nachbohren sollte man da nicht, denn er könnte die Geschichten doch erfinden.

„Da bin ich!“ rief Anton vom Gartentürchen aus.

„Nur hereinspaziert, das Bier wartet schon!“ Franz Pierre erhob sich von der Liege, er hatte nur die Badehose an, schlüpfte in die kurze und verschwand im Gartenhaus.

„So in der Sonne liegen, das wäre nichts für mich“, sagte Anton und setzte sich an den Tisch unter dem Sonnenschirm.

„Willst du ein Glas oder trinkst du aus der Flasche?“

„Lieber aus der Flasche.“

„Ich auch. Zum Wohlsein dann!“

„Gut kühl“, sagte Anton und wischte sich den Mund mit dem Handrücken ab.

„Hast du nicht daran gedacht, dich vom Rauchen zu lassen?“ fragte der Gastgeber, als Anton sich eine Zigarette anzündete.

„Nein, doch nicht jetzt, wo ich diese guten Zigaretten habe."

„Nach meiner Grippe im Herbst hatte ich keinen Appetit mehr darauf."

„Wenn ich mal keinen mehr habe, lasse ich es auch."

„Was ich früher alles zusammengeraucht habe. Hast du Neuigkeiten von zu Hause?"

„Nein. Nur, daß es immer schlechter wird."

„Dort wird sich in alle Ewigkeit nichts mehr ändern."

„Wenn die Leute wenigstens das tägliche Brot hätten."

Darüber, daß es für Deutschland ein leichtes gewesen wäre, ein Land wie Rumänien mit Nahrungsmitteln zu versorgen, war man sich einig, und, daß dies nicht ging, auch. Warum aber ein hiesiger Bauer für die zeitweilige Stillegung von Anbauflächen Prämien kassierte, wollte ihnen, die immer jede nur verfügbare Fläche zu Hause bebaut hatten, nicht einleuchten. Anton Lehnert und Franz Pierre saßen beim Bier im Schrebergarten und redeten die Welt zurecht.

7

Fenster und Tür des Gartenhäuschens standen weit offen, Anton Lehnert hatte den mit Linoleum ausgelegten Fußboden aufgewaschen, wie seinerzeit zu Hause die hintere Küche, damit für kurze Zeit Frische aufkommt bei dieser unerträglichen Hitze. Hier in seinem Gartenhäuschen verweilte er im Sommer oft ganze Tage. Er brachte sich zu Essen und Trinken mit, die „Bild"-Zeitung, hatte das Radio dabei, das ihm Gregor geschenkt hatte, erzählte mit den Nachbarn, wenn es sich ergab, traf sich mit dem Franz Pierre. Arbeit gebe es immer, sagte er Susanne, wenn die ihn fragte, was er den ganzen Tag dort draußen mache. Heute also war der 23. August.

Das war in Rumänien der Nationalfeiertag, der Tag der Befreiung vom faschistischen Joch, später hieß er Tag des antifaschistischen und antiimperialistischen Sieges. Bis in die siebziger Jahre wurde der Feiertag auch auf lokaler Ebene begangen, man fuhr mit dem LKW der Kollektivwirtschaft in die Kleinstadt Großsanktnikolaus, nahm an einem Aufmarsch teil, danach wurden Mititei gegessen und Bier getrunken. Die Jugendlichen des Dorfes ließen sich diese Gelegenheit nicht entgehen, denn die Möglichkeit, sich in der Stadt umzusehen, ergab sich nicht oft. In späteren Jahren wurde der Tag auf Anordnung durch Arbeit gefeiert, bloß in der Hauptstadt gab es eine Jubelkundgebung, die im Fernsehen übertragen wurde.

In Wiseschdia blieb der 23. August weiterhin ein Feiertag, den man zum Anlaß nahm, früher als an anderen Tagen die Arbeit in der Kollektivwirtschaft zu beenden. Ein Anlaß eben und nicht mehr. Heute ist doch der 23., pflegten die Leute zu sagen.

Anton war der 23. August 1970 noch gut in Erinnerung. Es war ein spätes Melonenjahr, und er und Kurt fuhren mit einem von der Kollektiv ausgeliehenen Pferdewagen nach Marienfeld mit Melonen hausieren, eben weil Feiertag war. Ihr Gefährt war das einzige auf weiter Flur an diesem schon am Morgen heißen Tag. Man konnte die Kirchtürme der umliegenden Ortschaften erspähen, und Kurt hatte gesagt, daß man heute wahrscheinlich bis ins jugoslawische Kikinda fahren könnte, ohne angehalten zu werden, denn trotz des Feiertags sehe man überhaupt keine Grenzpatrouille. Anton wußte, mit welchen Gedanken Kurt in diesem Moment spielte. Es stelle sich die Frage, hatte er gemeint, was aus dem Banat werden sollte, wenn die Jugend nur ans Weggehen denkt, er, Kurt, solle erst mal eine Familie gründen. Dieser Hinweis von ihm kam immer dann, wenn Kurt, seit er seinen Militärdienst abgeleistet hatte, das Gespräch auf die Zukunft brachte. Dann verstummte er, denn über alles hätte er mit seinem Vater sprechen können, nur nicht über persönliche Probleme. Als er ein Jahr darauf an der Grenze starb, war sich Anton sicher, daß sein Sohn in den letzten Jahren schon immer ans Weggehen gedacht haben mußte, denn nur so konnte er sich erklären, daß ihn eine Heirat nie wirklich interessierte, wo er doch ein strammer Bursche war, Schofför gelernt hatte und viel herumgekommen war. Diese Erinnerung schmerzte besonders hier in Deutschland, denn nun waren sie alle hier außer ihm und Maria.

Zwanzig Jahre waren seit der Fahrt mit den Melonen nach Marienfeld vergangen, dreißig lagen zwischen seiner Rückkehr aus Österreich 1956 und seiner Ausreise nach

Deutschland 1986. Wenn er sein Leben überblickte, konnte er sagen: Ich habe Glück gehabt und bin zufrieden.

Glücklich? Das auch, was die Familie betraf, denn seine Töchter und Schwiegersöhne hatten Arbeit, er war zweifacher Großvater geworden und hatte nun vier Enkelkinder. Für Anton war es schon ungewöhnlich, daß Frauen in diesem Alter noch Kinder bekamen, aber die Scham, über dergleichen zu reden, hatte ihn, nach der ersten Freude über die zu erwartenden frohen Ereignisse, davon abgehalten, sich in irgendeiner Weise darüber zu äußern. Erstens, redete er sich ein, waren Hilde und Susanne Studierte und wußten, was sie taten, zweitens lebte man in Deutschland, wo die medizinische Betreuung im Falle von Komplikationen gesichert war. Seine im stillen gehegte Hoffnung, daß alles gut gehen wird, hatte sich erfüllt, Hilde hatte eine Tochter und Susanne einen Sohn zur Welt gebracht. Sie trug nach ihrer Heirat einen Doppelnamen, und es war für Anton ein kleiner Trost, daß der Familienname wenigstens hier weiterbestand. Dafür, daß der Kleine den Namen Kurt trug, war er dankbar. Hilde und Erika hatten ihren Bruder keineswegs vergessen, aber nur Susanne erzählte von ihm in seiner Anwesenheit. Sie war für Anton wieder der Mittelpunkt der Familie wie damals zu Hause.

Die Ereignisse dort im Dezember 1989 hatten sie alle voller Aufregung verfolgt, die Anteilnahme der hiesigen Bevölkerung tat Anton gut. Er hatte anfangs nicht begriffen, wie es möglich war, so hautnah und laufend im Fernsehen über den Umsturz zu berichten, und sich immer einreden müssen, daß es kein Film war. Schon die euphorische Stimmung der letzten Jahreshälfte hatte ihn mitgerissen, obwohl er sich erst im nachhinein dessen bewußt wurde, was eigentlich in all den Ländern passiert war, in denen der Aufbau des Sozialismus auf ewig festgeschrieben stand.

Anton wäre am liebsten schon über Neujahr 1989/1990 nach Hause gefahren, Susanne und Hilde konnten wegen der kleinen Kinder nicht, Gregor, der anfangs Feuer und Flamme war, wollte dann Susanne doch nicht allein lassen, Erika, die letzte Hoffnung Antons, erklärte ihm klipp und klar, daß sie keine Lust habe, sie wolle sich die schönen Erinnerungen an zu Hause durch das dortige Elend nicht kaputt machen lassen.

Was man auf die lange Bank schiebt, wird nichts, hatte sich Anton eingestehen müssen, denn Ostern nahte, und auch diesmal war keiner seiner Schwiegersöhne gewillt, ihn für ein paar Tage nach Hause zu fahren, die Euphorie war längst verflogen. Als der Brief von Rosalia Potje eintraf, in dem diese sich fragte, ob es jetzt, da ein Neubeginn doch möglich wäre, Sinn hätte, auszuwandern, gab es für Anton kein Halten mehr. Die Bedenken seiner Töchter, allein die Reise anzutreten, verwarf er, und widerwillig buchten sie ihm die Fahrt in einem Kleinbus von Haus zu Haus. Die war wohl teurer als mit dem Omnibus, aber für Reisende, die in eine entlegene Ortschaft wollten, die bequemste und sicherste Art. Er war froh, daß Gregor doch nicht mitkam, denn was hätte der sich denken sollen angesichts des Elends, wo ihm Anton doch in all den Jahren von einem wohlhabenden und blühenden Wiseschdia erzählt hatte. Und für das, was er insgeheim vorhatte, war es besser, wenn er allein fuhr.

Sie waren zu acht in dem Kleinbus, der Fahrer, ein gebürtiger Arader, setzte in Temeswar den vorletzten Reisenden ab, es war kurz vor vier Uhr morgens, als sie sich nach Wiseschdia aufmachten, und bis zur Gottlober Kirche war Anton als Weglotse nicht gefragt. Als sie über den unbeschrankten Bahnübergang auf die Schotterstraße nach Wiseschdia holperten, überwältigte ihn Heimweh, obwohl sie doch gleich da waren. Auf die Frage des Fahrers, ob er sich freue, wieder daheim zu sein, konnte er nur mühevoll mit Ja antworten.

Die Gassenbeleuchtung war noch an, er wäre am liebsten an der Kirche ausgestiegen, hätte aber die schweren Koffer bis in die Alte Gasse schleppen müssen. Sie nahmen den Weg über die Hutweide, und als sie sich dem Friedhof näherten, wollte Anton schon anhalten lassen, da stürmten drei Hunde aus dem Gehöft der Kollektivwirtschaft und rannten noch ein Stück des Weges bellend neben dem Auto einher. Anton glaubte, darunter den Hund des Alois Binder erkannt zu haben.

Sie wendeten vor dem Haus der Rosalia Potje, Anton stieg aus und blieb wie angewurzelt auf dem Fahrdamm stehen, während der Fahrer das Gepäck auslud. In fünf Tagen also, so um die Mittagszeit, vernahm Anton noch, und der Kleinbus fuhr ab. Da war er nun angekommen und doch nicht zu Hause. Das wäre vier Häuser weiter gewesen, dort wohnte aber jetzt ein Fremder. Wäre er doch lieber nicht gekommen! Kurz entschlossen packte er seine beiden Koffer und trug sie bis ans Gassentürchen der Rosalia Potje. Als er es öffnete, stürzte der Hund heran, und Anton kriegte es noch rechtzeitig zu. Auf das wütende Gebell hin würde sich schon jemand melden, hoffte er. Seinen Rexi hatten die Potje also nicht zu sich genommen, ein Zeichen dafür, daß es ihm bei seinem neuen Herren gut ging. Schön wäre es, wenn Rexi ihn wittern, durch eines seiner Schlupflöcher aus dem Hof entweichen würde und angerannt käme. Schon das wäre die Reise wert gewesen. Er redete auf den Hund der Potje ein, nannte ihn bei seinem Namen, Lord, der schien seine Stimme zu erkennen, hörte mit dem Gebell auf, trottete ein paar Schritte in Richtung hinteren Hof, stürzte sich in nächsten Moment aber wieder an den Bretterzaun und knurrte ihn an. Es blieb ihm nicht anderes übrig, als zu rufen, was zur Folge hatte, daß Lord wieder zu bellen begann. Anton ging bis ans Ende des Zauns, stand nun schräg zum Gang und konnte sich so besser vernehmbar machen. So ein Zirkus! Er rief Hallo, Hallo, der Hund wurde immer aggressiver, aber im Haus rührte sich nichts.

Plötzlich war ein fremder Hund da, Gerenne entlang des Zauns, wütendes Gebell, gefletschte Zähne, ein Pfiff. Schimpfend kam Alois Binder auf Anton zu, die Hunde ließen voneinander ab. Wer als erster die Geste der Umarmung machte, wußte Anton nicht mehr. Er erinnerte sich aber, wie sie sich danach, an den Oberarmen haltend, gegenüberstanden und anstrahlten.

Der Fensterladen des Gartenhäuschens flog zu. Wind war aufgekommen, vielleicht der Vorbote eines Gewitters. Regen könnte nicht schaden, das war was anderes als das ständige Gießen. Die Melonen waren wieder nichts geworden. Der Franz Pierre hatte ihm vorgeschlagen, eine Schicht Blumenerde im Garten auszubringen, um den lehmhaltigen Boden aufzulockern. Von den Kosten mal abgesehen, war das doch Humbug. Ein Fuhre Stallmist gehörte hier hin. Es mußte doch, verdammt noch mal, möglich sein, einen Bauern in der Gegend ausfindig zu machen. Der Franz Pierre hatte es gut, nicht nur mit seinem Garten. Er hatte noch seine Frau, konnte Auto fahren und war auf niemanden angewiesen. Er war bestimmt nicht wieder nur nach Hause gefahren, um sich dort bloß umzusehen. Und hatte er nicht vor seiner Abreise, als er ihm für die Dauer seiner Abwesenheit die Obhut des Gartens überließ, etwas von Alterssitz gesagt? Der Franz hätte ihn bestimmt mitgenommen, gar keine Frage, aber so rasch hintereinander nach Hause fahren ging nicht.

Ja, wenn das mit den Potje geklappt hätte! Wenigstens den Versuch wäre es wert gewesen. Mit seinen Töchtern hätte es sich schon ergeben. Jetzt saßen die Potje in einem

Nest irgendwo in Hessen, weil die Wohnheime überfüllt waren, und beklagten sich am Telefon bei Susanne, daß sie von dort nicht wegkamen. Er konnte ihnen nicht helfen, sollte doch der Markus das erledigen. Anton konnte es bis heute nicht fassen.

Als der Alois Binder ihm nach der herzlichen Begrüßung ohne viel Umschweife gesagt hatte, daß die Potje vor drei Tagen nach Deutschland ausgewandert seien, war er wie vor den Kopf geschlagen. Markus war gegen Mittag mit dem Auto angekommen, und am nächsten Tag gegen Abend waren sie losgefahren. Mit Rosalia hatten sie ihre Mühe, denn sie wollte nicht einsteigen, erst die Drohung von Markus, sie allein hier zu lassen und sich nicht mehr um sie zu kümmern, zeigte Wirkung. Meinhard hatte Alois gebeten, sich um das Vieh zu kümmern und auf das Haus aufzupassen, bis Mihai jemanden gefunden hatte, der das Ganze übernahm, denn sie hatten alles stehen und liegen lassen. Alois Binder war sich sicher, daß Markus falsche Pässe organisiert hatte, denn niemand im Dorf hatte von der bevorstehenden Ausreise gewußt. Ganz Wiseschdia habe eingereicht, nur er nicht, hatte er betont.

Anton hätte im Haus der Potje wohnen können, aber er zog es vor, beim Alois Quartier zu nehmen. Wenn schon in einem fremden Haus, dann wenigstens mit jemandem, der ihm Gesellschaft leisten konnte. Da es inzwischen hell geworden war, schlug Alois vor, noch rasch gemeinsam das Vieh der Potje zu versorgen. Er legte zur Sicherheit Lord an die Kette, obwohl der ganz friedlich geworden war, der Hund des Alois blieb wie immer auf der Gasse beim Fahrrad. Anton wunderte sich, daß sein Rexi auf den Trubel hin, der doch die halbe Gasse aufgeweckt haben mußte, nicht aufgetaucht war. Es war für ihn sehr bitter, als er von Alois erfuhr, daß es den Rexi nicht mehr gab. Der Florin, so hieß der Bewohner von Antons Haus, hatte ihm eine

Woche nach Antons Ausreise mitgeteilt, daß der Hund verschwunden war. Meinhard hatte ebenfalls gehofft, daß er eines Tages wieder auftaucht.

Sie luden die Koffer auf das Fahrrad und zogen los. Vor seinem Haus blieb Anton stehen und atmete tief durch. Hier hätte er zeitweilig wohnen können, wenn die Potje dageblieben und einverstanden gewesen wären, die Hausgärten gemeinsam mit Gemüse zu bepflanzen wie früher. Und vielleicht wäre er eines Tages endgültig zurückgekehrt. Er und der Alois gingen durch das stille morgendliche Dorf, es war alles so trostlos, daß Anton hätte weinen können. Sein Wunschtraum von einer Rückkehr war ohne die Potje ausgeträumt.

Alois hatte ihm versichert, daß der Florin ein guter und fleißiger Kerl sei und daß er alles in Schuß halte. Die Hausgärten hätten die Leute frei zur Nutzung erhalten, was weiter kommen werde, stehe in den Sternen, die Kollektiv werde sich auflösen, man rede über die Zuteilung von Ackerland. Er habe jetzt noch seinen Posten als Kollektiv- und Nachtwächter, später werde er sehen. In seiner Funktion als Nachtwächter des Dorfes sei er dem Auto, mit dem Anton gekommen war, nachgefahren, um zu sehen, was geschieht. In anderen Dörfern wäre es zu Raubüberfällen gekommen nach der Revolution, man gedenke deshalb die Nachtwächter mit Gewehren auszustatten. Hier in Wiseschdia wäre bisher alles ruhig geblieben, und die Ereignisse sozusagen am Dorf vorbeigegangen. Wenn nur nicht alle auswandern würden. Der Werner Theiss, der bestimmt hier aktiv geblieben wäre, war einen Tag vor Weihnachten gestorben, er sei außer sich vor Freude und Begeisterung gewesen, und hätte das alles nicht verkraftet, behaupteten die Leute. Seine Frau war einen Monat vorher gestorben.

Als sie sich dem Haus des Alois näherten, druckste der herum, blieb plötzlich stehen und gestand Anton, daß er seit Jahresanfang mit einer Frau aus Komlosch, der Florica, zusammenlebt. Auf seine alten Tage sei er nun doch zu einem Weib gekommen, scherzte er, fügte aber ernsthaft hinzu, daß sie sich demnächst standesamtlich trauen lassen, damit alles seine Ordnung hat.

Florica war eine noch gut aussehende Frau, lebhaft und eine sehr gute Köchin. Alois hatte Anton nicht groß vorstellen müssen, denn er hatte ihr viel von ihm erzählt. Anton hatte keine Schwierigkeiten, sich mit Florica auf rumänisch zu verständigen, da Alois immer dabei war und sie außerdem ein bißchen banatschwäbisch verstand. Er fühlte sich nach kurzer Zeit heimisch, denn die Kärglichkeit des Wirtschaftens von zu Hause war ihm noch vertraut, und er redete sich ein, daß ihm die Annehmlichkeiten seiner Wohnung nicht fehlten. Florica war von den vielen Geschenken, die ursprünglich für die Potje gedacht waren, überwältigt, vor allem die Kleider hatten es ihr angetan.

Da war er nun Gast, diese Stellung behagte ihm nicht, deshalb übernahm er für die Zeit seines Aufenthalts die Versorgung des Viehs bei den Potje. In der Arbeitskleidung, die er sich dafür von Alois auslieh, fühlte er sich wieder wie in alten Tagen.

Er lernte Florin kennen, der ihm gegenüber aber sehr zurückhaltend war. Anton hätte sich vorstellen können, mit ihm bei einem Glas Wein in der hinteren Küche zu sitzen, aber der Florin hatte ihn nicht einmal ins Haus gebeten, ihm nur widerwillig Hof und Garten gezeigt. Der Hund sei also weg, hatte Anton trotzdem gesagt, worauf ihm der Florin versicherte, die Katze sei beim Haus geblieben. Zu Gesicht bekam er sie nicht. Anton war über diesen Empfang verärgert, mußte sich aber eingestehen, daß es ihm auch nicht gefallen hätte, wenn da jemand gekommen wäre und gewollt oder ungewollt den ehemaligen Besitzer hervorgekehrt hätte.

In den fünf Tagen seines Aufenthalts traf Anton im Wirtshaus die Männer des Dorfes. Sie freuten sich, ihn wiederzusehen, und waren vor allem daran interessiert, so viel wie möglich über die behördliche Abwicklung ihrer Eingliederung in Deutschland zu erfahren. Keiner von ihnen verschwendete auch nur einen Gedanken ans Bleiben. Anton gab bereitwillig Antwort, seine Schwierigkeiten verschwieg er, und machte immer wieder darauf aufmerksam, daß es kein Zuckerschlecken war, sich in einer völlig anderen Welt zurechtzufinden und einzuleben. Der Wirt Hans Wolf hatte in diesen Tagen einen guten Umsatz, und so manche Runde wurde ausgegeben. Die Männer waren sich darüber einig, sie könnten es auch schaffen, denn jeder aus Wiseschdia habe es in Deutschland zu etwas gebracht. Diejenigen, die schon Familienangehörige dort hatten, waren voller Zuversicht, der Karl Schirokmann und der Kantor Peter Laub, die keine hatten, ließen sich mitreißen. Der Brigadier Hans Schmidt, der Anton notgedrungen die Hand reichte in Gegenwart der anderen Männer, die nicht verstanden hätten, daß sich die ehemaligen Schwiegerleute noch immer böse waren, kehrte wie in alten Zeiten den Überlegenen hervor: Sein Richard habe für ihn vorgesorgt. Lehrer Werner Schäfer wurde ausfällig, als Anton ihm den Vorschlag machte, mit Susanne zu reden, die könnte einiges für die Schule tun, mit Hilfssendungen. Das könne sie ruhig, aber nicht mit ihm als Ansprechpartner. Er muß wohl schon betrunken gewesen sein, denn er erging sich in Klagen über all das, was er während seiner Tätigkeit als Lehrer von den Leuten hatte einstecken müssen. In Deutschland werde er endlich ein freier Mensch sein, hatte er gesagt und die konsternierte Männergesellschaft verlassen.

Anton aber tat Alois Binder leid, weil die Männer arrogant mit ihm umgingen, ihn kaum beachteten. Sie waren, obwohl noch in Wiseschdia, schon in Deutschland, und der Alois gehörte nicht dazu. Den schien das weiter nicht zu stören, er hatte sich mit seiner Außenseiterstellung abgefunden, und deshalb freute es Anton um so mehr, daß er glücklich war, eine Frau gefunden zu haben, mit der er sich prächtig verstand.

Während seines Aufenthalts ging Anton jeden Tag auf den Friedhof. Das Familiengrab war mit Blumen bepflanzt und gepflegt, wie Rosalia es versprochen hatte. Eine ungestörte Andacht war nur früh am Morgen möglich, denn spät bis in den Abend herrschte auf dem Friedhof Hochbetrieb, Maurerleute aus Komlosch betonierten im Auftrag der Ausreisenden die Gräber zu. Angesichts der Tatsache, daß Rosalia nicht mehr da war, die sich um das Grab hätte kümmern können, faßte Anton den Entschluß, diese Verschandlung, wie er sie Alois gegenüber nannte, auch vornehmen zu lassen, und der sollte die Arbeit beaufsichtigen, Florica bis dahin das Grab weiterhin pflegen.

Anton hatte mit dem Zubetonieren des Familiengrabes nicht gerechnet, hatte nicht genügend rumänisches Geld mit, und wollte deshalb den Maurern aus Komlosch einen Vorschuß in Mark zahlen. Alois riet davon ab, konnte ihm aber das nötige Geld nicht leihen. Nach kurzem Zögern meinte Alois, der Meinhard sei wohl Hals über Kopf ausgewandert, er könne sich aber nicht vorstellen, daß er seine Ersparnisse nicht bei jemandem hinterlegt hatte, und dafür käme nur Mihai in Frage, der sei doch jetzt der Chef im Dorf. Dieser Fingerzeig genügte Anton, selbst wäre er nicht auf die Idee gekommen, von Mihai das Geld einzufordern, das er seinerzeit Meinhard zur Aufbewahrung hinterlassen hatte. Er suchte Mihai auf, der eine stattliche Wirtschaft mit Viehhaltung aufgebaut hatte, zwei Familien ehemaliger Saisonarbeiter aus der Staatsfarm beschäftigte. Anton fragte, ohne viel zu fackeln, ob Meinhard vor seiner Abreise das anvertraute Geld bei ihm in Aufbewahrung gegeben hätte, es bei jemand anderem deponiert zu haben, könnte er sich nicht vorstellen. Ja, hatte der so Überrumpelte gestehen müssen, fünfzehntausend. Er brauche das Geld für das Familiengrab, hatte Anton gesagt. Dennoch hatte Mihai mit dem Geld nicht herausrücken wollen.

Er kümmere sich um das Zubetonieren, Anton müsse sich keine Sorgen machen, das Geld sei bei ihm gut aufgehoben. Meinhard habe durchblicken lassen, daß er hier investieren wolle und Anton könnte sich mit seinem Verwandten beteiligen. Er habe, konterte Anton, den Alois wegen des Grabes beauftragt, und es wäre unanständig, seinem Gastgeber vor den Kopf zu stoßen. Aber dafür benötige er doch nicht die ganze Summe, versuchte es Mihai noch einmal. Doch, griff Anton zu einer Notlüge, er müsse in Temeswar noch Schulden begleichen. Mihai blieb nichts anderes übrig, als ihm das Geld auszuhändigen. Auf eine schriftliche Bestätigung der Übergabe verzichteten sie, man kenne sich und habe volles Vertrauen. Er werde Meinhard in Deutschland umgehend davon unterrichten, versicherte Anton und ging, ohne sich groß zu verabschieden.

Die Befürchtungen des Alois, Mihai könnte ihn als Anstifter verdächtigen und in Zukunft kujonieren, ließ Anton nicht gelten. Vor so einem Schlawiner müsse er sich nicht fürchten, noch sei der nicht Herr von Wiseschdia, das sei schließlich sein Geld und damit könnte er tun und lassen, was er will.

Am Tag der Abfahrt aßen sie schon früh zu Mittag, und dann überraschte Florica Anton mit einem Geschenk, einem halben geräucherten Hinterschinken vom Schwein. Mit etwas anderem hätten sie sich nicht revanchieren können, meinte Alois verschmitzt, denn die Überraschung war gelungen.

Karl Schirokmann und der Kantor Peter Laub kamen noch vorbei, um sich von Anton zu verabschieden, und was hätte er anderes tun können, als ihnen Mut zuzusprechen. Niemand, auch Alois nicht, konnte ahnen, mit welcher Absicht Anton Lehnert zu Besuch gekommen war.

Sie stellten sich an die Kirche, um den Fahrer abzufangen, der ansonsten zu den Potje gefahren wäre, um Anton abzuholen. Hier, unter vier Augen, übergab er Alois das Geld in einem Briefumschlag, auf den er seine Adresse geschrieben hatte. Der stutzte, weil es die gesamte Summe war. In einem Anflug von Verlegenheit kratzte sich Anton am Kopf und sagte, er habe überlegt, was man am besten mit dem Geld anfangen könnte, Alois sollte sich Pferd und Wagen kaufen, er hatte es genau so gemacht. Nein, über die Rückerstattung müßten sie jetzt nicht reden, ein andermal. Sie sahen den Kleinbus kommen und verabschiedeten sich mit einer Umarmung. Als Anton einstieg, hielt Alois den Briefumschlag in einer hilflosen Geste hoch. Mach, was ich dir geraten habe, hatte Anton ihm zugerufen.

Über den Brief, den er kürzlich von Alois erhielt, hatte sich Anton sehr gefreut. Die Arbeit am Familiengrab sollte bald in Angriff genommen werden, und Alois hatte ihm versichert, den Maurerleuten aus Komlosch auf die Finger zu schauen. Ein Pferd hatte er sich gekauft, Wagen und Gerätschaften zusammengestückelt von dem, was sowieso in der Kollektivwirtschaft herumlag. Man sollte eines Tages nicht behaupten, er habe es gestohlen, hatte Alois geschrieben. Anton hatte den Brief mehrmals lesen müssen, um ihn zu entziffern, denn der Alois schrieb, wie ihm der Schnabel gewachsen war. Er war Alois nicht böse, daß er ihn so lange hatte warten lassen, denn er wußte aus eigener Erfahrung, wie schwer das Briefeschreiben fallen kann. Jetzt ging ihm das schon flotter von der Hand.

Seine Töchter belächelten den Ernst, mit dem er diese Korrespondenz betrieb. Sie wußten, daß er sein Geld bei Alois Binder hinterlassen hatte, nur Susanne und Gregor hatte er verraten, es dem Alois geliehen zu haben. Aber auch die beiden konnten nicht ahnen, daß er sein Geld investiert hatte. Insgeheim hoffte er, daß es dem Alois gelingen wird, sich eine solide Existenz aufzubauen, dann könnte er mit seinen Enkelkindern eines Tages nach Wiseschdia fahren, um ihnen zu zeigen, woran er mitgewirkt hatte. Daß dies möglich sein könnte, daran mußte er fest glauben, denn nur dann hätte er sagen können: Ich bin zufrieden und glücklich.

Es blitzte und donnerte, kurz darauf begann es satt zu regnen. Wie oft hatte er im Sommer zu Hause den Regen herbeigesehnt, in den Himmel geschaut, ob sich denn nichts ankündigt. Wenn es dann soweit war, setzte er sich am liebsten in den Hausgang auf einen Stuhl, starrte in den Regen und malte sich die Zukunft aus.

Da kamen sie aus dem Garten gelaufen, um in der hinteren Küche Unterschlupf zu finden: Erika, Kurt, Hilde, Susanne, Maria und als letzte schon ganz durchnäßt die Großmutter Anna Lehnert.

V. Teil

Zwei Farbfotos belegen, daß im Schrebergarten des Anton Lehnert ein großes Treffen stattgefunden haben muß, aber auf keiner Rückseite ist der Anlaß vermerkt.

Das erste Foto ist eine Art Gruppenbild, auf dem jedoch die Mitglieder der drei Familien klar auszumachen sind. Im Mittelpunkt Anton Lehnert, zur Rechten und Linken die Enkel Dietmar und Benno, dahinter Hilde und Susanne, mit je einem Kleinkind auf dem Arm, dann Erika, es folgen die Schwiegersöhne Johann, Wolfgang und Gregor; auf der rechten Hälfte des Fotos die Potje, Rosalia, Meinhard, Susanne und Markus, auf der linken die Huber, Helene, Karl dessen Frau und die zwei Kinder.

Der Bruch Anton Lehnert mit seinem Halbbruder Peter Huber muß als endgültig eingestuft werden, denn nur so läßt sich erklären, warum er auf diesem Foto fehlt.

Auf dem zweiten Foto sitzt Anton Lehnert auf einem Stuhl, die Arme durchgestreckt, die Hände auf den Oberschenkeln, umgeben von seiner Familie. Wegen Antons Körperhaltung wirkt dieses Foto gestellter als das erste. Beide sind jedoch zum selben Zeitpunkt gemacht worden, denn die Kleidung der Familienmitglieder ist identisch, der Hintergrund derselbe, die Längsseite eines Gartenhäuschens, daneben ein Strauch, wahrscheinlich Flieder, und es war ein wunderschöner Sommertag. Monat und Jahr sind auf dem Familienfoto in Anton Lehnert Handschrift mit Kugelschreiber festgehalten: September 1991.

Nur ich und die Rosi sehen nicht wie Deutschländer aus, würde Anton Lehnert beim Betrachten der Fotos sagen.

1

Dieses Scheißwetter! Anton Lehnert schloß das gekippte Küchenfenster. Seit gestern Abend dieser Regen, und so wie es heute morgen aussah, wird das Sudelwetter den ganzen Tag anhalten. Zu Hause war es im November auch nicht anders, hätte Anton behaupten können.

Das Wetter in Deutschland im Vergleich zu dem im Banat war immer ein beliebtes Thema, begegneten sich Landsleute in seinem Alter. Hier gäbe es keine richtigen Winter, hoher Schnee und Kälte, daß einem die Arschbakken zusammenfroren, anständige Sommer, die ihren Namen verdienten. So sei das nun mal, damit müsse man sich abfinden, wurde abschließend festgestellt. Später waren auch noch andere Vergleiche ins Gespräch gekommen: daß die Menschen hier ganz anders wären, höflich aber nicht herzlich, daß die Kinder sich in diesem und jenem geändert hätten, von den heranwachsenden Enkelkindern ganz zu schweigen. Oft sprach man sich nach einer solchen Begegnung beim Auseinandergehen Mut zu: Man könne sich nicht beklagen, auch wenn hin und wieder Heimweh aufkomme.

Mit den eigenen erwachsenen Kindern redeten die Älteren nicht über solche Empfindlichkeiten, denn die wollten oder konnten kein Verständnis dafür aufbringen, und nichts fürchtete man mehr als den hämischen Vorschlag: Dann geh' doch wieder zurück.

Gestern, zu Allerheiligen, war Anton mit der Resi Mitschang auf dem Friedhof von Kirchheim. Es war nun schon das zweite Jahr in Folge, daß er sie begleitete, denn sie wollte auch heuer nicht bis zum Dienstschluß ihres Sohnes warten. Die Resi war nicht sehr gesprächig, schon gar nicht an solchen Tagen, und so konnte Anton bei dieser Gelegenheit in Ruhe seiner Toten gedenken und, wenn auch auf einem fremden Grab, eine Kerze für sie anzünden.

Bestimmt hatte die Resi während der Fahrt mit dem Bus in Gedanken zu Hause geweilt, denn als sie den Friedhof betraten, meinte sie plötzlich, daß der Michel, wären sie geblieben, vielleicht noch leben würde.

Es war schon dunkel, als sie wieder zurück waren, vor dem Wohnblock wartete der Sohn mit Familie im Auto. Sie waren in der Zwischenzeit auf dem Friedhof gewesen und nun zum Essen eingeladen. Auch Anton wurde wieder eingeladen, gab aber vor, er erwarte seine Tochter Susanne mit Familie.

Eigentlich hatte er nach dem Besuch auf dem Friedhof etwas anderes vorgehabt. Er wollte Herrn Gruber besuchen, der ihm jedesmal vorhielt, begegneten sie sich in der Stadt, daß er sein Versprechen nicht eingehalten hatte. Es seien nun schon so viele Jahre vergangen, und Anton habe ihm noch keinen Gegenbesuch abgestattet, obwohl er ihn, wenn er sich recht erinnere, schon viermal besucht habe. Anton hatte bei der letzten Begegnung scherzhaft gemeint, man müsse nicht alles auf die Waagschale legen, und so lange wie bisher wird es bestimmt nicht mehr dauern. Bei dieser Gelegenheit könne er Anton zeigen, was sich Im Hüttenbühl alles geändert habe, seit sie aus dem Wohnheim ausgezogen waren, hatte Herr Gruber vorgeschlagen.

Mit dem Telefonieren hatte Anton keine Probleme mehr, und daß man seinen Besuch ankündigte, war zur Selbstverständlichkeit geworden. Er hatte also angerufen, und es hatte sich eine Frauenstimme unter dem Namen Wilhelmine Hohler gemeldet. Er habe sich verwählt, mit dem Herrn Gruber habe er sprechen wollen, entschuldigte sich Anton verdattert. Kaum aber hatte er die Entschuldigung hervorgebracht, glaubte er, die Stimme wiedererkannt zu haben und fragte deshalb zögernd: Frau Wilma? Ja, Herr Lehnert, wurde ihm bestätigt. Anton wollte sich erneut entschuldigen, aber Frau Wilma versicherte ihm, daß er richtig gewählt habe, der Robert wäre im Moment nicht da, er sei einkaufen. Anton war für den ersten Augenblick völlig verwirrt, doch Frau Wilma klärte ihn ohne viel Umschweife auf. Sie und Herr Gruber seien zusammengezogen, sie würden sich ja schon seit der Zeit im Wohnheim kennen, und das sei die Voraussetzung für das notwendige gegenseitige Vertrauen gewesen. Er wisse doch aus eigener Erfahrung, wie schwer es einem alleinstehenden Mann fällt, einen Haushalt zu führen. Die Tochter wäre mit Mann und Kindern aus Polen gekommen, und sie hätten noch immer keine Wohnung gehabt, da habe sie ihnen ihre überlassen, weil sie und der Robert sowieso zusammenziehen wollten.

Anton hatte sich dabei ertappt, daß er nickend dem zustimmte, was Frau Wilma ihm da wie selbstverständlich erläuterte, als sie ihn aber einlud, fiel ihm auf Anhieb keine plausible Ausrede ein, er versprach bloß, sich wieder zu melden.

Robert! Frau Hohler! Seltsam. Nie hatte er einen der beiden so angesprochen oder dritten gegenüber so genannt. Als Herr Gruber und Frau Wilma hatten sie sich damals im Übergangswohnheim für Aussiedler und Übersiedler vorgestellt. Dabei war es geblieben. Ohne es sich anzubieten, waren er und Herr Gruber zum vertraulichen Du übergegangen, Frau Wilma aber hatten beide immer gesiezt.

Herr Gruber mußte als gewesener Bergmann bestimmt

eine schöne Rente haben. War das ausschlaggebend, daß die noch gut aussehende Frau Wilma sich ihn geschnappt hatte? War alles schon besiegelt, als er Herrn Gruber das letzte Mal getroffen hatte? Vielleicht deshalb sein Drängen, ihn doch endlich einmal zu besuchen, um ihn damit zu überraschen. Ob sie sich wohl standesamtlich hatten trauen lassen? Aber die Frau Wilma hatte sich doch am Telefon als Wilhelmine Hohler vorgestellt. Was ging ihn das alles eigentlich an? Eines stand allerdings fest: mit einem Anton Lehnert, der knapp 700 DM Rente hatte, hätte sich eine Frau Wilma nie und nimmer eingelassen. Da hätte er noch lange darauf warten können, daß sie, wie mal versprochen, zum Grillen in den Garten kommt.

Das Telefon läutete. Obwohl Anton nun schon seit fünf Jahren in Deutschland lebte, die Handhabung dieses Geräts für ihn etwas Alltägliches war, zuckte er trotzdem jedesmal innerlich zusammen, wenn es klingelte. Nur nicht der Herr Gruber, ging es ihm durch den Kopf. Es einfach läuten lassen. Das konnte er doch nicht machen. Er nahm ab und war erleichtert, denn Hilde war dran.

„Und wie geht es dir?"

„Mir geht es gut. Schön, daß du mal anrufst."

„Ist das Wetter bei euch auch so schlecht?"

„Ja, seit gestern abend regnet es, so ein Sudelwetter."

„Bei uns seit heute morgen. Und rede nicht mehr so laut, ich verstehe dich gut."

„Rede ich zu laut?"

„Was gibt es Neues bei euch?"

„Nichts."

„Papa, wir können nun doch nicht kommen, Saskia-Maria ist krank, sie hat hohes Fieber."

„Wart ihr schon beim Doktor? Von wo rufst du an?"

„Von zu Hause. Ich habe mir frei genommen, meine Überstunden waren sowieso fällig."

„Hat deine Schwiegermutter das Kind zu leicht angezogen?"

„Du suchst auch immer einen Schuldigen. Ich bin froh, daß sie auf die Kleine aufpaßt und ich arbeiten gehen kann. Susanne hat es da viel schwerer. Sie mußte sich beurlauben lassen, und aufs Jahr muß sie sich eine Frau nehmen, auch wenn sie einen Kindergartenplatz für den Kleinen kriegt."

„Hätte sie den Kurt vielleicht zu den Schwiegereltern nach Stuttgart geben sollen? Und außerdem hätten die Brauner das nicht gemacht, obwohl sie als Rentner Zeit dafür gehabt hätten. Die sind doch immer in Urlaub, fliegen in der Welt herum. Dreimal waren sie seit der Geburt von Kurt erst zu Besuch, und ich habe sie kaum zu Gesicht bekommen."

„Fang nicht wieder damit an. Die Hauptsache, Susanne und Gregor verstehen sich."

„Ich verstehe mich mit Gregor auch."

„Was willst du dann?"

„Du hast recht. Deine Mutter und ich haben auch vier Kinder allein groß gezogen und ..."

„Das war doch was ganz anderes."

„Ja, reden wir lieber von was anderem. Wieviel Fieber hat denn mein Kleines?"

„Fast 39°."

Anton erinnerte Hilde daran, daß die Mutter ihnen, wenn sie Fieber hatten, den scheußlich schmeckenden Zwiebeltee kochte, eine Zwiebel mitsamt Schalen, und ihnen zusätzlich Wickel mit erhitztem grobkörnigem Salz um Hals und Brust legte. Das habe immer geholfen, neulich auch beim Kurt, und seit damals koche sich der Gregor öfters Zwiebeltee zur Vorbeugung. Der mit seinen Naturprodukten! Sie solle Wolfgang schön grüßen, den Schwiegereltern und Erika sagen, sie könnten sich auch mal wieder melden oder kommen, er habe die Buben schon eine Ewigkeit nicht mehr gesehen. Wie es ihnen denn so gehe.

Dietmar beginne noch in diesem Jahr mit der Fahrschule, das koste eine schöne Stange Geld. Ja, er wisse inzwischen auch, daß der Führerschein und ein Begräbnis kostspielig wären, fuhr Anton unwirsch dazwischen, aber der Dietmar sei doch noch gar keine achtzehn. Der Führerschein werde ihm ja auch erst dann ausgehändigt, und im übernächsten Jahr wollten Erikas Schwiegereltern ihm zum bestandenen Abitur einen Gebrauchtwagen schenken. Wenn er könnte wie er wollte, würde er... Hilde ließ ihn nicht ausreden. Das wüßten doch alle, aber die Esperschidt seien schließlich auch Dietmars Großeltern und genau so stolz auf ihr Enkelkind wie er. Und übrigens wäre Erika dann nicht mehr auf ihren Mann angewiesen, könnte öfters zu Besuch kommen. Bis der Benno mal soweit sein werde, in vier, fünf Jahren, werde er auch etwas gespart haben, ließ Anton nicht locker, meinte aber dann abschließend, Hilde solle danach trachten, daß die Kleine wieder gesund werde.

Endlich ein Mädchen, hatte Anton gesagt, als man bei der Tauffeier von Hilde und Wolfgangs Tochter Saskia-Maria vor dem Essen mit einem Schnaps von zu Hause anstieß, den Wolfgangs Vater von seinem letzten Besuch in Temeswar mitgebracht hatte. Lächelnd und mit sich zufrieden, ließ Anton die Hänselei über sich ergehen, Benno sei wohl jetzt als Liebling des Ota abgeschrieben. Er erinnerte an die Taufe von Dietmar damals in Wiseschdia und versicherte, er habe seine Enkelkinder alle gleich lieb: Dietmar als den Erstgeborenen unter ihnen, Benno sowieso und Saskia-Maria, weil sie eben das einzige Mädchen ist. Zu dem Zeitpunkt stand schon fest, daß Susanne und Gregors Kind ein Junge werden und Kurt heißen wird. Da er nichts beschreien wollte, erwähnte er sein viertes Enkelkind nicht, der Gedanke aber, daß es mit dem Nachwuchs seiner Töchter, drei Jungs und ein Mädchen, gerade umgekehrt wie bei ihm stand, war ihm gleich durch den Kopf gegangen, als Susanne ihm nach einem der Besuche beim Frauenarzt mitgeteilt hatte, daß es ein Junge wird.

Hilde hatte das Geschlecht ihres Kindes nicht feststellen lassen, und Wolfgang der Geburt im Unterschied zu Gregor nicht beigewohnt, der sogar an den Schwangerschaftsberatungen und der Gymnastik teilgenommen hatte. Dafür hätte Anton noch Verständnis aufbringen können, aber bei einer Geburt assistieren. Niemals. Andere Zeiten, sagte er sich, und mußte noch heute den Kopf schütteln, wenn er daran dachte, daß mit Gregor in den letzten Tagen vor der Geburt gar nicht mehr zu sprechen war und er sich so verhielt, als kriegte er das Kind.

Es war kurz vor elf, um diese Zeit kam der Postbote. Anton stand von der Sitzbank am Küchentisch auf und stellte sich schräg zum Fenster, denn nur so konnte er ihn auftauchen sehen oder sein gelbes, gummibereiftes Wägelchen, das er an den Garagen auf der Straße zum Wohnblock abstellte. Seit Wochen wartete Anton nun schon auf einen Brief von Alois Binder. Tagein, tagaus dieses Warten. Es kam ihm wie damals zu Hause vor, wenn er den Briefträger Karl Labling abpaßte wegen einer der Vorladungen in Verbindung mit der Ausreise. Der hatte ihm immer schon von weitem zu verstehen gegeben, ob etwas für ihn dabei war oder nicht. Lag es wirklich an der Post, daß er von Alois auf das letzte Schreiben noch immer keine Antwort erhalten hatte? Es dürfte doch keine Probleme mit dem Postverkehr mehr geben. Nicht solche wie vorher, hatte der Franz Pierre gesagt, als sie sich ein letzte Mal für dieses Jahr im Garten trafen, aber darauf hingewiesen, daß Briefe jetzt genau so lang, wenn nicht länger, unterwegs waren. Das sei ein Beweis für die Unfähigkeit, etwas so Einfaches in den Griff zu bekommen, hatte er geurteilt und scherzhaft hinzugefügt, es liege bestimmt daran, daß die Menschen aus Rumänien mehr Briefe schrieben als vorher. Wenn der Franz so redete, war ihm, als hörte er den Thomas Ritter.

Hatte Franz nicht damals bei der Wiedervereinigung gesagt: Jetzt sind wir wieder wer! Das war doch Protzerei! Wie hätte wohl der Thomas Ritter das kommentiert? Der Werner Theiß hätte in seiner Art alles genau analysiert und wäre bestimmt zur Schlußfolgerung gelangt, daß Deutschland seine Wiedervereinigung glücklichen Umständen verdankt, aber das sei nun mal der Lauf der Geschichte. Anton hätte nicht sagen können, daß er so etwas wie Glück empfunden hatte, weil es ihn nicht direkt betraf, daß aber nach einem Jahr im Fernsehen Stimmen laut wurden, die von einer Fehlentscheidung sprachen, konnte er nicht verstehen. Wenn so viele Menschen glücklich darüber waren, konnte man doch nicht so reden. Er hätte diese dozierenden Kerle ohrfeigen können, sie redeten sich hochgelehrt heraus, anstatt zu sagen: Ich bin dagegen. Vor allem diese Politikerinnen der Grünen, die mit den Händen fuchtelten und verächtlich die Mundwinkel verzogen. Denen sah man doch an, daß sie alle verachteten, die nicht ihrer Meinung waren. Was wollten sie eigentlich? Hätte man ihn zur politischen Lage befragt, hätte er gesagt, er bedauere, daß der Umsturz im Osten die Auswanderung der Deutschen aus Rumänien nicht hatte aufhalten können, daß alles zu spät gekommen sei, auch für Wiseschdia. Und eine Rückwanderung? Ja, was hätte er dann gesagt? Was ihm bei diesem Wetter so alles durch den Kopf ging.

Da kam endlich der Briefträger in Regenjacke mit Kapuze. Heute war es eine Frau. Anton trat instinktiv vom Fenster zurück und verharrte in Wartestellung. Kurz darauf hörte er an den Briefkästen hantieren. Jetzt mußte er noch abwarten, bis die Post am nächsten Stiegenhaus eingeworfen war, und die Briefträgerin dann mit ihrem Wägelchen weiterfuhr.

Er betastete seine Hosentasche nach dem Schlüsselbund. Wenn er zum Briefkasten ging, sperrte er nicht ab, aber man konnte ja nicht wissen, ob das Schloß trotz vorgelegter Sicherung nicht doch zuschnappte. Als er die Tür öffnen wollte, hörte er von oben Schritte und wartete, bis sie vorbei waren. Das konnte nur die Wondra sein. Ob sie wohl auch auf die Post gewartet hatte? Konnte ihm doch egal sein. Es machte ihm nichts mehr aus, ihr im Treppenhaus zu begegnen und so zu tun, als wäre sie Luft. Sie und nicht er hatte es so gewollt.

Auf dem letzten Treppenabsatz begegnete ihm die Wondra, sie gingen grußlos aneinander vorbei. Diese blöde Kuh! Er sperrte den Briefkasten auf, nur Reklame. Daß man auch die Briefträger damit beauftragte, war ihm in letzter Zeit aufgefallen. Er überlegte kurz, ob er trotz des Regens bis an die Ecke gehen sollte, um sich die „Bild“-Zeitung zu holen, ließ es aber dann bleiben.

Das ältere Ehepaar, Rußlanddeutsche, kam ihm entgegen. Wahrscheinlich gingen sie einkaufen. Das hätte er sich auch gewünscht, mit Maria alt werden. Noch bevor sie einander grüßen konnten, begann die Wondra durchs Treppenhaus zu schimpfen. Wenn man mit der Kehrwoche dran sei, habe man die ganze Woche für Sauberkeit im Stiegenhaus zu sorgen, sie werde das dem Hausmeister melden, hier wäre man in Deutschland und nicht in Kasachstan. Anton konnte sich nicht länger im Zaum halten. Er stürzte die Treppen hinauf, die Wondra wollte gerade in ihrer Wohnung verschwinden, die einzige, die auf dem obersten Stockwerk lag.

„Hast du überhaupt keine Schande im Leib?“

„Was erlauben Sie sich?"
„Das fragst du mich noch?"
„Warum mischen Sie sich ein?"
„Weil du alle hier terrorisierst! Allen spionierst du nach. Das hast du wahrscheinlich in der DDR gelernt."
„In der DDR war es tausendmal besser als bei eurem Ceauşescu in Rumänien."
„Warum bist du dann weg?"
„Ich bin Ihnen keine Rechenschaft schuldig."
„Geh doch wieder zurück und laß uns in Ruhe."
„Ich wohne, wo ich will, denn das ist mein Land."
„Und ich bin Bürger dieses Landes."
„Mit einem einfältigen Bauern diskutiere ich nicht. Und das hat ein Nachspiel."
„Was hat es? Du blöde Fotze."
Er stieg noch eine Treppe höher, die Wondra schlug hinter sich die Wohnungstür zu, und Anton kam wieder zur Besinnung.

Noch auf dem Weg in seine Wohnung steckte er sich eine Zigarette an. So ausfällig hätte er nicht werden dürfen. Aber was sagt der Mensch nicht alles in seiner Wut. Er schloß die Tür von innen ab und ging schnurstracks ins Zimmer. Im Schrank stand der Kirschlikör, den er dort für Gäste aufbewahrte. Er nahm einen tiefen Schluck aus der Flasche und stellte sie wieder an ihren Platz im unteren Liegefach, wo er Socken und Unterwäsche aufbewahrte. Zurück in der Küche, setzte er sich an den Tisch und versuchte sich zu beruhigen. Der Wondra mal die Meinung sagen, war schon richtig. Da wußte er alle im Stiegenhaus auf seiner Seite. Die steckte doch mit dem Hausmeister unter einer Decke, sonst würde sie sich das nicht erlauben. Sollte sie sich bei dem beschweren und der ihn zur Rede stellen, wird er sagen, wie es ist: daß keiner mit ihr auskomme. Und fragen wird er auch, auf wessen Anordnung die Wondra an der Tür zum Dachboden ein Hängeschloß angebracht hatte, so daß niemand mehr seine Wäsche dort zum Trocknen aufhängen konnte, es sei denn, man bitte sie um den Schlüssel, und ob das nicht gegen die Hausordnung verstoße, von der sie immer spreche.

„Bürger dieses Landes!" das hatte gesessen. Diese Formulierung kannte er von Werner Theiss aus Wiseschdia. Und hatte sie nicht auch der Beamte in der kurzen Ansprache in einem Raum des Ordnungsamtes gebraucht, als den damals Versammelten feierlich die Staatsbürgerschaftsurkunden überreicht wurden? Bauer hatte sie ihn verächtlich genannt. Das mußte er sich nicht gefallen lassen. Aber warum hatte sie ihn gesiezt?

Das Telefon läutete. Was war denn heute los? Hatte die Wondra ihn schon beim Hausmeister verklagt oder gar bei der Polizei? Oder war es Herr Gruber? Er hob ab und meldete sich mit fester Stimme: Anton Lehnert.

Als er Susannes Stimme vernahm, war er erleichtert. Sie habe eine Bitte: ob er sich zutraue, auf Kurt aufzupassen. Aber natürlich. Gregor habe gerade angerufen, es dauere heute in der Schule länger, eine kurzfristig einberufene Sitzung der Lehrer, und sie habe einen Termin beim Zahnarzt. Kurt schlafe ja um diese Zeit, sie hatte schon überlegt, ihn allein zu lassen. Auf keinen Fall. Ob er sich schon etwas zu Mittag gekocht habe. Nein, heute falle das Kochen bei ihm aus. Das treffe sich ja gut, dann lade sie ihn ein, so gegen eins. Um halb eins sei er zur Stelle. Was es denn Gutes gäbe. Das sei eine Überraschung.

Der Streit mit der Wondra war so gut wie vergessen. Für den heutigen Tag hatte er wenigstens eine Aufgabe, und er war stolz, daß Susanne ihm das zutraute. Es war wohl schon eine Ewigkeit her, daß seine Kinder klein waren, aber ganz unerfahren war er in dieser Hinsicht nicht. Damals in Österreich hatte er am Wochenende immer beim Baden geholfen, Fläschchen gegeben, Windeln gewaschen. Und weil die Kleinen an den Wochentagen morgens noch schliefen, wenn er zur Arbeit ging, und schon wieder schliefen, wenn er abends gegen sieben heimkam, hatte er mit Maria vereinbart, daß sie die Kinder zum Nachmittagsschläfchen später hinlegte und sie so noch wach waren, wenn er nach Hause kam. Dann brachten er und Maria sie gemeinsam zu Bett. Hilde und Susanne konnten sich ihren Papa in der Rolle nicht vorstellen, wenn Maria später in Wiseschdia, als die Kinder schon groß waren, davon erzählte, nur Erika und Kurt glaubten, sich noch daran erinnern zu können. Das war eine schöne Zeit, pflegte Maria zu sagen, und ihm tat es gut, daß seine Kinder ihn auch von dieser Seite kennengelernt hatten. Schon wieder das Telefon. Wer könnte es diesmal sein?

Mit einem Anruf Meinhards hatte Anton überhaupt nicht gerechnet, und deshalb freute es ihn um so mehr. Meinhard holte lange aus, fragte, wie es ihm gehe, Susanne, Gregor und dem Kleinen, mit Hilde und Erika telefoniere er öfters. Als er ihm mitteilte, daß er zu Allerheiligen in Wiseschdia gewesen war, wurde Anton hellhörig, wollte gleich wissen, was es zu Hause Neues gibt. Deshalb rufe er an, sagte Meinhard, er müsse etwas mit ihm besprechen und ein Mitbringsel habe er auch für ihn, vom Alois Binder einen halben geräucherten Schinken noch aus dem Vorjahr und eine Flasche Schnaps, ob er heute abend vorbeikommen kann, es könnte sieben werden, da er erst nach Dienstschluß losfahre. Wann immer, versicherte ihm Anton und fragte, ob vielleicht noch jemand mitkomme. Nein. Worum es denn gehe. Das erkläre er ihm alles heute abend, bis dann.

Anton konnte sich beim besten Willen nicht vorstellen, was Meinhard mit ihm besprechen wollte. Die Angelegenheit mit dem Geld war anläßlich der Feier ihres Wiedersehens beim Grillen im Garten geklärt worden. Was hätte Meinhard auch dagegen einwenden können, daß er von dem Geld, das bei Mihai hinterlegt worden war, seinen Anteil zurückgefordert und Alois Binder zur Aufbewahrung hinterlassen hatte. Meinhard hatte sich köstlich amüsiert, als er ihm erzählte, daß er bei seinem Besuch in Wiseschdia im Morgengrauen vor ihrem verschlossenen Haus stand und der Alois Binder als Retter in der Not aufgetaucht war. Wie sie so rasch zu Ausreisepässen gekommen waren, ob Markus sie mit gefälschten Papieren herausgeholt hatte, wie von Alois Binder vermutet, darüber wurde nicht gesprochen. Daß Meinhard Alois in der Zwischenzeit mit der Zustimmung von Mihai als Pächter für sein Anwesen eingesetzt hatte, wußte er schon aus dessen Briefen. Das war auf jeden Fall gut, denn der Alois mußte von Mihai nichts mehr befürchten. Meinhards Besuch konnte nur mit Wiseschdia zu tun haben. Etwas Schlimmes konnte es nicht sein, das hätte er herausgehört. Schwer vorstellbar, daß die Rosi von diesem Besuch nichts wußte.

Die Potje hatten Glück. Erstaunlich, in welch kurzer Zeit sie sich arrangiert hatten. Sie wohnten jetzt in Herrenberg, Meinhard arbeitete als Lagerverwalter, seine Frau war Kassiererin bei ALDI, der Sohn Markus beim Daimler untergekommen, Rosalia führte den Haushalt. Anfangs hatte es nicht gut ausgesehen. Man hatte sie von einem improvisierten Übergangswohnheim ins andere verlegt. Um eine Zeit hatten sie sogar befürchten müssen, in die neuen Bundesländer abgeschoben zu werden. Kein Wunder, damals gab es eine Flut von Aussiedlern. Torschlußpanik.

Es war höchste Zeit aufzubrechen. Von ihm sollte niemand behaupten können, er wäre nicht pünktlich. Den Schirm durfte er nicht vergessen, denn es nieselte noch immer. Der lag neben dem Hut auf der Garderobe. Vor dem darin eingelassenen Spiegel richtete Anton Mantelkragen und Schal. Bevor er die Wohnung aufsperrte, lauschte er an der Tür, ob jemand im Treppenhaus war.

2

Es war der 1. Mai und ein Tag, wie man ihn sich nicht schöner hätte wünschen können. Zu Hause wurden an diesem Tag die Tomaten im Garten gepflanzt, und in den noch guten Zeiten gab es an diesem Tag im Dorfwirtshaus von Wiseschdia Flaschenbier. Anton Lehnert saß vor seinem Gartenhäuschen und gönnte sich ein Bier. Es schmeckte noch gut, obwohl es seit September vorigen Jahres hier herumstand. Damals war nicht viel getrunken worden, denn nach dem Fest mußten die Männer noch Auto fahren. Das mit dem Bierkasten. Alles wurde auf die lange Bank geschoben. Der frißt doch kein Brot, hatte es geheißen, als er vor der Abfahrt aus dem Garten hatte zurückgehen wollen, um das Bier mit nach Hause zu nehmen. Und so war es hier geblieben. Wäre ein strengerer Winter gewesen, und hätte er das Bier nicht mit seinen Arbeitskleidern und den Stuhlkissen abgedeckt, es zusätzlich in die zwei Decken gehüllt, wäre es gefroren, die Flaschen hätten platzen können. An solchen Kleinigkeiten zeigte sich, daß er in allem abhängig war, und er hatte diesen Garten samt Häuschen satt. Dann hast du wenigstens eine Beschäftigung, hatten Susanne und Gregor damals gesagt, als sie für ihn den Schrebergarten organisiert hatten. Er hatte anfangs auch seine Freude daran, das stimmte. Aber das ewige Herumbosseln war doch keine Arbeit. Er kam sich wie ein Kind vor, das bauern spielte. Es war schon ärgerlich, daß die meisten Tomaten in all den Jahren meistens kaputt gingen, weil Erika und Hilde keine Zeit hatten, sie holen zu kommen. Ja, sie hatten ja recht, deswegen lohnte der lange Weg nicht. Susanne, aber vor allem Gregor, hatte er nicht lange einreden müssen, grüne Erbsen und Bohnen, in Beutel verpackt, einzufrieren. Kartoffeln und Zwiebeln verwerteten sie laufend gemeinsam, denn es gab keine Möglichkeit, sie einzuwintern. Um die Erdbeeren brauchte er sich keine Sorgen zu machen, dafür war Susanne und Gregor der Weg bis in den Garten nicht zu weit. Und aufs Jahr wollte er ein Stück Rasen umgraben und für Kurt ein eigenes Beet anlegen. Da machte er schon Pläne und wußte gar nicht, ob er den Garten wird halten können, denn Susanne war nicht geneigt, ihn zu übernehmen, und Gregor verstand sich nicht darauf. Das bißchen Arbeit, hatten sie gesagt, und nun drückten sie sich. Aber dieser Scheißgarten durfte doch nicht das unüberwindbare Hindernis sein. Die Lage hatte sich beruhigt, aber ausgefochten war die Angelegenheit noch lange nicht.

Meinhard Potje hatte Anton Lehnert bei seinem Besuch Ende vorigen Jahres einen verlockenden Vorschlag gemacht. Was er davon halte, wenn er und seine Mutter zusammen mit Alois Binder und dessen Frau Florica zu Hause die Gärten mit Gemüse bewirtschafteten. Wie er sich das vorstelle, hatte Anton lauernd gefragt. Der Alois und seine Frau legten die Mistbeete an, Anfang Mai fahre er, Meinhard, sie nach Hause und hole sie Ende September wieder ab, der Mihai sorge für den Verkauf auf den Märkten in Hatzfeld und Temeswar, der Gewinn werde geteilt. Wie Meinhard denn darauf gekommen sei, hatte Anton noch wissen wollen. Seine Mutter klage den ganzen lieben langen Tag, rede nur von zu Hause, und daß es trotz der vielen Arbeit dort schön war, sie werde sich hier niemals einleben können. Und soviel er wisse, gehe Anton das doch auch alles ab. Anton hätte es so nicht zugegeben. Die

Jüngsten seien sie nicht mehr, hatte er gemeint, aber für das Bewirtschaften von Gemüsefeldern noch rüstig genug. Der Alois habe Pferd und Hackpflug, die Wasserrohre in den Gärten seien noch vorhanden. So waren sie von einem aufs andere gekommen. Elektromotor, Zentrifugalpumpe, Gerätschaften, die Kuh hatte Meinhard zurückgelassen, das Haus war noch komplett eingerichtet, Geflügel und Schweine könne man halten, Lebensmittel problemlos kaufen. Anton hatte bedauert, daß er sein Haus an den Staat hatte abgeben müssen, außerdem wohnte doch der Florin darin. Nicht mehr, der habe das Haus von Lehrer Werner Schäfer gekauft. Dann kaufe er sein Haus zurück, hatte Anton sofort entschieden, der Garten gehöre praktisch noch immer ihm, denn dafür habe er nichts bekommen. Warum diese Umstände, er könne doch bei ihm wohnen. Nur in seinem Haus fühle er sich richtig zu Hause, hatte Anton trotzig gesagt, aber einsehen müssen, daß das nicht von heute auf morgen ging, denn die Gesetzeslage war verworren. Meinhards Eigentumsrechte hingegen standen noch immer fest. Sein Haus wieder zu erwerben und genau so einzurichten wie früher, das war Antons Wunsch, und deshalb willigte er ein, dafür zu arbeiten.

Daß seine Töchter davon nicht begeistert sein werden, hatte Anton geahnt, aber die Vehemenz von Hildes und Erikas Reaktion machte ihn wütend und traurig zugleich. Was für einen Floh ihm der Meinhard ins Ohr gesetzt habe, wie er sich das vorstelle, ob er von allen guten Geistern verlassen sei, da habe man alles in Bewegung gesetzt, um ihn nach Deutschland zu holen, und nun das. Und sie malten ihm Schreckensszenarien aus: man werde ihm die Rente streichen, die Staatsbürgerschaft entziehen, ob er denn keine Nachrichten verfolge, in Jugoslawien herrsche Krieg, in Rumänien gebe es Unruhen, die Lage sei unsicher, es schaffe doch nur böses Blut, wenn die Deutschen jetzt zurückkehrten und Besitzansprüche stellten, was er denn in Wiseschdia suche, alle seien doch ausgewandert. Auch Susanne hatte ihre Bedenken und wies Gregor zurecht, als der gemeint hatte, er könnte sich vorstellen, im Alter sommersüber in Wiseschdia zu wohnen. Eine Woche später hatte Meinhard angerufen und sich entschuldigt: Er habe nicht die Absicht gehabt, Unfrieden in der Familie zu stiften, das auch Hilde erklärt, die ihn zu Rede gestellt habe. Er stehe zu seinem Wort, hatte Anton ihm gesagt, er sei schließlich kein kleines Kind, das man nach Belieben herumdirigiere. Komme, was wolle, versuchen werde er es, hatte Anton entschieden.

Umsonst. Im März rief Meinhard noch einmal an und teilte ihm mit, es sei etwas dazwischengekommen, aus ihrem Vorhaben werde dieses Jahr nichts, aufgeschoben sei aber nicht aufgehoben. Der Alois erhalte, wie versprochen, von ihm das nötige Startkapital, man probiere mal aus, wie es läuft, aufs Jahr dann alles wie geplant. Was hätte er dazu sagen sollen? Meinhard mußte gespürt haben, wie enttäuscht er war, gab ihm sein Ehrenwort, daß er nicht nur so herumrede, und wenn er ihm nicht glaube, komme er noch einmal bei ihm vorbei. Das hatte ihn überzeugt, aber er hatte nicht gefragt, was dazwischengekommen war.

Anstatt in Wiseschdia zu sein und Tomaten zu pflanzen, saß er jetzt hier im Garten und wartete. Frau Wilma und Herr Gruber ließen sich auch Zeit. Er mußte sich aber eingestehen, daß man von Kirchheim mit keinem öffentlichen Verkehrsmittel hierher gelangen konnte, deshalb waren sie auf Frau Wilmas Tochter angewiesen, die sie mit dem Auto bringen sollte. Und das war immer so eine Sache, wie er aus eigener Erfahrung wußte.

So langsam kam Leben in die Gartenanlage. Als hätten sie sich verabredet, kamen sie kurz nacheinander: Herr

Bienek, die Schwestern Lohmüller, der Reiter und der Schuhmacher mit großem Anhang wie immer. Schon bald darauf lag der Geruch von Grillkohle in der Luft. Anton hatte nichts vorbereitet, denn Frau Wilma hatte darauf bestanden, selbst alles mitzubringen. Susanne und Gregor wären mit Kurt auch gerne gekommen, da aber Besuch angesagt war, hatten sie es vorgezogen, eine Wanderung zu machen.

Im Durcheinander nach Meinhards Besuch hatte Anton keine Lust, Herrn Gruber anzurufen. Um einen Besuch bei ihm wäre er nicht herumgekommen, dazu war er aber nicht in der Verfassung, ungewollt wäre man auf das Thema Wiseschdia zu sprechen gekommen, und das wollte er nicht. Das ging andere nichts an. Nach Neujahr raffte er sich dennoch auf und rief an. Frau Wilma meldete sich wieder. Sie teilte ihm mit, daß Herr Gruber im Krankenhaus liege und am nächsten Tag operiert werde, man müsse ihm den halben Magen entfernen. Anton entschuldigte sich wegen der Störung, bat Grüße und alles Gute auszurichten, Frau Wilma möge ihn doch über den Verlauf der Operation unterrichten. Nach einer Woche hatte sie angerufen, Robert sei wohlauf, er könne ihn jetzt ruhig besuchen, er würde sich bestimmt sehr freuen. Anton fragte, wo das „Salem“ Krankenhaus liege, und wie er dort hinkomme. Ein Stein fiel ihm vom Herzen, als sie vorschlug, sich am Bahnhof zu treffen, dann könnten sie gemeinsam mit der Straßenbahn ins Krankenhaus fahren.

Das Krankenhaus in Großsanktnikolaus, in das er damals wegen der Schußverletzung eingeliefert wurde, war übersichtlich im Vergleich zu diesem. Und was für ein Betrieb da herrschte. Besucher saßen mit ihren Angehörigen in der großen Empfangshalle, kamen und gingen wie auf einem Bahnhof, das wäre in Großsanktnikolaus undenkbar gewesen, wo nur zweimal in der Woche Besuchszeit war, ansonsten nachmittags gegen Bestechung des Portiers. Herr Gruber schien alles gut überstanden zu haben, nur etwas blaß war er noch. Er habe doch gewußte, daß Anton kommen werde, hatte er erfreut gesagt, und es schien Anton, als stottere Herr Gruber weniger als vorher. Nach seiner Entlassung telefonierten sie noch ein paar Mal, aber erst für heute war es zu dieser Verabredung gekommen.

Nun saß er da und wartete. Hätte er doch nicht auf Frau Wilma gehört, wenigstens Kaffee mitgebracht und vom Kakao- und Käsestrudel, den Susanne für ihn mitgebacken hatte. Grillen wäre nicht in Frage gekommen, denn Herr Gruber mußte strenge Diät halten, und Frau Wilma hatte gesagt, sie bringe lieber selbst zum Essen und Trinken mit, denn sie wisse am besten, was Herr Gruber darf und was nicht. Das passiert mir nicht noch einmal, schwor sich Anton. Hätte er nicht zufällig dieses Bier hier gehabt, hätte er sich mit Wasser begnügen müssen. Zu Hause in Wiseschdia hätte ich auch Wasser getrunken, tröstete er sich.

Ich komme mir wie im Schlaraffenland vor, hatte die Rosi gesagt, als sie damals hier im Garten grillten. Der Meinhard hatte ihr vorgehalten, warum sie denn dann immer jammere, sie könne sich hier nicht einleben, er verstehe nicht, wie man sich darüber beklagen konnte, daß es einem gut ging. Das versteht ihr jungen Leute nicht, hatte die Rosi plötzlich ganz traurig gemeint. Da hatte sie recht. Wie sollte man jemandem etwas erklären, was man selbst nicht in Worten fassen konnte? Sogar ein so Gewiefter wie der Franz Pierre reagierte unwillig, kam die Rede darauf. Der war bestimmt schon seit längerem zu Hause in Triebswetter, denn sein Garten hier schien verwaist. Auf die Idee mit dem Anbau von Gemüse zu Hause war bestimmt nicht nur Meinhard gekommen. Der Pierre hatte es leicht, konnte sich einfach ins Auto setzen und hast mich gesehen. Und er saß da herum. Er mußte sich eine Beschäftigung suchen. Unkraut war hier und da aufgegangen, und die Beete, in die Tomaten und Paprika gepflanzt werden sollte, mußten aufgehackt werden, denn es hatte sich eine Kruste gebildet.

Anton Lehnert überlegte nicht mehr lange, ob es sich schickte, Gäste in so einem Aufzug zu empfangen, ging ins Gartenhäuschen und zog seine Arbeitskleider an. An den alten Schuhen klebte vertrocknete Erde. Er säuberte sie über der Abfallgrube, indem er sie an den Hackenstiel schlug. Nach vorne gebückt auf dem Gartenstuhl sitzend, hatte er Mühe die Schuhe zu wechseln, so beleibt war er geworden.

Du könntest auch einer anderen Beschäftigung nachgehen als nur der Gartenarbeit, hatte Susanne gesagt und vorgeschlagen, doch mal in der Akademie für Ältere vorbeizuschauen. Akademie? Das sei eine Einrichtung für Senioren mit einem vielfältigen Programm und Freizeitangebot, wenn er wolle, gehe sie mit ihm mal hin, damit sie sich informieren. Er sei doch kein kleines Kind, und wie sehe das denn aus: Die Tochter mit dem Vater an der Hand.

Das Gebäude lag nicht weit von Susannes Wohnung, und man hätte vermutet, darin sei eine Behörde untergebracht. Als er sich eines Morgens ein Herz faßte und durch die mächtige Holztür eintrat, wähnte er sich in einem ehemaligen Palast: breite Steinstufen, die hohen Flure. Auf der obersten Etage empfing ihn gleich nach dem Treppenaufgang eine herausgeputzte ältere Dame, die allein hinter einem langen Tisch saß. Zum Glück mußte er nichts fragen, denn sie hatte sofort begriffen. Informieren, hatte er bloß gesagt und schon sprudelte es nur so aus ihr heraus. Mit einer einmaligen Gebühr von fünf Mark werde er Mitglied auf Lebzeiten, bekomme einen Ausweis und könne an allen Veranstaltungen der Akademie teilnehmen. Es gebe die verschiedensten Kurse, Gymnastik, Sprachkurse, Gedächtnistraining, Malkurse, Seminare zu Geschichte, Kunst und Politik, Reise und Kulturfahrten könne er buchen. Und ganz wichtig: die Karte ab 60. Er sei doch schon in dem Alter. Ja. Endlich hatte er auch was sagen können. Mit der Karte ab 60, klärte ihn die Dame auf, könne er alle öffentlichen Verkehrsmittel benutzen und dieses günstige Angebot erhielten nur Mitglieder der Akademie. Ob er Mitglied werden wolle. Ja. Die Dame trug Name, Adresse und Telefonnummer in eine Liste ein, händigte ihm einen rosaroten Ausweis mit dem Stempel der Akademie aus, er bezahlte seine fünf Mark und wollte schon gehen. Die Dame hielt ihn aber zurück, gab ihm das Formular für die Karte ab 60, das solle er zu Hause ausfüllen und in den nächsten Tagen vorbeibringen. Ob er sich für einen Kurs oder eine Fahrt vormerken lassen wolle, fragte sie noch. Er muß ein hilfloses Gesicht gemacht haben, denn sie drückte ihm die Programmschrift der Akademie in die Hand und meinte, er könne sich zu Hause alles in Ruhe durchlesen und dann entscheiden, ob er sich als außerordentlicher Hörer an der Universität Heidelberg einschreiben wolle. Das alles war nichts für ihn, das war ihm zu hoch, er hatte nicht mehr vorbeigeschaut und Susanne nichts davon gesagt.

Anton drehte sich instinktiv um, eine junge Frau stand an seinem Garten. Er sei doch der Herr Lehnert, nicht wahr, fragte sie, als ihre Blicke sich trafen. Ja. Sie sei die Tochter der Frau Wilma, habe hier in der Gegend zu tun gehabt. Ihre Mutter lasse mitteilen, sie könnten nicht kommen, Herrn Gruber ginge es nicht gut. Ob es schlimm sei. Nein, winkte sie lächelnd ab und ging. Als hätte er es geahnt. Schlimm dürfte es nicht sein, so wie sie die Nachricht überbracht hatte. Daß sie Frau Wilmas Tochter war, hatte er gleich gewußt, denn sie hatte den unüberhörbaren polnischen Akzent. Sie mußte in Susannes Alter sein, kam aber viel eleganter daher: Kostüm, Stöckelschuhe, Sonnenbrille aufs Haar gesteckt, knallroter Lippenstift. Der Besuch war also auch ins Wasser gefallen.

Anton stellte die Hacke in den Verschlag aus Brettern, der an das Gartenhäuschen angebaut war. Er sprang beiseite, etwas war ihm entgegengezischt. Eine Ratte, die im Gebüsch des Nachbargartens verschwand. Diese Viecher! Ein idealer Unterschlupf im Winter und übers Jahr gab es genug Eßreste. Er trat mit dem Fuß mehrmals an die Bretterwand, räumte dann Stück für Stück den Verschlag aus: Hacke, Grabschaufel, Rechen, Rasenmäher, Gartenschlauch. Er erinnerte sich, wie er damals in Wiseschdia, als er Hildes Besuch erwartete, der Ratte nachgestellt hatte, die sich in der hinteren Küche hatte einnisten wollen. Hier gab es keine Anzeichen. Anschließend suchte er in allen Ecken des Gartenhäuschens nach Spuren. Gott sei Dank! Er öffnete Fenster und Fensterladen, denn lüften schadete nie. Das Handtuch, das an einem Nagel in der Wand hing, war schon recht schmutzig, immer wieder hatte er vergessen, es mit nach Hause zu nehmen und auszuwechseln. Das sollte ihm heute nicht mehr passieren. Er legte es sich über die Schulter, ging zur Wasserleitung und drehte den Hahn nur ein klein wenig auf. Über die Blechwanne gebeugt, die auf einer Erhöhung aus Betonplatten stand, wusch er sich die Hände, dann das Gesicht und prustete dabei. Wie zu Hause, wenn er sich am Pumpbrunnen über dem Lavor wusch. Er trocknete sich gerade das Gesicht, am weniger schmutzigen Ende des Handtuchs ab, als das Tor zur Gartenanlage ging.

„Wer kommt denn da! Das ist aber eine Überraschung."

„Hallo Opa!"

Hilde hielt Saskia-Maria auf dem Arm und winkte ihm mit deren Hand zu. Anton eilte ihnen entgegen, die Überschwenglichkeit der Begrüßung erschreckte die Kleine, und sie begann zu weinen.

„Nicht weinen, du bist doch jetzt beim Ota", versuchte Anton zu trösten.

„Du bist ihr noch fremd."

„Wie soll das Kind mich auch kennen, wenn sie mich nach Jahr und Tag wieder mal sieht."

„Das wird schon wieder."

„Wie groß sie geworden ist. Und was die eine Schnute machen kann. Gib ihr doch den Schnuller, dann beruhigt sie sich rascher."

„Doch nicht mehr in dem Alter."

„Du bist doch nicht etwa alleine gekommen?"

„Nein, Wolfgang holt noch die Sachen aus dem Wagen. Da kommt er ja schon."

Anton ging seinem Schwiegersohn entgegen, um ihm behilflich zu sein, denn mit einer Hand schob er den Kinderwagen vor sich her, in der anderen trug er eine große Tasche.

„Schön, daß ihr gekommen seid", begrüßte ihn Anton, nahm ihm die Tasche ab und reichte ihm die Hand.

„Und wie geht's?"

„Gut."

„Dann ist ja alles in Ordnung. Wird der 1. Mai durch Arbeit gefeiert wie in Rumänien?"

„Ach Gott!"

Hilde hatte Saskia-Maria auf dem Rasen abgesetzt, die watschelte umher und flüchtete wieder in die Arme der Mutter, als Anton und Wolfgang Gepäck und Kinderwagen vor dem Gartenhäuschen abstellten.

„Woher habt ihr denn gewußt, wo ich bin?" fragte Anton und ging Stühle holen.

„War doch nicht schwer zu erraten. Zuerst haben wir bei dir vorbeigeschaut, dann bei Susanne. Nirgends jemand zu Hause. Also konntest du nur hier sein."

„Leider kann ich euch nichts anbieten", bedauerte Anton und stellte die Stühle ab.

„Wir haben alles mitgebracht, auch zum Grillen. Bringt mal den Tisch, damit wir auspacken."

„Die denkt auch immer an alles", sagte Anton zu seinem Schwiegersohn.

„Kohle ist doch hoffentlich da?" rief Hilde ihnen hinterher.

„Ja. Alles schön der Reihe nach. Zuerst der Tisch, dann der Grill und die Kohle. Sogar Anzünder habe ich."

„Noch das Tischtuch fehlt", sagte Anton, nachdem er und Wolfgang den Tisch abgestellt hatten. Hilde schüttelte den Kopf, ließ ihn aber gewähren.

„Jetzt kriegt die Kleine noch was zu essen, bevor ich sie schlafen lege."

„Ich hol die anderen Sachen aus der Hütte. Nein, nein, ich mach das schon allein, sonst macht ihr euch schmutzig. Die schläft bestimmt gut, ich habe gelüftet."

Während Hilde mit Saskia-Maria beschäftigt war, führte Anton Wolfgang im Garten herum, zeigte ihm, wo was noch hinkommen sollte. Dann überzeugte er seinen Schwiegersohn, mit ihm ein Bier zu trinken. Mit dem Grillen sollte auf Hildes Vorschlag erst begonnen werden, wenn die Kleine schläft.

„Kinder soll man nicht bemußen, wenn sie nicht mehr wollen", sagte Anton zu Hilde, die vergeblich ihre Tochter zu überreden versuchte, noch ein Löffelchen von der Kindernahrung zu nehmen.

„Ist ja gut, Papa. So ist er, dein Opa."

„Opa", wiederholte Saskia-Maria, und Anton nickte seinem Enkelkind stolz lächelnd zu.

Er stand auf, schaute noch einmal im Gartenhäuschen nach und lehnte die Fensterläden an. Hilde packte ihre Tochter, die in einem fort daherplapperte, in den Kinderwagen. Einen Spalt sollte man die Tür schon offen stehen lassen, meinte Anton, als Hilde und Wolfgang den Wagen im Häuschen abstellten. Er wunderte sich, daß Hilde die Kleine allein ließ, diese versicherte ihm aber, Saskia-Maria sei es gewohnt, so einzuschlafen.

Anton zündete die Kohlen an, Hilde und Wolfgang deckten den Tisch. Kartoffelsalat hatten sie mitgebracht, der grüne Salat mußte nur noch zubereitet werden. Obwohl es windstill war, zog der Rauch in Richtung Gartenhäuschen. Anton stellte den Grill weiter weg und drehte ihn. Mit einem Stück Karton, das er aus dem Verschlag geholt hatte, wedelte er über die Kohlen und brachte sie zum Glühen. Er gebrauche dazu einen Handblasebalg, sagte Wolfgang, der sich zu ihm gesellte, und Anton meinte, seine Methode habe noch immer funktioniert. Ob er schon Hunger habe, wollte Hilde wissen und stellte die Plastikschachtel mit dem Fleisch neben den Grill. Wenn sie es zubereite, werde es bestimmt ausgezeichnet schmekken, sagte Anton und wedelte mit dem Stück Karton so heftig über die Kohlen, daß die Funken sprühten. In Wiseschdia würde er jetzt nicht grillen, frotzelte Hilde, und Anton ahnte, daß es nicht dabei bleiben und das Thema noch aufs Tapet kommen wird.

Zum Essen öffnete Wolfgang eine Flasche Rotwein. Ein Trollinger, sagte er anerkennend, lobte den Jahrgang und bedauerte, daß sie ihn aus Plastikbechern trinken müßten. Er schenkte sich nur halb ein, denn er müsse noch fahren. Ein guter Wein, meinte Anton, der einen Schluck genommen hatte. Er habe sich schon öfters mal eine Flasche Wein gekauft, natürlich von dem billigeren, in der Hoffnung, auf den Geschmack zu stoßen, den sein Wein zu

Hause gehabt habe, aber vielleicht könne er ja aufs Jahr wieder selber welchen machen. Ob er es noch immer nicht aufgegeben habe, sagte Hilde vorwurfsvoll. Was denn da so Schlimmes dran sei, sie stelle es ja so hin, als würde er weiß Gott was vorhaben. Allein könne er doch nichts unternehmen, und der Meinhard habe jetzt anderes um die Ohren, versuchte es Hilde versöhnlich. Was denn? Ob er ihm nichts erzählt hätte. Nein, nichts Näheres, nur daß es in diesem Jahr nicht ginge. Hilde drängte, nicht länger mit dem Essen zu warten.

Also, wenn die Akten bis dann erledigt seien, werde der Markus im Juni heiraten, ein rumänisches Mädchen aus Komlosch. Um es vorweg zu sagen, das Mädchen ist schwanger. Und was für einen Zirkus die Rosi God gemacht habe: die heirate ihren Markus doch nur, um nach Deutschland kommen zu können, nach den drei Jahren, wenn sie die Staatsbürgerschaft erhalten hätte, lasse die sich bestimmt scheiden und den Markus sitzen. Als der mit der Wahrheit herausrückte, schwenkte die God um, und es konnte ihr nicht mehr rasch genug gehen. Hatte sie vorher herumgetobt, weinte sie jetzt, erinnerte an ihr Schicksal, wie es ihr ergangen sei mit dem unehelichen Kind. Es habe sich herausgestellt, daß Markus schon vor seiner Flucht aus Rumänien mit dem Mädchen befreundet war, daß sie in jener Silvesternacht mit über die Grenze hätte gehen sollen, das ihren Eltern aber nicht habe antun wollen. Das Mädchen sei Kindergärtnerin in Komlosch gewesen, die Eltern wären gut situierte Leute, habe die Rosi God betont.

„In den nächsten Tagen bekommst du bestimmt eine Einladung zur Hochzeit“, sagte Hilde.

„Habt ihr schon eine?“

„Noch nicht.“

„Vielleicht werden wir gar nicht eingeladen.“

„Jetzt redest du wie die Rosi God."
„Der kann man alles zutrauen."
„Und wie wärst du mit ihr in Wiseschdia ausgekommen?"
„Früher bin ich es doch auch."
„Aber nicht unter einem Dach."
„Was heißt hier unter einem Dach? Ich wohne bei uns zu Hause, der Florin ist ins Haus vom Lehrer gezogen."
„Auf wessen Mist ist denn das gewachsen?"
„Auf meinem. Und hört auf damit, dem Meinhard die Schuld zu geben, er hätte mir diesen Floh ins Ohr gesetzt. Er hat mich gefragt, und ich habe ja gesagt."
„Mach, was du willst."
„Mache ich auch."
„Streitet doch nicht", mischte sich Wolfgang ein.
„Ich streite nicht, ich sage bloß meine Meinung", entgegnete Anton unwirsch.
„Bis aufs Jahr ist es noch. Und du stehst ja nicht unter Vertrag", versuchte Hilde die Wogen zu glätten.
„Das nicht, aber im Wort."
„Papa, der Meinhard versteht bestimmt, wenn du ihm sagst, du kannst nicht mehr, nachdem es von seiner Seite aus verschoben wurde. Und wer weiß, ob die Rosi God mitkommen kann, wenn das Kind da ist."
„Wir werden ja sehen. Das Fleisch ist sehr gut, und der Kartoffelsalat wie zu Hause", sagte Anton.
„Das freut mich."

Nur nicht noch länger darauf eingehen, nahm Anton sich vor. Daß Meinhard am Telefon nichts von der bevorstehenden Hochzeit erwähnt hatte, ärgerte ihn nicht. Es war sicher nicht seine Absicht, etwas zu vertuschen, denn sonst hätte er ihm nicht den Vorschlag gemacht, noch einmal bei ihm vorbeizukommen, um die neu eingetretene Lage zu besprechen. Einerseits hatte Anton sich gewünscht, seinen Standpunkt Hilde gegenüber noch einmal zu verdeutlichen, andererseits wußte er aber auch, daß seine Tochter nicht umzustimmen war.

Aus dem Gartenhäuschen meldete sich Saskia-Maria, und fast gleichzeitig betraten Susanne, Kurt und Gregor die Gartenanlage.

„Nur herein, wenn's kein Schneider ist", rief Anton ihnen entgegen.

3

Tagein, tagaus immer dasselbe: Zeitung lesen, fernsehen, einkaufen, von Frühjahr bis Spätherbst in den Garten und zurück, an den Wochenenden Hildes und Erikas Anrufe. Immer dasselbe. Wie geht's? Was gibt es noch Neues? Woher sollte er Neuigkeiten haben? Die Leute, die er kannte, kannten sie nicht. Was hätte er also erzählen können? Nicht mal etwas Außergewöhnliches von Susanne. Von Gregor schon gar nichts. Von ihm wußte er nicht einmal genau, was er unterrichtete: Geschichte und etwas mit Kunde. Auch jetzt hörte Gregor noch interessiert zu, wenn er von zu Hause erzählte, nur Begeisterung kam keine mehr auf. Ansonsten aber immer zuvorkommend, doch nie diese Vertrautheit, genau wie bei den anderen Schwiegersöhnen. Wenn Maria noch leben würde, hätten sie sich um Kurt kümmern, Saskia-Maria für ein paar Tage zu sich nehmen können, die Buben in den Schulferien. Wenn, wenn... Vielleicht wären sie gar nicht ausgewandert. Das läßt sich so leicht sagen. Was hätten sie denn gemacht, als alle aus Wiseschdia gingen, es kein Halten mehr gab? Und ich will jetzt zurück, aber das ist was ganz anderes. Ja, ja, ich weiß nicht, was ich will. Mit dem Baden werktags ist ab heute Schluß.

Anton Lehnert beugte sich in der Badewanne nach vorn, bekam die Kette mit dem Stöpsel zu fassen, zog ruckartig. Verdammt! Die Kette war gerissen. Er stieg aus der Badewanne, nahm den Stöpsel heraus und legte ihn auf den Rand. Die Badezimmertür stand einen Spalt offen, hastig griff er zum Handtuch und bedeckte seinen Unterleib. Er stellte sich mit dem Rücken zur Tür und begann sich abzutrocknen. Am Bauch hatte er keine zusätzlichen Speckfalten angesetzt, nur die Haut war etwas schlaff geworden. Er spannte die Muskeln der Arme, da war noch genug dran. Vorsichtig fuhr er mit dem Handtuch über sein Gemächt, rieb Oberschenkel und Beine ab, schlüpfte dann in seine Unterhose, zog das weiße Turnhemd über. Für die Füße nahm er ein weniger flauschiges Handtuch, setzte sich auf den Rand der Badewanne und zog es zwischen den einzelnen Zehen durch.

Bevor er vor den Spiegel trat, um sich zu kämmen, fuhr er mit der Innenhand über seine Wangen. Rasieren mußte er sich heute nicht. Nur das Haarschneiden stand wieder an. Susanne schnitt auch Gregors Haare, so daß er kein schlechtes Gewissen haben mußte, sie dafür zu beanspruchen. Beim Friseur war es unverschämt teuer. Und erst eine Frauenfrisur. Das waren so Sachen, die ihn ärgerten. Bald schloß auch der „Multi-Markt" von gegenüber. Über Kunden konnten die sich nicht beklagen, aber wen interessierte schon, wo die vielen alten Leute einkaufen sollten. Was nützte da schon eine Unterschriftensammlung. Die machten ja doch, was sie wollten. Bis zum „Handelshof" war es ungefähr so weit wie zu Hause bis in den Konsumladen.

Anton ging in die Küche und stellte Teewasser auf. Dazu benutzte er immer ein und denselben Topf. Noch bevor er ins Bad gegangen war, hatte er sich auf dem Tisch alles zurechtgelegt: den Beutel Hagebuttentee, zwei Toastbrote, Rama, den Hinterkochschinken. Morgens sollst du essen wie ein König, mittags wie ein Bauer, abends wie ein Bettler. Zu Hause in Wiseschdia hielt sich niemand daran, da wurde gerade abends am üppigsten gegessen. Nicht andere Länder, andere Sitten müßte es heißen, sondern andere Umstände, andere Sitten.

Auf dem Sessel im Schlafzimmer lagen schön zurechtgelegt seine Kleider: graue Hose, blaues kurzärmeliges Hemd, der leichte dunkle Sweater, den er über den Arm hängen konnte, wenn ihm zu warm wurde. Daß es heute schönes Wetter geben wird, hatten sie gestern abend im Fernsehen gesagt. Am meisten nörgelten die Leute in Deutschland über das Wetter. Regnete es, war es nicht gut, gab es über längere Zeit große Hitze, war es auch nicht gut, zu Weihnachten sollte es schneien, dann aber nicht mehr, frieren sollte es nach dem Willen der Autofahrer im Winter überhaupt nicht. Anton zog den halb heruntergelassenen Rolladen hoch. Die ausgedehnte Grünfläche bis zum nächsten Wohnblock, dem letzten in der Reihe, lag noch in tiefem Schatten. Auf den Bänken unter den drei riesigen Kastanien saß noch niemand. Die Resi Mitschang hatte ihm gesagt, sie habe gehört, daß man da noch einen Wohnblock hinsetzen wolle. Und alle Wohnblocks in der Zeile sollten Balkone kriegen. Bei ihm müßte man das Stück Mauer zwischen Wand und Fenster aufbrechen, um eine Balkontür einsetzen zu können. Das wird eine schöne Schweinerei! Zur Verbesserung der Wohnqualität! Diesen Ausdruck muß man sich erst mal merken. Nur ein Vorwand, um die Miete erhöhen zu können. Gregor hatte gemeint, daß man auf dem Balkon allerlei Blumen ziehen könnte, vielleicht eine Kakteensammlung, er könnte ihm dabei behilflich sein. Das war typisch Gregor. So ein Balkon hatte einen einzigen Vorteil: den Wäschetrockner könnte er dort hinstellen, dann würde der nicht immer im anderen Zimmer stehen und den ganzen Platz versperren. Ein Zimmer nur fürs Wäschetrocknen, das war doch lächerlich. Anton nahm die Sandalen, in denen frische Socken steckten, mit in die Küche. Er stellte den Stuhl mit der

Lehne an den Tisch, denn so mußte er nicht befürchten, das Gleichgewicht zu verlieren, wenn er ein Bein übers andere schlug, um die Socken anzuziehen. Etwas steif war er geworden, aber das wird schon, wenn er aufs Jahr wieder so richtig arbeitet, redete er sich ein.

Das Wasser siedete. Er schaltete den Herd aus, schob den Topf beiseite, warf den Teebeutel ein, steckte die zwei Brote in den Toaster. Bis der Tee zog, und das Brot fertig war, wollte er noch einmal den Brief des Alois Binder überfliegen, der auf dem Kühlschrank lag.

Jetzt, Ende August, könne man schon sagen, daß es ein gutes Jahr war, schrieb der Alois. Er und Florica seien zufrieden mit dem, was sie bisher verdient hätten. Viel Arbeit sei gewesen, aber es habe sich gelohnt. Die Tomaten habe der Mihai mit dem Traktor einmal in der Woche auf den Markt von Hatzfeld gebracht. Viel Geld habe der mit Frühkartoffeln gemacht aus dem Garten des Karl Schirokmann, dann Herbstkraut gepflanzt. Der Rothaarige aus Temeswar, der ihm die Ausreisepapiere erledigt habe, schrieb Alois und meinte damit Marius Lakatos, sei viermal mit einem umgebauten „Dacia"-Auto vorbeigekommen und habe bei ihnen Gemüse aufgekauft. Als er den schönen Paprika gesehen, habe er gleich die Hälfte der bevorstehenden Ernte aufgekauft. Er hoffe, schrieb der Alois, daß Anton und er aufs Jahr gemeinsam Melonen anbauen werden.

Anton zuckte leicht zusammen, als das Brot im Toaster hochsprang. Er steckte den Brief zurück in den Umschlag, stand auf und ging ins Zimmer, wo er ihn in den Schrank unter die Bettwäsche zu den anderen legte. Wenn eine von seinen Töchtern zu Besuch käme und der Brief da herumlag, hätte er auf die Frage, ob man ihn lesen dürfe, nur schwer nein sagen können. Sie mußten nicht alles wissen. Er goß den Tee in das rot emaillierte Töpfchen, das er noch von zu Hause hatte. Auch darüber mokierte sich Hilde. Sollte sie.

Auf der Hochzeit von Markus Potje vor drei Monaten hatte Anton befürchtet, daß es wegen der Bemerkung von Hilde, die das Vorhaben von Anton und Meinhard einen aberwitzigen Plan nannte, zum Streit kommen wird. Meinhard aber hatte gelacht, ihr gelassen zugeprostet und gemeint, sie könne ihn so viel provozieren, wie sie wolle, denn jemand der das überlebt habe, was er in den letzten zwei Tagen durchgemacht habe, rege sich über nichts mehr auf. Während des Festes, auf dem die Lehnert samt Anhang die Mehrheit der Gäste waren, hatte Anton mitbekommen, was alles passiert war.

Es war ja auch wie verhext. Die Akten wären fertig gewesen, Raluca noch einmal nach Hause gefahren, Markus habe sie eine Woche vor der Hochzeit mit dem Wagen aus Komlosch wieder abgeholt. Ralucas Eltern und die Taufpaten sollten Donnerstag mit ihrem Auto nachkommen, denn Freitag war die standesamtliche Trauung. Hilde war die Trauzeugin von Markus, der Trauzeuge von Raluca deren Patenonkel. Und der war erst drei Stunden vor der standesamtlichen Trauung eingetroffen, da sein Wagen in Österreich nach einer Panne in die Werkstatt gebracht werden mußte. Man war schon übereingekommen, daß Wolfgang als Trauzeuge einspringt, denn die Trauung auf Samstag verschieben ging nicht, weil die Standesämter in Deutschland am Wochenende nicht arbeiteten, erfuhr Anton. Aber was für einen Zirkus die Rosalia veranstaltet habe. Auch noch das, ein Unglück reihe sich ans andere, habe sie gejammert, bis Meinhard wie in Wiseschdia ein Machtwort gesprochen habe.

Für die Hochzeit hatten die Potje einen Raum in einem Gasthaus gemietet, das serbische Pächter hatte. Rosalia hatte darauf bestanden, daß wie zu Hause gekocht wird, und die Wirtsleute versichert, kein Problem, sie freuten sich sogar, mal ein Fest ausrichten zu können, wie auch sie es von zu Hause kannten: mit gutem und reichlichem Essen. Als sie dann Donnerstag noch einmal vorbeischauten, habe die Wirtsfrau vorgeschlagen, neben dem Schweinebraten auch Lammbraten zu servieren. Da sei die Rosalia wie von der Tarantel gestochen hochgefahren. Das komme überhaupt nicht in Frage, in Wiseschdia habe es nie Lammbraten auf einer Hochzeit gegeben und überhaupt sei bei ihr nie Schaffleisch auf den Tisch gekommen. Es sei ja nur ein Vorschlag gewesen, habe die verdatterte Wirtin sich entschuldigt, und Meinhard gemeint, sie könne ruhig Lammbraten zubereiten und auf Wunsch servieren. Das hätte die Rosalia erst mal wegstecken müssen.

Anton, Susanne und Gregor waren bei der kirchlichen Trauung nicht dabei, da sie in einen Stau geraten waren. Gregor hatte vorgeschlagen, von der Autobahn abzufahren und es über Bundesstraßen zu versuchen. Susanne aber hatte das Auto aufgeräumt und vergessen, die Straßenkarte zurückzulegen. So einfach ins Blaue hineinfahren, hätte nichts gebracht, rechtzeitig wären sie sowieso nicht mehr angekommen. Nun erlebe er auch mal so einen richtigen Stau, hatte Anton gesagt, um den Unwillen von Susanne zu beschwichtigen. Kurt war in seinem Kindersitz neben Anton um eine Zeit eingeschlafen. Plötzlich hatte er die kleine Hand auf seinem Arm gespürt und war davon so gerührt, daß ihm die Verspätung nichts mehr ausmachte. Er war nur noch darauf bedacht, sich nicht zu bewegen, um Kurt nicht aufzuschrecken. Der sprach schon fließender als Saskia-Maria und wie ihm schien, war er auch ein gemütlicheres Kind. Anton hatte sich daran gewöhnt, daß die beiden hochdeutsch mit ihm sprachen, und er ihnen banatschwäbisch antwortete. Hauptsache, sie verstanden, was er meinte, denn viel war es nicht, was ihm im Umgang mit Kleinkindern einfiel. Bei Dietmar und Benno war ihm aufgefallen, daß sie hochdeutsche Sätze in ihr Reden mischten, und er hatte sie spaßeshalber gefragt, ob sie nicht mehr schwäbisch könnten.

Als Rosalia sie in ihrer Art, laut und etwas vorwurfsvoll, in der Gaststätte begrüßte, war Kurt ganz verschreckt. Überschwenglich hatte sie Anton Ralucas Eltern und Paten vorgestellt und die Braut dabei fast vergessen. Sie war Anton auf Anhieb sympathisch, und er hätte sie natürlich noch schöner gefunden, wenn sie in Weiß gekleidet gewesen wäre. Obwohl sie nur unter sich waren, die Potje, Lehnert und die Saravoleanu aus Komlosch, hatte anfangs eine gewisse Spannung beim Fest geherrscht, die nicht allein auf die Ereignisse der Tage zuvor zurückzuführen war. Erst nach dem Essen, als zu Musik aus dem Kassettenrecorder getanzt wurde, kam Stimmung auf, und unter großem Hallo drehte auch Anton ein paar Runden mit der Braut. Zu Ehren der auswärtigen Gäste wurde rumänische Volksmusik gespielt, die Anton, der zu Hause diese Musik nie im Radio gehört hatte, plötzlich vertraut vorkam. Die Sitzordnung hatte sich aufgelöst, Hilde und Erika unterhielten sich angeregt mit Raluca, die von so viel Herzlichkeit sehr angetan war, Markus, Wolfgang und Johann tauschten mit Ralucas Eltern und Paten Erinnerungen an Temeswar und Großsanktnikolaus aus, Susanne und Gregor hatten sich zu Rosalia Potje gesellt, Kurt und Saskia-Maria waren in einer speziell für sie eingerichteten Ecke mit ihrem Spielzeug beschäftigt, nur Dietmar und Benno saßen gelangweilt herum. Meinhard setzte sich zu Anton, und so waren sie unweigerlich auf Wiseschdia zu sprechen gekommen.

Nach anfänglichen Schwierigkeiten, mit denen er nicht gerechnet, sei alles gut gelaufen, hatte Meinhard gesagt, jetzt aber stünden zweitausend Tomatenpflanzen in seinem Garten in Wiseschdia. Anton hatte befürchtet, es handle sich um behördliche Verfügungen. Nein, die erste Saat im Muttermistbeet wäre draufgegangen. Der Alois sei wohl mit dem Gemüseanbau vertraut, habe aber mit Mistbeeten keine Erfahrung, da er nie selbst welche hatte. Anton wisse doch, wie heikel die sind, daß man eine Hand dafür haben muß. Wahrscheinlich habe der Alois zu viel frischen Kuhmist verwendet, nicht regelmäßig gelüftet, deshalb sei es im Beet zu heiß geworden, die erst aufgegangen Pflanzen regelrecht verbrannt. Aber ansonsten sei der Alois doch in Ordnung, hatte Anton gegengehalten. Hundertprozent, hatte Meinhard ihm versichert, nur über eines müßten sie beide sich im klaren sein: reich würden sie vom Verkauf des Gemüses vorläufig noch nicht werden. Das wisse er auch, hatte Anton beteuert, es ginge ihm bloß darum, wenigstens so viel in ein paar Jahren zu erwirtschaften, um sein Haus vom Staat zurückkaufen und in Schuß halten zu können. Der Verfall des rumänischen Geldes mache ihm Sorgen, hatte Meinhard gemeint, aber er werde Mihai bitten, Zement, Ziegel und Kalk zu kaufen, Baumaterial fresse kein Brot. Ob Anton glaube, sie sollten sich noch ein Pferd anschaffen. Warum nicht, ein Pferd sei immer ein Kapital. Wie sie den Gewinn aufteilten, würden sie sehen, wenn die Rechnung gemacht wird, aber keiner, weder Alois noch er, müßten befürchten, den kürzeren zu ziehen, hatte Meinhard beteuert. Ihm sei daran gelegen, hatte er abschließend gesagt, seinen Besitz in Wiseschdia zu sichern, man könne nie wissen, was komme, vorbauen hätte noch nie geschadet. Es sei ihm völlig klar, daß sie nie wieder endgültig nach Wiseschdia zurückkehren würden, aber es sei ein gutes Gefühl, zu wissen, daß man dorthin ins Eigene zurückkehren könnte.

Sowohl der Alois als auch der Meinhard rechneten also fest mit ihm, und man hatte nicht mehr zu verlieren als das, was man schon sowieso verloren geglaubt hatte. Anton stellte Töpfchen, Messer und das Brett, auf dem er sein Frühstück mundgerecht zugeschnitten hatte, in die Spüle. Abgewaschen wird nach dem Mittagessen, heute gab es vorgekochte Bohnensuppe mit Schweinehaxen. Schon wieder hatte er vergessen, die Badewanne zu reinigen, das mußte er noch machen, bevor er das Haus verließ, und versuchen, den Stöpsel wieder an der Kette zu befestigen.

Vor Jahren hätte sich Anton Lehnert nicht vorstellen können, daß Spazierengehen zu seinem Tagesablauf gehören könnte. Morgens über den Wehrsteg auf die Neckarwiese, wenn dort noch kein Trubel herrschte, bis zur zweiten Brücke und wieder zurück. Der schmale Fußweg bis zur ersten Brücke war geschottert, linkerhand ein Erddamm, rechts das steil abfallende Ufer zur Fahrrinne für die Neckarfrachter überwuchert mit Brombeersträuchern, darin wild wachsende Obstbäume, Kirschen, Zwetschgen, Äpfel. Der Damm war eine Art Tummelplatz für Hunde, die hier ihren Auslauf hatten und ihre Notdurft verrichteten. Anfangs war es Anton nicht ganz geheuer, wenn so ein großer Hund mit vor Speichel triefenden Lefzen ihn im Vorbeigehen beschnupperte, aber die Halter hatten ihm bisher immer zugerufen, er müsse keine Angst haben, der Hund tut nichts. Und wie er selbst erstaunt hatte feststellen können, folgten die Hunde aufs Wort. Da mußte man schon mehr auf der Hut sein, wenn diese keuchenden und schwitzenden Jogger in ihrem komischen Aufzug vorbeikamen, die wären nicht um Haaresbreite ausgewichen. Unter der ersten Brücke schliefen sommersüber die Penner noch friedlich, wenn er früh morgens vorbeikam. In der Nähe des noch geschlossenen Kiosks setzt er sich auf eine der Bänke, so daß er den aufkommenden Verkehr auf beiden Brücken beobachten konnte. Seit Wochen verweilte er nun länger auf dem Wehrsteg und sah dem Treiben auf der Baustelle am Neckarufer zu. Was für ein Gebäude da entstehen sollte, wußte er nicht. Tagelang hatte man zum Neckar hin haushohe gewölbte Eisenwände übereinander in die Erde getrieben, dann die Baugrube mit Baggern vertieft, deren riesige Schaufeln so viel Erde faßten, daß vier davon genügten, um einen der schweren LKWs damit zu beladen, die die Erde wegbrachten.

Seit seinem letzten Spaziergang waren die Arbeiten gut vorangekommen, konnte Anton feststellen. Er blieb stehen, legte die Unterarme auf das Gelände des Wehrstegs und schaute in dieser nach vorne gebeugten Haltung zu, wie einer der Betonmischer seine Fracht über eine Rinne in eine andere Maschine entlud, die wiederum pumpte die Betonmasse über einen dicken und harten Schlauch, der von zwei Arbeitern auf die gewünschte Stelle gelenkt wurde, auf den Grund der Baugrube, andere Arbeiter sorgten mit Schaufeln für die gleichmäßige Verteilung. Immer wenn Anton etwas sah, das er außergewöhnlich fand, mußte er an den verstorbenen Werner Theiss aus Wiseschdia denken, dem er auch gegönnt hätte, das zu sehen. Kaum war der Betonmischer entladen und abgefahren, kam schon der nächste an. Dieser reibungslose Ablauf hätte den Werner Theiss bestimmt am meisten beeindruckt. Anton merkte sich den ungefähren Stand der Arbeit, um bei seiner Rückkehr feststellen zu können, in welchem Tempo man vorangekommen war.

Auf dem Neckar war es ruhig an diesem Morgen, kein Frachter in Sicht, die lärmenden Möwen hatten sich seit Beginn der Bauarbeiten andere Ruheplätze gesucht, Schwäne kamen nur selten bis hier her, über die Walzen des Stauwehrs schwappte hin und wieder Wasser. Ein Radfahrer kam ihm entgegen, obwohl das Fahren auf dem Wehrsteg verboten war. Nicht ungefährlich war es, wenn Jungs vom Wehrsteg in die Fahrrinne sprangen, um Courage zu zeigen. Und schlimm daran war, daß sie von Erwachsenen dabei auch noch beklatscht wurden. Der Benno würde sich vielleicht dazu hinreißen lassen, nicht aber der Dietmar. Der war ein sehr ruhiger Junge, und deshalb hätte sich Anton vorstellen können, daß er bei ihm wohnt, sollte er in Heidelberg studieren. Mit ihm würde er bestimmt auskommen. Das zweite Zimmer könnte er sich einrichten, in der Studentenkantine zu Mittag essen, Frühstück und Abendessen bei ihm, denn wo einer satt wird, wird es auch ein zweiter. Er hatte ja schon mal in der Richtung Erika gegenüber was angedeutet, die aber gemeint, daß sei noch alles Zukunftsmusik. Wenn Dietmar studieren sollte, dann in Stuttgart oder Tübingen. Tübingen wäre ideal, da könnte er pendeln. Bei der nächsten Gelegenheit sollte er Dietmar unter vier Augen fragen, was er vorhatte. Finanziell unterstützen könnte er ihn nicht, aber mietfrei wohnen, Frühstück und Abendessen gratis, das wäre doch eine Hilfe. Wenn er sommersüber in Wiseschdia sein wird, hätte Dietmar die Wohnung allein für sich und vor allem, sie stünde nicht unbewohnt da. Es dürfte doch kein Problem sein, das Enkelkind bei sich zu beherbergen. Da sollte die Wondra mal aufmucken, dann wird er ihr vorhalten, daß Verwandte von ihr auch monatelang bei ihr gewohnt hätten. Ob er Herrn Gruber und Frau Wilma in die Sache mit Wiseschdia einweihen sollte? Die mußten nicht alles wissen. Wenn es bis zu ihrem nächsten Treffen so lange dauern sollte wie beim letzten Mal, würden sie seine Abwesenheit gar nicht mitbekommen.

Nachdem der Besuch im Garten wegen Herrn Grubers Magengeschichte ins Wasser gefallen war, hatte Frau Wilma noch am selben Abend angerufen, sich entschuldigt und ein Treffen für die nächste Woche vorgeschlagen. Er hatte eingewilligt, obwohl es ihm gleich nicht geheuer war: sie sollten sich am Wehrsteg treffen, Frau Wilma würde

Kaffee und Kuchen mitbringen, sie würden auf die Nekkarwiese gehen und sich dort einen angenehmen Nachmittag machen. Erst als er aufgelegt hatte, erschien ihm Frau Wilmas Vorschlag unverschämt. War ihr seine Wohnung nicht gut genug? Hätte er zurückrufen und ihr die Meinung sagen sollen? Herrn Gruber zuliebe, hatte er sich gesagt. Noch heute packte ihn die Wut, wenn er daran dachte. Da saßen sie in der prallen Nachmittagssonne auf einer der Bänke, die Pappkartons mit dem Kuchen in der Hand, den sie mit Plastikgabeln aßen. Was die Leute bloß gedacht haben mögen, die in Scharen vorbeigingen. Und als Frau Wilma ihnen aus der Thermoskanne Kaffee in Plastikbecher goß, meinte sie zum wiederholten Male, wie schön und angenehm es doch hier sei. Auch Herr Gruber, der wegen der Operation am Magen einen speziellen Tee trank, muß sich nicht wohl in seiner Haut gefühlt haben, denn er sagte kaum etwas. Daß Frau Wilma alles bestimmte, war völlig klar. Sie hätte noch Stunden hier verbringen können, hatte sie versichert, als sie endlich aufbrachen. Er begleitete sie zum Bus nach Kirchheim am Bahnhof, und sie verabredete sich auf ein nächstes Mal, sie würden noch telefonieren. Anschließend hatte er bei Susanne vorbeigeschaut und seinem Ärger Luft gemacht. Er müsse mehr auf die Menschen zugehen, hatte ihm seine Tochter gesagt. Was sollte er mit solchen Ratschlägen anfangen, deren Sinn ihm nicht mal ganz klar war? Der Umgang mit den Leuten aus Wiseschdia sei anders gewesen, da hätte man gleich gewußt, woran man war, und vor allem hätte man sich so etwas nicht gefallen lassen.

Anton war an seiner Bank angekommen. Er nahm die gefaltete Nylontüte aus der Hosentasche und glättete sie. Um diese Jahreszeit, es war schon Mitte September, waren die Bänke morgens noch naß vom Tau, und die Tüte benutzte er als Sitzunterlage. Daß schon so früh eine Touristengruppe vorbeikommen würde, hätte er nicht gedacht. Es waren ältere Leute, der Sprache nach von irgendwo aus Bayern, und man sah vor allem den Frauen an, daß sie sich für diesen Ausflug besonders herausgeputzt hatten. So müssen die Wiseschdiaer in Ulm ausgesehen haben, dachte sich Anton.

Damals hatte Susanne ihm vorgeschlagen, mit zum Treffen der Banater Schwaben nach Ulm zu kommen. Was sie denn dort wolle? Sie fahre bloß mal hin, genau wisse sie auch nicht warum. Anton fuhr nicht mit, vielleicht ein andermal. Neugierig war er aber dann schon, wie es gewesen war.

Wer denn alles gekommen war, hatte er wissen wollen. Die Vollmer, die Weber, die Schmidt, die Wolf, die Frau Lehrer und natürlich die Rosi God. Einige der Frauen habe sie auf den ersten Blick gar nicht wiedererkannt, so herausgeputzt seien die gewesen, dann die Frisuren und die weiße Haut, sie habe sie alle als Bäuerinnen in Erinnerung gehabt. Und von den Männern? Der Schirokmann Karl, der Lehrer... Der Kauten und der Brandt? Die kenne sie gar nicht mehr so richtig, hatte Susanne zugeben müssen. Die sind ja auch schon früh ausgewandert. Der Hans Wolf, der die Bewirtung der Leute aus Wiseschdia übernommen hatte, tischte ihr die ganze Geschichte mit seinen beiden Schwestern noch einmal auf. Der Lehrer Werner Schäfer will ein Heimatbuch zu Wiseschdia herausgeben und habe sie gebeten, ihm ihre Diplomarbeit zur Verfügung zu stellen. Sie hätte ihn daran erinnern müssen, unter welchen Umständen sie das Land verlassen hatte, und daß ihre Arbeit damals aus dem Haus in Gottlob einfach verschwunden war. Sie hat ihm versprochen, Verbindung zu ihrer ehemaligen Kollegin Ruxandra aufzunehmen, die jetzt Dozentin an der Temeswarer Uni war, um an eine Kopie ihrer Arbeit zu kommen. Und die Aufzeichnungen vom Werner Theiss hat sie ihm versprochen. Im nachhinein hätte es ihr fast leid getan, diese Versprechen gemacht zu haben. Kurz vor der Heimfahrt kam der Lehrer nochmals und fragte, ob sie als Schriftführerin in den Vorstand der HOG Wiseschdia gewählt werden wolle, der Richard Schmidt als neuer Vorsitzender hätte nichts dagegen, und hier in Deutschland müßten sie doch alle zusammenhalten und die Vergangenheit ruhen lassen. Sie hatte dankend abgelehnt. Diese Unverschämtheit, da hätte gerade noch gefehlt, daß der Huber aufgetaucht wäre, um sich zu versöhnen, hatte Anton wutentbrannt gesagt. Der sei nicht dagewesen, aber die Helen und der Karl mit Frau und Kindern, sie ließen schön grüßen. Wie der Brigadier Hans Schmidt sich denn benommen hätte, wenn sie schon bei dem Kapitel wären, hatte Anton gefragt. So als würde er wie vor Zeiten das Kommando in der Kollektivwirtschaft führen. Der Kantor Peter Laub kränkelte. Es tat ihm leid, daß er nicht, wie vorgesehen, mit dem einstigen Kirchenchor ein paar Lieder hatte einstudieren können. Wohin man auch hörte, überall wurde von zu Hause erzählt. Ja, ja, im Banat wären sie in Gedanken in Deutschland gewesen und hier weilten sie zu Haue, hatte Anton kommentiert.

Er sah eine Dame mit einem Hund an der Leine über die Neckarwiese kommen. Sie trug ein geblümtes Kleid und hatte eine große Strandtasche umgehängt. An der Dusche am Ufer angelangt, ließ sie den Hund frei, der über die Wiese tobte. Sie zog das Kleid über den Kopf, trat nur mit einem dunklen Höschen bekleidet unter die Dusche und ließ das Wasser laufen. Dann stieg sie in den Neckar. Plötzlich ertönten Pfiffe und Rufe. Anton stand von der Bank auf, hatte schon einen Schritt auf die Wiese getan, als er erkannte, daß die Signale dem Hund gegolten hatten, der sich ins Wasser stürzte. Kurze Zeit darauf stiegen beide aus dem Neckar, der Hund schüttelte das Wasser von seinem Fell, die Frau trat erneut unter die Dusche und stellte sie an. Wie sie da so vor ihm stand, war ihm, als sähe er einen von den Werbespots im Fernsehen. Das hier aber war viel schöner.

4

Anton Lehnerts Töchtern war allmählich klar geworden, daß sie Wiseschdia ihrem Vater nicht mehr ausreden konnten. Er habe sich im Leben oft genug den Vorwurf machen müssen, aus Angst oder Vorsicht nichts unternommen oder auf andere gehört zu haben, hatte er gesagt. Diesmal stünde nichts auf dem Spiel, man solle ihn doch sich die Hörner abstoßen lassen. Sein Problem, wenn es schiefgeht.

Hilde hatte im Herbst vergangenen Jahres vergeblich versucht, ihn von seiner fixen Idee abzubringen. Er müsse beim Einwohnermeldeamt in Heidelberg seinen zweiten Wohnsitz anmelden. Wieso? Er könne doch nicht für vier Monate einfach verschwinden, und niemand wüßte, wo er sich aufhalte. Aber seine Töchter wüßten es doch. Genau so gut könnte er Urlaub machen. Aber doch nicht so lange. Warum nicht? Er verbringe, könnte man sagen, einen Monat in Rumänien, einen zu Besuch bei ihr, den anderen bei Erika, das wären schon drei. Und wenn er ein amtliches Schreiben erhalte, was dann? Was für ein Schreiben? Seine Rente wäre, Gott sei Dank, erledigt, die Miete werde vom Konto abgebucht, Steuer müsse er keine zahlen. Womit also könnte man ihn armen Schlucker belästigen wollen? Aber in Rumänien müsse er sich auf der Gemeinde anmelden. Dann melde er sich eben in Lovrin als Gast beim Alois Binder an. Soviel er wisse, könnten Besucher aus Rumänien drei Monate in Deutschland bleiben, dann müßte das doch auch umgekehrt so sein. Aber sie hätten hier keine Arbeitserlaubnis, also dürfte er in Rumänien auch nicht arbeiten. Wer auf dieser Welt könnte ihm verbieten, dem Alois bei der Arbeit zu helfen. Er werde nicht das große Geld machen, wolle vor allem niemanden schädigen, denn alles bleibe dort und damit basta.

Daß er während seiner Abwesenheit vielleicht eine Vorladung auf ein Amt erhalten könnte oder irgendeinen offiziellen Brief, hatte Anton dann doch beschäftigt. Als er und Gregor im Spätherbst den Garten umgruben, vertraute er ihm diese Sorge an. Das sei doch kein Problem, hatte Gregor ihn beruhigt, sie gingen zu einem Notar und ließen auf Susannes Namen eine Vollmacht ausstellen, er übernehme das. Anton hatte sich bedankt und gemeint, so einfach könne es gehen, wenn man sich auskennt, da habe er wieder etwas gelernt. Von wegen Lernen, hatte Gregor entgegnet, wenn jemand in diesen Jahren was gelernt habe, dann er von Anton. Dennoch traute er sich noch nicht zu, allein den Garten zu bewirtschaften, und Susanne hatte wenig Zeit. Dem könne abgeholfen werden, hatte Anton gemeint, sie hätten doch schon mal überlegt, alles mit Rasen zu bepflanzen. Die Beete mit den Erdbeeren aber sollten stehen bleiben, Gregor könnte noch eines anlegen, entlang des Zauns ein paar Himbeersträucher pflanzen, das würde sich schön machen, genau so wie bei seinem Nachbarn da vorn, beim Franz Pierre. Das Säen des Rasens sei kein Kunststück, er selbst habe es auch noch nicht gemacht, dafür aber Klee gesät, das wäre dasselbe.

Anton hatte Gregor praktisch vorgeführt, wie der Boden mit dem Rechen krümelig gemacht wird, ihm anhand wiederholter Handbewegungen gezeigt, wie der Samen zu streuen sei und wie die Finger dabei zu halten waren. Sand über die Aussaat streuen und dann das wichtigste: walzen. Dafür könne Gregor das Plastikfaß nehmen, in dem das Regenwasser aufgefangen wird. Halb mit Erde füllen, den

Deckel drauf und rückwärts gehend abwalzen. Zuletzt gut nässen, in den darauf folgenden Tagen immer naß halten, bis das Gras sprießt. Es kann nichts schiefgehen, hatte Anton den Gregor ermutigt, sollte das Gras nicht aufgehen, das sei manchmal verflixt wie beim Klee, ein zweites Mal säen.

Ende März hatte Erika versucht, ihren Vater von seinem Vorhaben abzubringen. Die Rosi God könne wegen des Kleinen von Markus und Raluca nicht mitkommen, da Raluca eine Ausbildung zur Krankenschwester beginne. Das wisse er schon längst, Meinhard habe es ihm mitgeteilt, hatte Anton sie gereizt wissen lassen, das ändere aber nichts an seinem Entschluß, das habe er auch Meinhard gesagt. Es sei doch vereinbart gewesen, daß die Rosi God für ihn wasche und koche, wie er sich jetzt das dort vorstelle. Hier versorge er sich auch allein, ob sie das vergessen hätte. Natürlich nicht, doch notfalls sei Susanne da, und überhaupt, hier habe er Bad, Waschmaschine... Auch sie sei ohne Bad aufgewachsen, eine Waschmaschine hätten sie zu Hause als eine der ersten im Dorf gehabt, verlaust und verdreckt seien sie nie gewesen. Er solle sich doch nicht dermaßen aufregen. Er rege sich nicht auf, er sage bloß seine Meinung und die Wahrheit. Wenn sie es genau wissen wolle, sei er sogar froh darüber, daß die Rosi God nicht mitkomme, die hätte es ohne den Meinhard doch nicht ausgehalten, den ganzen lieben langen Tag nach ihren Kindern lamentiert, und außerdem habe die sich ans Gute schon zu sehr gewöhnt. Eine Sorge weniger, auch mit dem Wohnen. Er hätte zusehen müssen, sich ein Zimmer zu Hause einzurichten, jetzt setze er sich sozusagen ins Fertige, wohne im Haus der Potje, das doch noch komplett eingerichtet sei. Ob er schon wüßte, wann sie fahren, hatte Erika schließlich gefragt. Freitag auf Samstag, um Mitternacht, dann wären sie am 1. Mai in Wiseschdia. Und wer ihn nach Herrenberg bringe. Der Gregor. Dann habe er ja an alles gedacht. Ja, ja, nur spötteln.

Susanne war über das Vorhaben ihres Vaters nicht besonders erfreut, im Unterschied zu ihren Schwestern aber hatte sie es aufgeben, ihn davon abhalten zu wollen. Ihm auch noch Angst zu machen, hielt sie nicht für richtig. Insgeheim hatte sie es sogar bewundert, wie er deren Einschüchterungsversuche mit einer Paarung aus Starrsinn und einer ihm eigenen Logik abgeschmettert hatte. Zwei Wochen vor seiner Heimreise hatte Anton sie und Gregor in das zweite Zimmer geführt und ihnen voller Stolz gezeigt, was er schon alles bei ALDI in Kirchheim eingekauft hatte: Rama, Nudeln, Fleisch-, Fisch- und Leberwurstkonserven, Trockensalami, Spül- und Reinigungsmittel, Kaffee und eine Flasche Whisky als Präsent für Florica und Alois. Zwei Großpackungen Mehl, eine mit Zucker und einen Karton mit Speiseöl wolle er noch mitnehmen, hatte Anton erklärt, Susanne und Gregor gebeten, ihm mit dem Wagen dabei behilflich zu sein. Nach und nach hätte er die Sachen auch selber einkaufen können, aber eingeschweißt ließe sich Mehl und Zucker gefahrloser transportieren auf diesem weiten Weg. Selbstverständlich, hatte Susanne gesagt, und von da an war sich Anton sicher, daß sie keinen Versuch mehr unternehmen würde, ihn noch umzustimmen. Er hatte ihr dann die beiden halbgepackten Koffer gezeigt. Einen Teil der Kleider, die er noch von zu Hause habe, werde er leider in Wiseschdia zum Arbeiten anziehen müssen, hatte er gemeint und scherzhaft hinzugefügt, er werde darin kein alltägliches Bild abgeben, sich aber in ein paar Wochen bestimmt so wohl wie in seinen ehemals alten fühlen.

Sie waren schon bei ALDI an der Kasse gestanden, da schlug sich Anton mit der flachen Innenhand an die Stirn, die Hefe, das wichtigste zum Brotbacken, hatte er vergessen. Als er freudestrahlend damit zurückkam, warf er einen Blick in den Einkaufswagen und runzelte die Stirn. Toilettenpapier zum Mitnehmen, klärte Susanne ihn auf. Was sollten sich Alois und Florica denken, wenn er mit Klopapier ankomme, das schicke sich doch nicht. Er selbst habe doch Reinigungs- und Spülmittel gekauft, entgegnete Susanne, und so betrachtet, wäre das auch nicht angebracht. Das erleichtere auch Florica die Arbeit, aber am Klopapier solle es nicht liegen, hatte Anton versöhnlich gemeint.

Der Abschied von Susanne und Kurt war herzlich. Er stelle sich vor, daß Kurt in ein paar Jahren, wenn es mit dem Haus klappt, einige Zeit in Wiseschdia zubringen könnte, rief er Susanne zu, bevor er zu Gregor in den Wagen stieg. Sie und sein Enkelkind standen auf dem Gehsteig und winkten ihnen nach.

Auf dem Weg nach Herrenberg war es Anton mulmig zumute. Mit Hilde und Erika hatte er nichts vereinbart, aber er konnte sich nicht vorstellen, daß sie nicht zu den Potje kommen würden, um sich von ihm zu verabschieden. Mit Gregor hatte er nichts mehr zu besprechen, zwischen ihnen war alles, was den Garten betraf, vereinbart.

Bei den Potje angekommen, trafen sie vor dem Wohnblock auf Meinhard, der gerade mit dem Waschen seines Wagens fertig war und luden gleich alles um. Anton staunte nicht wenig, daß der ungefähr dasselbe zum Mitnehmen eingekauft hatte wie er. Kurz darauf fuhr Dietmar mit Gehupe am Wohnblock vor, in dem die Potje im Parterre zur Straßenseite hin wohnten, gefolgt von Wolfgangs Wagen. Das war ein Hallo, und Erika schimpfte wie ein Rohrspatz. Seit er Führerschein habe, sei der Dietmar wie ausgewechselt, klagte sie Hilde. Da habe der Kerl doch tatsächlich den Vorschlag gemacht, den Ota in Wiseschdia zu besuchen, und wenn die Erwachsenen keine Lust hätten mitzukommen, würden er und Benno allein fahren. Das nehme ja kein Ende mehr mit der Begrüßung, rief Rosalia aus dem Fenster und lud zu Kaffee und Kuchen ein, selbstgebackener Kakao- und Käsestrudel.

Im Wohnzimmer der Potje wurde es eng. Rosalia überließ Hilde die Bewirtung der Gäste. Sie war zu Tränen gerührt und beteuerte, wie schön es sei, daß sie alle wieder zusammengefunden hätten. Sie bedauerte, daß Susanne und Kurt nicht mitgekommen waren, entschuldigte ihre Schwiegertochter, die erst gegen halb neun von ihrer Arbeit im Supermarkt nach Hause komme, und schimpfte auf ihren Enkel Markus, der ausgerechnet heute mit Raluca und dem kleinen Sven bei einer Freundin Ralucas, die ebenfalls nach Deutschland geheiratet hatte, zu Besuch war. Daß sie nicht mit nach Wiseschdia fahren konnte, tat ihr im Herzen weh, aber man kann nicht immer, wie man will. Eben, warf Meinhard ein und verhinderte dadurch eine weitere Diskussion.

Gregor ging als erster, und Anton begleitete ihn bis zum Wagen. Er bedankte sich noch einmal fürs Herfahren und umarmte zum Abschied ganz spontan seinen Schwiegersohn, er solle auf Susanne und Kurt gut aufpassen. Und er müsse ihm was anvertrauen, sagte Gregor. Es könnte sein, daß er, Susanne und Kurt zu Beginn der Sommerferien für ein paar Tage nach Wiseschdia kämen. Susanne habe gemeint, es wäre endlich Zeit, sich zu überwinden und mal nach Hause zu fahren, und Temeswar wolle sie ihm zeigen. Aber vorläufig noch kein Wort den anderen gegenüber, denn Susanne habe noch mit niemandem darüber gesprochen. Das wäre schön. Anton war überglücklich und hätte Gregor am liebsten ein zweites Mal umarmt. Meinhard werde sich Montag abend nach seiner Rückkehr telefonisch bei ihnen melden, damit sie sich keine Sorgen machten, nochmals besten Dank und schöne Grüße zu Hause.

In die Wohnung zurückgekehrt, ließ Anton sich nichts anmerken. Die Männer, allen voran Dietmar und Benno, fachsimpelten angeregt über Autos, Rosalia berichtete Erika und Hilde vom Treffen in Ulm und ließ an niemandem aus Wiseschdia ein gutes Haar. Wo denn Saskia-Maria sei, fragte Anton nach einiger Zeit. Die schlafe im Nebenzimmer, beruhigte ihn Hilde. Rosalia machte Hilde und Erika den Vorschlag, nächstes Mal gemeinsam nach Ulm zu fahren, dann könnten sich beide von der Richtigkeit dessen überzeugen, was sie ihnen erzählt habe.

Sehr zum Bedauern von Rosalia mahnte Wolfgang zum Aufbruch. Johann machte Erika ein auffälliges Zeichen mit der Hand. Und nun die Überraschung, verkündete diese in die Runde. Wenn nichts dazwischenkäme, wollten sie, Johann und die Kinder nach Großsanktnikolaus zu Besuch, Hilde, Wolfgang und Saskia-Maria nach Temeswar und bei dieser Gelegenheit für ein, zwei Tage auch nach Wiseschdia kommen. Anton machte große Augen, er war sprachlos. Warum sie das erst jetzt erfahre, sagte Rosalia vorwurfsvoll. Dann wäre es doch keine Überraschung mehr gewesen, lachte Hilde schallend, und alle amüsierten sich über sie und den immer noch konsternierten Anton. Und warum sie ihm und Benno nichts davon gesagt hätten, meldete sich Dietmar zu Wort. Eben wegen der Überraschung, sagte Erika und ermahnte ihren Sohn, er werde sich auf der Fahrt nicht ans Steuer setzen, wenn er weiterhin nur Dummheiten im Kopf hätte, wie das mit dem Gehupe bei ihrer Ankunft. Alle fahren jetzt nach Wiseschdia nur sie nicht, begann Rosalia zu jammern. Wenn er den Anton Onkel zurückbringe, komme sie mit, entschied Meinhard. Wenigstens soviel, gab sich Rosalia zufrieden und machte gleich Vorschläge, wer, wo in ihrem Haus in Wiseschdia schlafen könnte. Dietmar und Benno bestanden darauf, ihre Schlafsäcke mitnehmen zu dürfen.

In dieser Stimmung war Anton nahe daran, auch das Geheimnis preiszugeben, das ihm Gregor anvertraut hatte. Wichtig war für ihn jedenfalls zu wissen, daß seine Töchter nun doch zu dem standen, was er vorhatte, und darauf war er stolz. Insgeheim hatte er sich das immer schon erhofft, vergessen waren die Querelen und Unbotmäßigkeiten. Was konnte jetzt noch schiefgehen?

Einer müsse ja beginnen, sagte Wolfgang und reichte Anton zum Abschied die Hand. Benno war als nächster dran, und Erika forderte ihn auf, seinem Großvater doch einen Kuß zu geben. Anton klopfte ihm auf die Schulter und meinte, sie verabschiedeten sich wie Männer. Seine Töchter umarmte er innig und mußte Erika trösten, die plötzlich losheulte. Immer wenn es am schönsten sei, gingen alle, sagte Rosalia und wischte sich die Tränen. Vor Jahren hatte man sich noch auf ein Wiedersehen in Deutschland verabschiedet und jetzt auf eines in Wiseschdia, daran erkannte man, wie die Zeiten sich geändert haben.

Erika und Hilde hatten sich bei Anton untergehakt, der die Gäste gemeinsam mit Rosalia zu den Wagen begleitete. Sie gaben ihrem Vater noch letzte Ratschläge: er solle auf sich aufpassen, er sei nicht mehr der Jüngste, sich bei der Arbeit nicht übernehmen, mit dem Essen vorsichtig sein. Seit er die zwei Halbprothesen im Mund habe, könne er wieder richtig zubeißen, scherzte Anton. Unter anderen Umständen wäre er wegen dieser übertriebenen Fürsorglichkeit beleidigt gewesen. Saskia-Maria auf Wolfgangs Arm rief ihrem Großvater fortwährend Tschüs zu, winkte und amüsierte sich köstlich dabei.

Erika hätte kurz vor der Abfahrt die gute Stimmung fast wieder verdorben, als sie Hilde gegenüber zu bedenken gab, daß der Vater von der AOK keinen Krankenschein fürs Ausland hätte. Der Papa sei noch nie ernsthaft krank gewesen, sie solle nicht den Teufel an die Wand malen, beschwichtigte diese. Jetzt aber los, mahnte nun Johann. Beide Wagen waren schon abfahrtbereit, als Hilde mit einer Tüte in der Hand wieder ausstieg und sie ihrem Vater überreichte. Die Grablichter hätte sie fast vergessen. Er habe auch dafür gesorgt, sagte Anton und umarmte sie noch einmal.

Rosalia und Anton standen auf dem Gehsteig vor dem Wohnblock und winkten den Autos nach. Der Dietmar sei nun doch wieder am Steuer, bemerkte sie. Sie sollten sich in diese Dinge lieber nicht einmischen, sagte Anton, und Rosalia seufzte tief. Sie erläuterte Anton wie gut ihre Wohnung liege, bis ins Geschäft sei es nicht weit, die Post zwei Straßen weiter und überhaupt, die Gegend sei schön.

In der Wohnung trafen sie auf einen verärgerten Meinhard. Vorhin habe man angerufen, er müsse nun doch Montag im Dienst sein. Sie schafften das schon, beruhigte er Anton, er fahre dann eben schon Samstag auf Sonntag nacht wieder von Wiseschdia los. Vorerst aber sollten sie etwas essen und ein Bier trinken, schlug Meinhard vor, sich dann für ein paar Stunden hinlegen, um für die Reise ausgeruht zu sein. Ein Bier trinke er gerne, sagte Anton, aber essen könne er nichts, schlafen schon gar nicht. Sie wechselten vom Wohnzimmer in die Küche. Rosalia wärmte für Meinhard vom Mittagessen auf, Paprikasch mit Salzkartoffeln, Anton bekam ein Bier. Er habe noch einen Kasten in Reserve, sagte Meinhard, den sollten sie mitnehmen. Anton zuckte die Schultern. Natürlich würden sie eine Kiste mitnehmen, entschied Meinhard, dann könnten Alois und Anton nach Feierabend ein kühles Bier trinken. Drei Tage, wenn nicht gar vier, bräuchten sie bestimmt mit den Tomaten, schätzte Meinhard. Ob der Alois wisse, wann sie ankommen, fragte Anton. Ja, der Mihai habe vor drei Tagen von Lovrin aus angerufen wegen einem Werkzeugkasten. Von Lovrin aus? Seit die Kollektiv ausgelöst sei, gebe es in Wiseschdia kein Telefon mehr. Wenn das mit dem Verlangen mal anfange, höre es nicht mehr auf, warf Rosalia ein, die Meinhard das Paprikasch servierte. Der Mihai sei erstens ihr Partner, entgegnete Meinhard, und zweitens habe er den Werkzeugkasten mit allem drum und dran günstig bekommen. Partner, Partner, äffte Rosalia ihn nach. Wenn das mal kein Fiasko gibt, prophezeite sie und begann mit der Zubereitung der Brote für die Reise. Meinhard machte hinter dem Rücken seiner Mutter eine wegwerfende Handbewegung und begann in aller Ruhe zu essen.

Schlechtes Wetter hätten sie im Fernsehen für die nächsten Tage gemeldet, sagte er schließlich. Auch für zu Hause? Ja. Regen könne nie schaden, meinte Rosalia schon ganz versöhnlich. Jetzt genehmige er sich auch ein Bier, sagte Meinhard, dann lege er sich hin, man solle ihn spätestens um elf wecken. Er könnte um diese Uhrzeit, halb acht, nicht schlafen, versicherte Anton. Er schon, lachte Meinhard, und sie stießen mit den Bierflaschen auf eine gute Fahrt an. Und auf eine gesunde Heimkehr, ergänzte Rosalia.

Nachdem Meinhard sich im verdunkelten Zimmer schlafen gelegt hatte, räumte Rosalia das Wohnzimmer auf. Anton half ihr bei den Stühlen, die sie wieder an ihre Plätze in der Vierzimmerwohnung stellten. Abwasch mache sie später, sagte Rosalia und stellte alles ins Waschbekken. Sie setzen sich in die Küche. Hier sei es heimeliger als im Wohnzimmer, und man fühle sich irgendwie an zu Hause erinnert, meinte Rosalia. Noch ein Bier? Wenn's sein muß.

Anton ahnte, was auf ihn zukam. Er nahm sich vor, Rosalia reden zu lassen und ihr in keiner Weise zu widersprechen. Ob er sich noch erinnere, begann sie. Sie erzählte von Wiseschdia, von Hochzeiten, Taufen, Begräbnissen,

Kirchweihfesten, und das mit so vielen Details ausgeschmückt, daß Anton sich fragte, ob sie das alles erfunden, sich zurechtgelegt hatte. Woher wollte sie noch wissen, was damals der eine oder andere gemacht, gesagt oder behauptet hatte. Andererseits bewunderte er ihr Gedächtnis, und als sie so erzählte, blitzte auch bei ihm längst vergessen Geglaubtes wieder auf.

Übergangslos kam sie auf Raluca zu sprechen. Sie sei ein gutes Kind, eine bessere Frau hätte Markus nicht finden können. Erstaunlich, wie rasch sie Deutsch lerne, und wenn sie ihre Ausbildung zur Krankenschwester abgeschlossen hätte, würden sie sich eine eigene Wohnung nehmen. Ja, gab sie zu, ihre anfänglichen Zweifel hätten sich nicht bestätigt. Das sei natürlich etwas ganz anderes als damals die Heirat Hildes mit dem Kerl, der nicht einmal aus dem Banat stammte. Diesen Seitenhieb wollte Anton nun doch nicht unpariert lassen, kam aber nicht mehr dazu, etwas zu Hildes Verteidigung zu sagen, denn die Wohnungstür ging.

Susanne Potje begrüßte ihn herzlich. Schluß für heute? Endlich. Sie stellte eine Plastiktüte auf den Tisch. Tschubuk, sagte sie auf den fragenden Blick von Rosalia hin, daran habe sich an der rumänischen Grenze nichts geändert. Ob sie was essen wolle. Jetzt nicht, vielleicht später eine Kleinigkeit. Nur auf die Figur achten, eines Tages sei man krank und wisse nicht warum. Susanne Potje überhörte den Vorwurf ihrer Schwiegermutter. Sie sollten doch ins Wohnzimmer kommen, anstatt hier in der Küche herumzusitzen, wo denn Meinhard sei. Der schlafe. Ach ja. Sie wasche noch rasch ab, sagte Rosalia.

Susanne Potje schaltete den Fernseher ein und bat Anton, auf der Couch Platz zu nehmen. Sie wechselten noch ein paar Sätze, wie es ihm gehe, ob er schon Reisefieber habe, dann hatte Susanne Potje nur noch Auge und Ohr für den Film, der gerade lief. Nach einiger Zeit kam Rosalia hinzu. Sie rückte sich einen Sessel zurecht und nahm darin Platz. Das sei ihr Sitzplatz beim fernsehen, flüsterte sie Anton zu. Lange hielt der es im Wohnzimmer nicht aus. Er gehe in die Küche eine rauchen, sie sollten ruhig weiter schauen und sich nicht um ihn scheren, wenn er einen Film nicht von Anfang an sehe, verstehe er nicht viel. Er solle sich wie zu Hause fühlen, sagte Rosalia.

Endlich war er allein und atmete auf. Der Trubel des Tages hatte ihn mitgenommen, und die Reise stand ihm noch bevor. Er hatte kaum die halbe Zigarette geraucht, als Meinhard in Unterhosen und Turnhemd in der Küche erschien. Er sei aufgewacht und für die eine Stunde wieder versuchen einzuschlafen, bringe nichts, er mache sich noch frisch, dann könnten sie losfahren, ob Anton bereit sei. Wann immer.

Da gerade Werbepause war, kamen Rosalia und Susanne Potje in die Küche. Er solle doch nicht so nackt hier herumlaufen, schimpfte Rosalia den Meinhard. Sie koche noch rasch Kaffee, sagte Susanne. Die Ruhe war dahin, und es wurde hektisch. Rosalia suchte die Thermoskanne im Wandschrank und fragte Meinhard, ob er nicht warten wolle, bis Markus mit Raluca und dem Kleinen zurück wären. Wo die nur so lange blieben.

Das Telefon läutete. Um diese Uhrzeit? Meinhard sollte abheben. Als ein Lächeln über sein Gesicht ging, wußten alle, daß es nichts Schlimmes war. Hilde, sagte Meinhard, nachdem er mit ihr ein wenig herumgewitzelt hatte, und hielt Anton den Hörer hin.

Anton Lehnert stand im Flur von Meinhard Potjes Wohnung in Herrenberg, sagte ja, ja, in den Hörer, drehte sich hin und her, bis er endlich mit dem Gesicht in Richtung Mauerecke stand. In einer guten halben Stunde geht es los. Servus!

5

Anton Lehnert wachte mit einem Ziehen in den Gedärmen auf. Er warf einen Blick auf den Wecker, der auf dem Nachtkästchen stand, es war gleich acht Uhr, er hatte verschlafen. Die Bauchkrämpfe kamen bestimmt von dem scharfen Paprika, den er gestern abend gegessen hatte. Er setzte sich auf den Bettrand und atmete tief durch. Dann spürte er es wieder kommen. Er spannte die Bauchmuskeln an, atmete nur noch kurz ein und aus, zog die Hose über, und während er sie mit einer Hand am Bund zusammenhielt und auf den Bauch preßte, schlüpfte er barfuß in die Schuhe, das Hemd nahm er in die andere Hand und eilte durchs zweite Zimmer zur Tür. Die Innentür war, wie immer, nicht abgeschlossen, und zum Glück klemmte das Schloß der Außentür nicht wieder.

Draußen war es noch ekelhaft kalt, nachdem in den letzten Tagen Nieselregen niedergegangen war. Im Trippelschritt durchquerte Anton den Vorderhof, konnte nur mit Mühe das Türchen im Zaun zum Hinterhof öffnen, der Weg bis zum Abort, der weiß getünchten Bretterbude unter der Akazie am Gartenzaun, schien ihm eine Ewigkeit zu dauern.

Hier, in der hinteren Hofhälfte, standen die Mistbeete. Deren Bretterkasten waren an allen vier Ecken und jeweils in der Mitte mit Ziegeln, vier übereinander, angehoben, so groß waren die Tomatenpflanzen geworden, einige blühten schon. Die Beete wurden über Nacht nicht mehr vollständig mit Scheiben abgedeckt, sondern nur stellenweise, um den Schilfrohrmatten Halt zu geben, die die Pflanzen nicht in erster Linie vor Kälte, sondern vor Regen und Wind schützen sollten. Beim Aufdecken morgens und beim Zudecken abends war Anton auf Alois Hilfe angewiesen, denn wäre einer dieser Holzrahmen, in die Fensterglastafeln gefaßt waren, ins Beet gestürzt, hätte das viel Schaden angerichtet.

Nun war er schon den vierten Tag in Wiseschdia, die eigentliche Arbeit aber, das Ausbringen der Tomatenpflanzen in den Garten, hatten Alois, Florica und er wegen des schlechten Wetters noch immer nicht in Angriff nehmen können. Schon Samstag nachmittag, als Meinhard sich schlafen legte, um für die Rückreise ausgeruht zu sein, war das Wetter umgeschlagen. Gegen elf Uhr abends war er losgefahren und hatte gemeint, daß es auf ein, zwei Tage auch nicht mehr ankomme, und morgen sei sowieso Sonntag. Eigentlich hatte er ja recht, was sollte diese Verzweiflung.

Anton Lehnert stand im Hinterhof der Potje und schaute in den wolkigen Himmel. Heute wird das auch nichts. Da bist du ja, sagte er in Richtung des Hundes, der mit dem Schwanz wedelnd mitten im Hof stand, und klatschte sich auf die Oberschenkel. Auf dieses Zeichen hin kam der Hund auf ihn zugerannt und sprang an ihm hoch. Ist ja gut, Rexi, sagte Anton und tätschelte ihn. Komm, jetzt ziehe ich mich fertig an, dann kriegst du was zu fressen, bei mir wird es dir gut gehen.

Als Anton Lehnert und Meinhard Potje am Samstag nachmittag kurz nach 14 Uhr angekommen waren, erschienen zwei Hunde am Gassentor und verwehrten ihnen den Zutritt. Auf ihr Gebell hin war Alois Binder im Hof erschienen und hatte den erwarteten Gästen zugerufen, sie sollten ruhig hereinkommen, wenn er da sei, machten ihnen die Hunde nichts. Willkommen zu Hause, hatte der

Alois sie begrüßt, Meinhard die Hand gereicht und Anton umarmt. Florica hatte beiden die Hand geschüttelt und zu Tisch gebeten. Wie verabredet, hatte sie das Essen bei den Potje zubereitet. Es gab Hühnerparikasch, da man das jederzeit aufwärmen konnte. Woher hätte sie wissen sollen, daß Meinhard zu Hause auch Paprikasch gesessen habe, hatte sie sich entschuldigt. Meinhard versicherte ihr, daß es ausgezeichnet schmecke, und Anton stimmte ihm zu. Die Hunde lagen im Gang vor der offenen Küchentür und warteten auf die Knochen. Die beiden jetzt halbjährigen Rüden hatte Alois als Welpen aus Gottlob gebracht, da sowohl sein Hund als auch Meinhards Lord an Altersschwäche gestorben waren. Er hätte im Dorf genug Hunde haben können, hatte Alois erzählt, da die Auswanderer nicht wußten, was mit ihnen machen. Die seien aber alle schon viel zu alt gewesen, um sich an ein neues Haus zu gewöhnen. Vor allem aber hatte er niemanden vor den Kopf stoßen wollen, denn wenn er den Hund des einen zu sich genommen hätte, wäre ein anderer beleidigt gewesen. Was denn mit den Hunden und Katzen geschehen war, hatte Anton gefragt. Erhängt oder vergiftet, hatte Alois lapidar geantwortet, und die Katzen, die davongekommen waren, hätten sich allmählich an die neuen Bewohner gewöhnt. Welcher von den beiden Hunden der seine wäre, hatte Anton wissen wollen. Der mit der Blesse. Anton hatte Florica gebeten, ihm die Fütterung seines Hundes zu überlassen, und das Gemisch im Blechnapf aus Knochen, Brot und mit Wasser verdünnter Paprikaschbrühe in den Gang gestellt. Dann wurde auf das Wohl der Gäste angestoßen. Er sei kein Gast, er sei hier zu Hause, hatte Meinhard gesagt und den Wein in einem Zug geleert. Der schmecke fast wie der seine, hatte Anton anerkennend gemeint. Trauben aus deinem Garten und der Wein aus deinem Faß, hatte Alois verschmitzt gesagt.

Anton schüttete auf die Brotstücke in Rexis Freßnapf von der Milch, die er jeden Tag von Florica erhielt, und verdünnte das Ganze mit schon warmem Wasser, das er für Tee auf den Elektroherd gestellt hatte. Hab Geduld, sagte er zu Rexi, wehrte dessen Versuch ab, an ihm hochzuspringen und stellte das Fressen in den Gang. Im Nu hatte der Hund den Napf leer gefressen, leckte sich die Schnauze und schaute Anton bettelnd an. Mehr gibt's nicht, sagte er, der Hund schien ihn, wie ehemals der andere Rexi, zu verstehen und trottete zu seinem mit alten Kleidungsstücken ausgelegten Weidenkorb am Ende des Hausgangs.

Ganz daheim hätte sich Anton gefühlt, wenn er in seinem Haus hätte wohnen können. Noch am Tag seiner Ankunft war er mit Alois und Florica, die die Schlüssel aufbewahrten, hingegangen. Er solle nicht erschrecken, hatte Alois ihn gewarnt. Es war schlimmer, als Anton es sich vorgestellt hatte: die hintere Küche war mit Gerümpel vollgestellt, die Treppe in den Keller abgefault, gähnend leer die vordere Küche und die Zimmer, große Stücke Lehmputz waren von den Wänden und den Decken gefallen, er winkte ab, als Alois die Tür zum Aufboden aufsperren wollte, und es war zu befürchten, daß die Dächer von Schweinestall und Schuppen das erste Sommergewitter nicht überstehen würden. Und der Hof, mein Gott, wie der aussah, ein Meer von vertrocknetem Unkraut noch aus dem Vorjahr und dazwischen frisch gewachsenes. Alois hatte sich nicht wohl in seiner Haut gefühlt. Er könne nichts dafür, wenn der Florin im letzten Jahr hier nur gehaust hätte. Sie zwei würden das schon wieder in Ordnung bringen, hatte Anton ihn und sich selbst getröstet. Er hatte schließlich einsehen müssen, daß die Vorstellung von seinem Zuhause gar nicht dem Bild entsprechen konnte, das er in Deutschland davon hatte und daß seine Erinnerung auf die Zeit fixiert war, als Maria noch lebte.

Auch auf den Friedhof war er noch am Tag seiner Ankunft gegangen, aber allein. Ich bin wieder zurück, hatte er, vor dem Grab stehend, geflüstert. Und wenn er geahnt hätte, daß es so kommen würde, hätte er mit dem Zubetonieren des Familiengrabes noch gewartet, die ungefähr zwei auf drei Meter große Betonplatte, in deren Mitte ein Kreuz geritzt war, verschandelte das Grab, aber zu ändern war da nichts mehr.

Anton saß in der hinteren Küche der Potje und trank Hagebuttentee, den er sich aus Deutschland mitgebracht hatte. Wegen des Durchfalls gab es zum Frühstück heute nur das. Was ihm am meisten zu schaffen machte, war diese Stille, denn kein einziges Stück Vieh hatte er im Hof oder Stall, und das Dorf schien trotz der neuen Bewohner menschenleer. Bloß drei Paar von Meinhards Tauben waren noch da, die in den im offenen Schuppen aufgehängten Verschlägen nisteten, und die Schwalben waren zurückgekehrt. Meinhards Kuh und das Pferd standen bei Alois, und das war auch richtig so. Und jedesmal, wenn Anton zum Mittagessen hinging, denn es war für Florica selbstverständlich, daß sie auch für ihn kochte, warf er einen Blick in den Stall. Er sei ja genau wie Alois ganz vernarrt in das Pferd, hatte Florica gestern gemeint. Wenn er sich in etwas auskenne, dann in Pferden, hatte Alois stolz gesagt. Doina, die noch junge braune Stute, war tatsächlich ein schönes Tier, und der Alois behauptete, daß der Zigeuner aus Komlosch, der sie ihm verkauft hatte, heute bestimmt das doppelte dafür verlangen würde. Um ein paar Hühner aber wird er den Alois bitten, wenn die Tomatenpflanzen aus dem Hof sind.

Haus und Hof der Potje waren bedeutend kleiner als bei ihm, der Garten in etwa nur halb so groß. Mehr als die Hälfte davon werden sie mit Gemüse bepflanzen, die Kartoffeln waren schon aufgegangen, in den noch brach liegenden Teil sollte Mais kommen, den sie von Hand setzen mußten.

Das Gassentürchen ging, der Hund schlug kurz an, lief freudig dem Eintretenden entgegen. Das konnte nur der Alois sein, der zum Abdecken der Mistbeete gekommen war. Als Anton in den Hof trat, schob Alois gerade den zweiten Flügel des Gassentors zur Seite, denn er war mit dem Pferdewagen gekommen.

„Scheißwetter", sagte Anton zur Begrüßung.

„Kann man nichts machen", meinte Alois, schnalzte mit der Zunge, und Doina zog den Wagen bis in die Mitte des vorderen Hofes, wo sie stehen blieb.

„Soll ich das hintere Tor öffnen?" fragte Anton.

„Nicht notwendig."

„Was hast du denn da in den Säcken?"

„Maislieschen, zum Knüpfen, damit wir eine Beschäftigung haben."

Voriges Jahr hätten sie die Tomatenpflanzen mit Nylonschnur an die Pfähle gebunden, das sei ein Herumschneiden im Herbst gewesen, als das Feld geräumt wurde, zusätzlich hätten sie die Schnüre einsammeln müssen, damit sie nicht in die Ackerung kämen. Er habe seine Tomaten immer mit Maislieschen oder Bast angebunden, sagte Anton. Eben, bestätigte Alois, der das Pferd ausgespannt hatte und in den Stall führte, während Anton die zwei prall gefüllten Säcke vom Wagen nahm und in den Gang stellte.

„Ist noch genug Heu da?" rief Anton und ging auf den Stall zu.

„Das nächste Mal muß ich wieder von zu Hause mitbringen", sagte Alois, der Doina einen Armvoll vorwarf.

„Woher hast du das viele Heu?"

„Billig gekauft, dann auf dem Hotter gemäht. Du weißt doch, wie das geht."

„Ja."

„Und Stroh habe ich noch für ein Jahr. Nur die Rüben sind mir ausgegangen."

„Die frißt aber gut."

„Jetzt wieder. Vor zwei Wochen war sie rossig, aber woher einen Hengst. Der Mihai hat mir gesagt, daß es in Komlosch einen gibt."

„Dann können wir ein Fohlen ziehen."

„Habe ich mir auch gedacht. Hat sich der Mihai wieder bei dir gemeldet?"

„Nein. Dann wollen wir mal", schlug Anton vor, und sie gingen zu den Mistbeeten.

Vorsichtig rollten sie die Schilfrohrmatten zusammen und nahmen die Fensterrahmen ab. Der strenge Geruch von grünen Tomaten stieg aus den Beeten. Es war höchste Zeit, daß die Pflanzen ins Feld kamen, sie hatten kaum noch Platz in den zu eng gewordenen Mistbeeten, die Blätter am unteren Teil der Stiele waren schon vergilbt.

„Wenn's heute nicht mehr regnet, fangen wir morgen an", meinte Alois.

„Weißt du was? Wir fangen schon heute an", entschied Anton.

Alois leuchtete ein, daß sie viel Zeit sparen konnten, wenn sie vorarbeiten würden, Rillen ziehen, Löcher hakken, Pfähle stecken, daß man sich mit dem Ausbringen der Pflanzen dann wann immer nach dem Wetter richten könne, aber er schlug vor, erst heute nachmittag damit zu beginnen. Lieschen knüpfen sei schließlich auch Arbeit, lenkte Anton ein. Und nach dem Mittagessen gehe alles viel flotter, meinte Alois. Was es denn heute Gutes gebe. Bohnensuppe mit Speck. Von seinem Problem mit dem Magen erwähnte Anton nichts, denn wie wäre er dagestanden: als der Deutschländer, der keine kräftige Kost mehr verträgt.

„Das müssen aber schöne Kolben gewesen sein", sagte Anton, als er den einen Sack Maislieschen in der hinteren Küche ausschüttete.

„So groß wie ein halber Arm", gab Alois an.

„Und woher?"

„Der mit den Lieschen war aus meinem Garten, habe ich Tag und Nacht gewässert. Zwei Fuhren hat mir noch der Mihai verschafft."

Anton riß die breite Maisliesche in Streifen, knüpfte jeweils zwei Spitzen zusammen und zog den Knoten fest. Es war nicht gut, zu viele Fragen zu stellen. Was ging es ihn an, woher Alois das Futter für das Vieh hatte und welche Rolle Mihai dabei spielte. Ihm hätte das auch nicht gefallen. Mit der Zeit würde er schon herauskriegen, wie alles lief. Eines stand fest: die Kollektivwirtschaft gab es nicht mehr, den neuen Bewohnern, von denen er noch niemanden kannte, war Feld zugeteilt worden, wie sie es bestellten, konnte er sich nicht vorstellen, sie bewirtschafteten die Gärten an den Häusern, die sie bewohnten. Der Großteil von ihnen sei griechisch-katholischen Glaubens, hatte ihm Mihai gesagt, und jeden Sonntag komme ein Pfarrer und halte die Messe, natürlich auf rumänisch. Der Mihai war sehr zuvorkommend und trug ihm nicht nach, daß er damals bei seinem ersten Besuch das Geld zurückverlangt hatte. Aber vielleicht war es zu voreilig gewesen, ihm anzuvertrauen, daß er, wenn möglich, Haus und Garten zurückhaben wollte. Mihai hatte gemeint, es gebe noch keine Gesetze in der Hinsicht, aber er kenne den neuen Bürgermeister gut und auf lokaler Ebene ließe sich viel arrangieren, in Wiseschdia habe man schon immer Dinge durchgesetzt, die anderswo verboten waren, das müsse er doch nicht ihm erzählen. Schön wär's.

„Hast du was gesagt?" fragte Alois.

„Nein", sagte Anton verdattert.

„Bei dir geht das noch flott. Vor allem bei diesem Wetter spüre ich mein Rheuma."

„Und dein Asthma?"

„Es geht."

„Dann wollen wir mal zählen."

Anton bündelte die Lieschen zu je fünfzig Stück, während Alois weiterknüpfte. Damals, als die Großmutter Anna Lehnert noch lebte, hatte er sich nicht darum kümmern müssen. Sie sorgte in den Wintermonaten dafür, daß das ganze Jahr über Vorrat da war. Und wenn sie in den Garten ging, hatte sie geknüpfte Lieschen im Schürzenbund, denn anzubinden gab es immer etwas im Tomatenfeld oder im Weingarten. Später hatte Maria das Lieschenknüpfen übernommen, die Kinder nur widerwillig mitgeholfen. Es war auch eine langweilige Arbeit.

Anton und Alois ließen sich nicht anmerken, daß ihnen diese Arbeit zuwider war. Zu erzählen wäre schon gewesen, um die Langweile zu vertreiben, aber Anton hatte Alois in diesen Tagen schon mehrmals zu verstehen gegeben, daß sie noch genug Zeit dazu hätten, wenn dieser ihm berichten wollte, was alles im Dorf anders geworden war. Vorerst sollten die Tomatenpflanzen an Ort und Stelle stehen. Und was hätte er Alois über Deutschland erzählen sollen?

„Wir hören jetzt auf und gehen Mittagessen, damit wir heute noch etwas gemacht kriegen", schlug Alois vor.

„Einverstanden."

„Das lassen wir alles so liegen, Florica soll dann weitermachen, wenn wir beide im Garten sind. Noch tränken, dann können wir gehen."

„Laß mich das machen", sagte Anton.

Er ging in den Stall, um den Eimer zu holen, das Pferd wandte den Kopf und wieherte leise. Die Potje hatten noch einen Schwengelbrunnen. Alois hatte ihm erzählt, daß

Doina anfangs das Wasser nicht trank, dann habe er den Brunnen gründlich mit der Brunnenkatze ausgeputzt und jetzt trinke sie es scheinbar lieber als das von seinem Pumpbrunnen zu Hause.

Anton stellte den Eimerrand auf den angehobenen Oberschenkel, Doina prustete kurz über die Wasseroberfläche, als wollte sie Unreinheiten beseitigen, und trank dann in tiefen Zügen. Anton sah zu, wie sich die Gurgel an ihrem schlanken Hals zusammenzog und wieder öffnete, wenn sie schluckte. Den zweiten Eimer leerte sie nicht mehr ganz. Er warf ihr einen Armvoll Heu in die Krippe und tätschelte ihren Hals. Endlich wieder ein Pferd. Und was für eines. Er hatte es wohl bezahlt, aber es machte ihm nichts aus, daß es eigentlich Alois gehörte. Das war etwas ganz anderes wie damals, als er und sein Bruder sich gemeinsam den Nunius angeschafft hatten, und es immer Streit gab, weil der Peter so tat, als gehöre ihm das Pferd allein.

„Gehen wir?" rief Alois.

„Bin schon da."

„Das Wetter wird gut", sagte Alois, der im Hof stand und in den Himmel schaute.

„Wetten, daß heute nachmittag die Sonne herauskommt?"

Anton sperrte noch rasch das Haus ab und legte Rexi an die Kette, damit er nicht mitläuft. Alois wartete auf der Gasse. Ein Mann auf einem Eselkarren fuhr vorbei und grüßte auf rumänisch, sie grüßten zurück. Kannte Alois ihn? Nein.

Anton war bisher noch nicht im Dorf unterwegs gewesen, nur immer dieses Stück Gasse bis ans Ende, wo das Haus des Karl Schirokmann stand, dann über die Hutweide am Friedhof und der verlassenen Kollektivwirtschaft vorbei zu Alois. Der hatte Anton schon am zweiten Tag nach seiner Ankunft den Vorschlag gemacht, mit ihm durchs Dorf zu gehen, um zu sehen, wie es jetzt aussieht, einen Abstecher ins Dorfwirtshaus zu machen. Wenn die Arbeit erledigt ist, würden sie sich Zeit dafür nehmen, hatte Anton abgewiegelt. Was hätte er sich ansehen sollen, wem begegnen, wenn niemand mehr da war, den er kannte, außer Alois, Mihai und den ältesten Sohn der Elisabeth Wolf, der es wieder mit Mahlpaprika versuchen wollte?

Schweigend gingen Anton Lehnert und Alois Binder auf dem ausgetretenen Weg über die Hutweide von Wiseschdia. Zwei in die Jahre gekommene Männer, die Teil der Geschichte dieses Dorfes waren, dessen Verfall sie miterlebt hatten. Sie waren dabei, wieder der Beschäftigung nachzugehen, auf die sie sich verstanden und von der das ganze Dorf gelebt hatte, bis es ihnen verwehrt worden war. Für Alois Binder ging es ums Überleben, Anton Lehnert hing trotzig einer Illusion nach, und das war der große Unterschied.

Florica begrüßte ihre beiden Männer, wie sie sie nannte, und meinte, es sei ja noch nicht Mittag, das Essen aber schon fertig, nur das Vieh müßte noch versorgt werden. Alois klärte sie über ihr verfrühtes Erscheinen auf, und Florica hieß den Entschluß gut. Die beiden Männer machten sich gemeinsam daran, das Vieh zu versorgen, während Florica den Tisch deckte.

Anton beneidete Alois insgeheim um diese lebensfrohe Frau. Sie konnte mit anpacken, war immer guter Laune, und sie erinnerte ihn von ihrem Wesen her an Elisabeth Wolf, die Verkäuferin im Konsumladen, die sich durch nichts hatte unterkriegen lassen. Und viele hatten schon gedacht, daß sie den tragischen Tod ihres Mannes am Bahnübergang von Gottlob nicht wird verkraften können. Schon wegen der Kinder. Daran sollte er sich ein Beispiel nehmen.

Anton und Alois wuschen sich Hände und Gesicht im Lavor, den Florica auf einen Stuhl in den Gang gestellt hatte. Der Geruch vom Essen drang bis hierher, Anton spürte überhaupt nichts mehr von den Magenbeschwerden am Morgen. Er und Alois tranken noch einen Schnaps, dann setzten sie sich an den Tisch, auf dem der dampfende Topf stand. Florica füllte ihnen die Teller, während Alois vom großen selbstgebackenen Brot schnitt.

„Poftă bună" wünschte Florica.

„Mulţumesc, asemenea", sagten Anton und Alois fast gleichzeitig.

Bei diesen gemeinsamen Mittagessen fühlte sich Anton Lehnert richtig wohl. Es war das Einzige, was ihn noch an zu Hause erinnerte, obwohl er bei Fremden am Tisch saß. Alois und Florica taten alles, um ihn das nicht spüren zu lassen, aber es war auch für sie bestimmt nicht einfach, immer Gastgeber zu sein. Daß die beiden so richtig hätten streiten können, konnte sich Anton nicht vorstellen. Plötzlich spürte er, daß ihm schwindlig wurde. Der Schweiß brach ihm aus, und er faßte sich an die linke Brust.

„Ist dir schlecht?"

„Inima?"

„Nein, nein, wahrscheinlich habe ich zu gierig gegessen", brachte Anton mühevoll hervor.

Florica reichte ihm ein Glas Wasser, das er mit zittender Hand zum Mund führte.

„Du mußt dich hinlegen", sagte Alois.

„Es geht schon wieder."

„Hast du was am Herz, wie Florica meint?"

„Ach woher."

Anton ließ sich nicht überzeugen, den Beginn der Arbeit auf morgen zu verschieben. Sie gingen doch nicht in den Schnitt, sagte er, bedankte sich für das Essen und stand vom Tisch auf. Florica meinte, der Anton sei doch alt genug, um zu wissen, ob es ihm gut geht oder nicht. Eben, sagte Anton, verließ die Küche und steckte sich im Gang eine Zigarette an. Solange das Rauchen schmecke, sei alles in Ordnung, sagte Alois.

„Mergem?" drängte Anton, der schon im Hof stand.

„Mergem", sagte Florica.

Anton und Alois waren übereingekommen in Floricas Anwesenheit rumänisch zu sprechen. Die Wörter und einfachen Sätze, die notwendig waren, um sich zu verständigen, beherrschte Anton. Was er und Alois an Erinnerungen austauschten, hätte Florica sowieso nicht begriffen, weil sie die Zusammenhänge nicht kannte.

Ein Auto hielt auf der Gasse. Mihai stieg aus und vom Fahrersitz ein Rothaariger. Anton stutzte, dann erkannte er ihn: es war Marius Lakatos. So sieht man sich wieder, sagte der, kam auf Anton zu und reichte ihm die Hand. Damit habe er bestimmt nicht gerechnet, meinte Mihai und lächelte verschmitzt. Ob er sich wieder eingelebt habe, fragte Marius Lakatos. Was heißt hier eingelebt? Wie es der Familie ginge, Hilde und Wolfgang. Gut. Sie hätten gerade gehen wollen, mischte sich Alois ein. Er und Florica begrüßten die unerwarteten Gäste. Sie würden noch heute mit dem Anpflanzen der Tomaten in Meinhards Garten beginnen, erklärte Anton. Florica meinte, sie sollten doch ins Haus kommen. Sie wollten nicht länger aufhalten, sagte Mihai. Und übrigens habe er eine gute Nachricht. Antons Garten sei ihnen zur Nutzung überlassen worden, und er könne nun beweisen, daß er von Melonen was verstehe. Anton war begeistert, erklärte Mihai und Marius Lakatos, daß er seinen Garten wie seine Hosentasche kenne, daß ein Streifen von ungefähr fünfzig Meter am Ende des Gartens für Melonen nicht tauge, dort würden sie Mais setzten und so das Melonenfeld vor Dieben abschirmen. Aber woher Kerne? Dafür werde er sorgen, beruhigte Marius Lakatos ihn. Er habe in Temeswar einen Gemüseladen eröffnet und je einen Stand auf dem Josefstädter und Fabrikstädter Markt gemietet, Wiseschdia wird Hauptlieferant sein. Anton nickte anerkennend und meinte, da würden Hilde und Wolfgang Augen machen, wenn sie im Sommer zu Besuch kämen. Er freue sich auch schon auf den Besuch, versicherte Marius Lakatos. Man verabschiedete sich von den Gästen, bis Samstag werde man bestimmt mit den Tomaten fertig sein, meinte Anton, und Mihai sagte, er werde morgen die Elena als Hilfe schicken.

Als der unerwartete Besuch abgefahren war, faßte Alois für Florica in seinem Rumänisch noch einmal zusammen, was sich an Neuigkeiten ergeben hatte, und sie zogen los. Alois bedauerte, daß er vergessen hatte, Mihai zu bitten, ihm bei Gelegenheit Fahrradschläuche aus Lovrin mitzubringen. Er hätte auch daran denken können, meinte Anton schuldbewußt.

Vergeblich hatten sie versucht, die Schläuche von Antons Fahrrad, das bei Meinhard im Schuppen stand, zu flicken, es hielt nicht. Alois hatte nicht wenig gestaunt, als er erfuhr, daß Anton das Fahrrad bei seiner Rückkehr, damals 1956, aus Österreich mitgebracht hatte. Seit gestern hatte auch Floricas Rad, das Alois der Frau von Lehrer Werner Schäfer abgekauft hatte, einen Platten, nur seines war noch fahrtüchtig.

Den tragbaren Radiorecorder Meinhards, der bei ihm steht, hätte er schon längst zurückbringen können, damit Anton wenigstens ein Radio im Haus hätte, meinte Alois. Aber morgen bestimmt, dann kämen auch die zwei Fernseher mit, die bei ihm herumstanden, einer werde doch hoffentlich funktionieren. Noch am Mittwoch vor seiner Ankunft hätte er Meinhards Fernseher eingeschaltet, und er habe funktioniert. Sie hätten jetzt sowieso anderes zu tun als Fernsehen zu schauen, sagte Anton.

„Ce-ați vorbit?“ fragte Florica.

«Cu televizorul», sagte Alois.

Als sie in die Gasse einbogen, kam die Sonne hervor, und Anton frohlockte. Nicht zu früh freuen, warnte Alois, mußte aber zugeben, daß Anton recht behalten hatte. Am Haus des Meinhard Potje stand das Gassentürchen offen. Er wisse genau, daß er es geschlossen habe, sagte Alois. Das seien bestimmt der Mihai und der Marius Lakatos gewesen, die sie hier gesucht hatten, meinte Anton, halb so schlimm.

Eine Arbeitseinteilung mußte nicht getroffen werden. Es war selbstverständlich, daß Anton mit dem selbstgezimmerten Rillenzieher die Reihen markieren würde. Florica machte sich ans Lieschenknüpfen und Alois karrte die frisch gespitzten Holzpfähle in den Garten. Als er die zweite Fuhre am Ende des Tomatenfeldes ablud, war Anton gerade wieder mal um und sprach Alois seine Anerkennung dafür aus, wie das Terrain vorbereitet war: keine Schollen und vor allem eben. Bevor sie mit dem Löcherhacken anfingen, sollten sie mal die Pumpe ausprobieren, meinte Alois, hoffentlich gebe es keine böse Überraschung. Hoffentlich.

Im Schuppen stand, mit alten Kleidern abgedeckt, eine niedrige Bank mit dicken Stempeln, auf die alles montiert war: Elektromotor, Zentrifugalpumpe, darauf geschraubt eine normale Handbrunnenpumpe. Alois rief in die Küche, Florica solle schon mal die zwei Plastikfässer in den Garten rollen, er und Anton wollten die Pumpe ausprobieren. Er stellte seinen aus Holz gezimmerten Werkzeugkasten auf die Bank, und sie trugen das Ganze in den Garten.

Neben dem Rohr, das einen halben Arm lang aus dem Acker am Ende des Tomatenfeldes ragte, stellten sie alles ab. Anton zog den Holzpfropfen aus dem Rohr, klopfte mit der Handfläche über die Öffnung und horchte angestrengt.

Alles in Ordnung, sagte er fachmännisch. Alois nahm eine Dose Schmierfett aus dem Werkzeugkasten, fettete das Rohr und den Anschlußstutzen aus hartem Gummi an der Pumpe damit ein, preßte ihn aufs Rohr und legte einen Draht darum. Fertig, sagte er stolz. Nur Strom hätten sie noch keinen, scherzte Anton.

Außer dem Stromkabel schafften sie noch den schweren Schlachttrog in den Garten, worin das Wasser eingefangen werden sollte, und als sie glaubten, sie wären soweit, stellten sie fest, daß kein Wasser zum Anpumpen da war und schickten Florica darum.

Voriges Jahr sei fast ein Unglück passiert, erzählte Alois. Florica habe am Ende der Reihe gestanden und vergeblich auf das Wasser gewartet, denn sie hatte einen Damm in der Rigole übersehen und nicht geöffnet, fast bis zum Anschluß an den Elektromotor habe alles unter Wasser gestanden, zum Glück sei er zufällig in den Garten gekommen. Seit damals binde er das Stromkabel beim Bewässern immer an Pfählen auf. Jetzt sei das ja noch nicht nötig.

Endlich war es soweit, und Alois steckte die Kabel zusammen. Weil es ein dreiphasiger Elektromotor war und in der Leitung nur Zweiphasenstrom, half er mit den Fingerspitzen dem Keilrad nach, bis es in Schwung kam und der Motor surrte. Mit einer Hand hob er ihn an, mit der anderen faßte er den Keilriemen, legte ihn vorsichtig auf, ließ den Motor zurückgleiten, der Keilriemen spannte sich und die Pumpe lief. Anton machte Florica ein Zeichen, und diese goß aus der Gieskanne Wasser in die Handpumpe, bis es herausrann. Dann hielt er das Austrittsrohr der Zentrifugalpumpe zu, pumpte mit der Handpumpe an, erst als er Druck spürte, nahm er die Hand vom Rohr. Florica schrie auf, als das Wasser in den Schlachttrog schoß. Anton und Alois schauten sich freudestrahlend an und reichten sich über dem vollen Wasserstrahl die

Hand. Was hätte sie jetzt und bei diesem Wetter noch aufhalten sollen, und sie einigten sich, noch heute wenigstens zwei Reihen auszubringen. Und während Florica Wasser in die bereitstehenden Fässer schöpfte, legten Anton und Alois mit dem Löcherhacken los.

Es war fast wie eine feierliche Zeremonie, als Anton im Beisein von Florica und Alois die Bretter an einem Ende vom Mistbeet mit dem Hammer losschlug. Alois reichte ihm das große Messer, Anton schnitt die vorher gut genäßten Tomatenpflanzen einzeln samt Erde heraus, reichte sie Florica, die sie vorsichtig in den bereitstehenden Weidenkorb stellte. Die ersten zwei Körbe fuhr Alois mit dem Schubkarren in den Garten. Dann lief alles wie am Schnürchen: Wasser in die Löcher, die Tomatenpflanzen in den Schlamm drücken, Erde darüber, nochmals andrücken, Pfähle stecken, die Pflanzen mit den Lieschen anbinden.

Als sie Schluß für heute machten, waren sie sich einig darüber, daß der Anfang nicht besser hätte sein können. Während Anton und Alois sich noch ein Bier aus Deutschland genehmigten, saß Florica in der Küche und knüpfte Lieschen auf Vorrat für morgen. Nur die Eismänner sollten ihnen keinen Strich durch die Rechnung machen, meinte Anton, wenn die richtig zuschlagen, helfe Rauch machen auch nicht viel. Die kämen ja erst zwischen dem 12. und 15. Mai, bis dann seien die Pflanzen schon kräftiger und ans Freie gewöhnt, und vielleicht blieben sie ja auch aus, gab sich Alois zuversichtlich. Er werde noch heute von dem Pferdemist in den Garten bringen und etwas Stroh daruntermischen, sagte Anton. Nein, Alois brauche ihm nicht zu helfen, danach mache auch er Feierabend.

Anton half Alois den Pferdewagen rückwärts auf die Gasse schieben, Florica holte Doina aus dem Stall. Ein Traktor kam herangezuckelt, der Fahrer gab, vor dem offenstehenden Tor angelangt, plötzlich Gas, das Pferd scheute und riß sich los. Im Nu stand Anton im Toreingang, hob beide Arme und rief das verängstigte Pferd besänftigend beim Namen. Doina blieb vor ihm stehen, schnaubte und schüttelte die Mähne. Anton faßte es am Halfter und redete auf es ein. Willig ließ sich Doina zum Wagen führen und anspannen. Florica und Alois standen noch immer auf dem Fahrdamm und überboten sich darin, jeweils in ihrer Sprache, den Traktoristen zu beschimpfen.

Den kenne er, sagte Alois, als er aufstieg, das werde er dem Mihai melden. Das sei nicht das erste Mal, meinte Florica und nahm auf dem Sitz neben Alois Platz. Sie verabredeten sich auf morgen früh, eine Uhrzeit wurde nicht genannt, er sei wann immer zur Stelle, versicherte Anton und hob die Hand zum Gruß

Er blieb auf der Gasse stehen und schaute dem Pferdewagen nach, bis er um die Ecke bog. Die Gasse schien wie ausgestorben, von der Hutweide kamen ein paar Gänse, aber auch dieses vertraute Bild ließ bei Anton nicht die Feierabendstimmung von vor langer Zeit aufkommen. Er zog das Tor zu und schob den Sperrbalken zwischen die beiden Flügel. Du mußt noch etwas Geduld haben, sagte er in Richtung Schuppen, wo Rexi auf sich aufmerksam gemacht hatte, um von der Kette zu kommen.

Anton fuhr den Schubkarren an die Stalltür und belud ihn mit dem Mist, den Doina heute gemacht hatte. Mit dem Reisigbesen kehrte er den Rest, der durch die Zinken der Mistgabel gefallen war, auf die Schaufel, kippte ihn auf die Fuhre, dann streute er frisches Stroh. Der Misthaufen im Hof neben dem Schuppen war nicht besonders groß, aber mit dem, was in den nächsten Tagen noch dazukommen würde, dürfte es für vier Haufen reichen, je zwei an den beiden Enden des Tomatenfeldes. Die Eismänner konnten ruhig kommen. Anton riß den Mund auf, der rasende Schmerz in der Brust ließ ihn erstarren. Als hätte ihm jemand die Mitgabel ins Herz gerammt und würde es ihm herausreißen.

Die Betonplatte auf dem Familiengrab der Lehnert im Friedhof von Wiseschdia ist zwischen dem hohen und dem niedrigeren Kreuz aufgerissen, die Bruchstellen sind durch die Erde des Grabhügels begradigt, auf dem Geranien und Fleißige Lieschen blühen. Die beiden Kreuze aus weißem Marmor sind frisch poliert, die eingemeißelten Namen und Lebensdaten der Verstorbenen, in gotischer Schrift, mit frischer schwarzer Farbe nachgezogen.

Anton Lehnert, geb. 9.07.1927 – gest. 4.05.1993 in Wiseschdia steht an letzter Stelle. Dem Betrachter fällt auf, daß bloß bei ihm der Sterbeort verzeichnet ist.

Im Jahr 2000 erschien der erste Band der Familiengeschichte:
Die Tür zur hinteren Küche
Roman, 320 Seiten, EUR 20,50, ISBN 3-88423-169-3

»1961 ich mein Enkel und meine fier Urenkel«. Diese Notiz auf der Rückseite eines Familienfotos ist Anlaß für eine lange Geschichte. Die hintere Küche eines Hauses in Wiseschdia, einem der kleinsten Dörfer im rumänischen Banat, bildet den Dreh- und Angelpunkt des Romans über das Leben der Familie Lehnert in der Zeit zwischen 1956-1985.

Außerdem von Johann Lippet erschienen:

Banater Alphabet
Gedichte
Hier »*entdeckt der ›Remigrant mit dem Finger auf der Landkarte‹ die Naturzeichen und Wörter einer agrarisch geprägten Kultur ... – und wir werden reich beschenkt mit archaisch bizarren und rätselhaft leuchtenden Wörtern.*« Basler Zeitung

Der Totengräber
Erzählung
Die Geschichte des Totengräbers Johann Wiener im banatschwäbischen W., der mit skurrilem Witz und Geschäftssinn den Friedhof auch dann noch weiterführt, als keiner der Dorfbewohner mehr lebt.

Abschied, Laut und Wahrnehmung
Gedichte
»Lippet hat ein ruhiges episches Gedicht über seine karge Liebe zur Heimat geschrieben.« Frankfurter Rundschau

Die Falten im Gesicht
Erzählungen
Ort der beiden Erzählungen ist die verlorene Welt des Banat mit seinen bäuerlichen Menschen, die sich dem Untergang entgegenstellen oder einen Kompromiß mit dem Regime suchen – und doch letztlich scheitern müssen.

Protokoll eines Abschieds und einer Einreise oder Die Angst vor dem Schwinden der Einzelheiten
Roman
Ein junger rumäniendeutscher Autor stellt für sich und seine Familie den Antrag auf Ausreise. Das Land, in dem er bisher lebte, ist Rumänien, das Land, in dem er in Zukunft leben wird, die Bundesrepublik.

Bitte fordern Sie unser Verlagsverzeichnis an:
Verlag Das Wunderhorn · Bergstraße 21 · 69120 Heidelberg
www.wunderhorn.de